浙江文献集成

主　编　刘正伟　薛玉琴

本卷主编　薛玉琴　顾云卿

夏丏尊全集

第九卷　翻译（社会）

浙江大学出版社

ZHEJIANG UNIVERSITY PRESS

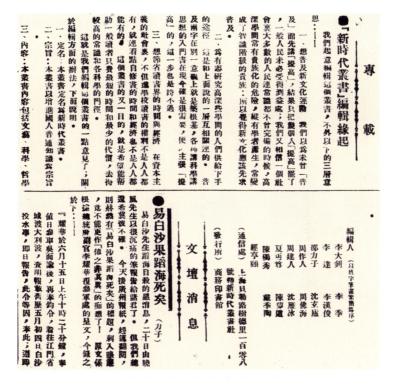

任新时代丛书社编委（1921）

与李继桢合译的《社会主义与进化论》由商务印书馆出版（1922）

春晖中学仰山楼

の研究並に相互の親睦を圖る目的を以て、昨年七月創設せられ、毎月二回「婦女聲」なる機關紙を發行し現在會員約二百名あり。

二　春暉中學校に於ける共産主義者の會合

舊曆六日浙江省上虞縣白馬湖東畔奉化中學校に於て江蘇、浙江兩省に住せる著名の共産主義者の懇談會を開催したり。

抑々春暉中學校は上海を距る南方約百哩白馬湖の東畔に蟠踞として擧へ、附近に山旭田園といて住民は淳朴なる郷村生活を營みつゝあり。同校は約三年前貴族家陳春瀾(故人)が十二萬弗を投じて創立したるものにして内八萬弗は基本金として現存せり。建物は禮拜室、教室、二寄宿舍、小學部に別れ創立一位に推されつゝあり。校長經子淵は前に浙江第一師範學校長たりしが、自由主義者にして偶々施存統、陳望道等と過激主義を唱導し、釀て共産主義を敷噂せしむる企ある爲、浙江第一師範學校より拉出し來りたる夏丏尊をして鞏導せしめ居れり。夏丏尊も共産主義の宣傳に熱心たる者の如く、一千名の學生を收容すべく、博物鑛實、體育器械室、藏書室等其の設備の完備せること支那中學中第一位に推されつゝあり。校長經子淵は前に浙江第一師範學校長たりしが、自由主義者にして偶々施存統、陳望道等と過激主義を唱導し、釀て共産主義を敷噂せしむる企ある爲、浙江第一師範學校より拉出し來りたる夏丏尊をして鞏導せしめ居れり。夏丏尊も共産主義の宣傳に熱心たる者の如く、教材の如き、極めて斬新なるもの

同人は北京に在りて事實上北京共産黨創設總校長に數囑を採り自ら經濟學、過激主義等を講演しめたり。問題は主として社會主義討論文其他新詩歌を採用し、其他著名の共産主義者を聘して經濟學、過激主義等を講演せしむる等主徒の赤化養成に努めつゝあり。同校は昨春の開校に係り生徒散未だ八十名を越えざるも凡有機會を利用して生徒の募集に努めつゝ、あれば漸次大なるに至るべく、今回の會合の如きも名を開校紀念式典に藉り共産主義者を會合せしむると共に一面生徒募集に資せんとせしに外ならず。

共産黨員にして參列したる者は劉大白、章負文、施存統、夏丏尊、葉天底、劉賢等、豐仁等なり。會合の目的は同志の懇談にして意見の交換性に在りしも、遂に各種の狹隘なる破壞運動暗殺手段をも論じるも、支那を蟲本國に過激なる思想を諷刺し、殊に浙江省は農業繁達し比較的文化の程度高きを以て我校を中心にして農民に宣戰せしむるは容易なりと謂ふに在り、吳敎堂、東京帝大學部出身又現今の赤化運動は工業方面に偏重せるを以て浙江省農民運動の必要を方說し、共産黨理を說達するには有效なる反響あるべく農民に卑近なる共産原理を以て農村運動の必要を喚せり。由來支那は農民國にして過激なる思想的文化の程度高きを以て我校を中心にして農民に宣戰せしむるは容易なりと謂ふに在り、吳敎堂、東京帝大學部出身又現今の赤化運動は工業方面に偏重せるを以て、夏は浙江省農民東年を決定し、劉大白は同會農民結社料を設立せんことを快諾せり。一劉大白の執筆に係る雜誌「春暉」を農面して差し當り、同校に農民結社料を設立して農民の教養に當り、劉大白の執筆に係る雜誌「春暉」を農

四七　　　　　　　　　　　　　　　　　　　　　　四六

日本《外事警察报》报道春晖中学共产主义者活动（1923）

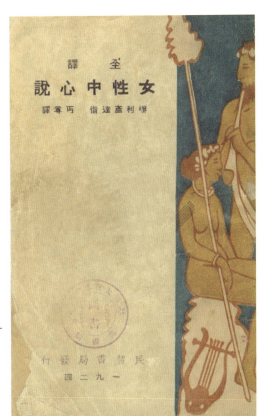

译作《女性中心说》由民智书局发行
（1924）

立达校徽（1925）

与同人在春晖中学通往驿亭火车站的木桥上（左四为夏丏尊）（1928）

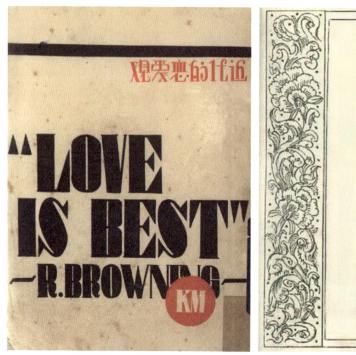

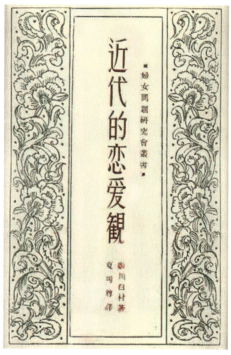

译作《近代的恋爱观》由开明书店出版（1928）

本卷说明

　　本卷收录夏丏尊翻译的社会评论类著作，包括妇女问题论著、社会问题论著和社会时论。上起 1922 年，下迄 1936 年。所收录文章按发表的时间顺序编排。

目　录

1922

社会主义与进化论

[日]高畠素之著　夏丏尊、李继桢合译

原　序

　　这虽叫做《社会主义与进化论》，并不敢谈社会主义，也并不是想比较社会主义和进化论。只因为比较地多牵涉了关于进化论的问题，所以在书名上加了"进化论"一语：这样想，就大致差不多了。

　　可是，同是关于进化论的问题中，我竭力的多取和社会主义思想有联络的事项。在进化论以外的题目，也是这样。在这一点上，书名中用着"社会主义"一语，也不是全无意义。

　　然而还有个更重要的理由，就是"从社会主义的立脚点"的事。我从社会主义的立脚点，来论进化论者底进化说，来批评介绍社会学者各种学说底要点。

　　这样看来，可以晓得本书底题为《社会主义与进化论》，不全是无谓的了。要之：本书是一个合财袋，并不是开始就用了联络写的，将平时见到写着的东西，集合了一看，好像全体有一种的脉络，请不要当做全然无联络的东西。

　　本书本来不是创作，虽这样说，也不是全然的翻译。忠实地翻译的地方也有，完全（直接地）不依外国原书的地方也有。全体都是因了著者底独断取舍加减，说是翻译，觉得太自力的；说是创作，又觉得太他力的了。不过下列三书，当作本书的蓝本，是特别着重的，把它预先声明：

Arthur. M. Lewis, *Evolution Social and Oragnic*.（留伊斯著《社会底及有机的进化》）

Arthur. M. Lewis, *Ten Blind Leaders of the Blind*.（留伊斯著《盲人底十个盲指导者》）

Karl Kautsky, *Vermehrnug and Entwicklung in Nature and Gesellschaft*.（考茨基著《自然及社会中底繁殖与进化》）

一九一九年三月　著者识

目　次

第一章　进化思想底进化

一　牙与爪的霍布士

十六世纪以后到十九世纪中间，欧洲许多社会家共通的思想，就是社会契约说。讲到社会契约说，无论何人总先联想到卢梭（Rousseau）。但卢梭以外，提倡此说的学者，也还不少。

那最著的例，就是霍布士（Thomas Hobbes）。霍布士以一五八八年生于英国马尔美司伯礼（Malmesbury）。他十四岁的时候进牛津大学，学论理学与物理学，十九岁毕了业。毕业的翌年，他受了加文迭虚卿（William Cavendish）底聘，做他底家庭教师，继续了三代数十年长时间的勤务。其后，他两次在法国留学，到一六七九年以九十一岁之高龄，死于英国。

他最得意的时代，是十七世纪底前半，就是近世国家渐入全盛期的时候。他差不多送其生涯的全部于当时权力阶级的贵族教士之间。他用了犀利的观察与明敏的头脑，能洞察当时的贵族社会，巧妙地顺应他们底生活，体会他们底思想。他底国家观，就是这种思想和生活底产物。

他在他底《国家论》里面说："人类本来是极端利己的动物。人类在自然状态中，只以保存自己底幸福为目的而生活。亚里斯多德（Aristotle）说人类本来是政治动物，这是虚伪的。人本来是私欲底结晶。人类在自然里面，只有'对于一切的一切战争'罢了。"

但是此种状态，决不利于各自底生存。此种状态，原来是从保存自己底欲望而生的，在维持此状态的范围内，人类必不得已而放弃其存在。于是人类互相契约，各自放弃其自然权，造国家，设最高权力，而隶属于其下。此种权力，有团体的时候，也有个人的时候，前者就是民主国，后者就是专制国。霍布士就是以此专制国为理想的。

二　爱与和平的卢梭

卢梭底社会说，发表在其后一世纪。他在学说底根本上，蹈袭了霍布士底思想,也是契约说。所不同的,只是霍布士排斥自然而承认契约,卢梭却想破坏契约后的压制制度而回复契约当初底自然状态。

据卢梭底学说:人在自然底状态里面,只有自由,和平,幸福。但人类发达至于某点的时候,到底不能以个个底能力维持其自然状态。人类个个能力底发达有一定的限度,人类为维持其自然状态底必要计,无论如何,不能不总合个个底能力来抵抗外部的障碍。于是人类相契约而结社会,要想依了社会底力量,维持其自然的状态。

由这样成就的社会,当然不可不和自然底原状一样,就是自然状态里面底自由,平等,幸福,都应照样的承继下来的。各人在自然状态里面所有权利底全部,当然交付与社会。但这实在是好比各人没有交付自己底权力于他人一样。因为各人既将自己全部权利提交于他人,就可以享受他人所提交底全部权利。所以契约社会底性质是完全平等的。

但是到了后世,出了那些贵族僧侣们,私占了这平等之权,一味用残暴和压制的手段对付民众。于是平等去了,自由也消灭了,社会上就充满了愁惨痛苦。所以人类先须颠覆此等权力者,恢复契约当初的自然状态,根据这个精神,去建设真正纯粹的民主的社会。归到自然! 自然就是调和,就是和平。

这是映在卢梭眼里的世界,他底思想,到现在还支配着世界底人心。

三 达尔文底自然淘汰说

但是入了十九世纪以后,又有新思想出现,把卢梭底思想“取而代之”,这就是达尔文(Charles Darwin)和瓦来斯(A. R. Wallace)等所建立的进化论。达尔文以长久的年月,跋涉山河,埋头在研究室中为生物界的研究。其结果发见一种通则,就是世界底生物都是进化的,生物进化底原因,就是想继续自己生存的相互争斗。

据他所说:生物决不是用一定不变的铸型造成的。个个生物,生来就备有个体底特殊点。这特征最著的就是变种,变种底特征,因了遗传更加显露,结果就生出全新的种属来。这样个体底特征,因了遗传层层地积叠,最初毫厘之别,到终就成千里之差。这是甚么原故呢? 因为生物之中，惟具有最便利于生存竞争的特征的个体，乃能生存，乃能遗留子孙；他底子孙里面，也只有继承特征最多的，乃能生存繁衍。换句话说：就是因了生存竞争传其特征于子孙的原故。生存竞争，不只人类以外的生物，就是人类，也受着同样的支配。自然界底生存竞争，不单是个体与个体底竞争，又含有团体与团体间底竞争。既有团体间底竞争，那么，个体间虽有血腥的争斗，同时在组织团体的个体中，就不能不相互扶助，就不能不行牺牲，献身，调和，团栾的美德。

达尔文在他底次于《种源论》的名著《人类底由来》里面，将动物中间怎样底对于食物绝迹了争斗，代以协同，和结果怎样地影响于智力，道德的发达，怎样地成功种属生存的第一条件等事，很明瞭地指示出来。

因此，霍布士和卢梭所提倡的自然对社会的二元论，根本上完全站立不住。自然界底真相，既不是像霍布士所主张的凄惨修罗场；也不是像映在卢梭眼里的爱与和平的乐园，实在是双方兼合的。

四　退化于霍布士的赫胥黎

但是可惜，达尔文所搜集的事实，大半是狭义的生存竞争——就是说明为生活而个个争斗的一方面的材料，因此，最重要的别一方面全被掩蔽了。后来到了承继达尔文说的学者——特别到了赫胥黎（Huxley）等，那种趋势更甚了；他们认动物界简直完全是些饥肉渴血的东西所积拢来的修罗场。个体为着自己，不能不行连续不绝的残忍争斗，这是生物界底原则。人类也在此原则支配底下面，若是不弄死他人，就要被他人所弄死的。

这样，赫胥黎眼里底人生，真是像真刀真枪的把戏，只有最强，最敏捷，最狡猾者能够生存；生存了还要继续地赌第二次的胜负。人生是长期的战争，除了暂时的家族关系以外，霍布士所说的"与人为敌的各人的战争"，就是人类社会的状态，这就是赫胥黎底思想。这个思想好像有代卢梭底思想实际来支配世界人心的样子了。

五　自然界底教训

但是我们只要抛了这些大学者底书本，走到深林中，把动物社会来一观察;我们就可以晓得动物世界如何将社会生活当作重要事情的情形。固然不能承认自然仅是和平与和谐;但也不能承认自然仅是修罗场。卢梭思想中的误谬,就在对于动物界除去爪牙争斗的一点;赫胥黎底悲观,卢梭底乐观,都是看了半面罢了。

我们倘若弃去狭苦的试验室与博物室,到白昼静寂的森林,一望千里的平原,和山岳草泽的中间,一去研究动物底生活,可以见动物世界一种属与他种属之间,(格外的是和属于异阶级的动物中间)战争不绝,因而有种属的灭亡。但是一种类的动物里面——至少在组织一个社会的动物中间,同时也行着互相扶助的事情。若是互相争斗是自然的法则,那么,社会性也同是自然的法则。这两个法则里面,到底从哪一个呢?比较上可做生存竞争场中底适者的,当然是有互相扶助习惯的生物。实行互相扶助的动物,比他种动物总生存的多,在他底智力和身体底组织上面,也比较地进步些发展些。

六 从贵推底诗想到克鲁泡特金底科学

这个思想,在大诗人贵推(Goethe)底心里,也曾经像微妙音乐的样子,微微鼓动。这是九十余年前的事:有一天,他底门弟耶克尔曼(J. P. Eckermann)报告他一件不可思议的事情,就是耶克尔曼养着的两个米梭沙伊(鸟名)从笼里逃了出来。第二天有一只雌的驹鸟,将昨天的米梭沙伊的孤儿和他自己的小鸟,都用翼翅抱覆着。

贵推听了这件事,拍着手叫着说:"这样吗! 这样吗! 倘然这样的事实,可以作自然界一般的法则,那么从前不可解的许多宇宙底谜,都释然地可以解释了。"他又很热心地催着耶克尔曼去研究。贵推心里的世界,是除开了互助终于不可解释的世界。没有生物相互扶助的键,这宇宙的秘藏,是永久不能开的。

但是诗人想解的宇宙之谜,和科学者所要开的自然之秘藏,虽然同是一个世界底秘密的谜,没有这个键,诗人所不能开的秘密藏,科学者也没有可以开的道理。从动物界的研究,得着和贵推冥想里同样思想的科学者,就是有名的俄国社会改革家彼得·克鲁泡特金(Kropotkin)。他跋涉俄国底森林,和北亚西亚底平原,去观察动物底世界;发见上自蚁蜂等社会生活的动物,鸢鹰等共同生活的动物,下至栗鼠,野犬,鼠,兔,马,猿等一切,都有很明瞭的互助的行动。

他说:"动物用了种种的手段,避着竞争,成功的就是生存之适者;胜利的冠,就在他们底头上。只要观察动物实际的世界,可以晓得最能避竞争,最能使自己适应互助的种属;是繁荣的。"

克鲁泡特金并不是说个体间没有竞争。但是他说实际生存竞争上的适者,不是互相竞争的动物;是互相倚靠巩固自己团体的动物。克鲁泡特金底互助说,实在可以算是被误解的达尔文说底修正,决不是破坏达尔文原来主张的根据的。

不过克鲁泡特金底学说,应用到人类社会的时候,只可以说明社会成立的根本;至于一社会为什么推移到别社会过渡的原理,是不能说明的。

七　马克斯底唯物史观

对于这个问题,给我们最明快的暗示的,就是德国底社会主义学者加尔·马克斯(Kare Marx)。他在年龄上,是和达尔文同期的人,对于克鲁泡特金,是比较的前辈;但是,在理论上,可以说是克鲁泡特金学说底后起者和补充者。

他底社会哲学,究竟是怎样的主张呢? 他在一八五九年——和达尔文底《种源论》同年——著了一部《经济学批评》。这部书底序文上,开头就简明地叙述着他自己历史观大概说:

"人类如要社会地生产衣食住,便须结成一种必然的,离开他们意志独立的关系。这关系,就是与他们物质的生产力发达程度相适合的生产关系。这生产关系底总和,便是社会底经济的构造,就是真实的基础。在这基础上,安立着法律的政治的建筑,又相应地生出某种社会底自觉。要而言之,产出衣食住底方法,就决定社会上政治上和智识上的一般生活的东西。并不是人底自觉去定他的生活法,反是社会底生活法去定人底自觉的。"

"但是社会底生产力,在彼发达底某时期,要和旧生产法矛盾。用法律地说:就是和从来底财产关系矛盾。生产力发达到了一个新时期底时候,旧财产关系,就成了生产上底障碍物。社会革新的时代,就于此开始。社会经济的基础,既然变化,建筑在经济基础上面底一切事情,也迟早免不了革新。"

马克斯这个学说,通常叫做"唯物史观"。就是说社会底物质的基础,决定一切生物方法。元来马克斯所说的物质的基础,仅指在经济的要件;学者里面,也有主张与其称唯物史观,不如称作"经济史观"的。但是社会上所有物质的要件中,真可以变化发达的,只有经济的要件。经济的要件以外底物质要件,像人种地理这种东西,自然也可以将一定的特征付与社会;但是决不能做社会进化底原因。何以故?因为彼底原因,在彼底自体上,差不多是不进化的。从这个意味看来,马克斯底历史观,还应该称为"唯物史观"。

八 德·佛礼底生物突变说

对于达尔文说,此外还有许多否定和修正的学说。譬如荷兰底植物学者德·佛礼(Hugo De. Vries),他对于达尔文底生物渐变说,有一种突变说底主张。

据达尔文说,因生存竞争自然淘汰而生的生物种属底过程,是非常缓慢的;不容易看见的微细变化,经过了长年月,一段一段地积起来,遂至于发生一种新种。

但是德·佛礼于三十年间研究自己庭园月见草底结果,发见一种事情。就是:五万株月见草中,有八百株——就是千分之一十六——是同老种底性质形状全然不同的新种。并且发见这新种属所生的子孙,是承继这种属底特征的。他因了这个实验,得到一种特征,就是:"生物底新种,决不是因了微细的变化缓慢生存的;是因了突然的激变生存的。因了突变生成的新种,到其次的突变为止,彼底性质是毫不变化的。"

第二章　两派遗传说——拉马克说与卫士满说

一　绪言

生物学中,最讨厌而最有兴味的一个问题,就是遗传论。无论哪一种生物,都有遗传底事实。大概地说:就我们人类看,亲子当中,必定有某种相像的地方。无论何人,就他们底容貌,丰姿,举动,性情,都可看出亲子间有相似的性质。虽是这样,但是亲子间,也没有全然同一的事情。其中必有大小多少的差异,并且同一父母所生的兄弟姊妹当中,也有某种不同的地方。

遗传是谁都承认的事,但是父母祖宗底性质,究竟用了怎样程度遗传下来? 这是不容易研究的问题。关于这个问题,从来的学者当中,很有过几次激烈的论争。但是无论如何论争,都好像没有决定,无论那一派的主张,都有相当的真理;同时也觉有很说不圆的缺点。

二　拉马克底遗传说

关于遗传的争论,大致可分为两派:一是拉马克派,一是新达尔文派。拉马克派,是以法国底进化学者拉马克(J. Lamarck)说为根据的。拉马克底进化说,概括起来,可以归到下面的四项:(一)生物环境上所起的一切变化,对于生物,唤起新的必要。(二)因了这新必要的结果,生物就取得若干的新习惯,舍去若干的旧习惯;这种新必要新习惯,在生物底身体上,造出新的器官。(三)器官底发达和萎缩消失,由于使用与不使用。(四)生物在一生涯中,所获得的使用或不使用的结果,因了遗传,传给彼底子孙。

依这派底学说,达尔文底生物自然淘汰,不能做生物进化底根本原因。因为在行自然淘汰以前,器官已经因了使用或不使用生了变化。这个变化因了遗传,累积地传给子孙,方才有进化。但是同时祖述拉马克说的学者中,也有于上面所说的由器官使用或不使用而生变化的以外,并承认因自然淘汰而生变化的一派。这就是折衷拉马克说和达尔文说,所谓新拉马克派的,就是这一派。无论是正统拉马克派,新拉马克派,于承认生物一生间获得性质底遗传一点是共同的。

三 死的生物和不死的生物

对于这新旧拉马克派,猛烈地攻击的,就是新达尔文派。这派绝对否认生物一生间获得性质底遗传,并且说达尔文底自然淘汰说,可以取消器官因使用或不使用而变化的原则;卫士满(Weismann)就是这派底首领。他一八八三年做了德国弗来堡(Freiburg)大学校长,这年底六月,在大学讲堂发表题目叫做《遗传论》的就任讲演。

这次讲演,实在是开了以后数十年间欧洲学界大争论底门。当时某学者形容从这次讲演惹起来的学界混乱,甚至于这样说:“他们交战的学者,恰似狂乱的墨鱼,在自己所喷出的墨汁中,回环地奔波着。”

卫士满于这个以前——一八八一年——在查尔堡地方开的德国自然科学者协会,曾经试过题目叫做《生命底继续》的讲演;到了一八八三年,他再将这个讲演衍长了公布他底《生与死》的大讲演。他关于遗传问题的意见,这二讲演,比他从前的就任讲演,更觉得明瞭丰富。这二讲演,不但表示卫士满说底根蒂;并且对于后人底遗传问题,输送了一条大光明。

这二讲演,本来是以研究关于生物底死的问题为目的的。当时多数的学者,都从有机的环境底影响上,去求死底原因。就是以为生物底生命因了他有机的境遇底力渐渐消耗,遂至于全然枯死。对于这个通说,谟拉(Johannes Müler)已经在一八四○年的时候提起反对的议论。他说:“倘然果如此说,那么,生物个体从他生存底开始,不是不停地减损彼底有机力吗?”生物底身体,自然因了周围底影响要消耗。但是无论如何消耗,在某阶段内,彼底体力不但不减损,反而愈加增大;这是生物界通有的现象。谟拉说到这里,就中绝了他底论步。他用了他底时代底局限所求得的实验,在这个以上,不能再进行他底论步。但是他底目标是不错的，卫士满不久拾了他所弃置的端绪，把彼发挥起来，达到最圆满结果的人，而且是第一个人。

　　他先调查众生物底生殖法。生物底生殖法，大抵可以分作有性与无性两种。如亚米巴，木勒拉等单细胞生物，都是无性生存的；依赫克尔（Ernst Hackel）底分类，他里面有分裂，出芽，胞子出芽三方法。但是和卫士满说有关系的，就是分裂生殖；其余两方法，不过是他的变态。

　　分裂生殖，是一种最简单的生殖方法；像亚米巴，木勒拉这种单细胞生物，成长到某程度，他身体中央就分裂开了，变了两个同样大的个体。这分裂的两个体，成长了又各各分裂。这样永久地分裂着，继续他底发育。这种分裂法，自然是很单纯；但无论哪种高等生物，他身体内的细胞，也是因了这样分裂法，渐渐增大的。

　　卫士满在这分裂生殖上所注意的处所，就是营这种生殖法底生物没有死这一点。自然，偶然的死是有的，但是达到一定的年龄必定要死的运命，是没有的。“有生必有死”的命题，至少在这种生物是一种无意义的原则。

　　卫士满在他《生和死》讲演里说，“我们已经指示单细胞生物，没有自然的死。这种生物成长里面，没有和死类似的终点。彼那新个体底发生，和旧个体底死亡，不相关联。一个体分为二个体，这二个体全然同一，内中并无老幼大小底差异。这样出现了无数的个体，各个体都与它种属同年龄；都可以因了分裂，保持他无限生存底可能性。”

　　但到了多细胞生物，这个体底不死性，却就完全消灭了。借卫士满自己底话说，就是“多细胞生物，虽也因分裂行彼底生殖，但是各细胞，并无生殖彼生物个体全身的能力。多细胞生物底细胞，分化了变成生殖细胞——卵和精虫——和身体细胞二部。内中只有生殖细胞有单细胞生物底不死性，身体细胞，是免不了死的。多细胞生物个体全身底大部分是由身体细胞成立的，所以个体就免不了死。”

　　所以这世界所有的死，并不是《创世记》所谓“罪”底结果，却是男女两性底原故。这个时候，不死依然存在；但不死并不是有意识的个体底不死，只是管个体生殖的单细胞底不死。

四 掌司遗传的细胞

要之:依卫士满说:高等生物底全身,是由身体细胞和生殖细胞两部生成。生殖细胞,好像是充满着胚种原形质的电池被包围于雄性生殖细胞的。这原形质的一小部分,同雌性的混合了,就造成新个体。但是这并合的雌雄胚种原形质底全部,并不为新个体底身体组织所消费。其一部分包蓄于新个体底生殖细胞内,再掌司新的生殖作用。

依卫士满说,生物底胚种原形质,是子孙永续没有中断的时候的。这就是他著名的"胚种原形质继续说"。他根据了这个假定,力说遗传只限于此胚种原形质,身体细胞所生的变化,是绝对不遗传的。

以前达尔文提倡所谓"全身生殖"遗传论。据他所说;生物底身体细胞,都派生出微细的副细胞——达尔文叫做毛芽——这些副细胞因某种微妙作用,包蓄集中于那生物底生殖器内。遗传就因这个"包蓄的毛芽"而行。照此说说来,生物身体中的变化,都应该遗传的。这在拉马克说,是非常有利的假定;同卫士满说是澈头澈尾不相容的。

五 两派底纷争

新拉马克派,批评达尔文说说,"达尔文说只假定变化,不说明他底起原。自然淘汰,可以说明适者生存之理,不能说明适者底起原。没有行淘汰以前,不能不早有变化。这变化从何来的呢?"卫士满回答说,"变化是因着受胎于两个全不同的胚种原形质而混合一体的结果。有了这个合体,就生出本来和那两个全不同一,也不能同一的新个体。"

对于这点,新拉马克派更加追究:说,"若是凡百的变化只因了先天的性质,只因了基于两性生殖的雌雄两胚种原形质底合体,方才可能,那么,不行这样合体的行为的单细胞生物,不是就不生变化了吗?"

这个攻击,很中着要害,卫士满到此,也就露出很穷困的样子。他说,"在单细胞生物,确凿是拉马克说的适当,但这也有相当的理由。因为单细胞生物,并不是将特殊的细胞传与子孙,是用他底个体全部永续的。所以一个体所获得的性质,在一切个体中也永远照样地保存着。"

这样,问题底结局就只限于多细胞生物了。多细胞生物底个体,在他一生间所获得的性质特征,究竟遗传不遗传于他子孙呢？依新拉马克派,是遗传的;据卫士满是断然不遗传的。

六　"获得性"是否遗传

现在试把这论争中心问题"获得性质"底意义,加点说明。假定有一个人,以一千坪土地传给他底儿子,又假定这受遗产的儿子,又把这一千坪底土地,再传给他底儿子;这样遗传的就是先天的性质,并不是"获得性质"。然若假定在自己底一生中,将旧有一千坪土地增大了成了二千坪,这时候后面所加添的一千坪,就是"获得性质"。

自然啰,就土地讲,因了人底手腕,可以将这个获得的一千坪和传来的一千坪,都传给子孙。但在生物学一方面,据卫士满底主张,是绝对不可能的。他为要说明这不可能,曾经举了许多兴味浓厚的实例。

七　足底末指和骆驼底隆肉

譬如斯宾塞(H. Spencer)曾经说:"文明人足底末指所以特别小,是因为长久穿靴底结果。"但在先祖代代不曾穿靴的野蛮人,他的足底末指也特别地小。这就可以证明末指小,并不是为了穿靴底习惯而来的"获得性质"底遗传。

又龙布诺梭(Lombloso)说明骆驼背底隆肉,说隆肉是因为骆驼一向搬运货物,把"获得性质"遗传了累积着的结果。骆驼和骆马,大致很相似,但骆马却没有隆肉。据龙布诺梭说,骆驼元来就是骆马,因搬运荷物,最近就得了隆肉。龙布诺梭又断定霍腾托忒(Hottentots)种族女子底腰上有大硬肉,是因了背小儿底习惯而成的。但后来因为地质学上的发现,晓得没有人类以前,已经有骆驼的事实。这事实底发现,就将龙布诺梭底隆肉由来说,破坏无余了！

八　无尾的猫

关于此有一个很有趣的问题,就是"损伤"遗传不遗传的研究。倘然生物底个体,将一生间所受的损伤也遗传,那么卫士满说就要因此打倒了。

这个问题,一八八七年在伊赀巴顿地方开的德国自然科学家协会上,无端地成了大论战;在这会场上,新拉马克派底兹阿哈利雅斯博士高唱损伤底遗传可能说。博士将带来的几个无尾的猫摆在前面,当作他底例证。他说,"这几个猫底母亲,本来也有长尾,某时被货车轹断了尾。后来娠妊了,就生了这几个无尾的猫。"他催卫士满答覆这个事实。

卫士满回答说,"被轹于荷车的事实不详细明确后,对于论者底主张不能表示十分的尊敬。"他又主张小猫所以没有尾,与其说是为了他母猫底受伤,宁可说是它底父猫有无尾血统底结果。他关于此,更有下面的话:

"我底友人晓忒利乌斯教授曾经拿了一只无尾猫来。据他所说:这猫是在休瓦尔滑尔朵——德国莱因河东方底森林地——南隅底一小都市瓦尔朵克尔发见的。后面依了种种调查底结果,晓得从某时候起,瓦尔朵克尔常有无尾的猫。再将这个现象精密调查,结果就得到一种结论。就是有一个牧师,曾经住在瓦尔朵克尔,这牧师底夫人本来是英国人,饲过曼岛——爱尔兰与英格兰间底小岛——产的无尾猫。瓦尔朵克尔从此以后,就有无尾的猫;这都是承继这牡猫底血统的。元来曼岛产的牡猫,有无尾的特性。既然在休瓦尔滑尔朵可以窜入,自然在别个地方只要有了机会也可以窜入了。"

卫士满在第二年,关于这个问题,又有下面的论说:"着伤于自己底身体,是多数的国民间,从古来通行的事。但从不听见他们自着的伤有遗传的事情。犹太人有割礼的习惯,中国妇女是缠足的,其他地方,还有拔去前齿,在唇上鼻上穿孔等种种习惯;但是这种民族底子孙,并没有先天地带着伤痕的例。"

九　卫士满说底胜利

卫士满上面的遗传说从我们看来,觉得也有诡辩巧辩的地方。但是从大体上说,在打破反对派底根据上是很有力的。至少对于拉马克底遗传说，比较地占着优胜。这不单是我们这样说，就是卫士满底论敌赫克尔派底学者中，也有几分承认这事实的人。譬如翻译赫克尔底《创造史》的英国学者拉克斯托，他在这部书序文上，曾经这样说："我现在不能不明言，我在他——赫克尔——底分类法底大部分和承认获得性底遗传诸点，到底不能和他一致。因了本书简单的说明，感到这种问题兴味的读者，不要以赫克尔教授底断定为终极，自己还须直接就了卫士满及其他学者著述加以研究。"

十　卫士满说和社会问题

最后我们还要将我们所唱道的社会主义和遗传问题底关系看一看。社会主义，是以断绝贫困为目的的。但是贫困底断绝，它自身不是最后的目的，是造健全国民底手段；这是很明了的事。过度的贫困，如何地使人底心身萎缩，现在也毋庸详说。但是假定从长期间底贫困，所受着的心身萎缩，像新拉马克派所主张底样子，当作了"获得性质"，要永远遗传子孙；那末无论如何实施社会主义，除去贫富的悬隔，必不容易达人类改造底根本目的的。

卫士满说在这个意味上，比较也有益于我们的主张。依卫士满说，生物一生间所受底性质，不遗传子孙；那么，因贫困的境遇，生出来的心身底萎缩，也无非是一代底事情。因了境遇底变化，可以随意改善的。

罗马勒斯是反对卫士满说结论的人，但是他对于卫士满说社会的应用，下批评说："倘然卫士满说是真理，那么从前社会学，恐怕全体都要编过了！"此外还有某学者，也说社会主义的论究，因卫士满开了一个新方面。

从社会学的研究方面，也有达到和卫士满同一的结论底学者。譬如美国底约翰·阿尔·孔猛教授，根据了他多年的实地研究，发表了一种统计。他说：合众国人民中，有 1.75％ 是先天的残废者；有 3.25％ 是后天的残废者。又 2％ 生成有超凡的天分，无论在如何境遇底下面，都能发挥他底天分。还有 2％ 是先天的水平线以下的。此外所残余的 91％ 是先天的有普通才能的人，他们将来底善恶贤愚，都因了最初十五年间底境遇而定的。

哈曼和特卡阿氏前后八年间，就从伦敦底穷人窟迁居加拿大殖民地的少年二千名，研究底结果，发见他们多数是曾经受过徒刑的恶少年；但是二千名中重返以前的恶习的，不到 1％。

总之，今日社会上所发见的恶行和犯罪，大多数是境遇底产物；境遇底改善，是人类向上的最大急务。但这是根据后天境遇的不遗传的生物学理，除此以外，是无可解释的。

第三章　进化说和社会进化　达尔文说和德·佛礼说

一　生物变化底原因

达尔文说，虽然不是进化论底全部，但说起进化论，总就想到达尔文说。因为：达尔文以前，固然不曾有过比他好的学说；就是达尔文以后，也没有人提倡过胜于达尔文底新说。达尔文说，原也有种种缺点。但对于达尔文所提倡的自然淘汰说，从没有一个学者能够堂堂整整地攻成致命的重伤；将来怕也不会有的。

那么，达尔文底自然淘汰说，在生物进化底说明上就是完全的学说么？那又不是。

自然淘汰说最大的缺点，就是不能说明进化底直接原因。达尔文学徒，多把自然淘汰认作进化底原因，但这是飞跑不到的错误。自然淘汰，是既有的变化底淘汰；没有变化，就没有淘汰。淘汰固然可以助长变化，但没有变化的地方，却决没有淘汰到来的道理。换句话：就是变化该是淘汰底条件；而进化的原因——至少进化的直接原因，——应该不是自然淘汰，而是变化。

达尔文自己也十分承认这事实，不过他于这为淘汰原因的变化如何生存，却不能说明；所以他也用了生物学家惯用的遁辞，在"自生"上面找出躲藏的处所，用了"自生变化"一术语。就是说：变化是偶然生来。这自然不能算是科学的说明，但要用这样无理的遁辞说明变化，却就是达尔文底聪慧处；至少也足以示异于他底学徒。因为他能够晓得应该在淘汰以外，说明变化。

二　淘汰是装饰

总之变化在生物界作用了还没有造出各种新形态的时候，自然淘汰这作用是全然没有的。直到这新形态发生了，这才现出了个淘汰官，决定哪个该保存，哪个该破坏。正如生物学者柯幹忒所说，自然淘汰底职务,不过是决定被提出在他面前的东西底生存,至于造成被提出的东西,却并不是自然淘汰底权限。德·佛礼说明这事情说,"自然淘汰,不过是一个筛子,并不是如许多达尔文反对论者(可惜许多达尔文论者也在内)所说的自然力;也并不是进化底直接原因。不过是挑选哪个应生哪个应死的筛子,和一步一步的进化是没有交涉的。进化走了一步,这筛子才作用一次,芟除了些不适者。"借柯朴教授底话来说,就是:自然淘汰说,虽然说明了适者底生存,并不能说明适者底"起原"。阿沙·哈利斯说,"自然淘汰,可说明适者底生存,并不能说明彼底出现。"

新拉马克派,与卫士满派操戈相争的要点,就是这变化原因问题。前一派向生物个体一生中获得性质底遗传,寻找变化的原因;后一派主张变化只是滋生于雌雄各异的胚种细胞底混合体,(参看前章《两派遗传说》)。这个论争,大体上是卫士满派比较地优胜;但不能实验地证明自说,却是同样。这问题论争了多年,结局无非告诉我们遗传和变化底黑暗怎样深远罢了;我们关于这变化的原因,仍然不能超出所谓自生底遁辞一步。请看:毕生努力于这问题研究的德·佛礼,不仍然称自说为"自生变化"吗?

三 贻误达尔文说的达尔文学徒

关于变化底原因,固然不曾拨去迷雾;但变化底样式,达尔文以后却有了可惊的新发现了。德·佛礼就是这新发现底功人。

依达尔文说,生物变化底样式,有渐变有顿变两种;也有看不见的微细的变化积累了几百年才生出新种的,也有一夜间就成了大突变的。达尔文确凿承认了这两面。但到了后来,所谓达尔文说,却只承认渐进的变化,想要全然否定突进的变化。这并不是达尔文不好,实在是承继他学说的人不好,特是瓦来斯该负这责任。那主张突变说自任的德·佛礼,也完全承认这事实。他说:"反对达尔文说的种种论调,大部分都只是反对他学徒过热心的主张。这些主张,在达尔文自己著述中并不能发见。关于这点,最应该负责任的,就是同达尔文同时发见自然淘汰说的阿尔佛勒朵·拉色尔·瓦来斯。"

四 渐变说与顿变说

瓦来斯以为一切的变化，都只是看不见的微细变化。他称彼为波动的变化。他以为生物底性质，好像涌在岸边的微波，不绝地动摇着；但只是动摇，不能称为变化。这动摇自然也是变化底原因，然而须经过可惊的长年月。

德·佛礼排斥此说，以为生物底变化决不是生在这种不断动摇的累积上，是因了某种机会，突然发现和突然停止的。就是说：变化不是渐进的，是顿进的；不是贮蓄的，是投机的。

五 月见草底暗示

这说是德·佛礼多年实验底结晶。他有一天在荷兰阿姆司特尔但附近喜尔浮阿沙姆地方，发见多数的月见草。学名叫做"拉玛珥契霞那"，原来是美国移来的一种野生植物。德·佛礼所发现的这植物，说是从附近公园中蔓生来；恢复了野生状态，已经过了十年了。第二年，他在这些月见草里面，发见了两个全新的种类。他从这事实，受了非常的暗示。

他将这些月见草移植几株在自己底庭园里，费了十三年间的研究。这十三年间，这些月见草蕃殖到了五万株以上，但他发见其中底八百株，全然和别的性质不同。德·佛礼经了种种研究底结果，将这些八百株，大别为七个新种。一面再到月见草原生的喜尔浮阿沙姆去考察，发见那里也有同样的现象。

他依据这些细小的月见草的实验，主张一切生物底新种，也应该在这样短日期间突发。自然啰，他所主张的顿变，并不是何处都可适用。他在美国加利佛尼亚大学所行讲演第四回底题目，就是《定时的顿变底假定》。据他说：和月见草同属的樱草，在现在似乎无变化。但这或者是过去已经有了大突变底反动，也未可知。并且当时月见草的内面，或者也已经有过无变化状态。他还这样说："这样停止期和顿变期，或多或少，必定很有规则地相互交代；一切的事实，都明明显示着这结论。"

六 新拉马克说底打击

他又否定生物底直接顺应,对于新拉马克说下了致命的打击。依新拉马克说,变化是使用不使用底结果。车夫脚筋底粗大,诗人手腕底细小,都是因为使用不使用而来的现象;就是对于使用不使用的直接顺应底结果。德·佛礼否定此说,以为变化并不限于使用不使用,一切方面都是有的。这就是祖述达尔文与其后继者卫士满底所谓"偶发的"变化;同斯宾塞,赫克尔等,对于境遇的顺应的去求变化底方向,是正相反对的。

德·佛礼关于这个问题,还有下面底话:"自然底无用,是个极重要的现象,正可称为一个原则。我们因着这个,可以说明进化学上几多难点。倘然自然因为要造一个佳良的新性质,同时就须造十个二十个以上不良性质,那就对于偶然的进化,不能不完全承认;而关于顺应底直接的原因的一切假定只是徒劳。达尔文所提倡的大原理,重新归到至上的地位。"

七 生物学者和地质学者底冲突

德·佛礼说,在上面所讲以外,于解从来的难问题上也还有效力。因为:关于生物进化年月长短一问题,从来地质学者和生物学者间,意见颇不相一致。据生物学者说:生物到今日止,所经过底时间,该已有了几亿万年。但是地质学者却主张不过经过短年月。

地质学者凯尔文算定地球底年龄,是二千万年乃至四千万年。又乔治·达尔文,以为自月离开地球,约在五千六百万年以前。此外,著名地质学者贵奇,概算地壳底年龄,至多不过一亿万年;乔礼以为五千五百万年;周布说是三千六百万年。都比生物学者所推测的短少。

德·佛礼底结论这样说:"要之:生物发达底年数,到底和徐行的进化说底要求不相一致……这生物学者底要求和地质学研究结果底冲突,只有用突变说为基础,方才可以调和。"

八　时代牺牲者的拉马克

上面所说是德·佛礼变化说底概略。这变化说，在"社会的"方面，有如何地意义呢？要说这个，至少须回溯一世纪以前，把那时以后主要生物学者底所说，来对照观察。

近世最早的最大进化学者，是约翰·拉马克。他具着绝大的学识和不挠的勤勉，却死在一贫如洗的境遇里。就因为他提倡同当时权力阶级利害不相一致的新说。他敌视当时一切封建的余力。封建制度所要求的思想，是神学色彩很浓厚的思想。他这反神学的进化说，同当时新兴阶级的商工阶级，固然利害一致，但当时，商工阶级还没有达到自觉的境地。因此他就只得在落魄不遇里死了。

九　法国革命代辩者的寇培耶

他之后出了个大生物学者寇培耶。他一面否定生物底进化，同时在别面又主张天地突变说。依他说：生物并不是因进化底结果而生。

一切的生物，现在也还维持着当时天地创造时底同样状态。只这宇宙之间，时时有大突变，每遇这样机运，从来的生物便全灭，新的生物又再创造出来。每次创造出的生物，到第二次底大变化为止，无论经过几百万年都无变化。

寇培耶底天地突变说，可以看作法国大革命底科学的代辩。革命以前，欧洲新兴商工阶级，在封建的势力底压迫里尝尽一切的苦楚艰难。他们除了覆灭封建贵族要自己来做权力阶级，没有别的希望。寇培耶用了全能的神底圣名提倡宇宙底突变，在渴望权力的他们心中，正是大旱时云霓。寇底耶为这原故，就成了时代底宠儿。

但是他底学说却跟着他底死同时消归无形了。因为商工阶级完成了权力者底地位，对于突变思想底兴味也就次第减少。他们自己想做权力者，才有社会突变底要求，等到已经做了权力者，却又尽力地维持他们底现状了。他们就从战斗的使徒，变为和平的使徒。同时对于寇培耶底天地突变说，也看如不值一顾的迷信，弃之如敝屣了。

十　商工阶级底达尔文和劳动阶级底德·佛礼

达尔文提了他自然淘汰说登场，就在此时。达尔文说进化，原假定过变化。但他底学徒，却就主张这样的变化进化非常徐行。在达尔文学派，十分钟底时间可以当得生物进化底一百万年。从一种属生出别种属，实在要几十万年几百万年底长年月。一切都是进化的。商工阶级底权力地位，也必有消亡的日子。但这也同一种属生出又一种属一样，决不是一朝一夕的事。

达尔文说，在又一方面又主张生存竞争，适者延续。这不就是那以胜者自任的新兴权力阶级定做的学说么？因为这样，达尔文说就完成了给新兴商工阶级壮年时期底代辩哲学的任务。

但商工阶级渐入老熟期，又一个新阶级又抬头了。这新阶级对商工阶级所要求急激革命的态度，与商工阶级曾经对封建贵族所要求的态度一样；一样期望着一个社会进化的大摇动。

新兴商工阶级底革命热，曾经在生物学界迫出了寇培耶底天地突变说。德佛礼底变化说，也正同彼同样，是在新兴劳动阶级对旧商工阶级的要求中诞生的。

第四章　认识论和唯物论　康德与考茨基

一　唯物的认识论

本章标题是认识论和唯物论；但是本文底目的，实在想把康德底认识论和唯物论者底认识论，来比较对看。

唯物论者底认识论，通常叫做经验论，或者叫做感觉论。再简单地说，就是我们底认识，只依了感觉而得。认识必及于事物底本体。我们所认识的一切现象，就是事物自体底表现。

我现在介绍此说中最著名的代表者陆克（Locke）底经验论。据陆克所说，我们认识底根原是经验；就是知觉经验。我们先因了感官，得着一个一个的"单一观念"，譬如色，音，触觉，运动，都是。这种单一观念，说起来无非认识的文字。我们联结文字来造语句，和这个一样，我们底心又将这种单一观念总合了，构造几多抽象的概念。陆克把这叫做"复合观念"。

从我们感官上得来的单一观念，本来不过是表示事物底各个属性的。但是这等属性，事实上常显出一定的连络。譬如甜，白，粉状，这种是糖底属性。我们底感官，在这种属性以上，再把关于糖的事情来教我们。但是我们对于这种属性，有时常连合显现的经验。于是我们不但是晓得甜，白，并且将这些单一观念总合了，造成糖底一个复合观念（抽象的概念）。这个观念，就是糖底各种属性，常时连结显现的客观事实底反映。就是糖底本体写象。

要之，人类的智识，一切由经验而来。所谓人类底悟性，本来全如白纸一样。在这白纸上，能够加以种种的线，种种的色彩；成功一个有组织的思想智识，都是经验底功劳。

二　两极端的思想

这是唯物的认识论底大要。和康德底认识论比较起来，两者底方向,竟似全然不同。

这是依了前项底说明,也可晓得的事,就是唯物的认识论底特征,关于认识底手段,主张经验论(严密的说,就是感觉论);关于认识底范围,恰采用独断的本体论。但康德底认识论,则关于认识底手段,主张观念论;而关于认识底范围,又采用怀疑论。就是唯物论者底认识论是感觉的独断论;康德底认识论是观念的怀疑论。两者完全反对,没有一致的地方。

那么,康德底观念的怀疑论,究竟是怎样的一种学说呢? 下面介绍其大略。

三 康德底认识论

依康德所说,我们一切的认识,是认识主体(心)和认识客体(外界)底结合产物。认识客体,在我们底认识上,赋与内容;认识主体,在我们底认识上,赋与形式。——就是赋与悟性概念(范畴)。我们因了这悟性概念,方才可以把从感觉得来的各种知觉,总合了成功一个经验。——就是得着组织的认识。没有外界,本来就没有何种现象底存在;但是没有悟性,我们感官上所映的一切现象(就是知觉),也不过是散乱的混沌体,不能成功一个统一的表象。没有表象,自然就没有经验,因之就没有认识。所以没有概念的知觉,是盲目的;没有知觉的概念,是空虚的。认识作用,一面以经验底内容,充概念底材料;一面再以概念底材料,连结经验底内容。认识,不过是概念和知觉底结合。

我们本不能认识和外部一样的事物,就是不能认识事物底本体。我们底所谓经验,本来是因了悟性概念底能动作用而成立的。这是和上面所讲过的一样。这样看来,我们底悟性概念,决不是经验底所产;倒还是经验底预备条件。经验底预备条件,是先天地当做经验条件,在我们意识内具备的东西。因之经验被我们认识的一切的事物,已经被我们主观底眼镜着了色彩。我们不能照样地认识事物,只能照我们所理解地来认识事物。

不但这样,做我们经验内容的知觉自身,也已经因了我们底主观而着了色彩。我们于知觉事物的时候,必定将事实摆在时间和空间底形式中去知觉。时间空间也和悟性概念一样,是我们主观内本有的要素。所以进我们认识范围的,无非单是现象。离了我们主观底着色,赤裸裸的和外界一样的事物,到底不能到我们认识上来。

从此,可以得到下面的三个结论:

(一)我们研究底对象,单是现象;事物本来的样子,——即本体,物底自体——和我们底研究,全然是没关系的。

(二)只有经验是认识底领域。超越经验的,本体底学问,到底是不能得的。

(三)认识作用,超越经验而侵入到超自然底领域的时候,就碰着最大的矛盾。神,宇宙(当做万有底总合体的),灵魂这三个理性观念,断不是可以在经验界应用的东西。倘然误解了,以为神,宇宙,灵魂这种东西,也可以应用在经验界,当做客观实在去看;那是很错的。要之,这种是调节原理,不是组织原理。他本来的职分,调节总括我们底悟性,助认识底向上。因为这个原故,倘若将认识底领域,扩张到经验以外,哲学就变了谜论和诡辩。从来的形而上学,都患了这个弊病。

四 康德说与唯心论

康德底认识论,简单地说,不外上面所说的样子。方向和唯物论者底认识论,是完全反对的。

依唯物论者说,认识底根原是感官知觉;康德底所谓悟性概念,实在也是从我们底知觉经验生出来的东西。但是依康德说,意识底能动要素,是悟性概念,不是感官知觉;感官知觉,不过单做认识底被动的内容罢了。将这内容统整了,组成一个有联络的经验,都是悟性概念底作用。悟性概念,不是经验底产物,是经验底决定条件。

唯物论者又认我们所认识的世界,就是事实上底世界。但是康德恰认我们所认识的世界,不过是现象底世界。

无论从那面看,两者所取的方向,好像一轴底两端,是极端地反对的。

但是依了康德底认识论，受着大打击的，并不是唯物论，实在还是唯心论。因为康德认做我们经验决定条件底悟性概念，本来先天的在我们认识机关具备的，彼所以能在实际上活动生出认识，只以通过经验为条件的。悟性概念在经验底彼岸，失坠一切的意义。就是所谓本有观念，在这个时候，完全把根据夺去了。

依唯心论者说，人类底本有观念，元来好像从超自然界派遣了的证人的样子。本有观念，本来对于超自然界的对象，能够活动的。不，这个活动，实在是本有观念底本来职分。

但是康德所谓认识底先天的要素，只限在经验界活动的。我们一切的经验，因了这个要素决定。我们只有因了这个要素，可以认识经验对象底一切必然的关系。只有这件事是这要素底职分。因为这要素是全然不能适用于超自然界的。

康德还这样说：

"从来一切的纯正唯心论者——从古代希腊底耶勒亚派（Eleatics）到最近的巴枯勒（Berkleianism）监督所主张的，都包含在下面底命题。说：'因感官和经验底一切认识，都是幻影。真理只在纯粹悟性和纯粹理性底观念内的。'但是我底观念论的根本主张，同这个完全反对。我是说：因纯粹悟性和纯粹理性底一切认识，总都是幻影。真理只在经验以内。"

五　与唯物论的冲突

康德说，自然同唯物论也相冲突。第一种冲突，就在悟性概念。依康德说，悟性概念是先天的赋与在我们思想机关之内的。但是唯物论者，却以为这也是经验底结果。

譬如我们有了因果法底概念，无论想甚么事情，我们总拿来摆在原因结果底范围中去思考。康德说：这是我们底思想机关，本来是照这样思考的样子造成的。但是从唯物论者说，我们底思想机关，决不是生成这样的；实在因了经验底结果，次第在我们底思想机关内，造成这样概念的。

再用具体的例来说，水沸了就要蒸发。我们决不是于一切条件之下，用了一切的方法，把水来热了试过；但是我们无论在甚么时地，却晓得热是蒸气底原因。蒸气是热底结果，这件事是真理。

但是依唯物论者说，这毕竟从我们知觉经验来的，我们平素常时经验着热和蒸气是直接连续显现的。这个经验重叠了几度，我们见了热，就联想蒸气；再进一步还能够豫期。这个豫期，就是将热和蒸气去必然地因果的连结起来的根本原因。

但是从康德说，这个说明有像下面的缺点：热和蒸气，无论如何连续显现，从感官知觉说，不过是当做单独的现象来感知的。热自是热，蒸气自是蒸气；二者中间没有何等关系，全是个个各别的。要想把它相互的关系连起来，非有唯物论者所主张的联想底法则不可。但是所谓联想底法则，实在是因果法底一部分。就是适用于我们心理生活的因果法。这因果法底概念，是先天的不是？这是当面的问题。但是唯物论者，将这概念当作既定的事实，将此作了根据，来说明因果法概念底发生经过，就是患着以问题来解释问题的矛盾。

却是，康德底所谓因果法概念，是先天的意思，决不是说在我们底思想内，先天的包含着这种热和蒸气底具体的因果法概念。热和蒸气，本来都是我们底经验对象。他不过说，我们知觉热或蒸气的时候，心底能动性，就把这两个知觉因果的连结起来，这个能动性，是先天的罢了。

六　现象和实在

还有，这两说关于认识范围底问题上，也有冲突。依康德说，被我们认识的世界，就是我们所经验的世界。但是所谓我们底经验，只限于外界底知觉写象，被时空和悟性概念底先天性把持的时候，方才可行的。所以我们底经验，都因了主观底先天性着了色彩。我们底认识，是以这经验为对象的。所以离了我们主观的着色的赤裸裸的实在，到底没有可以认识的道理。关于这说，唯物论者主张我们认识的世界，就是事物自体底世界。

要想把这争论说得明瞭，现在再把糖底例来说。这里有若干点的白，甜，粉状的糖。这白，甜，粉状，都是映在我们感官上的知觉。但是我们于这种知觉以外，还有着一个糖底总合概念。这概念是我们主观底产物呢？还是客观的实在的真底再现？这是一个问题。

据康德说，这当然是我们主观底产物。要生白，甜等知觉，本来外部上，不可不有与这知觉相应的原因（这种知觉也因了时空而着色的）。但是我们底感官，不过只能支离灭裂地感着白，甜等底事情。总合了这许多知觉，成功一个糖底概念，全然由于我们思想机关底构造。因为我们底思想机关，是先天的具有总合底范畴的。

依唯物论者说，白，甜等自然是支离灭裂的知觉。但是时常连结了可以在同时知觉，这不是因为一方面有糖底总合体存在的原故吗？

七 一种的唯物论者

唯物论和康德说，有这样彻头彻尾相冲突的运命，但是一方却又有非常密接的方面。就是说做我们认识对象的世界，不许有一点的神秘和丝毫的自由；是纯必然的世界。不过康德将世界当做单纯的现象界，认为现实；唯物论者将世界认为现象界，同时又认为实在界。无论怎样，两派底所谓现实世界，都是纯必然的物质界，这是不可争的事实。在这意味上，康德也可说是一种的唯物论者。

八 考茨基底批评

康德说对唯物论的关系，大体已经说了。最后我要将社会主义者考茨基底关于康德的批评，来讲个概略，当作本文底结束。

考茨基虽然是唯物论者，恰是比旧来的唯物论者，有几分带着康德色彩的倾向。他在他底著述《伦理与唯物史观》（埭氏译《社会主义底伦理学》）里面，有下面的说话：

"我们底智力机关，只能认识能够在我们底头脑上起时空概念的外界底事物。其他种类的事物，就是存在，也不能使我们有何等的感觉。我们底能够认识事物，也是因了我们智力底特性认识的。所以由这点说，时间空间底范畴，是根于我们底认识机关底构造的。"

这几句话，大体上和康德底主张差不多；所不同的，就是最初的一句。依考茨基说，我们底时空概念，是因了外界底事物和我们底认识机关的相互作用成立的。就是一面外部上有可以引起这概念底特殊事物，一面对于这种事物，有可以引起这概念底认识机关底特性；方才时间概念可以造成。所以我们当做时空感知的外界事物，客观上也是当做时空而实在；决不是像康德所说的样子只依了我们认识机关底性质而定的。

考茨基在这地方，又引着下面底例证来说："康德曾将空间底概念和色底概念相比。这虽是很适切的比较，但是恰好不足以证明康德所欲证明的道理。红色底使我们觉着赤，确是由于我们视觉底特性。离去视觉就没有色。我们底感着色，是因为有特定的长度的以太波（Etherwave）在我们眼上作用。但是人倘然将以太波当作色底本体，要想依了色去思考它本体底以太波，这是大错；依了这意味，我们底视觉，决不是看见事物底本体的能力，倒还是幻觉底能力。"

"就一种色想，虽然如上所说，但就许多色考究关系的时候，又有全然各别的意思。就是各色各依特定的以太波长而起；彼底差并不是存在于我们视力机关中，全然是在外界有了基础的东西。我们底视力机关，只因了或一形式——就是因了色的形式——有感知这差的能力。我们底视力，是这差底认识机关，也是认识实在的能力，决不是幻觉底能力。"

这样说，恐怕康德就要这样答覆：考茨基所举的以太波底长短，不也是已经属于我们认识的东西吗？不就是豫先依着我们底时空概念和悟性概念整理过渲染过的经验对象底归结么？那么，以太波底长短，也和映在我们视觉上色彩底差一样，是一个现象。所以不能因为色底差是表示以太波长短的东西，就说这差是"全然在外界上有基础的东西"。

我现在没有功夫批评这两说底优劣，却有一句话要申明：就是从前唯物论者都太偏于研究形而上学的方面了。因此对于认识论底整理，都过于疏忽。然而康德自初已就认认识论为哲学底中枢问题，很致力于这点。他底认识论，也就比较地有精采。

我并不敢希望唯物论底康德化。但我以为要使唯物论真成首尾一体的大哲学，就该先有那对手康德一般地宏大修炼工夫。我们不能因为康德道德论底迷妄，连他认识研究底长所也抹煞了。至于康德底那种道德论，不但从唯物论看去是迷妄，就是同康德自身底根本主义也相冲突。

第五章　保守的黑格尔和革命的黑格尔　斯启纳底无政府主义

一　结果和预料矛盾

西洋谚语有"结果总在预料外"一句话。斯宾塞当时反对"社会主义的"倾向，就把这句谚语升高到科学的原理底地位。他曾称彼为社会学的大理法。

他批评法律说：原来法律这种东西，不但往往不能奏预期的功，却像向与豫想正相反对的方向发展。然而可惜这个袭击并不曾击着标的底中心。因为这些法律，大部分无非一种局限的经验。要想实际撤废了彼，决不能依据斯宾塞辈所主张的理由，却应该发见了筑在更成熟的经验上的新法律。这样制定的新法律，对于从来法律所追求的那目的，比较地有可以达到的效力。

斯宾塞嗤笑以法律底干涉来救社会底缺陷。他说：这样的干涉，不但大半失败，并且时常生出和当初目的反对的结果。他依据这见地，达到了他得意的个人主义、自由主义。

他就此举了许多实例：从前英国有个国王，因为要想矫正人民底暴饮，制定了一种法律。

据这法律：英国所有酒店里客人用的酒杯，里面必须刻着一定的量度。无论哪一个人，一口不准饮一度以上。倘饮一度以上，就认为法律上的罪人。

这种法律，一时也得到所希望的好结果；但社会底反感，却也就聚集在这犯罪密告者底身边了。世间对于犯罪密告者的厌恶，几乎同从前犹太人讨厌征税吏一样。在这时候就谁也不喜欢密告别人犯罪，而且密告了也没有好处可得，就使当面有许多犯人，也没有向官厅告发的人了。于是这种法律，事实上就失了效力。

但这酒杯上底量度，仍旧遗留着。不但遗留着，并且成为饮酒竞争底目标。一口能尽许多度数的，就是伟大的酒豪。

斯宾塞又举出一个很有趣的例：马来半岛底土人们，流行过一种磔刑底蛮行。有一时候，耶稣教宣教师问土人底酋长，为甚么要为这样的野行。酋长显出很惊讶的模样回答说："就是你们底圣书教我们的。"

二　妖魔无政府主义底原形

不但法律，一切的事物都会生出和豫想正反对的结果。斯宾塞关于这层，另外还举出许多有趣的例。我们现在也摹仿斯宾塞在哪里介绍点新例。

这就是无政府主义底原形。无政府主义者说他自己是最激底的革命主义者。他们以为社会主义和国家社会主义这些渐进政府，都是被权力与压迫所欺瞒的改革。只有无政府主义才配称为真的革命主义。

但从事实上看，无政府主义底运动，往往陷在同他主张反对的倾向里。近世无政府主义泰斗俄国克鲁泡特金，反对多数派底革命主义，同有产阶级相结纳了，煽动芬兰底白卫军。他现在当做反革命的巨魁，在多数派政府底牢狱中呻吟着。基督教的无政府共产主义者托尔斯泰一面发挥无抵抗主义，事实上却曾经维持过旧俄罗斯压制政府。这次革命勃发的时候，他底住宅先为劳兵军所掠夺。

还有个人的无政府主义学者马克斯·斯启纳（Max Stirner），他嗤笑不幸的失业劳工为无能的自我。这样的无能力者，无"不靠别人"的意气和能力，应该放逐在社会之外。这样在诅咒现状上自称了一等革命的斯启纳，在维持现状上，却变了一个最爱敷衍的反动主义者。真是"结果总在豫想外"！

我们以下要解释斯启纳鬼魂底原形了。

三　保守的黑格尔

要调查斯启纳哲学的系图，不能不远溯到一八三○年。从这年到一八四○年在欧洲哲学界握霸权的，就是黑格尔（Hegel）。黑格尔底哲学，德国诸大学都教授，并且侵入普鲁士王室。

普鲁士王斐特列·威廉三世相信哲学中没有比黑格尔哲学再好的哲学。理由就是因为黑格尔哲学以外,没有再好的维持王权的"智的屏藩"。黑格尔说:"一切实在的都是合理的;一切合理的都是实在的。"威廉三世解释说:一切现存的是实在的,所以就是合理的,所以就是正当的。借用英国诗人亚力山大·波甫底说话来说,就是"现存的是正当的。"这就是普王威廉三世底黑格尔观。

自然啰,这是最便于"警察的政府"的哲学。哲学之中,自然不会再有这样可以使普鲁士底检察官和秘密法庭欢喜的哲学了。所以黑格尔哲学,就在普鲁士王家保护下面繁荣起来。而当时以进步主义自在的自由思想家等,目击全国思想界渐被这反动哲学底魔力席卷而去,只有痛恨叹惜的了。

四　革命的黑格尔

哪里晓得,"结果总在预想外",骤看似乎是反动思想威权的黑格尔哲学,半面却包含着可惊的革新思想底种子。这革新思想底种子,经过马克斯一手培养,就成了近世社会民主主义与国家社会主义底哲学的根柢。

据革新派黑格尔学徒说:黑格尔所谓"实在"同威廉三世底所谓"实在",有霄壤底差别。在黑格尔,"实在"含有"必然"的意思。就是:不是实在而又必然的东西,不能称为真的实在。所以所谓"凡实在是合理的"这句话,结局是"凡必然是合理的"的意思。恩格斯(Engels)说明此间关系,有下面底话:

"黑格尔底意思,并不是说凡现存的都是实在,毫无例外。只是说现存而又必然的,是有实在性。实在在其发展上,有时化为必然显现出来。于是必然的东西,结局就化为合理显现出来。所以依黑格尔底论法:旧的实在已成了不实在,失了必然性、失了存在权、失了合理性时,就有新的有力的实在,出来替代彼。反转来说,凡是合理的东西,无论和现状底实在怎样矛盾,终于是可以成为实在而显现的。总之:一切现存的事物,究极都有不能不灭的运命。"

譬如德川家康抑没丰臣残党而掌天下底实权,这是实在的。此后二百年间,日本霸权全在德川家底手里,这也是实在的。但在同样实在中,必然性底成分却不绝地摇动着;及至幕府末路,尊王攘夷徒党各地蜂起的时候,社会底必然性就渐渐弃了德川政府移到尊攘派底实在里去了。这样,德川政府,表面好像是实在的,其实已经成了不实在,失了他底必然性存在权了。一面反抗德川政府的当时志士论客,表面上也像是和现状底实在冲突,但这在冲突之中已经怀孕着个合理了。因此,德川政府,就成了不合理,不必然,不实在。

威廉三世,本想依靠黑格尔哲学,在他底王冠上,加添了万事不易的圆光;哪里晓得依据黑格尔,他底王冠只是必然的时候才实在的。

这样看来,黑格尔哲学有反动思想,实也有可惊的革新思想含在里面。可惜这革新思想,只拘限在他哲学底方法论方面,没有渗透到他哲学底全体。为甚么原故?因为他底哲学体系,元来是立脚在唯心论的。因之,吸收了这进化的革新思想,势必陷于无可挽回的"逻辑的矛盾"。

五　黑格尔哲学底矛盾

依黑格尔哲学底体系,物质世界是从观念,从绝对的观念分派出来的。用神学的用语说,就是物质世界是神灵底实现。

然而从方法论方面看,黑格尔所谓合理的观念,无论如何是物质的是实在所生的东西。要不然,"凡实在的都是合理的"这一命题便毫无意义。黑格尔哲学,于是就陷在进退两难的泥泞中了。

有了这进退两难的关头,黑格尔底学徒就裂成两派。一派是黑格尔右党;排斥黑格尔唯物的方法论,依样继承了他那哲学体系,就成了极端的保守反动论。又一派就是黑格尔左党;继承了黑格尔底方法论,使彼同唯物的哲学体系相结合;这派就成了当时急进思想底大本营,那马克斯底唯物史观,便是这派终于要过着的运命。

六　从偶像到偶像

但从黑格尔左党底哲学,到马克斯底唯物史观,尚有许多曲折。内中代表的桥梁,就是安特伊契·费巴哈(Feuerbach)和马克斯·斯启纳两人。

费巴哈,是第一个解决黑格尔哲学矛盾的殊动者。他在他所著的《基督教神髓》里说:"人和自然以外,没有别的东西。那些比人和自然崇高的实在,完全是人底宗教的想像生出来的,毕竟不过是我们个性底想像的反映。"

这用哲学的句调说,就是说:思想是从物质世界生出来的。这新哲学,使当时底急进的青年,欣喜雀跃。恩格斯于此有下面的话:"这个思想,实在并无何等的涂饰,极率直明白地将唯物论恢复到他底旧王位。……黑格尔哲学底束缚,因此切断。他底体系,破裂四散了。他底矛盾,本来单存于人底想像中,所以也痛快地解决了。……热心到处弥漫了。我们一齐做著费巴哈的学徒了。马克斯对于这新思想,怎样地热心欢迎?并且怎样地受着深大的影响?只要看他所著的《神圣家族》,就可明白。"

但在这黑格尔左党中间,却出了费巴哈底强敌。就是马克斯·斯启纳。

斯启纳承认费巴哈"神并没有造人,人却造了神"的话。但费巴哈一方打破"神"的抽象观念,他方面却又把"人类"的抽象观念提到了"神"的地位。因之,所谓偶像打破,也就全无意义。从神底压制救出,又做了"人类"的偶像底奴隶,除了屈服交代以外,并没有何等意味。

费巴哈说:"人类底本质,是人类底至上实在。然而依宗教说,至上实在就是神。于是这'神'这至上实在,就被看作客观的本质。但事实上,这至上实在也不过是人类底本质。所以,今后世界历史底转枢,已经不该以'神'为神来与人类对待,应以人类为神来与人类对待了。"

斯启纳反对说:这在费巴哈所要求的打破个人底奴隶状态上,毫无意义。不过废了旧的暴君,奉了一个新的暴君罢了。自然啰,费巴哈所谓神,并不是在个人以外,去求所谓神的暴君,全是在个人之内的东西。但是"暴君在个人底之内"的一句话,和暴君所以为暴君,没甚么关系。"其本质无论作在我以内想,或作在我以外想,于本质底根本上绝无变动。"

"不，所谓内外底区别，原本上已无意味。为甚么呢？因为依基督教，神底灵同时就是我底灵，住在我以内。"

这样，马克斯，恩格斯们看作人类解放底先驱去欢迎的费巴哈，从斯启纳看来，不过是一个宗教的偶像底兑换商。

但斯启纳所排斥的，并不只这"人类"一抽象观念。个人在这抽象的偶像以外，还有"正义"，"自由"，"善"，"美"，"国家"，"法律"等类底捆绑。这些都有要个人去服侍的大目的。所不许个人去服侍的唯一目的，就是个人自身底目的。

以上诸偶像，都硬要个人自己否定。彼等自身，有一点自己否定的吗？不，彼等只服侍着彼等自身。

"关于神的事，是神底问题；关于人类的事，是人类底问题。我底问题，不是神，也不是人类；不是真善美，也不是正义与自由，只是关于我的问题。这不是一般的问题，是单一无二的问题。同我自身是单一无二的一样。""在我，没有比我更尊的。"

七　斯启纳底鬼魂

这样，斯启纳宣传了"自己所有"。个人该脱却个人以外的一切统制。只该服侍自己本身。这就是他无政府主义底归着点。他想这样，把个人从一切的偶像中救出。

然而从我们看来，这样脱却一切统制的个人自身，实在如同耶稣教底神一般是一个偶像。试想：这样自己统制自己了，自己依照自己的了，倘仍然是人类，能够不同我们一样地生活着么？要生活，就须有衣食住。我们底衣服从那里来？不是多数人类协力底庇荫么？食住也是一样。自己服侍人，使人服侍自己，离了这共同生活底原则，人就一天也不能维持生活。果然世界上真会有脱却一切的周围，单用自己统制自己的个人么？承认有这样的个人的人，定是耶稣以上的痴子。

不但这样，现今这种阶级对峙的社会，无产者不将劳动力当商品卖给雇主，便不能生存，还有什么是"自己所有"？不见得身体被他人所有，心却是自己所有的罢。自己生存必要的一切机关都为他人所有的社会，我们到底怎么可以使自己为自己所有呢？

斯启纳底自我主义，如有还有点的真理，这决不会是无政府主义的，个人主义的真理，一定是社会的，团体主义的真理。斯启纳所区别的专制君主和庸愚人民，在"自我的"一点上，并无何等的差异。倘有何种差异的东西，那就是由于他们底社会的境遇不同。人民并不是因为博爱，因而服侍着暴君。渠们底服侍暴君，是为相信那是现在服侍自己最有效的方法。渠们有了这样的自信，所以对于暴君底暴政，就唯唯诺诺地服从。

所以，斯启纳如果真想使"愚民"脱却这样的服从状态，第一就应该打算改善他们境遇的法子。因之即使承认斯启纳底自我主义，也不应该实行宣传自己所有的福音，只应该实行境遇改善的社会运动。就是不应该宣传无政府主义，应该实行国家社会主义。

斯启纳攻击了费巴哈底偶像，却建起了费巴哈以上底愚痴的新偶像。费巴哈底缺点，并不在偶像底兑换，是在他唯物思想底不澈底。他在人类里面，求无上的实在。但是所谓人类是甚么呢？不就是个人底集绩么？那么无上的实在，不也可以说不是人类而是个人么？在这意味上，斯启纳底疑义也不是全无意味的了。

八 黑格尔左党底完成

然而个人只当作单独的个人，总是没有何等意义的东西。凡是个人都须社会地维持他底存在。因之无上的实在，却不是个人而是社会了。

祖述了费巴哈，从这方面去求结论的，就是马克斯底唯物史观。马克斯说："物质世界，是神学的，哲学的一切观念底胚胎。所以唯一的实在，除了在物质世界，是找不到的。人是物世界——就是自然底产物。社会是人和自然底合体。社会底根本，是从打算满足物质的欲求必要资料的物质的机关成立的。所以社会一部，独占着这重要机关以上，被排除在这机关以外的别一部分，就不能不做物质的奴隶。但是心是物的产物，物质的奴隶状态，同时又就生出精神的奴隶状态。所以要扫荡这物身两面的奴隶状态，就须先除去它根本的物质的原因。"马克斯底唯物史观，于是就得到他所得意的社会革新论。

　　黑格尔左党，因斯启纳逆转。费巴哈，便是站在这逆转和前进分歧点上的人。

第六章　哲学底科学化　孔德和赫克尔

一　哲学和科学底争斗

　　奥古斯都·孔德（Auguste Comte）底出现，在世界思想史上，划了一个新时期。孔德底功绩，用一句话说，就是哲学底败北，科学底胜利。

　　过去二千五百年的世界历史，从思想上说，是哲学和科学底争斗史。哲学在云间耸着得意的王冠，以冷笑的眼，来看科学底惨澹存在。科学也要想夺这尊大的哲学玉座，而摧残其得意的根据。但是科学底力总是不够，他底不挠的努力，大概有"未结实花先谢"的样子。于是哲学就愈发得意起来。

　　但是骄兵必败，得意就是失意底先兆。低的东西，到终高起来。世人对于哲学底使命，渐次起了疑惑。他们对于哲学，疑是在茫无边际的大海中飘荡着的无舵船一样。从何处来，向何处去，没有的确的目标。至于科学，虽被卑视，常一步一步地向前进着。虽然微细，但是宇宙底谜，却一个一个地有解决的样子。进步虽慢，却是确实。譬如几千万里的天界外，有永远不动的导星。科学向着这星，不绝地继续其微细的努力。

　　这样，到了近世，科学就冒了哲学底营垒，终把哲学颠覆下来了。虽然这样，科学却很宽大。凡是迷信以外的东西，都在其胸中包含着。对于新破灭的哲学，不记一切的旧怨；反在科学之下，给他一种新的职分。哲学因此也就入了有光辉的新生涯。哲学在现在，已不像从前那样的自大。已经从思辨的梦里醒来，做了科学底亲密的兄弟。科学割刈了，哲学来收集。新的哲学底任务，实在是综合科学所收得的东西的。

二　孔德底功绩

　　引导哲学到这新使命去的思想家中最有光彩的一人，就是孔德。哲学因了孔德，成了诸科学的科学；成了概括诸科学在一个组织内的综合科学。好像诸科学,对于宇宙底森罗万象,都用一定的系统,去分类配列的样子,哲学对于一切诸科学,也不能不同样地去分类配列。

把哲学当做诸科学的科学,这样哲学底建设,实在是人类思想上底一大转机。结果,是思想界底一大革命。

孔德在世界思想史上底功绩,大别可以分为两方面:一是人类智的发达底解剖,一是诸科学底分类。

对于人类智的发达的孔德底卓见,占着后来赫克尔(Hackel)生物发生论的先导的位置。这两者底思想,互有密接不离的关系,可以互相补助。赫克尔底发生论,主要是关于身体的。孔德却专处理人类心理的过程。从论理的看来,应该是赫克尔在前,孔德在后的;但是孔德却前出了,这可证明孔德底创意。至少,孔德不曾应用赫克尔说,是不容怀疑的。

但是要十分理解孔德说,便利上可以先研究赫克尔说。现在我们要倒转历史底顺序,开始关于从赫克尔说底线索。

三　个体反覆种属

赫克尔把他所发见的新说,叫做"生物发生底原理"。这是从个体发生学和种属发生学两科学底成果演绎来的。所谓种属发生学,是调查生物种属系图的学问,譬如从递信大臣野田卯太郎底名字中去追究他"野田"姓氏底由来。不管野田是豆腐匠,是递信大臣。只管野田底姓是如何生存,如何继续的? 生物界中,有人类,松虫,海胆,山猫等种种的种属,这些种属,究竟如何生存的? 这样的调查,就是种属发生学底任务。

但是这系图调查底依据,却很空漠并无的确的证据。虽然多少也有一点,不过可以作为几分的依据,不是可以完全有用的。比较的最重要的,就是化石。种属发生学,在某种意义上,是化石学说,就是古生物学底一部。

个体发生学,却和这相反,不管种属底系图,只管各种属中各个体底一代的。野田家底卯太郎,从受胎以至出世,做过豆腐匠,因煤赚了钱,运动了做了递信大臣;过了几年以后,变了墓场底土。这样但就这一个发达过程去调查,这就是个体发生学底职分。

这里有一件不可思议的事,就是种属底发生和个体底发生,都同样地在同路上进行着。一种属几千万年间所经过的路程,一个体就在几年和几十年的一生中来反覆。这就是赫克尔底所谓"生物发生底原理"底骨子。赫克尔简单地说,是:"个体发生底历史,是将生物发生底长历史,依次第缩写的。"我们试将蛇,海龟,鸵鸟,马,鲸,猿,猩猩,人类,以及其他的脊椎动物底胎儿来调查,在某时期,必定可以发见有鱼的时代底痕迹。就是头旁有鳃底痕迹,又两胁有鳍底模样。这就是以上的诸生物,在他先祖时代曾经是做过鱼的证据。

赫克尔将这发生底原理,作为人类从其他生物进化来的确证,他说:"不论怎样反对进化说的论者,不能说明此不可思议的事实。却是依了进化论,可以用遗传和顺应底原理,来完全说明的。"

四 孔德底人知发达论

我们在这里,没有深究赫克尔说的余暇。却是我们于研究这说,愈觉得这说发见者赫克尔头脑底伟大。

但是这说底精髓,赫克尔以前,在孔德底思想中已经出现。我们并不因此减少了赫克尔底价值,不过论这说(至少他底精髓)发见的前后,赫克尔无论如何,不能不把一日之长的名誉让给孔德。

孔德类别人类知识底发达阶段,为神学时代,形而上学时代(哲学时代),实证时代的三期。所谓神学时代,就是人类智的幼少期;所谓形而上学时代,自人类已经觉醒他粗笨的迷信梦以后;到哲学渐次为科学征服的时期为止。最后所谓实证时代,就是近世科学出现以来到今日的时代。

这自然也是大略的分别,不能十分明白划出各时代底起迄。一时代与一时代底接触点,当然非常朦混,归入哪一期都可以的时代,也无限地继续着。但是就大体底特色说,结局也不外这三期的大别。孔德关于这三期的说明如下:

"在神学时代,只依了不许何等实证的架空的想像活动。又在形而上学时代,有将各种的抽象和实在的观念,来拟人的特征。最后的实证时代,在立脚于真事实底正确的观察。第一期的神学时代,全然是一种一时的时代,但是无论何处的人类,必以这时代为出发点。第三期的实证时代,是三时代中唯一永续的和标准的时代。至于第二期的形而上学时代,只有变更的和溶解的影响力,是调节第一期到第三期间的推移的。我们从神学的想像出发,经过了形而上学的论究,最后终了于实证的说明。这样,我们因了这普遍的法则底助力,可以得着人类过去现在未来底包括的概念。"(孔德著《人类的和社会的发达底学理》)

五 个人心理和人类心理底类似

只这一点,还看不出他是赫克尔说底先驱。但是孔德又提倡这人类底知的发达底顺序,是在个人底知的发达中再现的。他说:"个人心理底发达,不单是社会心理底发达底说明,并且还是他直接的证据。个人底出发点和人类全体底出发点同一,个人心理所经过的阶段,和人类心理底各时代相当。我们回顾一生,幼少时期,自己是一个神学者;青年时代,变了形而上学者;到了成人,就觉得变了自然哲学者(科学者)。只要不是赶不上时代思潮的人,谁都可以在自己身上去证明这个真理。"(同上)

这却和前面所介绍的赫克尔底"生物发生底原理"同工异曲了。依赫克尔,婴儿底身体,和大人比较起来,差不多是三千年以上的我们底先祖底身体。这身体中,自然也含着我们生理器官之一的脑髓。就是小儿底脑髓,较之大人,好像远在原始的未开人;所以在原始时代,我们先祖间共通的神学的迷信,同时也应该是儿童心理底特征。这样看来,孔德说,可以说是将赫克尔说一样地应用在心理方面的东西。历史上,孔德虽有一日之长;论理上,赫克尔却是前辈。

六 科学底分类

孔德还有一种功绩,就是科学底分类法。后出来的斯宾塞底综合哲学底骨子,已经在这科学分类法中完全地包孕着。美国底社会学者勒斯泰·倭朵说孔德,斯宾塞底科学分类法,在根本上,是全然一样的。孔德底科学分类法,也和斯宾塞相同;是从单纯到复杂,从一般的到特殊的东西。

孔德依了这个顺序,把一切的科学分为六种:(一)天文学,(二)物理学,(三)化学,(四)生物学,(五)社会学,(六)伦理学。多数的社会学者,于(一)天文学上面,再加上一个数学,孔德也时常采用这种方法,但是他不将数学当做一个特殊的科学,认为诸科学底共通的方法,和根本基础。所以他认特殊科学底顺序,还是应该以天文学居首的。

以上的六科学中,后者必从前者生出,表示着父子底关系。就是天文学是物理学底父,化学是物理学底子。从化学生出生物学来,从生物学生出社会学来。伦理学是从天文学底先祖生出来的最后的子孙,直接对于社会学,是居着子底地位的。

以上各科学中,天文学是处理天体和其理法的学问,也包括物理学,化学又被包括在物理学之中。物理学是处治质量力的,化学是处治原子力的。天体,质量力,原子力,从自然史上底顺序说,都是在生命发现以前已经存在的。生物学是以这新现象底生命为对象的学问。这所谓生命,当然也含着心理。所以孔德不像斯宾塞底样子,将心理学和生物学来对立,当做他底一分科去看。这点也和赫克尔极相像。

社会现象,是生命现象中比较后出的新现象,社会学就以此为对象。至于社会现象中道德的关系,是伦理学底主题。

七　科学底研究方法

此外,孔德还有一种自夸为独创的重要学说。他把科学底主要研究法,分为观察,实验,和比较的三种。却是在前面六科学上面调查起来,从第一的天文学到最后的伦理学当中,这三方法的应用,有进化的不同。就是:在天文学,只能应用观察法;在物理学,却可以并用观察和实验的两方法。至于化学,去了观察,实验就是他主要的武器。到了生物学和伦理学,比较就做了主要的研究方法了。

八　科学底发达阶梯

孔德将上面的科学分类法,和前面介绍过的知识发达论,巧妙地组合了,达到有兴味的一种结论。就是:他以上所分类的各科学,也和各个人和人类全体一样,是经过神学的,形而上学的,实验的三阶段进行的。

譬如六科学中,天文学是最古又最一般的东西,已经经过了神学的,形而上学的两期,到了纯然科学时代了。反之,物理学在现在还不能全脱形而上学的残滓。至于生物学更留着许多的神学的,形而上学的痕迹,但是极久也要被科学的要素蚕食的。

那么,社会学又怎样呢？这是最近生存的新科学,依孔德说,还显然被神学的和形而上学的传统所拘束。即说他还全在神学的状态,也不是过分的话。这个,就是此科学还在幼少期的理由,这种倾向,到了伦理学更加利害。

世人在现在,还认社会底发达,是超绝科学底理法的;是属于神意和超自然力底支配的。这样见解,在科学实是一种可怕的打击。所谓科学底进化,毕竟要驱逐扫荡这样神学的障碍物的。

牛顿(Newton),康德,拉伯辣斯(LapLace)都因了重力说和星云说发见,将天文学从神学底手里救出。马牙(Robert Myer),赫尔姆荷尔资(Hermamr Von Helmholtz),拉欧阿(Lavoisier),三大学者,用精力保存和物质不灭的理法,把化学掷出迷信之外。又拉马克,达尔文,赫克尔,和其他的进化学者,用了进化说和自然淘汰说的武器,扑灭了生物学底神学的要素。最后,孔德对于社会学,也想摹仿这诸学者底功绩;可惜他底努力归于失败。他底功绩,不在社会学底完成,是在认识社会学底必要,豫见社会学底任务底性质。

九　孔德底空想

依了上面底所说,大概已经可以晓得孔德说底概略了。他所提倡的知识发达论,在现在又被认为很有学理的价值。他底科学分类法,也决不是无价值的东西。不过他将他论理上底分类,就视为科学发达底历史的顺序。这确是孔德底弱点,也是后面要被斯宾塞一派攻击的理由。但是这不是大问题。

孔德还有一个弱点,就是他嫌恶了形而上学的思辨,把现在所不能解决的问题,就当做不可解的东西去排斥。譬如他明说确定天体底化学的成分,是绝对的不可能的。但事实上,佛拉乌因,及倭尔斯顿两学者,后来都着手于这问题底解决,开出很好的成功底端绪了。

但是这种弱点,都是小事,与他底根本价值还可无损的。此外还有一种不可逃的缺点,就是含在他底社会理想中的空想的分子。他底所谓实证社会,有四个阶级。第一是资本家,是行产业底管理的;第二是劳动者,是专对于生产提供劳力的;第三是妇人,是供给社会底感情的;第四就是所谓哲学者,是担当教育,掌司劳动界和资本界两者底调和,对劳动者,鼓吹服从的美德的。

这都是荒唐的空想,在当时底思想的水准上,或者也是不可免的弱点。我们与其责备这样的弱点,无宁赏赞他能超过当时的水准,确认社会学底科学的可能,指示社会学底前进方向的伟绩。

第七章　社会主义犯罪学　龙布罗梭和佛尔礼

一　真理有国境

所谓真理无国境，科学无阶级，未必不虚伪；但是也非全不是真理。

科学上底新说，被发见的时候，这新说能否被一般信用，大半和这学说底澈底不澈底没有关系。根本决定原因，倒还在和支配经济上和知识上生活的优胜阶级底厉害相一致与否。那么，科学上底新说，在这种阶级社会中得着流通的时候，一定是他底学说能应支配阶级底必要；在某种意义方法上，是替这阶级辨护的东西。

最近四十年间，许多新科学底出生，好像雨后的笋一样。最可注目的一种，就是犯罪学。于犯罪学底发达上，意大利底学者，最有多大的供献。就是将犯罪学叫做意大利科学，也不为过。

意大利底学者中，龙布罗梭（Lombloso）底名字，特别地和犯罪学有密切的关系。说起龙布罗梭，谁都联想到犯罪学。犯罪学是龙布罗梭呢？还是龙布罗梭是犯罪学呢？差不多不能分别。他底犯罪学，果真是这样完备的东西吗？

二　龙氏犯罪学底社会的意义

龙布罗梭虽然是犯罪学者，但是他底犯罪学，实在只研究犯罪学中某特殊的部门。这部门幸而不和扰乱今日文明的犯罪根本相接触；没有压迫今日支配阶级底根柢的忧虑。龙布罗梭底名声，在犯罪学上，所以这样响亮，全由根据于这种阶级的利害底冲动的。

可是，意大利还有一个比龙布罗梭伟大的犯罪学者。这个人底学说，不幸触着了问题底根本。虽然有人晓得他底伟大，但是没有替他传播介绍的人。学界抹杀了他。只有几个热心的青年研究者，认识他底存在罢了。这人是谁？就是意大利劳动党底学者佛尔礼（Ferri）。龙布罗梭底犯罪学，只限于犯罪学底一部门，这是上面已说过的。所谓这一部门,就是犯罪人类学。枯阿达费基斯将人类学下个定义,说是"人类底自然史"。佛尔礼底犯罪人类学底定义,是"犯罪者底自然史"。

因龙布罗梭底犯罪学,可以想起来的事情,就是哥尔博士底头盖骨相学。头盖骨相学,在今日虽然不被认为独立的科学,却是龙布罗梭底犯罪人类学,对于这骨相学,非常地着重。

有名的哲学史家乔治·柳诗(G. H. Lewes)批评哥尔博士说:"博士底新方法,划出哲学史上一新时期。"哥尔在心理学上的贡献,和巴枯尔在社会学上的功绩相像。

巴枯尔在一国风土,气候,地势上去求社会底动因。他想因此给社会学一种物质的基础。哥尔阐明人底心理为其头盖底形状大小所支配。他想因此给心理学一种物质的基础。

只看了这一点,两者底功绩,还分不出甲乙。事实上,巴枯尔底一面,在学界上占着很重要的地位,一是因为他底门徒,是取了他师傅底精华,并不参着他师傅底糟粕。反之,哥尔底头盖骨相学,被他底门徒所俗化,就堕落了,做了卑近的骨相术了。

龙布罗梭底犯罪人类学,把还没有堕落的本来骨相学,很巧妙地应用着。他像骨相术师底样子,将头盖分了像纲目一样的细部分,不过没有揭出固定的话,只诠议头盖大体底形状大小。他也不以他所诠议的自己满足,一面于正确的生理学的和病理学的研究从事不怠的。

三 龙布罗梭底功罪

龙布罗梭底犯罪人类学,对于犯罪学全体底发达也有多大的贡献。他最大的贡献,就是打破犯罪责任论。依从来的通说,犯罪者对于自己底行为有责任。因之,为了行为底报复,当然要受刑罚。并且要救治犯罪,除了刑罚也没有有效的方法。

龙布罗梭底犯罪人类学,对于这犯罪责任论,是破坏底爆弹。他底主张,以为犯罪者,并不以自由意志去犯罪;他们得了不完全的头盖,生到现世上来,这是犯罪底原因。无论如何峻严的刑事裁判官,对于犯罪者生来有着畸形头盖的事情,是不能"报复"的。既然不能报复,那么,犯罪者因了这头盖犯罪,也没有用刑罚去报复的权利。

达利氏于一八八一年在巴黎医学心理学协会讲演中说:"从来死刑执行后经解剖的犯罪人,脑髓上都有着损伤。"据他所说,这损伤中,当然也含着后天的因疾病和其他原因而生的损伤。

四　一骨刺之力

佛尔礼曾介绍下面所说有兴味的事实,可以当做这种因后天的脑髓损伤而生的犯罪底一例:

"十数年前,意大利,蒙特尔波底养育院,曾经收容一个不可思议的犯罪性的狂人。他本来在托斯卡那地方做瓦工的,在那时候,也没有和常人特别不同的样子,是一个勤勉,守规律的好职工。但是有一天,他正在工场旁做工,突然从屋顶上落下炼瓦,把他底头盖击碎了。他当时气绝了,被人送至病院。幸而几月以后,他底伤全愈了。但是因这不虑的灾害,却把他心身底健康扰乱了。

"他从此患了容易动气的病;从来勤勉,守规律的他,却变成了不可收拾的懒惰放纵的暴汉了。他从此就在酒店中喧哗闯祸,至于犯了殴打伤害罪,受几年的监禁。

"他在狱中,被关在一间空房里。极端的独居生活,愈加扰乱其心身。他底容易发怒的病,愈加发得厉害。他底性格也愈加堕落了。狱官没有法子,把他送到蒙特尔波养育院去。

"当时蒙特尔波养育院院长,是亚尔几利博士。博士检诊了他底心身,达到下面一种结论:

> 他底脑髓,确有骨刺刺着。这大约他在工场破了头盖骨的时候,头盖底碎片就刺了脑髓,病院底医生没有注意,就用手术把他医好了。他底容易动怒,他底德性底堕落,都因了这骨刺的原故。

"博士决定了以后,就把他头盖底一部切开。切开了以后,果然有着预期的骨刺。博士先把这骨刺除了,再用充分的手术来处理。切开部不久就恢复常态,他底容易动怒的病,此后也绝不发作。德性也恢复到健全的状态来了。几个月以后,他就出了养育院,依旧是一个和从前一样的勤勉守规律的人。"

一九〇九年,美国芝加角底新闻纸,揭载一个不可思议的少年犯罪者的记事。这少年以前本没有盗癖,也没有和普通少年不同的地方;后来因了脑病,经过医士底手术,此后就常常盗窃,只几星期的工夫,犯了一百四十四件的盗案。

要之,龙布罗梭犯罪学底特征,是在犯罪者底肉体的及心理的状态上,去求犯罪底原因。至于这状态底为先天的和后天的,却都不问。

这样,龙布罗梭在自由意志论底根蒂上,投了巨弹。同时刑罚报复论也因此失了最后的根据。这是龙布罗梭说底长处。但是龙布罗梭这样否定了犯罪者底责任,同时却把社会对于犯罪底责任也闲去了。据我们所见,这是龙布罗梭底最大弱点,因为有这个弱点,就使龙布罗梭底名声达到科学者底实价以上。

犯罪是遗传,脑髓底病的状态,是犯罪底根原。这种学说,在社会底特权阶级看来,是再好没有的了。倘然这说是真理,那么,社会对于犯罪就可免责。因之,社会底特权阶级,对于犯罪也没有甚么可惭愧了。

单从人类学上的条件上,去求犯罪底原因,龙布罗梭说在这点上,实在有被社会中特权阶级厚遇的理由。同时这点也是佛尔礼说被冷遇的所以,因为佛尔礼说是重视犯罪底社会的原因的。

五 天然和犯罪

佛尔礼将犯罪底原因分作三种:(一)人类学原因,(二)风土的原因,(三)社会的原因。这些原因,不过是从研究底便宜上去分类,事实上却是互相错综混合了显现的。两种原因连结活动的也有,三种原因同时活动的也有。

这三种中,第一种人类学的原因,已经在上面讲过了;第二种风土的原因,就是从气候,风土等天然的条件上找到的犯罪原因。

爱礼巴尔启氏曾经发见一种事实:在南美大原上起狂风时,其部下就有容易动怒和残暴的事;风定了,他们举动就立刻平和到平时一样。

查尔·欧耶尔勒氏说,高地底人,多半活泼;低地底人,多半迟钝。

荷兰就有"低就钝"的俗语。

　　大抵财产上轻微犯罪，是冬季多；色情的杀伤，和别的重大犯罪，是春夏多。这自然在风土的原因以外，还含有社会的条件。财产的犯罪多在冬季，更不该专讲是风土的，大部分倒是社会的条件底结果。就是：冬季，薪炭被服等需用品特别多，贫乏人底生活更是感到困难，财产的犯罪也就更加多了。

　　春夏期间，色情犯多，也有几分可以用社会的说明。譬如春夏时候，人大概在屋外活动，男女相接的机会，特别多，因此色情犯也就多了。但即使没有这样的社会的理由，只用了气温热的条件，也可充分地说明色情犯底原因。犯罪学者姆罗氏，曾在监狱中调查囚徒关于色情的狱章违犯，发见冬季最少，春夏最多的事情。原来囚徒底社会生活，是超绝四季的冬和夏也没有特别的变动。但是狱章违犯底件数，却也是春夏最多的。

　　杀伤犯，春夏也比冬季多，因了这个理由，可以说暖国杀人犯大概比寒国多。譬如欧洲诸国中杀人犯最多的，是意大利。据佛尔礼所调查，意大利年年平均出三千内外的杀人犯，人口比意大利多的英国本部底杀人犯，每年只有三百内外。自然这里面，意大利比英国暖的风土的原因以外，两国人种上底差别，也几分有关系的。

六　社会所生的犯罪

　　人类学的条件，风土的条件，都可作为犯罪底重要原因；但是还不及社会的原因来得重要。佛尔礼和龙布罗梭底意见底分歧，实在就是因为对于这社会条件底评价的差异。佛尔礼赞许龙布罗梭底犯罪人类学，将其实质都应用到自己底学说上。反之，龙布罗梭对于佛尔礼底犯罪社会学，却非常守着沉默。自然龙布罗梭也不是全然不注意社会的方面的；他有时偶然也说"贫底盗窃"一类的话，但这是他不得已的让步。至于在学说上，他始终注重人类学一点的。

　　关于这点，龙布罗梭底主旨，和赫克尔相像。他们都以辨护现存组织为目的。虽然不能说这就是他底目的，事实上却生出辨护的结果。赫克尔引了蜜蜂和蚁等底社会中生理的阶级底例,说人类底社会阶级,也是绝对不可避的。龙布罗梭把明明是因了社会缺陷的犯罪,归到头盖底大小和毛发底色彩上面去。龙布罗梭没有佛尔礼底澈底和大胆。佛尔礼说:"在人底心身上,没有再胜于饥饿的害恶的。饥饿是一切非人情的,反社会的感情底源。饥饿存在以上,甚么爱,甚么人情,都不可能。"

这样,今日文明国所有的犯罪底大部分,都由于经济的原因(主要的是贫困)。就近举日本底例来说:日本每年有五万内外的因犯刑法而受刑者,其大部分的确是关于财产的犯罪。试看大正元年八月因犯刑法受刑者底数目:

▼财产犯		▼直接不关于财产的犯罪	
盗窃	二六点五七〇	毁弃隐匿	四七
强盗	二点四八九	猥亵奸淫	三七五
赌博彩票	二点九九四	伤害	一点六七〇
诈伪恐喝	五点九二〇	逮捕监禁	一四
横领	二点四八九	堕胎	八八
赃物	七四四	公务防害	六三
通货伪造	二〇四	犯人藏匿 / 证据湮灭	三六
文书伪造	一点一六五	骚扰	二六
印书伪造	二四	放火	一点三九九
伪证诬告	一一六	住居侵入	二一一
略取诱拐	八一	杀人	二点三四五
其他	五二四		
计	四三点三三八	计	六点二四七

这表底上段,是纯粹的财产犯,总数四万九千六百十二中,占了四万三千三百三十八,就是占了十分之九以上。下段底犯罪,虽然好像和财产没有关系,但是杀人,放火,伤害等,比较占着多数的犯罪,也应该有一半以上是由于经济上底原因的。日本底刑法犯受罪者,可以说百分之九十五是财产上底犯罪。这不但日本如此,凡是今日所谓文明国的国家,多少都有这种倾向。自然,犯罪底百分之九十五,都是财产上的犯罪,但

却不能就说犯罪底原因有百分之九十五是属于社会的条件的。因为同是贫穷的人中，也有犯罪的，也有不犯罪的。"饥寒起盗心，虽是普通的现象，但是偌大的世界，却不能说没有'渴不饮盗泉'的人。"

所以因了人不同，就是因为社会的条件以外，还有人类学的条件和风土的条件，在那里当做犯罪底原因作用着。

但从别一方面说，今日犯罪底大部分，都出于贫民，劳动者，却是不可争的事实。现在英国罪犯底三分之一，是出于伦敦；伦敦底罪犯底大部分，是出于东郊底贫民窟。倘然社会的条件不是犯罪底重要原因，那么，为甚么只有贫民，劳动者底阶级里有这许多犯罪的事，就无从解释。断不能说犯罪底别的原因，——人类学的和风土的条件——在贫民，劳动者，特别地比一般来得强。

还有，犯罪底社会原因里，不但只有直接财产上底关系，像政治，风俗，流行，战争等底一般社会现象也包含在内。一国底政治假定腐败，贿赂诛求公行的时候，世界一般的良心，也不知不觉地感染了这样的恶疾，犯罪也因而加多。军国主义流行，战争勃发，所说都是关于铁炮军舰底消息的时代，人心也自然地受了影响，欢迎残忍杀伐的事情了。

七　战争和儿童底刃伤

近来时常有小学儿童刃伤的事情，这除了"世间底战争热刺激无垢少年底神经"的一个结果以外，没有别的可以解释。关于这事，东京高等师范附属小学主事佐佐木吉三郎氏曾说："十年前，附属小学在一桥的时候，附近底小学生徒在学校放学的路上，常时有相打的事情。只要学校不同，彼此就用了一种敌忾心来战争。这种现象，使我很苦。后来和附近底小学校长等每月开一次恳亲会，先图教师间底亲睦，给生徒做模范，并且关于风纪和其他的事情也互相研究，其结果是良好的。"这个结果究竟好不好，我却不知道，无论十年前，无论现在，接连都是战争时代；这种现象底流行，没有甚么奇怪。国境不同的人类，彼此红了眼，互相战争的现在，学校不同的小学生，大家也用了一种敌忾心相战争，也不是特别"苦"的事情。

要之,学童底敌忾心,是国与国底敌忾心反映感染到他们头上的结果。使他反映,使他感染的直接责任者,是他们底父兄,教师,还有新闻杂志。换句话说,就是围绕他们的社会。在对于学童底杀伤事情惊怪以前,社会先须惊怪社会自己底杀伤事情。

这样,今日犯罪底大部分,是由于社会的原因了。

龙布罗梭差不多轻视了这重要的原因,只于犯罪者底头盖和人相上,去求犯罪底终局的原因。他对于形而上学者底自由意志说,虽然急进地去打破,但是一度和现存社会所曝露的真相方面相接触,他就要在保守的反动底翼下,去求他底躲避的地方了。

他在这一点上,也和亨利·乔治(Henry George)一样,是强于过去,弱于将来的反动的急进思想家。

八 犯罪卫生

犯罪底原因,已大略说过了。如何能够安全有效地把现世底犯罪来除去,这是继续起来的问题。

除去犯罪,有两种方法:一是防犯罪原因于未发的方法,好像是对于疾病的卫生;二是救治既生的犯罪的方法,好像疾病底医术。卫生周到,应该不起疾病,因之也无医术底必要;要想将来断绝疾病,无论如何,应该先注全力于卫生底完备。

这与犯罪也是一样,要想世上犯罪绝迹,与其救治已有的犯罪,还是先防犯罪原因于未发的工夫,来得重要。譬如贫困是犯罪底原因,只要设法使世上没有贫困就好了。政治底腐败,和战争热底流行,是犯罪底原因,只要从世上除去这种腐败和狂热就好了。无论如何,现世组织底改造,是要紧的事。就是结局不能不待国家社会主义底实现。

但,即使国家社会主义实现了,现世底组织改造了,对于从人类学的条件,和风土的条件上底犯罪底豫防,还是无用。社会主义,无论有怎样的万能,像前面所讲的瓦工这种的犯罪,也是豫防不来的。

九 犯罪医术

于是一方有犯罪卫生底必要,他方同时就有犯罪医术完备底必要。

这不但对于前面所讲的超越犯罪卫生的犯罪上要紧，就是犯罪卫生所能豫防的犯罪，已经出了以后，也只有用这方法来救治。

犯罪医术，在现在取着刑罚底形式。刑罚本是立脚于自由意志说的报复主义底产物，以使犯罪者受苦为目的，于犯罪底救治，本来是全无交涉的。后来所以生出以刑罚而救治犯罪的考案——就是所谓惩治的思想，是自由意志说次第渐渐软化，受着科学的必然说的结果。日本对于旧刑法底报复主义，提倡着新刑法底酌量主义；所谓酌量主义，实在也并不是澈底的酌量主义，不过是从来自由意志说稍稍软化了。几分近于我们底必然说罢了。真要酌量犯罪者底情状，刑罚的思想是不能成立的。因为除了可以酌量的情状以外，没有犯罪底原因了。

总之，犯罪应该救治，不应该惩罚。去今一世纪半以前，对于癫狂者也认为本于意志自由的行为，使他有个人底责任，科以刑罚。就是到了十九世纪以后，像医师赫尔罗斯氏还力说癫狂者有道德的责任，他底理由就是："无论何人，不舍敬神，不悖人伦，是不会癫狂的。"

从现今看来，实在是荒唐的话。这说话的人，自身实在是一种癫狂。但是在当时的人们，大概都相信这话是不错的。

现在对于犯罪，力说个人的责任，和刑罚底必要的人们，据我们看起来，那些人和这荒谬的议论，也不过是五十步百步的分别罢了。

十　无定期隔离

佛尔礼主张以无定期隔离，当做犯罪救治方法底一部。就是不限定几年几月，犯罪病全愈的，无论何时，都自由地可以从隔离所解放；若不全愈，便只管收容着。这是将现在底病院制度，完全应用到犯罪救治的办法。

但是现在底刑法，却豫定了刑罚底期限，倘罪者到这期限为止，无论如何，都要完全服从受刑。一次判定了三年徒刑，就是三年以内，犯罪病全愈，做了真正的人，也仍是要在狱中住满这三年期限。（自然，所谓假出狱一类的多少的救济法也有的。）反之，经过了三年，不管其犯罪底病态如何，也一定要强迫退院（出狱）的。

这是今日底刑法，并不以犯罪底救治为目的，以惩罚犯罪者为目的的结果；全是将投狱看做犯罪底报应的一种旧思想底产物。

　　总之，犯罪应该救治，不应该惩罚，并且救治犯罪，为社会公众安宁幸福底必要上，犯罪者底隔离，应该是无定期的。不但应该无定期的隔离，并且在隔离底设备方法上，也应该像今日病院和癫狂院底样子，要科学的，实验的。隔离所底监督者，当然应该用专门的学者和实验家。至于处理犯罪的其余的责任者，对于职务上必要的各种科学，也应该豫先使他受过充分的教育。从来底狱吏，大都是军人出身的低能者，和官僚气味的木石汉。这些人使犯罪者受苦，受惩罚，或者是好的；至于从犯罪救治底目的上看来，真是不但无益，而且有非常大害的。

第八章　进化和繁殖　马尔萨斯底人口论和收获递减底法则

一　暑天的棉衣

战争以来，人口论底局面一变。在战争以前，人口过多是一个问题；战争以后，人口底减少倒成了问题了。战争杀了人，人少了就困难，国力就疲弊，要想设法使人口增加。像德国政府，听说在战时中常常奖励着一夫多妻。

在这样的时候，提出人口过增论的马尔萨斯底话题，好像是暑天底棉衣，寒中底冰屋了；但是人口减少，决不是永久的问题。不，像现在底社会组织存续以上，人口过多的问题，必定是取了某种的形式现出来的。

人口论，当作一个独立的学问看，也是非常意味丰富的问题，但是一般都将他当做贫困问题底附录来论究。贫困是现在世界底附带物，为甚么生贫困？就是因为人口比生活品多的原故。在这个地方，就生出要无贫困，应不应该先限制人口的议论。有的以为贫困是人口过多的结果，是没有方法的，要防贫困，就有将国内有余的人口输送到国外的必要，就是有领土扩张的必要；这是国家主义，帝国主义的来源。

要之，与其说是这种人口论底学理的研究，无宁说是把现今底社会组织，和从这组织而生的贫困问题底兴味或利害关系先来注意。这兴味或厉害关系存在以上，（换句话说，现在底社会组织存续以上）马尔萨斯说，眼前姑且不论，在永远的将来，必要抬起头来。那么，暑天底棉衣，只要当做未来底防备，也不是无谓的举动。

二　马尔萨斯说底根本

马尔萨斯底人口论，简单说，就是：

（一）自然界底一切的生物（人也在内），常有于食物范围以上增殖的倾向。（二）这不断的倾向底结果，生物常苦于食物底不足；自然界有种种的悲惨,人类社会上最可厌恶的贫困罪恶所以不绝,就是为此。(三)所以人类社会要想没有贫困罪恶,第一没有养畜一家资力的,不可不自制情欲,守着独身,防止这样人口过多的自然力。

这当中,(二)和(三)到了后年底新马尔萨斯论,大加过修正:以为现世底贫困罪恶,并不都是人口过多的结果。社会组织底缺陷,也的确是其一部的原因。并且因为要想制限人口,强人制欲独身,也太残酷。比较起来,还是实行避妊的好。避妊比制欲更自然,并且不害健康。

马尔萨斯说虽然经过这样多少的修正,但是他主张的前提,就是前面底(一),在一般还认为万古不易的真理,使马尔萨斯底名,永远不朽。像乌因启喜氏教授,批评这命题,说是:"从来经济学全体中最强固而且最重要的自然法。"

但是既然承认了这命题,那么,对于他底结论(二)和(三),也至少在新马尔萨斯论底主张底范围内,不能不承认。何以故?因为人口过增,既然是自然必然的倾向,世上罪恶贫困底不绝,实在是不得已的事;要想除绝,除了制欲或避妊以外,没有方法的。因此人口论底研究,结局就不能不集中于前面底(一)的一条。

三 生殖与繁殖

我们试把人类以外的生物来研究,大家都晓得生物都有猛烈的蕃殖力。象,是在动物中说是繁殖最低的。但是他一生百年间,平均也要产六匹的子象。假定这六匹的子象,全体生存,那么,从最初一组的夫妇起,到七百四五十年后,就应该有一千九百万匹左右的子孙。蕃殖力最薄弱的象,尚且如此。至于像"巴苦得利亚"的微生物,只要一昼夜,就有一万倍的繁殖力的,真不知要到什么地步咧!

如此,单从生物底繁殖力一点上着眼,依此为根据,就去推断生物事实上底繁殖;那么,生物底繁殖力,岂但如马尔萨斯底主张的样子,每二十五年加一倍呢?十年,一年,甚而一分,一秒,由二倍而三倍……的生物,也不晓得有多少了。

但是生殖未必就是蕃殖,多生殖未必就是多繁殖的意味。何以故?

第一，生物无论生了多少的了，一面有寒气，降雪，暴风雨，旱魃，洪水等的自然力，不绝地将其中底几分杀灭着。克鲁泡特金说明这自然底破坏力；他说："同一种属间底竞争，就是有时不能免，但和这自然破坏相比，实在不足计较。"柏志氏曾说，于某时候，曾目击羽蚁正在穴口出发，为暴风雨所袭淹毙的死骸，从一英寸到二英寸厚，在数里间的水中，连续地流着。这样的例，在自然界决不是稀少的现象。

上面所讲的，是生殖力未必是繁殖力的第一原因，就是没有这样自然底破坏力，其外也还有种种重要的原因。

原来生物在一方是食物底需要者，同时在他方又是食物底供给者。自己食了其他的生物生活着，他生物同时也食了自己生活着。所以生物底生殖力底大小，从食了这生物而生活着的他生物看来，实在就是他食物底增殖力底大小。

举一个例来说：每年英国海岸被捕获的鯟鱼底数，差不多和全世界底人口相匹敌。但是这鯟鱼，又不绝地食了微细的鱼类和甲壳虫，生活着的，把捕获的鯟鱼剖腹来看，大抵含着二十乃至七十的甲壳虫。假定每一鯟鱼每日平均食一个的甲壳虫，生活到半年间，那么，每年被英国底渔夫所捕获的鯟鱼，他们所食的甲壳虫数，实与全世界人口约八百八十倍相当。

这样，鯟鱼所食的甲壳虫，比被人所食的鯟鱼，速力很急，应该都死灭了。但是在一方面，食鯟鱼的不但是人类；像金鲭一口，差不多要吞一千尾鯟鱼。依巴朵教授计算，假定一金鲭每日所食鯟鱼底数是十尾，至少每日有百亿万尾的鯟鱼，做金鲭底饵食。教授又确定在北美海岸每年被金鲭以外的猛鱼类所食的鯟鱼数，至少在三万兆尾。

只由这一例看，就可晓得一生物底生殖力底大，未必就算这生物事实上底增殖力强，实在是食这生物而存的他生物底食物增殖力大了。食物需要者增加这句话，从别一方面看来，是供给者增加的意思。所以就自然界全体说，人口底增殖和食物底增殖，其间常应该保持一定的平均；生底伟力，在马尔萨斯眼里是自然界悲惨底大原因；实在却正反对，自然界中一切的生命应该是一切生活底本条件。

四　人类底食物范围

但是到了人类,这状态就稍有不同。自然,人类既然是生物,那么,不但食了他生物生存,自己也免不掉做他生物底食物,这是自然底理法,无可逃避的。不过这理法活动的范围,在人类却很被局限着,譬如人类为猛兽饵食的事情,在现在已经可以说绝无。人类又要受传染病。传染病底原因是甚么?无非微菌底侵袭。就是微菌以人类底身体为饵食而来生存的。但是因了文明进步,医术卫生底完备,这种侵袭,可以渐次防止,也可豫想的。

这样,人类做他生物底饵食的事情,比较的希少,假定将人类食物底范围,当做固定不动的来看,那么,人类结局应该免不了大组织底饥饿贫困底运命了。

却是人类底食物范围,决不是固定不动的。马尔萨斯说:人类底数,每二十五年倍加,但是照前面所说的样子,人类以外的生物中,十年,一年,甚而一分一秒倍加的东西,不晓得有多少。人种却将这种生物底某部分当做常食生活着。

不过,人类所求的生物,有许多也是人类以外的他生物所求的,因之于人类底食物范围也有影响。但是人类在一方面有"知识"的一种武器。因了这武器,人类可以排挤自己要求同一食物的他生物。把自己所要求做食物的生物,归到自己底势力范围以内。

用前面底例来说:人食鰊鱼,金鲭也食鰊鱼。人要想独占鰊鱼,也没有甚么烦难,只要将金鲭除去就好了。这样,人类食物底范围,自然地可以扩大。人类现在也这样的实行着。饲养鱼类,到了产卵期,就把母鱼移至别处,豫防所生的卵为别的鱼类所食;或于农业,养蚕,惯行害虫驱逐;或于牧场上施特别的设备,防猛兽底来袭等,这种作用都是的。人类并且能够豫防自然力底侵害,防止自己底食物死灭。

不但这样,人类还能够用机械,施技术,把可以做自己食物的生物底食物精选增大,并且因此也能够改善增大这生物底食量;又能够因了人为的淘汰,把生物底组织体形照了自己所要求的样子来改造。

要之，人知底进步，生产技术底发达，可以使人类底食物范围无限扩大。但是生产技术无论如何发达，假定土地底丰度有定限，又一定的丰度底土地上所加劳动底生产力，有限度的时候，那么，人类底食物范围，结局免不掉扩大底停止。所谓"收获递减底法则"，实在是因了这个要求，当做马尔萨斯说底补足，提供出来的。

五　收获递减？还是收获激增？

主张生物递减的人说，一定土地所出的收获底分量，决不因劳动量增加的同一比例增大。例如第一年用了十人的劳动者耕着一定的土地，他底收获量假定是百。第二年再加添了十人的劳动者去耕着同一的土地，收获量决不到二百。第三年更加十人，收获底增大率还要递减。现在当做五年间的计算，推算如下：

	第一年	第二年	第三年	第四年	第五年
劳动者数	一〇	二〇	三〇	四〇	五〇
收获总量	一〇〇	一八〇	二四〇	二八〇	三〇〇
最后加劳动底收获	一〇〇	八〇	六〇	四〇	二〇

假定一家族平均是五人，一家底生活上必要的一年间底收获，假使是五，那么，结局如下：

	第一年	第二年	第三年	第四年	第五年
劳动者数	一〇	二〇	三〇	四〇	五〇
劳动者所养的家族数	二〇	三六	四八	五四	五八
最复加十人劳动者所养的家族数	二〇	一六	一二	八	四

就是因了人口增殖,这增殖人口所得的收获量减退,农民所供给于他人口的过剩收获底分量,也准此递减。第一年因了农民而养活的非农民家族,是廿户,到了最后一年减为四户了。就可晓得人口底增加,绝对的虽可增加食物,但是相对的却是减少食物的。

这说,后来成了"限界效用说",应用到工业方面。要之,此说当做"存在于收获理法底根柢中的一大真理",做了经济学者底赞美标的。此说果是"真理",那么,马克斯说在根本上,也不能不说是一大真理了。

但是此说先有可疑的地方,就是此说是以生产技术底发达为前提的结论呢?还是把生产技术当做固定的东西看的结论呢?倘然把生产技术看做固定的看了,那么,收获递减底法则,在一方是真理,同时收获停止底法则,在他方也不能不说是真理。何以故?假定有一定的土地,耕这土地的一个农夫,使用一把锄头(有一定的构造的)。在这个时候,就是加了一人,锄头底生产力,差不多没有增进。自然,这新加的农夫,再用一把锄头(同构造的)的时候,于耕耘底周到上,也许是有利益的。但是这不过证明要充分耕耘这一定的土地,非有二把锄头不可罢了。两锄已经充分的时候,再加一锄,就是一锄无用;第三次所加的劳动,不是收获递减,倒是收获停止底状态。

要之,把生产技术认为固定以上,对于一定土地所可得的收获底最大限度,其劳动量,必有一定。因之,此外所加的劳动,全是浪费的。

六 收获激增底法则

以上是把生产技术当做固定看的情形;反之,把生产技术当做发达的来看,那么,不是收获递减,是收获激增。

举一个例来说:在热带土地非常干燥的地方,无论用了许多人力,有时也有不能得着收获的。在这种地方,假定能够利用文明灌水的设备,那么,只因了这一点,也可使这土地收获照前百倍或千倍。并且使用劳动底分量,也可非常节减。所以这不是收获递减,是收获激增了。

然而这灌水设备到了长期间,结局也免不掉收获递减,一面人智底发达,更发明完全的灌水设备,那就再做唤起新收获激增的原因。

这样，把生产技术底发达，当做不断的来看，那么，收获递减，常被收获激增战胜了。实际上，世界无论何国，因了文明进步，农民底数目，比诸全人口都显著地低下着。倘然实际上只有收获递减，那么，被农民所养的一般的人民底数，比诸农民底数，应该逐年递减的。

然而农民递减底事实，不但像欧洲诸国以生活品底输入为特色的工业国是这样的，像合众国的生活品输出国，尚且也有这种现象。

合众国底总人口，在一八七〇年，是三千九百万。其中都会人民八百万，就是占着全人口底百分之二十一。但是据一九〇〇年底统计，总人口到了七千九百万，都会人民底数，竟超过二千五百万。就是从总人口底百分之二十一，增到百分之三十三了。同时小麦底输出，从五千四百万嘞（Buspe），增到一亿八千六百万嘞；棉衣底输出，从三百万捆激增到七百万捆了。

自然，都会人民中，从事于农具类的制造的劳动者，在这时候，也可当作农民看。但这究竟极少。就是一八七〇年不过二万五千二百四十九名；一九〇〇年不过四万六千五百八十二名；一九〇五年不过四万七千三百九十四名。把这种人全算在内，三十年间，农民底增加也不过百分之六，但是市民底增加，却是优于二〇百分之十二。

还有日本底总人口，在明治四十一年，是五千二百六十二万七百十一人；大正五年，是五千七百十九万九千二百七十七人；前后相较，也有百分之八的增加；同期间底农民数，从五百四十万八千三百六十三人增到五百四十五万七千七百九十三人，仅有百分之一弱的增加。至于同期间底米底输出额，却自二十三万石，增大到六十九万石。

七　人口论底社会的背景

依了以上的说明，马尔萨斯底人口论，和作他补助说的"收获递减底法则"，对于今日底科学的批判，明明是很容易倒坏的软弱的学说。却是这两说在今日学界，还当做不动的（至少在他底根柢上）真理。元来马尔萨斯说，是从封建制度到资本制度过渡期底社会事情底反映，要想把随伴了资本集中而来的失业者底增大，用自然法来瞒着。至于失业者底增加，却是资本蓄积底原动力，这层在一面为封建旧势力所囚锁他底头脑中，唤不起明晰的理解。他怕将失业者产出的责任，归到封建贵族。一面把失业者底续出，认做自然不可避的难运，要想用了人力去制限他。

但是到了以后，马尔萨斯说为资本主义底学者所受去，人口底过增——就是失业者底增大，是资本制度发达底原动力的事实愈加明白，同时马尔萨斯说中关于人口制限的一部分，全然归于不用。就是资本主义底学者，只在从人口过增底自然法，到承认贫困的过程上，依附马尔萨斯说。彼等用了这个过程，把对于贫困的自己底责任，归到自然法底肩上去了。

第九章　单税论底正体　资本主义底辨护人亨利·乔治

一　土地和资本底争

人物创造时代，即是和时代创造人物一样，也是不动的真理；却是创造时代的人物，仍逃不了是时代底产儿。

亨利·乔治底伟才，的确制造了一个时代。然而在他背后横着的时代底要求，更用了直接的刺戟力，来操纵他底伟才。

亨利·乔治底名，和单税论连结着。单税论是甚么？如何生出单税论？我们于研究单税论是甚么之前，先不可不研究如何生出单税论。要研究如何生出单税论，顺序上我们还要追溯封建制度。

封建制度，从经济上说，就是"土地社会"。主要的劳动者是农奴。农奴被土地所缚。他底权力阶级，就是领主，大地主。在这个时候，法律底主要部分，都和土地相关联，所领底大小，就可决定一切权力底大小。

封建制度，是社会制度之一。凡是社会制度，都要变化，封建制度也变化了。在十八世纪底初期，封建制度已有灭落底征兆；到了十八世纪末叶，就全然覆灭了。

但是土地仍是重要的物质的和社会的要素。这时，土地诸侯底社会的权力，虽然已经移到资本诸侯底手里，但是他们还做了有力的竞争者，保持着对抗资本诸侯的实力。封建制度倒覆，近世资本主义底社会成立以后，数十年间底阶级争斗，也仍是像从来一样的是资本家对地主底争斗。不过那次是土地优势，资本劣势；此次是反对的资本占了优势，土地处了劣势底位置罢了。

二　劳动阶级占渔翁之利

我们在英国，可以看见这土地对资本战争底标本的发现。当时劳动阶级，还没有形成独立主义底主张，他底势力当做团体，尚很微弱，却是

已经演过比较的重要的职务。他底情形,就是这样:

地主阶级,已经组织了独立的政党,就是保守党。资本家在他底对面建设了自由党。保守党主由在都市上做资本家阶级底牺牲者集合投票权。迫工场法通过的,也是保守党。他们要想因此削减工场主底利润。却是自由党也在地方底"借地农"和农业劳动者间去游说,常设法为这等农民阶级,通过于地主不利益的法案。这样,资本家和地主,用爪牙来争夺利益的时候,全国底劳动阶级,就收了渔翁之利。没有劳动党的劳动阶级;竟占着这样有利的地位,这是近世史上少有的奇现象。

在这个时期,资本家渐渐肥富。他们从穷地主底手里买了土地。同时地主又将他底钱来买股票,来应募社债,次第就成为都市底商工界了。

到了这里,资本对土地底阶级差异,次第抹杀,因之互相间底争斗也就镇定。自然,自由党和保守党,到现在还依然地对立着。但是所谓对立,大概是表面底对立,事实上已经成为一体。劳动阶级,从此就不能守着从来不即不离的地位,因为可乘的渔翁之利没有了。到了这个时候,劳动阶级势不能不建筑独立的一党了。

三 对于地主的义声

我们在这里,并无再讨论政党变迁经过的必要。我们底问题,是将亡的地主阶级和新兴的资本家阶级间底社会的利害底冲突。就是阶级争斗。这争斗绵亘十九世纪全体,而在初期尤最激烈。地主阶级,制定有名的"谷物条例"。增加小麦底关税,因此面包底价格暴腾二倍以上,一般人民——特别的是劳动者——底生活费也更加暴腾了。到了这里,资本家不得不增加佣值。这在资本家,是一种难堪的负担。

于是"义人"来了!可布顿出来了!约翰·布莱特起来了!谷物条例撤废底运动,到处兴起。他们很圆满地撤回了小麦税,却是同时美国底小麦,渐渐侵入到英国来了。英国底小麦,无论如何,不能和他抵抗。小麦底耕地,差不多都成了栽培中止的状态。在这争斗之间,资本家和地主,将社会一切的悲惨贫困底责任,统推归他底对手。

四　斯宾塞和亨利·乔治

因了资本家阶级富力底增大，他们底知识的代办者也渐渐增加。资本家对于地主阶级的不快，主要的亦集中到两点：第一，地主阶级，要想因了工场法案底通过和儿童劳动底制限，去减削资本家底利益；第二，资本家在工场所得利益底一部分，当做地价，流入地主底囊中。是认了资本家第一的不快，用学问底衣裳替他装饰的学者，出了许多。最伟大的一人，就是斯宾塞。斯宾塞极力反对工场法底实施。对于儿童劳动底限制，至于极言说是奴隶制度底复活。

和斯宾塞同时，辨护第二不快的学者也出了许多。亨利·乔治就是其中最优秀的一个。他底单税论，毕竟无非地价底没收。并且因了没收得利益的，不是大多数的庶民，主要的实在还是资本家。

就是他要想将国民对于国家的负担，全体归在地主底肩上。

在亨利·乔治，资本家不是掠夺阶级，是被掠夺的阶级。资本家所得的利润，并非不当，全是从神和自然底法则的。资本和劳动，是不离的一体，厉害全相一致。高的利子，就是表示高的工资；低的工资，就是表示低的利润。社会并无两种掠夺者，只有一种掠夺者，这就是地主。所以资本家和劳动者，不可不互协其力，去对付这共同的掠夺者。但是他并不主张把土地没收，只主张把地价当做租税来没收。国家因了这租税底收入，尽足处治一切国费，其他一切的租税，就可不要。这样，现世中可诅咒的悲惨贫困，可以全体绝迹。这是他单税论底要领。

五　马克斯底炯眼

这说，据他底门人所主张，全然是他独特的创意。却是在他公布此说的二十余年前，德国底经济学者卡尔·马克斯已经明白地把这说底真相指摘了。马克斯在一八四七年驳法国底无政府主义者布鲁东底文章中，曾这样的论着："老弥尔喜尔支启等学者，都以撤废租税底目的，主张地价国有。我们对于他们底动机可以完全了解。这种要求，是商工资本家对于土地所有权者底敌意底发现。因为在资本的生产方法底领域中，地主在商工资本家看来,全是无用的长物。"

后来马克斯从住居纽约的友人接到亨利·乔治底名著《进步和贫困》。他那时关于这书,曾说:"要之,此书底全目的,是救济资本主义底支配权。无非要想把资本主义底支配权建筑在比现在更巩固的基础上面罢了。"亨利·乔治攻击地主,对资本家辩护,当然不能不说明资本所得底源泉。他在《进步和贫困》底第三篇第三章中,就处治着这问题。

他在此章极力攻击巴枯尔,亚丹斯密,弥尔等,这许多学者,将富底分配别为土地底地价,劳动底工资,和资本底利润几种。亨利·乔治说:"资本底利润"底名字,是失当的。依他,资本家底所得,并非全是不劳所得。所谓"利润"大部分,不能不说是"工资"。譬如管理底工资,企业底工资,就是这类。

自然,他在一面,也承认着资本家所得中,有不劳底部分,他将这不劳所得,用"利子"底一语来包括。于是当面的问题,就只是利子怎样生存的问题。

六 利子底悲哀

他先讨论巴斯恰托氏所论,巴斯恰托举着木工的例,说:甲的木工借铇子与乙的木工;乙因了这铇子底生产力,比其他没有持铇的木工,可以多生产。于是乙将这加增生产底一部分,当作"利子"去给甲;这就是利子生存底所以。亨利·乔治排斥此说。以为"乙就是不借铇于甲,自身也应该可以创造。倘然增加富的要具,都是像铇一样的死物,那么,利子底生存,是不可能的。富并不是只限于铇,板,和货币一样的东西,这等并无生产力。又生产并不是单只变为这等死物底形态,放置的钱,能殖一文。但是放置的葡萄酒,一年以后,可以增加他底价值。因为葡萄酒底性质增上了的原故,把蜜蜂送到适于养蜂的土地,一年以后,蜜蜂非常繁殖,可以采取许多的蜜。把羊,豚,牛马放在牧场,一年以后,就非常增殖。"

"这里,有一个问题,就是这等增殖底原因是甚么? 自然,这里面一般的都有劳动底必要。但是还有和劳动性质全不相同的原因,就是自然底能动力。无论在甚么地方，有我们叫做'生命'的神秘力的特征底地方，都有发达和增殖底原理。据我所见，这原理，这能动力，正是利子底原因。比依劳动而增大的资本，还要增大的资本部分底源泉。"

所以资本并不掠夺劳动。资本家从自己底劳动得着所得的一部分；从自然底能动力，得着其他的一部分；都是正当的所得。

亨利·乔治辩护资本家，同时用了同样的论据，攻击着地主。他称地主为盗贼。说他们于人类底劳动生产以外，从纯粹的"自然底惠与"榨出地价。但是从"自然底惠与"榨出地价的地主是盗贼；从"自然底能动力"获得利子的资本家，何故不是盗贼是善人呢？难道自然底能动力，不是自然底惠与吗？却是依亨利·乔治，人类不用人类劳动的事情，是"自然底惠与"底根本意义。依他底主张，"自然底能动力"也和人类劳动全然没交涉。不，依他自身底定义，这能动力实在就是土地自身。为甚么呢？因为他这样说："法律家把家屋和其区域，一总叫做不动产。但是这两者，在性质上是全然不同的东西。家屋是从人类劳动生成，属于经济学上富底部类的；区域是自然底一部，属于经济学上土地底部类的。"

把他底主张推究来说，不依人类劳动生产的自然底能动力，也不能不属于土地底部类，这样，地主和资本家底差异间不容发。地主从自然底惠与得着地价；资本家从自然底能动力得着利子。惠和能动力，假定都是"土地"，那么，所不同的，不过地价和利子底名目罢了。

七　炯眼的隼，盲目的蝙蝠

亨利·乔治在土地批评上，是炯眼的隼；在资本辩护上，却做了盲目的蝙蝠。他在攻击地主的一点上，是急进的社会批评家。在资本家的辩护上，一转为有力的反动论者。

挟人民之名，攻击官僚的勇敢在野政党，对着人民底要求，逆转为官僚以上底反动主义者；这种阶级心理，在这里现出最标本的发现。同时所谓田园主义，劳农主义，托尔斯泰主义（托尔斯泰赞美亨利·乔治！）的一切似是而非的改革思想，也象着反动底本性。

亨利·乔治，起初诱惑劳动党很久。劳动党奉着庶民主义，他底锋锐，不但对着土地,也对着资本。不,从劳动党底立脚地看来,在现在世上,土地也是资本。因之,在劳动党,地价底国有,同时也应该是利润底国有。

他们初次共鸣于亨利·乔治底地价攻击,一八八三年英国劳动者团体"土地改良同盟",招待亨利·乔治,求他作一次的讲演。在这个时候,他和这同盟底会计匡品氏和书记佛罗斯托氏,生了国有问题底议论。两人对他说:"倘然你主张土地国有,同时也主张资本国有,那么,我们劳动者,就全党做你运动底后援。"他回答说:"诸君倘然先把我底著述一读,那么,我底对于这个问题底见解,是应该可以明瞭的。"此后,英国劳动党,永远和他断绝关系。

一八八六年,他做了纽约市长底候补者。美国劳动党底首领达涅尔·德伦,曾大施演说来推荐他,劳动党全体都做了他底应援。但第二年,他又代表了纽约去争国务卿底椅子。这时,劳动党都说他底态度暧昧,要求在先时提出的应援交换条件中,加入"今日社会问题底中枢,不是地租,是一切生产机关底所有权撤废"一句。亨利·乔治断然绝对拒绝,此后两者底关系,也就断绝。

这样,为庶民抑制地主横暴的亨利·乔治,等到地主底势力衰颓的时候,就渐次变了对资本家压迫庶民的反动者了。

八 从亨利·乔治到社会主义

他死后(一八九七年)单税运动底势力全然失坠,阵势渐分裂为左右两派。向右边走的,是无政府主义;向左边走的,是社会主义。把单税论底急进方面来澈底,结局就达到社会主义。无政府主义就是这反动思想底极点。亨利·乔治从过去去求他底敌,对于过去,是很急进的。惟其这样,对于未来是很退步的。像亨利·乔治立脚于现在,对于过去底仇敌,很急进的样子,去立脚于将来,对于过去和现在底仇敌同样急进的,就是社会主义。在这个意味上,社会主义,可以说是急进的亨利·乔治底澈底。

（商务印书馆,1922 年）

"女天下"底社会学的解说

[日]堺利彦著　　丏尊译

一

在"男尊女卑"的市面上，有所谓"女天下"的现象，这不是可以单认为例外而忽视的问题。

从美国回来的人常告诉我们说：美国是有名的女权优势的国度，在电车或火车中，男子让坐位给妇女的时候，妇女好像是认为应该的样子，傲然就坐；丈夫提了行李，奴仆似的随着夫人走，也算不得甚么。但这只是社会表面上的事；只是大众面前的事；一到家庭底内部去看，生财的男子底权威，仍俨然存在着。不用说，有奁产的妻，或和丈夫同操作的妻，在家庭里也是有权威的；至于靠男子底收入而生活的家庭之中，无论何处，都一样是男尊女卑的。不，正唯其表面有女尊主义的缘故，在里面的反对的现象，也反而更强的。

这话，不是出于只知美国底表面情形的人底口里，乃是深知美国内面的事情的人所说的。可以认为可有的事情。并且，这深悉美国情形的人，还比较了日本底情形这样说：日本比诸美国，原被认为盛行男尊女卑的蛮风的；其实，倒还是日本底妇女，多有权威。日本底做妻的，表面上虽服从着丈夫底命令，被称为无工钱的女仆，或被称为使女兼看护妇。实际上却意外地握着多大的实权，在家庭中，无论是财政上、生活的形式上，差不多都全然有支配丈夫的处所。这权力所至，不但家庭内底事情如此,间接地支配男子底外部生活的事,也决不少。所谓"女天下"或"妻天下"的家庭关系,决不是稀有的例外,所稀有的,不过是那已甚的极端的现象;凡是家庭,多少总有着"女天下"底实质的。要之,在以男尊女卑为表面的礼仪习惯的日本,"女天下"反是家庭内的一般现象。

这观察原不无略带夸张,但确有中着肯綮的地方。比之于徒斥日本底男尊女卑为非文明,和徒见了美国外观上的优待女子,不能窥破美国文明底内幕的浅薄的文明绅士,上面的观察,远有深度。我在大体上,敢赞成此说的。

二

那么,日本和美国,因了甚么理由,有这样内外表里的颠倒呢? 又,颠倒姑且不管,日本和美国,在表面或里面之间,一样地有这反对的现象,其理由何在? 我在这里想把这问题略加考察。

在太古,有过很长久的女性中心、女权优势的时代,这是可以认为无误的事实的。后来,这时代底次第变为男性中心、男权确立的时代,也是不可争的事实。女权衰了,男权起而代之,这其中底曾有过两性相争的时代,有过两性并立的时代,历史上也有可确证的痕迹残留着。这种社会组织上底大变动,说是可以没有何等的纷争,究是不能想像的事;即使没有明确的史实可凭,只要取了传说的证迹,略事深究,就可容易承认的。

又,从两性并立至男权确立之间,其曾有过女权底一时的复活和女性底叛逆的运动,也是可以想像的当然的事。还有,于男权确立以后,在例外,曾有部分的女权发扬底机会,也是可以想像的;并且这也是用了所谓隔代遗传的形式,曾在历史上现出过的事实。

那么,在这一切的逆转的、复古的女权发扬底机会和可能都消失以后,女子就全然屈服于男子底权力之下了吗? 未必就这样的。女子在长期间的屈服生活之中,不知不觉地发明了一种特别的战术,因这战术,握着间接的、变形的权势。历史上复杂微妙的两性关系底锁钥,即在于此。

三

白色人种，原被称为女性尊重的人种。前面为便利计，曾用美国做例，其实，有先从欧洲底历史上来考究的必要。

欧洲底盛行尊重女性，可以如此说明：古罗马灭亡，北方底日耳曼人种占领欧洲的时候，日耳曼人种底文明较为幼稚，女权优胜底风尚，还很多地残存着。后来罗马底已发达的旧文化和日耳曼人种底活泼的势力结合了成功欧洲新文明，就生了希腊罗马所没有的女性尊重的风俗习惯。到了中世纪，这女性尊重的传统思想，更与对于美妇人的玩弄的爱敬相结，生出一种的任侠的女性崇拜热来。如今所传说的那种骑士底恋爱的冒险谈，就是这个。

因了这经过，欧洲一般都有妇女尊重的风尚。尤以美国是新开的殖民国，最初妇女底数目定然非常鲜少，男子要想将少数的妇女来独占，他们底竞争地努力去买妇女底欢心，是容易想像的事。大概这就是今日美国特别地有女权优胜的现象底理由罢。

但是，不管欧洲有日耳曼人底传统思想，和中世骑士底美的传说底感化，由经济的实力而生的男权底基础，是不会动摇的。所以表面虽是女权优胜，实质上仍存着和这相反的男性支配的现象。并且可以推测：唯其表面如此，所以里面底反对倾向也就加甚的。

那么，日本如何？日本原是"非有女子，天不会明的国"，在长久的期间中，女性底地位，曾是比较地高的。有过神功皇后底事迹，还有过九州底女酋长西弥子（Shimiko）底传说。后来，文明先进国的支那底思想和制度输入来了。文明底进步，就是妇女地位底退步，握着经济的实力的日本底男权，因了支那底思想和制度，就急激地逞其威力，奔腾所至，竟到了德川时代贝原益轩底"女大学"，"女大学"，实是妇女奴隶主义底理想的表现。

可是，日本底妇女，却也并不因此败北，表面是败完了，里面仍意外地保持着实质的权势，就是保持着上面所说的间接的、变形的权势。唯其表面如此,所以里面格外如彼,这情势恰和美国相反对而同一。例如,像源氏中底尼将军政子样的有实权的妇人,是到处都可看见的。

要之,美国底妇女,满足于表面的优胜的形式;日本底妇女,满足于里面的意外的多大的实权。女权虽确被男权压服,然这和劣等民族底被优等民族压服、贫乏阶级底被富者阶级压服,很不相同;无论如何,在某种点上,总有不能压服净尽的地方。

四

贫富贵贱的阶级别和男女两性的阶级别,无论如何,有不能同一看待的处所。不用说,两者都由经济力的独占而生的结果,我们也常把这点力说着。但男女的关系,究不像贫富的关系、贵贱的关系底单纯,男女关系之中,有着性别和阶级别底交贯和错综。

贫富贵贱的关系中,原也有着所谓一般人类底人性(或称同类意识)的障碍物:贵者富者除对于贱者贫者有若干的功利的优势以外,亦时有人情底本能的发现,因此,经济的考虑,有不能彻底的时候。但在经济的利害被强烈地感知时,这障碍也不难抑制或排除的。至于男女的关系中,这人情、本能,就非常有力;要想因了利害的关系,来把彼抑制或排除净尽,是非常困难的事。这里面有着性欲(或恋爱)底特色。因有这恋爱(或性欲)底特殊性,其结果,上层阶级的男子不忍使自己配偶者的女子,同列在下层男女阶级的地位。又因了这缘故,男子虽社会地压服女子,但不能个人地压服女子;如果完全把女子个人地压服,恋爱的妙趣就没有了。因此,女子当作女子,在某程度有着和丈夫同样的社会的地位;在恋爱的范围内,可以处着和丈夫约略相等的境遇;有时,因了这微妙的关系,还可享受多大的尊敬和优待。(不论其只是形式上的或被玩弄的。)藩王嫖娼妓时,在娼楼的范围内(或闺房的范围内),有时也不能不屈服于娼妓底权威之下,去努力买娼妓底欢心的。

又,妇女做母的时候,其权威(即母性的权威)中含着不可抗争的大力。记得嚣俄底作品中有这样的一节:"为母的女子,实能现出壮烈的美，这壮美就是女性动物底壮美。"妇女做了母，发挥其女性动物底强烈的壮美时，无论哪一男子都不得不赞美，不得不服从，至少是不得不辟易的。就是，妇女底母性本能，不但对于其子有力，对于一般男性也有着不可争的力的。

这母性的权威和恋爱上底女性的权威，即在男性底经济支配之下，也断不是可以消灭净尽的东西。在经济上、政治上、社会上被屈辱的女子，其对于男子可乘的个人的唯一的隙，就是这点。女子底能于不知不觉之间发明一种特别的战术，就是利用这点（即男子底弱点）底结果。

因此，女子于男权确立以后，还能保持间接的、变形的权势。

五

要之，"女天下"的现象，其根本由于女性中心制度；在近代，这现象作为女性中心底变形的、间接的表现，到处都多少地存在着。美国是主在表面现出；日本呢，是主在里面现出的。

可是，妇女为要握这变形的权势，维持其"女天下"，实费着多大的苦痛和努力。泪的战术，歇斯武利的战术，阿谀的战术，娇态的战术，虚言的战术，欺诈的战术，有时还有狂乱的战术，甚至于自杀的战术：女子把这许多战术，意识地、无意识地、或半意识地用了纵横自在变化出没的妙案行施着。

那么，男子方面底容许或让步，其心理是怎样的呢？这也许是出于优者对于劣者的自觉而生的宽大罢，也许是出于玩弄的游戏的兴味罢，总之，因为他们对于敌人底巧妙的拼命的战术，实在寻不出完全的防御策和征服策了。

要之，在女子方面，因了根本的本能的威力和传统的威力底变形的发现，占着某程度的胜利；男子方面呢，因了根本的、传统的女性尊重心，在某程度内默认敌人底胜利。这复杂的关系之间、男女两者底苦痛，都是很大。就是，"女天下"在女子虽总算是部分的胜利或部分的复仇，然决不是女子底幸福，不用说，也不是男子底幸福。

六

我以前曾有过不少的关于男女关系的议论,但都是力说男性底横暴和女性底屈辱的东西。这篇论文,概以半面的观察为主,因为我觉得如果不把这半面来好好研究,这问题底充分的理解是不能得的。

但我底结论,总是如此;如果有富力支配消失的新社会现出,男性支配也必跟着消失。就是,经济阶级(连政治阶级)和性的阶级,同归消失。由此生出两性并立的新关系,会有一切男女都无苦痛、无虚伪,可以平等地、自由地、单纯地大家相爱的时代来。

(原载《民国日报·妇女评论》第 52 期,1922 年 8 月 2 日)

1923

马尔萨斯的中国人口论

［日］田中义夫著　丏尊译

一、绪言

马尔萨斯（T. R. Malthus）是自由主义经济学派中的一个，是继承亚丹斯密斯而代表悲观派的。亚丹斯密斯作《原富》，曾广引各国的经济事实，然后试下归纳的结论；同样，马尔萨斯也引用各国的人口现象，而大成其有名的《人口论》。现在从他的著书，（*An Essay on Principles of Population*；or *A view of its past and present effects on human happiness with an inquiry into our prospects respecting the future removal or mitigation of the evils which it occasions*. 2nd ed, Vol. I.）将他对于中国人口的考察，来一加检讨。

二、中国的人口数

"近时关于中国人口的记事，夸张得至于使多数的读者惊骇，又因言语上不明的缘故，使他们疑心到或是计算上有着偶然的错误。或者又想像：以为向乔治·司董通（Sir George Staunton）报告人口数的中国官吏，不是为一种的国民的自负心（这虽各国共通，而在中国尤甚。）所驱，把自国的力和富源在那里夸说着吗？这样的人口数，实是不能承认为可有的。却是，乔治·司董通的记事，和别的足以信凭的记载，并无大殊的差异,又亲身到过中国的著述家中,也有许多同样的关于中国富裕的记述,彼此对比,似乎这样的人口数,在中国是可以有的了"。(p. 206)

这样,马尔萨斯初曾怀疑于中国人口数的巨大,及想到中国的富裕,于是把中国人口数的巨大加以肯定了。他引了杜哈尔德(Duhalde)的《中国论》,试作中国人口统计的研究,说:

"据杜哈尔德在康熙帝即位时所作成的人口统计中,有户数一千一百零五万二千八百七十二户,成丁五千九百七十八万八千三百六十四人。这里面,如亲王,朝臣,官吏,除队兵,免疫兵,读书人,学士,医师,僧侣,未成年者,多数的水上生活者,还都没有列入在内❶"。(p. 206 — 207)

据杜哈尔德的记述,所可知道的只是户数与成丁数,至于中国的全人口数,是毫不明白的。马尔萨斯将这统计作了基础,如何去测定中国的全人口数呢? 这是值得进而倾听的地方:

"无论何国,成丁与全人口,一般是可以一比四来计算的。今以四乘五千九百七十八万八千三百六十四,结果就成二亿三千九百十五万三千四百五十六了。但关于此的一般的计算中,成丁中的所谓青年,是认作二十岁前的可以执干戈的人的,所以,我们非用更大的数字去乘不可。又人口统计中所遗漏的,几乎含有一切的上等阶级和大多数的下等阶级,如果把这等事情一加考虑,那末,中国的全人口,虽依据杜哈尔德,也不会少于乔治·司董通所记述的三亿三千三百万罢❷。"(p. 207)

这样,马尔萨斯是认着杜哈尔德所采用的成丁数,拉了成丁与全人口的一般的比率,以其乘数算出中国的全人口数;又因成丁之意义中,在某种程度内包含着二十岁以下的青年,主张全人口数应加多测定。他并不示我们以确数,只试作了一个概算,他认自己所推算的结果,和司董通所采用的中国人口数是大致相符的。

马尔萨斯吟味杜哈尔德的数字,既推定了中国的全人口数,一面关于此又抱着第二的疑问。这疑问是甚么? 就是户数与成丁数的远隔;详

---

❶ Duhalde's China, Vols, folis, 1738 Vol. i. p. 244.

❷ Embassy to China, Vol ii, Appen, p. 615.

言之,就是成丁比之户数,数目远来得大。他的起这疑问,解释着这疑问,实是我们中国研究者所不能不敬服的。

"比之于能执干戈的人口,户数远小,这是杜哈尔德的记事中所可惊怪的点。却是,这可用乔治·司董通所记的中国的一般的风俗而说明。据他的观察,中国一家之中,三代的全家属群集同居,是屡次目击的事。一间小屋,可供全家属各人之用,用蒷簟隔开一屋为几部分,各置了寝床起卧着。其共通的一部分,则用之于食事。❶ 又在中国,家属之外,别有许多的奴隶,❷这种奴隶,不用说,也是认为家属的一员的。这两种事实,可以把记事中的矛盾,说明而有余罢。"(p. 207—208)

马尔萨斯说明一户所配当的人员数的大,将原因归之于(一)中国的同族同居制度和(二)家内奴隶的众多。且认这是正当的见解。

三、中国的人口增加与食物

是认了中国人口数的巨大的马尔萨斯,在这里,顺序上非将理由说明不可了。关于此,马尔萨斯将孟德斯鸠(Montesquieu)在其著书《法意》(*Esprit des Loix*)中关于中国人口的巨大所论过的要旨,加以驳斥,开陈着他自己的创见:

"要说明中国的人口,也不必要像孟德斯鸠所假定的样子,说甚么中国的气候,适合于婴儿的生产。中国的妇女的生殖力,远大于世界任何国的妇女罢。❸ 中国人口的所以如此巨大,其主要有力的原因如下:

第一,土地肥沃,处于温带中最暖的部分,于土地的生产力上,实为最适合有力的位置。杜哈尔德关于中国的富裕,在书中费着长长的一章,据他的观察:一切他国所有的,中国全有;他国所未见的无数的物品,中国也产出。他说:'这富裕当归功于土壤的深厚,人民的刻苦勉励及灌

---

❶ Embassy to China, Vol. ii Appen. p. 155.

❷ Duhalde's China , Vol. i. p. 278.

❸ Esprit des Loix,liv,vii e. xxi.

溉国土的湖沼,川河,运河等。'❶

第二,从建国之始,曾大奖励农业,将人民的劳力倾注于此,使竭力多量生产生活资料。杜哈尔德说'人民于土地的耕作,所以甘尝这样难信的困苦者,不单为个人的利益,实由于对于农业的崇敬之观念及建国以来历代皇帝的重农。'最有名声的某皇帝,曾由农夫发迹而登大位,又某皇帝曾发见治水的方法:把在低地的水排出,使由河入海,用江河使土地肥沃。❷

皇帝关于开垦,施肥,灌溉,又著了几部书行世。别的皇帝们,为要表示对于农业的热诚,特作成法律,以期其发达。最重农业的要算西纪前一七九年为君的文帝,这位皇帝,不忍见因数次战乱而生的国土的荒废,亲耕宫城附属的土地以示模范,并使朝臣仿效,以期人民从事于所有地的耕作。❸ 将这作了起源,每年逢太阳入宝瓶宫十五度的日子——中国人以这日为春之初——中国全市举行一大祭礼。这日,皇帝用了庄严的仪式,亲耕少许的土地,以示民范,又各市官吏亦行同样的仪式,❹亲王与重臣亦仿了皇帝,手执锹犁,这仪式的主旨,在代人民祈求丰穰,皇帝作了大僧正,捧献春牲于上帝。

杜哈尔德时的皇帝,曾极庄重地行这祭礼,对于农民也极保护。因欲激励农民,皇帝又命各县的知事,在该地方的农民中,每年举出一个精于农技的,有乡名的,能齐家的,能睦邻的,节俭的,对于奢侈嫌恶的人来。❺ 使各县官吏表彰勤勉的农民,鄙视其怠情的农民。❻ 中国政府全体如家长,皇帝被尊敬为人民之父和教化的根源,以这样的国家,而这样奖励农业,其效果当然是伟大的。在阶级的等差上,皇帝将农民列在商工业者的前面❼又下层人民的唯一的大希望,在自有少许的土地,在中

---

❶ Duhalde's China,Vol. i. p. 314.

❷ Duhalde's China,Vol. i. p. 274.

❸ Ibid. ,Vol. i p. 275.

❹ Ibid. ,ib.

❺ Ibid. ,p. 276.

❻ Letters Edif tom,xix. p. 132.

❼ Duhalde's China,Vol,i. p. 272.

国,制造业者的数目,远比农民来得稀少。❶

　　中国的全土地,除了少数的例外,都用之于食物生产的一途,没有草原,牧场也极少,也无栽培作家畜饲料的燕麦,豆,芜等的野原。道路所占的土地原有限,并且又极狭而少,主要的交通机关是水路,也没有供大地主游戏的荒废的共有地或私有地。这样,土地既肥沃,普通每年都可有两次的收获,因为行着适合土壤的耕作法,用了土壤的混合,施肥,灌溉等各种巧妙绵密的方法把土壤的缺陷来弥补了的缘故。在中国人工的劳力,用之于富豪的奢侈或无用的职业者极少,即在军人,于短期的守备、演习及其他临时勤务之外,也多被用之于农事。食物的量,又较他国为多,他们并用诸种的动植物以作食粮,食粮遂益增加。

　　乔治·司董通所提供的这记事,为杜哈尔德及其他天主教宣教师所确认。他们都一样地称述中国人勤于施肥,栽培,灌溉,巧于收获多量的食物。这样的农业组织,其及于人口的结果,当然应该是显著的。"(p. 208－212)

　　现在把马尔萨斯当作中国重农政策而说述的事项列示起来,大概如下:

（A）皇帝的亲耕。

（B）农业劳动的增加。

　　一、同族同居制设定。

　　二、模范农表彰。

　　三、兵中寓农。

　　四、商工抑压。

　　五、农民尊重。

（C）农业技术的发达。

（D）土地利用的普及。

　　一、道路狭小。

　　二、荒地开垦。

---

　　❶ Embassy to China, Staunton, Vol. ii. p. 544.

（E）运河普及。

（F）食粮品多种。

马尔萨斯的先师亚丹斯密斯虽知道中国的重农主义，可是说得非常粗简，马尔萨斯的论中国的重农政策，却是如此详密。这可认为由于（一）欧洲人的中国研究的发达，及（二）人口论上关于食物乃至农业研究的重要的缘故。马尔萨斯论中国的重农政策虽如此详密，而于中国的为甚么采用这重农政策，却未言及。这为甚么？大概他以为只要单论了食物对人口的问题，可以立证自己的人口论就算了罢。

四、中国的人口增加与结婚

"最后，对于结婚的异常的奖励，使这国的莫大的产物为极少的分配，又使这国比世界中任何国都人口稠密。

中国人在结婚上有着两个目的：❶第一是继续祖先宗庙的祭祀，第二是种族的增殖。子对于亲的尊敬与服从，为其政体的一大原则，这义务到亲死后，还须继续，亲虽死，子对于亲仍须带和亲生存时同样的义务。这习惯，结果使凡为父的如果不给他所有的子结婚，就觉得不名誉，不安于心。又为长男的即使未曾承袭亲的遗产，也不能不养育弟妹，给他们结婚。这是因为要防家族的绝灭和使祖先不失名誉与义务的缘故。❷

最重视最普遍的事情，结果遂被认若一种宗教的仪礼：乔治·司董通曾这样说。又据乔治·司董通说：在中国，凡是略有能养一家的希望的，就被认为可以结婚，可是这希望常不能实现，这时，幼儿就被悲惨的父母遗弃的。❸

可是，认容父母遗弃幼儿的事，却足以使结婚容易，人口增加。即使眼前看见了这最后的手段，仍可大胆地入于结婚生涯的。又，为父母的

---

❶ Letters Edif, et curiences, tom. xxiii, p. 448.

❷ Duhalde's China, Vol. i, p. 303.

❸ Embassy to China, Vol. iii, p. 157.

因有爱子之情,除最悲惨的穷迫以外,概不遗弃幼儿。至于贫者,更认结婚为一种聪明的手段,因为子(特在男子)是有抚养父母的义务的。❶ 在富者,这样的结婚奖励,结果使于人口增加上有重要的倾向的财产,割裂分配。中国人的境遇上虽不平等,而财产上的不平等较少。土地财产都适当地分配着,因为父的遗产常平均分配于遗子间的缘故。独子而承袭两亲的全财产者很少。一般奖励着早婚,所以财产难因了承袭而增加的。❷ 因这诸原因,富有不绝地趋于平准化的倾向。又,富一集积,结果就无努力增殖的必要,能成功者很少。财产在同一家族中罕能集积至三代以上,这是中国人一般的谚语。❸ 在贫者,结婚奖励的结果,劳动的报酬,渐益低下,因此不得已陷入于最下贱的贫穷状态。据乔治·司董通的观察:中国劳动的价值,比之于一般人们所需要的食粮品的价格,普通都来得稀少,又如在兵营的军人等,虽有集合大团体而生活的利益,并且在兵营的管理上,万事都极经济,可是他们还只能采取少量的动物性食品,非多用植物性食品不可的。❹

杜哈尔德于叙述中国人的刻苦勤勉及其生计上为他国所未见的方法与辛苦以后,曾这样说:'中国人虽非常节制勤勉,而大多数的人,都在非常贫困状态之中。贫民中有不能供给小孩普通的必要品而遗弃小孩于街路的。在像北京、广东等的大都会,这种悲惨的光景,是极普通而常有的。'❺

天主教宣教师普利美耶曾寄书与同教会的一友说:'我报告你一桩像谎言而却实在的事❻:就是,世界中最富裕且最繁荣的国家,在某意义上却是最贫乏且最悲惨的国家的事。这国家面积虽广大,地味虽肥沃,要想支持住民,却不充分。如果要使彼等生活安乐,非有四倍的土地不可。只论广东一省城,已确有百万人以上。离广东三四十里的有一市,

---

❶　Ibid. , Vol. i. p. 157.

❷　Ibid. , p. 151.

❸　Embassy to China, Vol. i. p. 152.

❹　Ibid. , Staunton, Vol. ii. p. 156.

❺　Duhalde's China, Vol. i. p. 277.

❻　Letters Edif, et. curiouses. tom. xvi. p. 394.

其住民更不止此数,这样,谁能推算这一省的住民呢?奄有同样繁密的人口的十五省的全帝国,其人口恐要以几千万来计算罢!这无限人口的三分之一,是不能得充分生活的食粮的。'

极端的贫穷,必驱人民入于极端的凶境,这是世人所熟知的。凡是去视察中国的人们,只要是能详细观察事物的,见了下面的事情,决不致惊怪罢:做母亲的将其幼儿杀却或弃却;两亲因了些微的金钱就卖女儿;将人作物品互相抵押;多数的盗贼徘徊着;饥馑频发;饥馑时候,几百万的住民因了饥饿,不能忍受欧洲历史上所曾有过的极度的悲惨,卒以死毙。

'中国的贫民,也如欧洲的贫民一样,是怠惰的。在他们,不能说劳动了就得生活,他们全不想到劳动和努力。有些中国人,有时也曾水没了膝终日掘土,到夜只得一匙的米来充饥,用烧饭用的无味的浊水来解渴。一般住民的生活,大概如此。'❶

这记事的大部分,在杜哈尔德的著书中转录着。其中虽或许有多少的夸张,但中国人的怎样被压迫,其结果的怎样悲惨,可因此明白地知道了。因地味的肥沃人口自然增加,以及农业的奖励,都是良好的现象,但因结婚的奖励,把人口增加,结果不但招致真正的贫穷,连他人所应享的幸福也至于全然被妨害了。"(p. 208—217)

马尔萨斯以结婚的异常奖励为中国人口巨大的第三原因,关于此层,将他所论述的要约起来:就是,中国人结婚的目的(一)为祖先祭祀的继续;(二)为种族的增殖;因奖励结婚的缘故,结果就(一)以未婚为耻辱,(二)生早婚之弊,(三)养成蓄妾之风,(四)遗产均分,(五)财产趋于平准化。这样,人口增加,结果就生食物与人口的不调和,现出人民的贫困。细检马尔萨斯的所论,对于结婚奖励的起因,似未深察,和以前的把中国重农政策的起因忽略看过一样,同是令人不能满足。不用说,祖先崇拜之念,种族增殖之念,原也是结婚尊重的动机;但是,前面也曾说过,重农政策的遂行,不是必然随伴人口增加,换言之,不是必然趋于结婚奖

---

❶ Ibid., tom. vi. p. 394. et. seq.

励的吗？因为农业的发达，在一方须劳力的保持和增进，在他方又须农产物需要者的保持和增进，而结婚的奖励，正是可以使农产物的供给者需要者彼此保持和增进的。

还有一个理由，就是中国人的家族主义。中国人的将自己的最高的生活托之于家族，恰如希腊人的将自己的最高的生活托之于国家一样。中国人虽有个人主义的性格，可是其个人或自我的扩张，是要藉了家族而行的。欲图家族的繁荣或扩张，必然地就须增殖子孙，结果就必然地弄到要奖励结婚，分配财产。这是中国奖励结婚，分配财产的理由。

那末，中国能否图食物与人口的调和，顺当地招致国家的富强与人民的幸福呢？

五、中国的人口制限

据马尔萨斯：中国人口的增殖，超过于食物的增加；佣金低落；生活程度低下；生活难激成；弃儿，卖儿，窃盗，避婚，奸通，避妊，堕胎等几多的悲惨的社会现象也曾现出着。那末，马尔萨斯的所谓积极的制限（Positive checks）与预防的制限（Preventive checks），在中国是怎样地运行着，人口是怎样地被制限，食物的量与人口的数是怎样地调和着的呢？

"中国的国土，向被推算为法兰西的八倍。❶ 法兰西的人口，如果只二千六百万，其八倍就是二亿八千万。再一顾虑前述人口增加的有力的三种原因，那末，中国的人口，与法兰西人口的比较，从外面推测，不会少于二〇八对三三三或三对二了罢。增加的自然的倾向既大，容易说明一般一国人口所能达到的最高度。这研究尚有更兴味而更困难的部分，就是探索抑止这最高度以上的增加的直接原因。从生殖力说，中国的人口的容易在二十五年倍加，是和亚美利加诸州相同的。然我们一方面却明明知道中国的土地并无能支持这样多数人口的能力，这结果是不会出现的。那末，在中国的这大的势力，其归宿如何？又，其制限的种类如何？

---

❶　Embassy to China, Staunton, Vol. ii. p. 546.

其依了生活手段的水准而抑止人口的早死的形式如何？中国虽异常地奖励结婚，如果吾人认在中国无人口预防的限制作用，那便限于误谬。杜哈尔德说：'僧侣之数超过百万；这里面，北京有二千的未婚者，其他各地被勅许建立的寺院中，有三十五万的未婚者。又只就事实上的未婚者说，其数也约有九万。'❶

贫者苟有若干支持一家的希望，便大概结婚。又杀儿为一般世俗所认容，所以即有危险，也可就冒了结婚。但他们若真陷于非弃儿或卖妻儿作奴隶不可的境遇，结婚也就不能踌躇了。在下层阶级，时有因极度的贫困而演这种悲剧的。据杜哈尔德，中国的对于人口的预防的限制，因贫困而生的多数奴隶而行。人民有时廉价地把子女妻室或并自己卖给人作奴隶，普通的方法，是用了偿还的条件把人来作抵当品的。这多数的奴隶，当作仆婢和一家共同起居着。❷

休谟（Hume）当述古代的奴隶状态时说，曾说，'买小儿当作奴隶来养育，不如买成长的奴隶，来得廉价。'这话是真的，特别地在中国这观察尤当。大概的著述家都异口同声地说中国多饥馑，一到饥馑的时候，奴隶可用极少的粮食买得。又使奴隶生子，是做主人的所大不喜欢的事，所以在中国的奴隶，也和在欧洲的一样，大部分可认作未婚者。在中国，因两性间的不义而生的人口制限，似不显著。妇女概贞而静，奸通极少，不过蓄妾盛行，大都会中且有公娼，据乔治·司董通说，比之于未婚者及寡妇，数却不多。❸ 因疾病而行的人口的积极的限制，虽颇显著，但不若我们预期的厉害。一般气候极适合于健康，某宣教师至于说，传染病或流行病的盛行，一世纪中没有一回的。❹ 但这确有错误，别的中国研究者说传染病流行病决不少。关于埋葬无一定葬地的平民，据中国官吏间的某种训令，曾有传染病流行时，死尸满道，恶臭远播的话。❺

---

❶ Duhalde's China. Vol. i. p. 244.

❷ Ibid. ，Vol. p. 278.

❸ Embassy to china，Vol. ii. p. 157.

❹ Letters Edif，tom，xxii. p. 187.

❺ Ibid. ， p. 126.

又有关于传染病的记事❶，据这记事，传染病似乎是常有的。每月一日与十五日，官吏集合了对人民发冗长的训令，在这里，各知事的训诫人民，恰和家长的训诫家族，态度相同。❷

杜哈尔德引用的训令中，有一个含有像下面的文句：'谷物不足，传染病继起，猖獗所至，全土多因而荒废，非注意不可。在这时，诸君之义务，在爱护同胞，竭力援助他们。'❸

传染病一般在小儿最猛激。一宣教师关于两亲因贫乏而溺儿的事，曾这样说：'这样的小儿因洗礼的水而得生活者，在北京的教会，每年都不下五六千。这收获因了我们传道师的数目而增加，如果我们有多数的传道师，可不必限定只注意于这类弃儿，那里还有天然痘与流行病，常害夺无数的小儿，尤不可不加以注意的。❹ 因为是赤贫如洗似的下层人民，虽历尽了艰难去养育小儿，但多数的子女中，究不能幸免发生致命伤的疾病。'

关于弃儿的数目，毫不能想像，然如果信任中国著述家的话，那末这风习可以认为广行的。政府也想努力防止，可是终归失败。前面曾引用过的长于仁爱和智慧的某官吏所手著的训令集中，曾建议欲在该地方设立弃儿院，且把在当时已经不必要的上代的同样的制度说述着。❺

这书中详细地述着弃儿的多数和其诱因的可怕的贫困，他说：'观人民有过于贫困而不能给与小儿以必要的营养物者，弃儿数目之多，实因此故。在首府，省城，商业都市中，弃儿之数固多，人口稀少的乡村，弃儿也不少。都会人口稠密，弃儿容易知道，其实到处此类贫而可怜的幼儿，都有救济的必要。'❻

同书中有一训令，关于溺儿的事像下面地说着：'无罪的幼儿才出生，即被惨投水中，才得生，即失生，这还可以说是母给与生命子享受生

---

❶　Ibid. , p. 127.
❷　Duhalde's China, Vol. i. p. 1254.
❸　Ibid. , p. 256.
❹　Letters Edif. tom. xix. p. 100.
❺　Ibid. , p. 110.
❻　Ibid. , tom. xix.

命吗？父母的贫困，实为此罪恶的原因，他们自己尚难于糊口，更何能佣雇乳母，筹养子女必要的经费。他们失望之余，不忍使一人活着而杀二人，做母的为要其夫生存，遂同意于杀儿。这在亲自是悲苦之事，但竟不得已忍而实行，因为要救自己的生命，自不得不断灭幼儿的生命。如果弃幼儿于无人见之地，幼儿就将以哭泣刺激父母的爱情，他们所行的方法是投入幼儿于河水，立使淹没，失其生活的一切机会。'❶

要证明弃儿的广行，这样的记事，恐要算是最足凭信的书类了罢。乔治·司董通用了他所搜集到的最良的材料，说年年北京的弃儿，为数约两千。❷ 然这数当因年岁及收获的凶丰而有不同，在激烈的流行病及破坏的饥馑之后，这数恐要非常地小罢。那时人口自然地趋于增殖稠密，及到普通农作物不足支持过剩的人口时，再不幸而猝遇歉收，其数就自然激增了。

这种歉收，是常有的，饥馑在中国，恐要算是对于人口的积极的限制中的最有力的条件。在某种时候，由战役及内乱而生的限制，亦颇显著。❸

中国历朝的年表中，富于饥馑的记事。❹

又饥馑如果非非常地荒废的破坏的时候，不致因此引起国家的最大事件或革命。

某天主教宣教师说：中国官吏的对于人民表明爱抚之情，是在洪水，旱灾及蝗虫席卷数省等凶岁的时候。❺

这里所列举的诸原因，是引起中国凶荒的主要原因，一检关于凶年的记事，就可知道中国是常有凶荒的。关于使收获全灭，引起饥馑的凶烈的暴风雨，弥而斯（Meares）曾有记述。他说：一七八七年，中国南部因暴风雨而起洪水，无数的人民，都为饥馑所毙了。❻

---

❶　Ibid. ，tom，xix. p. 124.

❷　Embassy to China，Vol. p. 159.

❸　Annals of the Chinese Monarchs.

❹　Duhalde's China. Vol. p. 136.

❺　Letters Edif. tom. xix. p. 154.

❻　Mearse，Voyage，hc. vii. p. 92.

　　在广东，常见可怜的饥民断绝其最后的呼吸：为母的杀其子女，壮者杀其老者，以期救免其欲死不得之苦，他们将这当作义务而行着。❶

　　天主教宣教师勃莱宁（Prennin）曾致一书给皇家科学院（Roval Academy of Sciences）的一会员说：'还有你所难相信的，就是中国非饥馑频发不可的事。'❷

　　又在这书简的末尾，又说，若不是饥馑频发，把多数的中国人口减少，中国人就不能平和地生活了。❸ 他曾努力了想调查着频发的饥馑的原因，他的观察以为饥馑时不能从邻省得援助，非从自省求资源的全部不可的。❹ 他又就了最惨害的地方的公立谷仓，痛指其办法延误不良，说是有负于皇帝救民的苦心：某省因大水大旱起饥馑时，为中国大官的原可依恃公立谷仓而拯救人民，可是因下级官吏的不正直，这种谷仓时常空虚。那时虽亦有检查与调查，初却不愿以这种不祥之事，报告朝廷，至最后始提出报告书。这报告书又须经过许多人之手，等皇帝看见，已经过许多的时日了。再由皇帝召集了大官，审议救济人民的方法，于是表示爱抚人民的宣言，始公布于全国，虽曾免除赋税，可是因几多的仪式，实现很迟，饥民在未得到救济之前，已饿死了。其不忍坐以待毙的，则为求食而流浪他方，大部分皆在途中横死。❺ 一旦饥馑勃发，朝廷如不施救济人民的政策，小盗就因此蜂起，既而其数渐次增加，遂致扰乱国家的平和。因此之故，每逢饥馑，朝廷必发几多的命令，为救助人民，有几多的运动，直至饥馑终结为止。救助人民的动机，不出于真正的爱情，全由于国家的利害，所以不能临机应变地救济人民。

　　这调查报告中所举的饥馑的最后原因，是因酿造酒类而多量消费谷物。❻

　　然以此为饥馑的一原因，显系他的一大误谬。又僧正格罗载

---

❶　Letters Edif et Curienses . xvii. p. 174.

❷　Ibid. ，p. 186.

❸　Ibid. ，p. 176.

❹　Ibid. ，p. 180.

❺　Ibid. ，p. 187.

❻　Letters Edif et Curienses . xvii. p. 184.

(Abbe'Grosier)的中国概观中,也蹈着同样的误谬,也将上面的原因为灾厄的一大原因。❶

但事实上这原因的全倾向,却在正反对的方面。必要以外的谷物消费,足使人口于未达生活资料的最极限以前,先受制限。凶荒的时候,将这谷物从特殊的用途收回,比之于开放公立谷仓等方法,尤为丰富。这种消费一旦发生,延及永久,其结果正和从一国减去一片的土地及其上的全住民相同,此外的他人民,其状态仍可和前无异,并且到了饥馑的时候,那土地的产物,可以不带人口而完全归于他们的,中国如果无酿造场,人口确将更增加罢。一遇荒年,食粮将比在现在更缺乏罢。又,原因的伟力既在运行,结果中国易患饥馑,并且饥馑的凶度将更激烈罢。"(p.217—228)

六、结言

在中国,一方面施行重农政策,增加食物的供给,他方面施行结婚奖励政策,使人口异常增加,食物的增加不及人口的增加,为欲调和此冲突,豫防的制限,有贫民奴隶间的避婚,积极的制限有疾病,弃儿,杀儿,饥馑等:这是马尔萨斯所述的。这二种制限,是中国政府所常在努力防止的,可是大概终归失败;又这二种制限,在中国不及在欧洲的能充分运行,因之效果也较少。于是,中国数千年来遂把多数的人民贫民化,无产阶级化了。于是,多数的中国人的心理,遂化为贫民的心理,无产阶级的心理了。这是我们当考察中国人的心理时,所第一要注意的事。那末,中国自古曾继续着无产阶级对有产阶级的争斗吗?我们不能不答说不曾。在中国第一第二的阶级,早经消灭,有产阶级最占势力,其政治上的变迁,可以说只是有产阶级间的权力争夺战争。现在中国的扰乱,要之也不脱此范围,与无产阶级并无何等的交涉的。为甚么中国自古没有无产阶级对有产阶级的阶级争斗的呢?这是因为中国自古施行着"民可使由之,不可使知之"的政策,那多数的无产阶级同时就是无识阶级,阶级

---

❶　Vol. i. b. iv. c. iii. p. 396. Eng. tran.

意识未得发达的缘故。这不是就是中国民族的能数千年来持续生存,保持其文明的所以吗? 但这还不过是关于世界大奇迹的中国民族永续的一面观,此外还有别的几多有力的原因:就是,(一)中国的领土太大,不便征服;(二)中国的人口繁多;(三)高级的中国文明,有把低级的蛮夷文明并入熔炉而熔化净尽的大同力量等。

如果不与欧洲交通,没有与高级文明接触,仅与四夷交通,仅与低级文明接触,这样的无产阶级国,尚能全其生存,保持其文明罢。今既与欧洲交通,与高级文明接触密切,与有产阶级国或资本主义国相交涉了,中国于此,在对峙中欲保持其生存与文明,能否依然固执旧政策,实是一大疑问。

在旧制之下的中国,人口对食物的均衡,现已失至极度,差不多可以说举国无产阶级化了。欲使这多数的贫民富裕,非采取新的食物增加政策不可。(一)须输入进步的农业技术,(二)须盛行农业教育,同时(三)须转用农民于生产力较大的商工业。至于因要助成此倾向,尚须改善或创施种种的经济的设施,自不待言。能如此,生产关系变化,社会组织亦随之而变化,农民富裕,其思想亦自变易,食物对人口的新的调和,才会产生罢。旧中国将于此完结而新中国将于此展开罢。中国的现代化,将于此开始,将于此完成罢。现在正是旧中国末路应转变为新中国的时代,现在正是中国的经济的转换期,中国当尝受由此而生的苦恼。如此,中国才会由积弱而移到新兴罢。中国的文明,才会从农业文明的极致转步于商工文明罢。

又从教育上观之,教育苟普及,同时输入自由思想,促个人的觉醒,助长阶级意识,这样,无产阶级对有产阶级的阶级争斗就会开始了罢。在这样的社会的经济的转换期或新生期中,救济中国的方法,全赖中国识者的去其私心私欲,为了民众的福祉国家的富强,费其清新的注目和热烈的努力。

我深信:中国的根本的改造或救济的途径,在于中国人的精神生活的刷新和经济生活的更新。

(原载《东方杂志》第 20 卷第 10 号,1923 年 5 月)

1924

女性中心说

[美]瓦特著　　[日]堺利彦绎述

目　录

上 编

第一章 男性中心说与女性中心说

解释两性关系的学说，有正相反对的两派：一是男性中心说；一是女性中心说。

男性中心说这样说：在生物发达本来的意趣上，男性常为主要部分，女性不过是附属物。生物界底一切万物，几乎都以男性为中心；女性在本来的意趣上，自然也是必要；但所谓必要，却只因为他是一种生物继续的方便罢了。除了这层，这便可有可无。

女性中心说这样说：在生物发达本来的意趣上，女性常做主要部；男性不过是附属物。生物界底一切万事，原来都有以女性为中心的倾向。男性在本来的意趣上，自然是不可缺；但所谓男性，无非是为要想因了异质的交叉、确保生物底发达，从"益者生存"的原则上派生出来的东西。就人类，高等哺乳动物和鸟类底一部分看，男性好像有优胜的现象；但这是特别的，例外的进化底结果，在生物界全体底大意趣上，是毫无关系的。这种事实，完全可以从生物学上，心理学上说明；并且也只是特殊性质，和比较的少数种属的现象。人类社会中所以通用男性中心说，无非是由于局限在与自己最近的周围的浅薄观察，或是拘限固陋的传说和习惯底结果。

现在从这两说中，先把男性中心说底内容，检查一下。

第二章 男性中心说底内容

一、动物界底事实

可以帮助男性中心说成立的事实,颇有许多现出在我们底眼前;不管他是一般的或特殊的。

先就一般的方面说:凡是重要的动物,——特如在哺乳类鸟类,谁都晓得雄的总比雌的身体大,能力强。并且雄的比了雌的,身体底构造和机关,也来得复杂,装饰也来得完整、色泽也来得美丽,全体也来得调和。鸟类的雄,不但身体大,色泽美,并且独占著雌鸟所没有的美声,动作也比较地敏活。兽类的雄,于身大力强以外,还有角牙等独特的美装。就一般说:成长完全的雌动物,比之于雄,差不多竟像彼底幼儿。因此就生出一种学说来,说是:雄是正当地圆满发达的东西,雌是一种“发达中绝”的现象。

要之,在我们常见的动物当中,雄的常凌驾着雌的,或因了他底美毛美声,或因了他底堂堂的风采,特殊的武器,或强大的体力。

二、人类男女底比较

再将范围缩小了,只就人类男女说,大体也可得同样的结论。

无论在哪一个人种,女子总比男子身体小。身体小了,体力当然也小;但女子底体力,实际上却比伊身体小的比例还要小。即以容貌说,至少在劣等人种,男子总比女子美,比女子调和。至于比较进步的人种,因为女子底容貌,已经加了许多好像用细工捏出的分子,要想公平比较出男女底自然美,原是很难;但在女子自己,好像总还觉得男子比女子来得美。女子大概无须,男子大概有须;须在装饰上,正如鹿底角,狮子底鬣。

更就脑髓底大小看,男女底差异,仍然很显著。很有许多学者,取了文明人和野蛮人底脑髓,来比较彼底大小轻重;他们试验底结果,都足证明同一的事实。就是:男子底脑髓,在体积上,重量上,都强于女子。文明人脑髓底重量:在男子平均是六百零二瓦,女子却不过平均五百十六瓦;就是有百分之十四以上的差。

脑髓以外,女子也还有几许不及男子。据勃尔克斯教授所说,普通的女子,从他身体底调和上看来,总是算不得男子底缩图。他又说:"大概女子底身体,都不平均。头和胸膛比较地小,尻骨却比较地大,骨也细,筋肉也比较地纤弱。"

三、男女精神能力底差异

以上还是单就肉体底特质,比较男女底优劣;再就精神底特质看,女子也远不及男子。男性中心论者,常注重于男女脑髓底差异。脑髓既有差异,精神能力也跟着有相当的差异,男子底脑髓既然概比女子的大,当然精神能力也优于女子了。

这可以用事实来证明。简直点说,女子差不多没有发明心。发明是文明底键钥;发明心在人类理智的活动中,是最有用的作用。女子既缺乏发明心,这就是不及男子底第一证据了。即使把发明心从广义解释,将科学上的发明也算作发明底一部,女子也还追不着男子。在欧洲诸国,有一种叫做学士院的学会,选各时代有名的科学发见者,当作会员;在这个里面,我们永不曾听见有当选的女人。选定者底鉴定,也许有多少的偏见和传习,学士院底会员,也许未必个个都是真的大学者;但是就大体上说,学士院是学者的渊薮,却是不可争的事实。

亚尔丰斯·特·坎特尔教授,曾用这事实作根据,著了一部有名的《科学及科学家史》。这部书在现在总算是关于此种问题的名著,和那人种改造学者佛兰西斯·迦尔顿底《遗传的天才》,《英国科学》是并肩的大著作。这里面有"妇人和科学底进步"这一章,在男性中心说实是最适切的材料。现为参考起见,把一二节摘译在下面:

"我们搜集了欧洲重要的学士院会员名簿来考查,却并无一个妇女底名字。这并不是学院不准女会员入选;实在是女子没有独创科学事业的人。女子里面虽然也有过许多翻译科学的著述或于种种问题著了书的人,但是世间不能承认伊们有够得上做学士院会员的程度。这并不是对于伊们没有同情；伊们如果真有程度，自然早已入选了。假使斯太哀尔夫人和乔治·珊特到现在还生存，伊们必定成了法国学士院底会员；罗沙·巴牛尔倘然活在现世，伊也大概做了美术院底会员了。但这都是例外。从一般说，纯粹将科学当作科学研究的妇人，实是不可多得的。

"这样的男女底差异，究竟从甚么地方来的呢？发见这个原因，并不十分困难。大概女子底发达停止期，比男子来得早；而科学研究底基础时代，大家总知道通常却在十六岁至十八岁之间。而且，女子底精神也毫没有深度；只欢喜用直觉可以领会的事情，不能平静地坚忍地专心从事于实验和思索。离了表面上的形式，单求真理上的快乐的事，是女子所不堪的。还有，女子底推理力也比男子薄弱得多。女子又缺乏怀疑性；而这怀疑性，却正是科学底出发点，有时也是科学底归着点。

"女子不及男子，不但发明心，就是创作的才能，女子也远不及男子。据法兰西隆说：创作的才能，全是男性底特质。他关于此事，还说：'女子是想像的动物。但在实际上，却把自然赋与伊们的想像事业，也让给男子底手里。女子有过创造文学上大著述的实例么？我们未曾晓得女子有创作大脚本的事情；世间有名的小说也统是成于男子之手的。'"

如把这议论推演起来，女子在一切美术事业上都可以说是无能的了。实际上也竟常有主张这样极端议论的人，说女子之中，从来没有伟大的雕刻家，伟大的画家；建筑家和作曲家当中，也没有一个伟大的女子。

女子思索的才能，也不是男子底对手。所谓思索的才能，是处理抽象真理一种特殊的精神能力；我们底精神一步一步地将概括底范围扩张，从混沌达到浑一的所在，这一种特殊的精神能力，就是思索的才能。然而如前所说，女子是很缺乏将真理当作真理考察的能力的；抽象的问题，差不多不能引起女子底兴味，就是具体的事实，除掉直接关系于伊们自己利害的，也不能引起伊们底兴味。总而言之，女子缺少客观地观察事物的能力；伊们所有的，只是一种利害的观念。无关于自己利害的事情，都走不进伊们理解底范围里。

　　只要将历史和世界现状来一瞥，就可晓得人生底重要问题，在女子是怎样地无交涉，无价值。我们永没有依了女子底指导，成就了大事业底经验。总括地说：人类底重要事业，都成于男子之手，女子不过是继续人类种族的方便罢了。

第三章　女性中心说底历史

一、瓦特底新说发表

这等男性中心说流行的时代,忽然提出一种女性中心说来,很像过于奇矫,所以开头就有稍微详说此新思想底由来和历史的必要。

将这说成立为有组织的学说的,要算美国社会学者莱斯窦·瓦特(Lester Ward)。瓦特自己也说,"在我以前,没有人提起这说,也没有人想为这说辩护。在我以前,差不多没有承认这说的人,也确凿没有要求这说的人。既然这样,那么,倘若从我口中说出这说并不是我发见的话,可就太愚了。"

一八八八年,华盛顿市有一个叫做"六时俱乐部"的社交团体。这是在该市大旅馆里开的晚餐会;照例,晚餐完了以后,有会员底演说。第十四次的晚餐会,是一八八八年四月廿六日在华盛顿市依拉治旅馆里开的。那日,席间很有几位有名的妇女;因了有几位妇女的缘故,这日底话题,就选定了"性底平等"。瓦特就被推为这讨论底开场者。

瓦特底发表女性中心说,实从这次讲演开始。那日在坐的还有赖莱教授,他也和别的人们一同加入讨论。瓦特关于那时候的讨论,有下面底一段说话:

"我所举的实例,多半是从昆虫得来的,这在赖莱教授,好像特别有兴味。为甚么呢,从那日隔了许久,他剪截了一八八八年六月号的'好斯苛特·孔派尼翁'(Household Companion)志的论文,送到我这里。这记载上注着从'圣路易俱乐部'志转载,里面载着那日我所讲演的梗概;却弄错了讲演人,说是赖莱教授底讲演。赖莱教授自己也不晓得这错误底原因,很诚恳地对我表示抱歉。然而这篇记事,却很能够捉住我所说的要点,可以算得很完善的报告。我此说底印刷公世,这是第一次。这个报告,最初出现在'俱乐部'志,究竟在哪一天,还没有仔细调查,大约总是那次晚餐会后几日内的事情。赖莱教授曾正直地公言,自认是我底信者,我们二人在后也继续地关于这个问题大家互相讨论。"

瓦特在这以前,虽然对于这问题已用了许多思索,但是那天底事件,实在给他增长了关于这问题的兴味。以后,"福蓝"志就请求他撰寄关于这问题的论文,瓦特撰了一篇"优秀的性"的文章,寄登该志。这篇文字,登在该志一八八八年十一月号,这是瓦特用自撰的文章,来发表他女性中心说底第一次。

二　瓦特以前女性中心思想底倾向

以上是女性中心说发育的概略。但女性中心的思想底倾向,瓦特自己也说,并不是等到瓦特才出世。论到有组织的学说,当然要推瓦特为元祖,至于这思想底曙光,在瓦特以前,早已从许多学者文人底笔端,几度地输送到世间了。

例如孔道西曾经有这样的话:"女子从来因了法律,制度,习惯,偏见,很受过不应当的待遇。现在将这种事实做了前提,来比较女子底道德力和男子底道德力,看究竟哪一面强大;结果,勇气,决心,大胆,宽容等道德力,女子实远在男子之上。所以两性自然差异的问题,只有用了新观察,才有真正的阐明。"

孔德和克罗蒂尔特·维涡夫人(Clotilde de Viaux)关系以后,大改变了他底女性观,这是谁都晓得的事。但是他在这变化以前,也已经在他底《实际哲学》上断定地说:"从社会的见地说,妇女确有第二义的优胜性。"在《实际政治》里他更竭力说:"女性在人类最根本的特性上,的确胜过我们男性。这特性就是使社会性支配全人格的倾向。"

在近代学者中,最显著地脱离男性中心说底固陋偏见的,是哈夫洛克·爱利斯(Havelock Ellis)。他在他所著的《男与女》里面,曾竭力指摘男性中心底迷妄,表扬女性底真价。他说,"女性是新时代底母。对于子女的教养,比男性更有紧密的,永久的关系。从大自然底眼里看来,是比男性更重要的元素。"他对于"女性是'发达中绝'的代表者"的一说,也绝端地否认驳斥。他说,"代表人类最发达,最进步的阶段的,是小儿,是青年。男性的成人所代表的,无非是向着初期劣等时代的退化罢了。人类中最近于动物的分子,就是男性的成人。"

以上都是粗略的抽象的意见。这种意见当中,关于女性中心说的,自然不及关于男性中心的来得多。因为男性中心说深入人心,已经成了巩固的人生观,已经被几千年来的传习固陋和偏见,筑成了社会的铜墙铁壁。所以宣传女性中心说的思想,也就比讴歌男性中心说的思想来得贫弱了。

三 母权制底发见及其影响

这里面原有巴诃芬,马克莱南,摩尔干等学者,在种种未开人种间跋跋,发见了母权制的事实,提倡过先人未发的卓说;只惜他们蹒跚于某特殊的范围,不能更进一步发见出生物界一贯的女性中心底理法。

但中间却也有以他们所发见的事实为根据,比他们底见地更进一层的学者。例如喇采珂恢尔在他所著《社会的认识》中,就发表着下面的话:

"群内底男女,仿佛大体上是同权的。依我们研究底结果,不能认男子常在群内占优秀的地位。从种种事实推究起来,女子在当时,的确是社会底结合要素。在今日有男子比较女子,变化的范围广,度数也比较地多,女子全然是人类种属底隔世遗传的产物之说。这说是由动物界生殖作用发达底形式和人类男女底自然差异底最近研究而生的,与社会进化底行程,非常一致。因为'群'是人类种属发达上根本的社会形式,男女在群内,本皆有个人的平等,到了后来,因有种种的社会的动乱(主要是只关于男子的),这却破坏了。所以人类性的差异中,凡属于第二义的,都无非由生存竞争,和生存竞争所得男子社会的地位而生。猛兽来袭击的时候,防御上就已使群内属员——特别的是男子——精神方面,肉体方面,显出个人的优秀,至于和他群争斗的时候,当然更不必说了。但一有了个人的优秀这事实,群内底平等就被扰乱,女子对于这扰乱,性底特质上,也就只得取被动的态度了。

"于是,性的生活,和衣食的方法,都已不能再有以前同样的平和性质。优秀个体一要求所生的扰乱，就扩大到或一程度，超过或一程度，群就分裂了。"

四　生物学者底态度

比之人类学和社会学，在生物学方面，能够从过去底事实中，取出和一般底信仰相抵触的现象，考察他深远的哲学的意义的学者，更少了。赖莱教授底因了瓦特底提倡，方才认容女性中心说，这是上面已经讲过的事。单就这一点看，一般生物学者底头脑，怎样地为传习的信仰所束缚，也就可推想了。赖莱教授本是专门的植物学者，像瓦特所发表的事情，当然是早经晓得的。并且据瓦特说，赖莱在某种程度上实在可以称做哲学家。像赖莱这样专门家而且还有几分哲学的头脑人，也要听了瓦特底讲演，方才晓得女性中心说，其他小生物学者，当然更不能跳出从来男性中心说底圈套了。

自然，生物学者当中，也不是绝对没有表示女性中心说倾向的学者。瓦特于许多的植物学者中，曾说发见有主张和他底女性中心说相近的一个学者，就是弥罕教授。

弥罕教授曾经几次地说述在植物上有女性优秀的事实，他比较芸香底雌雄两花，观察性底差异，发见了下面的事实。

芸香底雄花，远比雌花多散生着多数的小苞，彼底小花梗，也远比雌花来得长细。这就是雄花生成上所消费的精力量比雌花来得少底证据。要之，雄花不过是完全的叶和完全的雌花底中间的形式。

五　两性问题底一大革命

这样的现象，不止限于芸香，植物学者关于这样的事实，应该知道得很多。但是他们都以为和传来的两性关系有抵触，就当作稀有的例外，不去顾问。从来底生物学，因了这样固陋的精神所受的损害，实是很大。这和把可以证明"人类底动物的起源"的生物学上，解剖学上的事实，一切不问，鄙斥进化论为恶魔，是同样意义的社会的事实。

所以，男性中心说在现在，正如以前的地球中心说，人类中心说在古时。哥白尼底太阳中心说,打破了地球中心说底迷妄,达尔文底自然淘汰说,颠覆了人类中心说底偏见;和这个同样,瓦特底女性中心说,现在正扫荡着多年以来支配人心的男性中心说底迷妄,要在两性问题上成就了一大革命了。

第四章　自然底命令

自然底上面，有大的智慧。自然常被这智慧支配，常为这智慧所定的目标所指导：宗教家，神学者都这样地信着；就是科学，也很不容易打破这个信仰。因为自然界中，事实上显现着各种各样道德的目的，这种道德的目的，多因了毫不与自己意识或竟与自己意识全然背驰的诸要素而显现。人类所到达的进步，也只是和人类底意思独立，为人类所毫不曾意识的各种动的原因底结果，多和人类最初的希望正相反对。龚蒲洛培兹氏关于这一层，曾说，"国家，社会底经营者，常以直接的利害为目的在那里活动；可是社会底发达，却常超越了人类利己的努力，断然达到自然所指定的目的。"

斯宾塞更把这思想敷衍了说，"征服与奴隶制度，在不被认为不正当的时候，大概常生有利的结果，等到一被信为和社会底道德法抵触时，其助长顺应性的进步，倒不如其促进退步。"

总之，社会力总是盲目地，无意识地向着一定的目的前进，正如格尔兰特教授所说，"人类全是必然地，机械地从动物状态发达来的。"

神学者或目的论者，称这样超意识的自然力为超越人间宇宙的一大智慧。他们说：这智慧包括一切，意虑一切，遂行一切。并且超越了人智；就是人类中最大的贤人，也不能测知这大意趣底真相。詹姆斯教授关于这事，举过有趣的比喻：

"放在解剖台上的狗，放了悲痛的声音向执行者（解剖者）哭诉。在这瞬间，彼底意识，全在地狱里彷徨，厘毫不看见一点救济的光明，真是绝对绝命之境。可是有此苦痛，对于彼等和人类底将来的苦痛，才有一大救济。狗如果自觉这事，恐防在这阿鼻焦热中，也会瞑目默认自己底命运罢。这就是赎罪的方法了。"

不过，狗没有这种信仰，人呢，不管他知道不知道，总可以相信自己底苦痛底目的，是在善的一边的。这是人与狗底不同的地方。可是，这里有一件可怪的事，愈相信自己被自然底无形的力，——即亚丹斯密斯所谓

"看不见的手"所引导的人,愈相信个人底自由,愈相信自由意志底必要。

总之,无论用神学的说明,无论用科学的说明,人到底不能用了自己底力来制御自己底行为。这就是有超越人所支配的力存在着底证据。

但一入了生物学底范围,这事实就很不像在社会的时候地来得单纯。就中,关于生殖与性的问题,这事实尤好像有神秘的幕遮蔽着。这上面,再加以所谓社会的制裁等一种妨碍条件,把关于这类问题的研究,委给一部分的专门家;于是原来神秘的东西,越加被送入神秘的奥殿去了。

然而,像培根所说,"凡有存在底价值的东西,都有研究底价值。"特如像生殖样的重大问题,我们是应该尽了最大的努力与热心,竭力地为人智发达上尽力的。

第五章　生殖底方法

一　生殖与发育

说起生殖，大概谁都联想到男女两性，其实生殖与两性，决不是同一的事。生殖实是生物发育底一种方法。"发育与生殖，不过是程度上差异"，叔本华曾经这样说。赫克尔更在他所著的《一般形态学》中说，"生殖即是发育，是生物超越了彼个体组织的身体而成长的事情，是取了自己底一部分成为全体的事情。"

瓦特从这定义出发，就到了生殖方法的问题。于是不得不问：生物怎样超越了自己底身体组织遂其成长？这就是发生：生物生殖的方法如何的问题。自然，其中有种种的方法，也不能一概说。但是从大体讲，都准了自己底身体组织表示着由简单而向复杂，次第联络进步底痕迹。生物学者就生存有机体实验研究底结果，遂阐明了这联络。有些生物学者，更想说明这联络底论理的顺序。

二　无性生殖

一切生物底个体，成长到某限度时，就不能维持彼底身体组织。这时候，从旧组织脱出了去继续成长发育的，就是生殖。这是上面已说过的事。瓦特稽查了这生殖的方法，说于两性生殖以外，大体还有下列的五种。

最单纯的第一方法，是分裂生殖。像"亚米排"，"马耐拉"等从单纯的原形质底一片所成的生物，长大到了某限度，就自然地从身体底中央部分裂，成了两个同样大的个体；这两新个体成长了又各分为二。这样永久地分裂了继续彼底发育。这分裂法虽单纯，可是无论在如何的高等生物，倘调查其组成身体的细胞底发育历程，也和这分裂法同一，就是一个细胞大了分为二，二又分为四，分为八，遂成就无数的细胞，构成身体底各部。

其次是抽芽生殖。上面的分裂生殖是一个体分为两个同样大的个体的,这却是分为两个大小的个体。就是:个体底一部分先突出了成了芽的形状,然后这芽再自然地从母身分离。这分离的芽,成长到像母体大的时候,自己又复出芽。这方法不但行于单细胞生物,也行于苔虫类,蠕虫类,海鞘类。植物底生殖,主要用这方法,这是谁都晓得的事;植物底萌芽,就是这方法底最标本的现象。不但萌芽,就是根茎,蔓枝,匐枝,也都依了这方法而成就。

第三就是所谓胞子出芽的方法,个体中某细胞底一小群,从周围的细胞分离了渐次变成和母体同形的独立个体,从母体脱出分离。这方法行于植虫类,蠕虫类,更行于吸虫类。至于新个体到成长时再反覆同样的历程,也和前面各方法没有两样。

第四是居在第三法和最简单的两性生殖底中间的,就是所谓胞子生殖的方法。这和第三法稍异,从母体内部脱出的,不是一群的细胞,只是一个的细胞;并且在未全然和母体脱离的时候,常把发达中止,等离了母体以后,才分裂了成一群的细胞,成为母体同样的个体。这方法是行于某种劣等植物之间的。

以上都是属于无性生殖。"无性生殖"的一个名词,看来好像认定了有性生殖为本来的现象,把彼当作有性生殖底特殊变则的状态;在理论原不妥适,便宜上姑且暂用。

在这里,还有一种特别的无性生殖,照普通说,这与其说是无性生殖底一种,毋宁说是有性生殖底退化,也被称谓单性生殖或处女生殖。在这方法,似卵的一种胚种细胞,不经交精作用,就成新个体。自然,这胚种细胞,也可受精,依大概说:是因了受精作用底有无,把新个体分为是男是女。例如蜜蜂,不受过精的卵成雄,受过精的成雌,就是谁都晓得的事。所以如前所说,将生殖作用全然和两性关系离开来看的时候,这种方法在严密的意义上,便不能称为生殖作用。因为因了单性生殖所出的只是雄,如果没有别的受精底结果的雌,种属就断绝了。单性生殖中,也有像某种植物虱样子,不受精的卵,反成雌的。在这种时候,却可称为真正的生殖了。

生物底生殖法，未必只有这几种。此外或者还有种种中间的方法，也未可知，但是到现在没有传着；传着也说不定，我们却不知道。但只就上面这几种看，生殖方法，次第由单纯进于复杂的径路，也就明明可以看出了。在这几种方法中，生殖作用不过是继续著生命发现的作用的东西，如果没有生殖作用，生命发现的作用，恐防不能成这样永久的事实罢。所谓生命发现，所谓生命保存（即发育成长），所谓继续生命（即生殖），实在只是一事；所不同的单是枝叶的细目，就是不过顺应种种的境遇，所生的形态不同罢了。

三　两性底交精作用

如上所说，生殖底目的，毕竟在乎生命底永续。使个体成长到某限度的大，生存到某限度的年龄，和尽量作出新个体：这是生物界中自然底第一目的。要达这目的，前面的诸方法已够使用，至于这以上的目的，还须要别的方法。

上面所讲的，只是关于生命底量的增加的方法，但生命力底发展，却不但是分量的增加，却还成就着性质上的进步。不过所谓性质，毕竟也归着于分量，分量的增加是真的目的，性质的进步，总是手段。无机物底进化为有机物，也以增加物质底分量为目的，此外附随而生的事物，全是偶然的结果。自然，这种偶然结果派生的事物，有时也占着非常重要的位置，但苟非援助根本目的的东西，决不能够继续。要之，生命方向着一切的方面行一切的迈进的时候，不管是偶然的或派生的，凡是有益无害的方法，都可以因了"益者生存的法则"，继续下来。于是就发见了所谓"交精作用"一种的有效的方法。

交精作用就是异质混和底作用。异质混和就是打破自然界的沉寂，引起变化进步的动的原因。所谓发育，所谓生殖，本来总还是静的，像前记诸种的生殖方法，也不过单是继续原型的作用；倘要更进一步使彼生有利的组织上底变化，实更须加上别的动的作用。这就是异质混和的交精作用。

这交精作用一进步，就呈现出两性这一个现象。但这"两性"一名词,用在这初期的现象,恐怕要引起误解。因为世人说起两性,立刻就要联想到区划分明的雌雄男女上去,对于前记诸方法中和两性毫无关系而行的生殖作用,却不关心。但实际上,营两性生殖的生物,在数目上实不及全生物底一半。所以两性底交精作用,并不是生殖上根本的必要条件,不过是生物底进化向上,求进化的第二义的方法。所以生殖作用与两性作用,根本上是别种东西。

四 接合作用

交精生殖,从接合开始。不过在单细胞生物是两个全身接合;在多细胞生物,是从两个体底身体分离来的细胞接合。"两性"一个名词,原只限在交精生殖的部类中说,于低级的生物,差不多不适合。所以我们为要避去这容易误解的名词,想把一切的交精生殖名为复合生殖,藉以和前述几种的单纯的生殖方法区别。这样,就是一切复合生殖因了接合作用而行了。单细胞生物底接合和多细胞生物底接合,虽有前述的区别,在两个细胞接合了成一新个体一点上是一样的。

接合作用,一向以为不过是两个接合的细胞合体了成一新细胞;这新细胞更分化了遂生胎子。在这里面,两个接合的细胞,各吞含了别一个而成长,生殖也依照发育一样的形式。可是近来因胎生学进步底结果,晓得接合作用决不是这样单纯的历程,不过两细胞核心以外的部分,确是当作相互的营养物而被消费。

但在这里,没有来细叙这种问题的余地,只有一事非特别郑重提起不可。就是:接合作用,虽是确保性质互异的遗传要素底结合上一般的方法;但这结合要素,并不一定是从最初就有像所谓两性的差异。所以,生物学者常说,两性在原始是同一;或说,两性在初时并未分化。实际上,相互接合的两细胞中,无论如何,认不出何等差异的很多,这等细胞,只因他是两个,就说是差异。自然,无论怎样的细胞中,当然没有全无差异的事,但这到底不是用了有限的人智所能分辨。

但是,在大概的时候,有一方大而静止,一方小而活动的差异。两个细胞相接合的事既一般地遂行以上,当然不是偶然的事,其中必定有着某种较深的理由，就是细胞自身底内部，应该伏着对于行这样结合行为底本来的理由。换句话说，甲细胞与乙细胞因了交精底结果而结合，决不是偶然的结果，正因为这样的结合，有利于两细胞，所以行这样的结合的。这可以说，因为有一种利害观念在细胞中潜在着的缘故。但是这利害观念，因"节约的法则"底结果，只被赋与在两细胞中底一方，他的一方完全立于受动的地位。因了同一的原因，两细胞又生大小的差异。依这结果，所以男性细胞——精子细胞——，一般比女性细胞——胚种细胞——形体来得小，且有着强烈的欲望和敏活的运动机能，能够自由活泼地搜求对手的胚种细胞，把自己底身体没入在里面。接合作用，照了这个样子就成了真的两性结合。但在同细胞间底单纯结合和已经十分发达的异性细胞间底结合中间，当然也还有各种的中间阶段。

但既如上所说，认细胞有两性的区别，又把接合作用最后的阶段，叫做两性结合，两性就不免有两种了：这就是细胞的两性和个体的两性。这恰和单细胞生物的两性与多细胞生物的两性底差异相当，精子细胞与胚种细胞，也各可以认作独立的单细胞生物。不过普通在多细胞生物的所谓性，并不是生殖细胞的两性，乃是个体的两性。

细胞分化的议论，就我们现在的智识，已经不能再向前进了，姑且把这问题放下，更调查两性问题底别的方面罢。

无论是同种细胞的结合，无论是精子细胞与胚种细胞的结合，凡是交精作用，都是由渐次发达而来，并不是无性生殖一旦就进到交精作用。原来，营无性生殖的生物，不但变化发达有限，并且毕竟至于自己灭亡，所以在今日觉得只有极小部分的生物种属。但在这里，当做无性生殖底变形，生了所谓"交代"的现象，就是：继续行了几回的无性生殖以后，渐入了囊包状态而就眠，在这以后再从新营接合或营别的交精作用。综合了种种的两性生殖来看，所谓两性生殖，其初都就是这个"交代"，好像这"交代"渐次把无性生殖的期间缩短，到终把他全然削除了的。自然，从这状态到真的交精生殖，还要经过长远的径路，不过因了顺应的作用，毕竟就达到了这最后的状态了。

前面也曾说过，交精作用并不是生殖底必要条件，不过因为有利于种属底生存发达,在某种生物,交精就成为生殖底必要条件。此外所讲的自家生殖,单性生殖等,要之无非都是过渡期中底一时的形态。

五　男性底起原

生殖和两性不是一事,这是前面说过的话。又营无性生殖的生物,不能说是男性或女性,也是当然的事。可是普通总叫产子的为女性。女性是产子的,所以凡是产子的都以为是女性。因此,生物学者于分裂生殖的时候,也用着"母细胞","娘细胞"等名词。因此,即使说生命起于女性,永远因了女性而持续,于言语上,学问上,也没有甚么不当。从这意味,也正可以说,自分裂生殖以至单性生殖,亘无性生殖底全时代,存在的只有女性。总之,生命从女性发始。

在这以上,更把生殖底发展来调查,这女性中心说就越加有力了。就是:女性从太初就存在,不变地持续着,男性却从中途发现,虽经过种种的变迁,到底不成生物界全体的现象,即就今日论,没有男性的生物种属,也还比有男性的生物种属多。结局,女性是生物底本源根干,男性是后代的派生物。而且男性自开始以来,长年月间,只尽了交精的任务;今日多数的下等生物中,男性也还于交精以外,不担甚么任务。

第六章　男性是派生的附属物

一　雌雄底大小悬隔

两性作用最单纯的形式，就是女性因为要保持原型，借助于作交精者的，微小劣弱的男性的事。生殖细胞底最大的差异，是形体底大小，而女性细胞（即胚种细胞）却常比男性细胞（即精子细胞）大得多。在人类，卵子约占精子底三千倍，在某种寄生生物，女性常当于男性底数千倍。达尔文底书简集中，记着这样有趣味的观察：

"前日我就某种的蔓脚贝，发见了有趣味的事。这种蔓脚贝，只有女性，其他诸点，虽和普通的蔓脚贝没有两样，不过有一触目的特色就是两片贝壳中，有两个小袋，里面各藏着一个小的丈夫。此外，还有比这还要有趣味的事：那是两性具有的蔓脚贝，自身虽已具有两性，另外还带着几个的豫备的小丈夫，甚至于有带着七个豫备丈夫的。造化的配剂，真是不可思议之极了！"

达尔文这观察，已被其后几多学者所保证。赫胥黎曾力说：在某种生物，男性是附属于女性，全然仗著女性底力而生存。梵·培耐藤（Van Beneden）氏也说，"蔓脚贝中有叫做'亚浦托弥那利亚'的一科，是雌雄异体的，雄的很小，常附在雌底大的身体上。"这和前所举的是同一事了。

男性底寄生现象，在下等生物中决不是稀罕的事。他底任务单在交精，也很明了。在某种的线虫类，寄生于女性的男性底腹中只有睾丸；据达尔文底实验，这种男性，全然没有消化机关一类的器官。梵·培耐藤氏于是就形容尽致地说：男性不过是女性所培养的睾丸。

以上面所说自然是极端的例，但就了这些事例一看，男女两性的作用，最初如何生成，也就可明白了。女性优胜的事实，不独单细胞动物为然，即在无脊椎动物，大部分也还存有这现象，其中特别显著的是蜘蛛类。大的雌蜘蛛捕食小的雄蛛的话，谁都知道，平常总以为有点不可思议；但是从女性中心说看来，一点没有甚么，是极应该的事。

螳螂,雌雄大小的悬隔,虽然不如蜘蛛,可是雌的也狞猛得很利害,雄的须赌了自己底生命,才得交精。关于此,有这样的实验谈:

将雄螳螂投入关着雌螳螂的笼里,雄的初时惊了想逃走,雌的立刻将他捉住,先啄他底左前脚,把胫骨和大腿骨吃了,其次把他底左眼吃了。这时候,雄的仿佛方才觉得自己与雌的接近,想要交尾,然而不成。雌的复把他底右前脚也吃了,头也吃了,次第由腔吃到腹了。其间,雄的还想交尾,雌的才松放了一局部,准他达了交尾的目的。这以后,约经四小时,雌的还是很任性,雄的却只用了剩余的后脚底鼓动,勉强地表示他生存而已。到了次日,雌的总算把雄的解放了,但雄的已只剩了羽翼了!

一切昆虫在蛾的时期,通例的雄,格外比雌的小,幼虫时代虽不如此之甚,但也有许多的差异。像蚕,连茧也有雌雄的分别。昆虫中,雄的总比雌的小,并且还有许多是连何种摄食机关也没有。即使有何种的机关,也因不完全的缘故,等到幼虫时代所贮蓄的食物一完,就觉得难以延续生命。这是雄底任务只在交精底有力的证据。

那最显著的例就是蚊。据郝华特(Howard)博士所说,十分成长了的雄蚊,好像不必再摄取食物。雄底口和雌底口,构造全然不同,即使摄食,也必定和雌的摄食方法不同的。又如蚤的夫妇,也是一个普通人都知道的例。

还有一个雌比雄伟大的例,就是蜜蜂。蜜蜂底雄,通常被称为"惰蜂",差不多只为交精而生存的,数目一到了太多,就被"工作蜂"(即中性的雌蜂)所杀。此外,在脉翅类,鳞翅类,直翅类等,雌的也都一般地比雄的大而且美。

以上都是关于无脊椎动物的例,即在脊椎动物,下级的种属也大抵如此。即在鱼类,雄的一般地也比雌的小。其中雄鲑底小,尤是普通人所熟知;渔夫通常称雄鲑叫做"种鱼",即使捉到了也仍即放他,因为雄鲑太小,没有捉的价值的。鸟类是男性中心说所恃为根据的,却也有雌的比雄的大而且美的事情,譬如鹰便是个例。

哺乳类也和鸟类相似,雄的常比雌的大而且美。其中也有在身体底大小上,色彩底强弱上,差不多分不出雌雄来的。啮齿类就大抵都是这样。

二　植物底雌雄分化

前面就原生动物所说的事，可以应用于一切的原生植物。原来，在单细胞生物，差不多没有动植物的区别，像赫克尔，就于动植物以外，设一叫做"朴罗奇斯太"（原生生物）的单细胞生物的特殊门类，把生物界分而为三。

凡有分不清动物或植物的东西，都属于这门类。可是到了多细胞生物，男性底进化，动物就和植物大异其趣。

多细胞植物中，所谓个体，究竟是指甚么的呢？倘然把一植物底枝，芽等都各各指为个体，那么，两性分化就可以说是植物界全体底共通现象。如果把由同根而生的枝，干等集合了作为个体的时候，两性分化大体就有下面的三阶段。

一，雌雄同花——即雌雄两机关在同一的花中。

二，雌雄异花——即在同株中可以分别雌花与雄花。

三，雌雄异干——即有雌木与雄木的时候。这是完全的两性分化。

植物底雌雄同花，在动物就是阴阳同体，这两者英语都叫作 Hermaphroditism，但植物底雌雄同花，决不像阴阳同体底在动物中是一个变则异常现象。显花植物在最初都是雌雄同花，只因自身受胎在种属保存上不利，随又生出别种的方法来。但因了"个体"意义的解释法，同花中具雌雄两机关的，也未必便是 Hermaphroditism。例如雌雄两机关虽在同一花中。如果是因了昆虫的媒介行异花交精的，那就不能称为 Hermaphroditism 了。自然，虽是异花，如果认为同株的花，又将全株当作一个体的时候，也是一种 Hermaphroditism，可是这和把花作个体看，是不同的。至于将个个的雄蕊雌蕊当作个体的时候，这就更加不同了。

要之，在最初全是 Hermaphroditism 的雌雄同花的东西，后来因著"益者存续"的理法，都只在形式上留了雌雄同花的痕迹，实际的交精全然却都和雌雄异花，雌雄异干没有两样了。更进一步，就变成了纯粹的雌雄异花，变成了雌雄异干。就是：存续愈长久的种族，雌雄的分离愈甚，例如：柳，"朴普拉"，都是雌雄异干；櫔，掛铃木，都是雌雄异花。

却说,像上面所述,把个个的雄蕊,雌蕊,各认作一个体时,植物两性底大小,强弱等的差异,实比在动物的时候更为明白。就是:雄蕊只尽了交精的任务,授精以后,立即萎枯;雌蕊是于受精以后,越加发达成长,以至于结实的。更用了普通的看法,把全株当作个体看,来比较雌雄异干植物底两性:这时候,通常雌木与雄木间,实力上差不多没有何等的差异。雌雄异干,如前所说,无非因了性的分化,从雌雄同花转成,所以当然如此。如这雌雄异干的植物,两性上有了显著的差异,那就只好把那差异认作转为雌雄异干以后,一方底性萎缩了,一方底性反对地充分发达了的结果。这在实际上是有的;有时必现出女性底优胜。这无非男性失坠了雌雄同花时代曾经有过的势力,女性却反发达起来底结果。还有,在交精以前,雌雄间并无势力上的差异,一经交精,男性就立刻衰萎了的。最显著的例,就是大麻。通常大麻在入交精期以前,差不多分不出雌雄的差异,一入了交精期,雄麻将花粉交付了雌麻以后,就停止发达,呈露黄色,不久枯死。受过胎的雌麻,却才入了真的发达畅茂时代,愈加高大。所以麻底纤维,都是从这雌麻取来的。

有一说:雄麻授精后凋落的事,只存过于密生的麻田中。田间密生既满,雄麻如果长久残存,便只耗费地力,妨害了雌麻底发达,所以在自然的配剂上,雄麻就先凋落了。这说也自有理,可是据瓦特自己底实验,即在不密生的麻田中,雄麻底发达,一经授精也就停止;不过不密生的时候,发达虽然停止,还有一时继续生存着罢了。

这种现象,不但大麻如此,瓦特于发表女性中心说的七年前(即一八八一年),在《华盛顿市及其附近特产的植物指南》一书中,曾举出许多同类的实例。

三 生物底根干是女性

因了这几多的实例,我们可以达到下面的结论:生物底根干是女性,男性是到了后来才派生的。就是,因为要混交先祖在生得各种属中历代传来的各样异质,使依此生更进的变化和发达,所以于中途派生男性出来的。男性在最初只以交精为任务,在无脊椎动物底全部和脊椎动物底某种属，男性一般地远比女性形小力弱，还依然只为他本来的任务——交精而生存。

女性自始不变，惟有男性是历变化（或是进步）而来的。因此，又生了像"女性代表遗传，男性代表变化"一类的学说。勃尔克斯推演此说说："卵子是使遗传法出现的机关，精子是生新变化的机关。将同胞的雏鸟底两性和其亲鸟底两性比较来看，可以晓得男性底变化真是甚大。"

这说动辄被人利用，以为"男性是优势，女性不过是'发达中绝'的标本"。可是事实恰正相反，真正地说：女性是通常正则的状态，男性无非是其异常强大的变化性所酿成的变则的状态。例如鸳鸯底雄，羽毛极美，但这并不是鸳鸯种属本来的特质，实是异常变则的原因所酿派生的现象。辨不出雌雄的雏鸟底羽毛，才是他种属底原型的特质，雄底美毛，不过是中途所派生的附录的现象罢了。

总之：女性差不多自始不曾变化，常做着生物学的组织底重力底中心点，就是哥德所谓"顽强的不变力"；也就是种属底自身。

第七章 男性底发达

一 男性底欲

以上所说，生物底原始体是女性，男性是直后来发生的东西；但许多现存的生物中，男性却差不多发达到和做他根干的女性一样了。男性是因为异质交叉的便宜上，单负了授精者的任务而生的；起初是女性底附属物，或是比女性极劣弱的东西。要之，生物界全体中，女性总是做着中心。但在进化底道程上，男性渐次发展，有的也备具了可以和女性相匹敌的体格，有的竟营着和女性不同的特殊的发育。这是甚么缘故呢？女性占优势，原是普通顺正的现象；只是男性何以有这样的发达呢。关于此，瓦特曾有如下地说明。

原来，男性为要做授精者完成其任务，对于自己底活动，不得不一感到本能的兴味。这在完授精者底任务上是万不可缺的要素，因此男性常被赋与了一种炽烈的性欲。在生物界全体，男性常很热心地，很活泼地搜求女性，努力地想把新的遗传要素注入在女性底里面。像某种下级生物底男性，浑身全由睾丸成立，这事实是明告我们，男性底任务和活动是如何地集中在这一点上。又像前记螳螂底男性赌了自己底生命去接近女性，一达目的，就被女性咬死。这种事实，也可证明男性底本能，在这一点上是何等地强烈。

上述的男性底兴味，男性底性欲，实是自然底呼声，是自然底命令。男性常随着这命令底指导，赌了一切以完授精者底本分。人类社会底性的变则态度，毕竟也基于这原理。在社会，因须维持各该时代底秩序制度，在两性关系上设了种种的限制；但冒了多大的危险，破坏限制的人们，总是不断地出现。这就是因为男性有依根本的法则，以达异质交叉，变化促进的本能。和蜘蛛底男性底拼了死命去接近女性，是同一的现象。由这意味，为性欲问题而破坏社会法则的行为，也可以说正是服从自然底较高的法则的行为。像哈夫洛克·爱里斯氏所说，宇宙底保存性,未必包括人类社会底保存性。人类不过蹐跼于地球底一局部。用了仅仅百年,数十年的时间,营种种的思虑考察。这样狭隘微弱的人类底智慧,未必一定和大自然底智慧相一致,有时或竟有似乎全相冲突的事情。在人类底智慧,通过了一部的阶级或一方底偏狭的经验而活动时,这倾向更是显著。所以我们从较广的见地看去,无论如何不能不断定:靠宇宙底保存性比靠人类底保存性更为安全,我们决没有用人工设置性底障壁的自由。

这是哈夫洛克·爱利斯底学说。像他所说,人类因自然底命令而牺牲社会底法则,这行为就被认犯罪,须受刑罚。但这是人为的犯罪,并不是自然的犯罪。自然,谁也不认犯罪是好事,犯罪的人,谁都自认自己曾作过恶事;但这毕竟无非是被这样教成的缘故。虽然如此,社会底犯罪者依然不减,因为自然底命令来得强。无论如何的危险,刑罚,在自然底命令底面前,是没有效果的。

这样,生物界就成就了多大的变化进步。自然要想达他底根本的目的,牺牲男性,是不以为意的;只要女性能安全,生命的发展,也便容易。百个男性不能尽授精者底任务,虽不足惜,如果一个女性不能尽生殖的职分,却是很大的损失。所以在下级生物,男性之数常超过于女性。

二　女性底淘汰力

男性底欲和女性底欲,性质完全差异。女性虽也不是没有和男性那样的性欲,可是伊决不自己去追寻对手。所以男性被称为发动的,女性被称为受动的。

但女性此外却有男性所全缺的一种欲,这是在生殖和交精以外,达到第三目的的欲望。原来,男性是很远心的,有着大大的变化性;而无限制的变化,实是危险。进化所要求的原不只是变化,品质也和分量一样的要紧。而女性实是这品质底保护者。因为变化是有进步的,也有退步的;又还有太过了度,倾于变则状态的;所以凡是变化;非有指导调节不可。当这指导调节之任的,就是女性。

女性做了种属底根干,站在男性与男性的激烈战争之中,常常从容不迫地凝视其经过,而选择有利于自己种属的男性。自然对于男性命令说,"授精呀!把异质交叉呀!"又对于女性命令说,"行取舍呀!选择最良的呀!"于是男性多于女性的事实,就显出了真的意义来。数目既多,变化也当然多,女性常认识这变化,本能地选择了于自己种属最有价值的男性。

这选择心是女性特有的本能,和男性底性欲,全然异其性质。在植物和最下等的动物,这本能虽然还未发生,可是彼底发现,早已在很古的时候开始了。这毕竟就是美感或趣味性底曙光。因这美感或趣味性底结果,遂使那个劣弱微小的男性附属物,发达到和为种属根干的女性相类似的地步。

三 男性体格底强大和美丽

做上面全历程底根底的,不外是遗传性。就是两亲所生的子,继承两亲底性质的事实。但前已说过,母底性质,是种属自身底性质,只有遗传并无变化。变化全系从遗传父底性质而来。所以女性因了自己底趣味性,从许多男性中选择了优良者,把所选择的性质,又传给了子。这样代代地经过了长时间,遂生显著的变化,造成了种属底第二义的性质。因女性一方,是种属性根干,专营着顺正的发达,因为这第二义的性质,主在男性一方发现。瓦特称这过程叫做"女性淘汰"(即女性一方所营的淘汰),以别于广义的"雌雄淘汰"。这事后段还要详说。

蜘蛛男性,微小劣弱,前已说过。在这种生物,女性底选择男性,主在体格强大一端。不但蜘蛛,凡在下级生物,女性最初都选择有和自己相对比的体格的男性;男性在最初也是因了这点和女性接近。普通生物学者说两性底差异时,专管色彩,声音,角,牙和其他的武器,装饰;却忘了两性最初的差异,乃在体格底大小强弱上以及男性经过女性淘汰才达于两性平均的事。

但其所以如此,也不只是女性美的趣味性所酿成,男性底嫉妒心也大大地有着贡献。因有这嫉妒心,男性与男性起了激烈的竞争;结果男性间遂发生女性所好的性质。而男性要行相互间的竞争,最有效的是:

第一也是体格的强大。这样，一面女性底趣味性选择强大的体格，一方男性间的竞争又促进体格底强大，于是男性底强大性遂完成了。这自然，也有多少的例外，大体实是这样。这样，生物中像有最古历史的如鸟类，哺乳类，不但体格强大，而且在装饰上，武器上，也生了种种的特征。——这也许是一时的事，然却发达到要颠覆女性中心根本原理的地步了。

四　女性底趣味性

如前所说，男性是在生物发生后过了好久才出现，最初不过是精子细胞粒，单以补足胚种细胞为目的。胚种细胞比精子细胞早已存在，长期间营过独立的生殖。精子细胞是促进变化发达的机关，并不是生殖本身底必要条件。到了后来，趣味选择的本能在女性（即本性的生物）上发达了，女性所选择的性质又依了遗传的法则渐次蓄积，因这结果，遂至使男性有和种属底本来的根干的女性相匹敌的强大性。普通生物学者于是称一方为女性，称别的一方为男性，俨然认为在生殖上有同等的资格，到了最近，还认交精作用为生殖上不可缺的条件。这当然是皮毛的见解。

女性底趣味性，于体格底强大以外，还激成种种男性底装饰的特征。鸟类中，女性底趣味，更是锐敏，恰因有着叫做羽毛的装饰底好材料，遂成就了那样空前的美装。

孔雀，极乐鸟，鸳鸯等底美丽，是大家知道的。那样华丽的装饰，差不多是男性所特有，女性很是朴素。美丽的男性，又常竞争着把自己底美在女性底面前展开着夸示。

男性中心论者皮相地把这种现象观察了，要想论证男性底优秀，哪里晓得这种现象不过是女性趣味性底反映呢？昆虫底趣味性使植物底花现出美观，也是这个道理。从昆虫以至人类，生物底趣味性，差不多可以说是共通的。

又像鹿底角，是由女性淘汰底结果所生的第二义的性质底最显著的例证。总之：不论是鸟类，哺乳类，男性在身体底强大上活动和美装上，所以得着异常的发达,都可以认作女性淘汰底结果。

女性底淘汰,以美为标准,已如上面所说了,此外,普通不叫做美的性质,如所谓勇的一种道德的性质,也因了女性而被选择而取舍。这与勇气和体格底强大美丽一样,也是牵引女性的重大的要素。所以男性间,因要见爱于女性,常起了激烈的竞争。但这竞争并不是残忍,决死的战争,实不过比战争游戏略为认真一点。所以像生存竞争中因竞争而伤命的事,是不大有的。又,男性底强大,勇猛,不过是对于竞争者的武器,决不是用来压伏女性。女性在外观上即像远劣于男性,依然俨然地操有取舍选择的权柄。由这意义说,将男性底强大,勇猛,美音,装饰等认作所谓"男性优秀"底一切的根据,真不能不说是全无意义。只就这一点看,男性中心说,男性优秀说,也就应该失了彼底立足地了。

男性无论如何强大、勇猛,决不用以保护自己底子。在男性最发达的鸟类,哺乳类中,例如雉子,孔雀,七面鸟,狮子,水牛,鹿,羊等,在保护养育自己底子的,都是女性;无论怎样很猛的雄兽,看见人总是要逃的,惟自有子的雌兽,看见人常发扬非常的勇气。所谓百兽之王的狮子,雄的也有几分怯气,乳子的雌狮却非常勇猛,所以猎师常惧怕雌狮。你试用了敌意去接近鸡雏看!母鸡必定开了翼翅来扑你底手罢!这时的雄鸡呢,无非是和别的不带雏的雌鸡戏玩罢了。

五 男性开花

要之,男性因女性淘汰而生的武力,武器,差不多只用于同种属底男性间的竞争,不用在对敌的战斗。在这里,女性观察为自己而竞争的男性,把优胜者选取了来,使优胜者所有的性质越加发达增进。所以男性底发达,必有类乎虚饰,游戏的处所,就是有离开了实用,实力而有只营外表的趣向。就人间说,是和欧洲中世纪底封建武士相同的。虽然有宏大的外观,差不多没有真实的点,换句话说,就是虚饰,虚荣。瓦特称这状态叫"男性开花"或"男性花期"。

男性开花和男性优秀,全然是两事。因为在男性开花时,从生存底较真实较严肃的方面看,女性依然有着优秀底事实,却不能发见男性优秀的事实。这现象实不过是表示生物进化底真相，其真的意义，即在将男性从卑下的地位引到现在的华美庄严的位置，使生物界底进化更加向上发达。在鸟类和哺乳类等，虽有好像表示男性优秀的事实，但这决不是因为女性底发达中绝了的缘故，实是男性底发达过甚了的缘故。总之，"男性开花"，是一种病的现象。自然，这种过剩的男性发达，也有几分流入种属底全体中，使种属全体因此起了一定限度的进化。而且男性因女性淘汰而生的第二义的特征，在某程度内也移转于女性：这是达尔文也承认，最近在古生物上可以十分证明的事实。

第八章　女性还占优胜

一　动物期与人类期底境界

类人猿中"男性开花"的事实，也颇显著地表现着，却是没有上面所讲的厉害。普通所谓类人猿，大抵虽是指无尾猿的，但有尾猿之中，也还有和人类相似的东西。瓦特说曾见过面貌和爱尔兰人一样的有尾猿。通俗叫做海猫的有尾猿，很像亚非利加人。有尾猿中，听说也有该像英国人的。

这种猿底颜面和人类相似的地方，究竟在哪里？这不容说，由于颜面底形式上，可是主要的是由于颜毛底配合。彼等从口以上，差不多没有毛，这是和人相像的；并且颊底周围生着比别处长的毛，恰似人底长着髭髯。男子底髭髯，在人类，也被称为最显著的性的特征的，这好像是从猿的时代成功的东西。关于这种猿底两性底第二义的差异，原还没有十分晓得，不过在"戈利拉"，"清本奇"，"奥兰"，"轧蓬"等的类人猿，男性通常体格强大，并且备具着坚固的颚和齿。

其次，关于类猿人，不过曾经发见了彼底颚骨底一部分，男女底派生的特征，本来无从晓得。不过普通常被这样假定：说男性大概强大，此外还有着其他种种的特征。

上记的类猿人，通常称为"皮西克亚姆托洛普斯"，比这更进步的属类中，还有叫做"酿窦太尔人"的一种。学者之中，于这"酿窦太尔人"和上述"皮西克亚姆托洛普斯"底中间，也有当作欧洲底三期层时代曾经存在的类猿人，再假定有称为"呵马西缪斯"（类人）的一种属的。

这不过是假定，的确的事原不能晓得。并不是已经发见头盖等类，不过从器具，住居等遗物推究起来，就想像以为有这种种属曾经存在罢了。有种学者把这类人属分为"西耐人"，"奥太人"，"蒲伊·可尼人"的三种。据这种学者说：三种之中，第一种能用火来分裂燧石，其他的二种，只用别的燧石来打碎燧石。无论何种，都是能利用自然力的，从这一点，渠们不被认作类猿人底一种，倒被编入了人类底部类。

从类猿变迁到类人的过渡期间的事，原没十分知道；不过既依从了进化论，这变迁不应认为急激的突变，应该认为经过许多中间连锁的次第渐变。动物期与人间期底中间，不容说是划不出明确的界限的。关于原始人类的事，说述就止于此，以下试就历史上所能看见的人类来考究罢。

二　男性脑髓底发达

人间与他动物相异的地方虽很多，最显著的点，就是理性的发现。人间所以能征服地球，也全是这理性底恩施。这理性又使男性征服了女性。

因了女性底趣味性，使男性中生出种种第二义的性的特征，终就促进所谓"男性开花"的结果，这已如前所说。可是男性即使达到了"男性开花"底顶点，女性常是男性底支配者，决没有因了这种男性的特征而受男性之支配的事。在无理性的动物，这是最好的方法，除此更无别法。因为将性的优胜权付与浮率者的男性，结果必至于种属全体底灭亡，聪明的大自然，对于这样明白的危险，是决不默许的。

关于这"理性"的一个名词，还有要注意的事：普通称"理性的"的时候，好像有"合理的"的意义，因之所谓理性的动物，好像觉得是决不作不合理的行为的。再进一步，"理性的"一语，就很带着"正义"或"道德的"的意味。

可是这里所用的"理性"一语，毫没有这样的意义。就最单纯，最具体的事物而推理考究，也是理性底作用。原始人类单在这点上是"理性的"。

人类底理性，实当作纯然的利己心底奴隶而萌芽，最初全为格外可以确保欲望底目的物。代了本能达这私欲底目的，就是理性主要的任务。但这须有一定的力。一面，因为理性原来有远心的性质，在某程度内，又须受本能底制驭。人类以前的动物，一切都由本能底力，维持女性底优秀，防止种属底破灭；到了人类，才由理性支配本能。人类底理性，有十分的能力,能脱了本能底羁绊,又能防止种属灭亡的危险。在未到这程度以前,理性常自破灭,因为理性动辄造成浮率者,大自然又毫不客气地把这种浮率者削除。

脑髓底发达,大部分也可认为派生的性的特征。前说女性淘汰的地方曾经说:生物学者说起雌雄淘汰底结果,都只注重于角,声音,色泽等装饰的特征,有把比这还重要的,根本的男性体格底强大的事实蔑视的倾向。关于脑髓底发达也是这样。因为脑髓是男女两性所共有,生物学者常不认脑髓底发达为性的特征,认为从最初就作男女共通的现象而存在的东西。这是大误,脑髓在初时,也是由女性淘汰底结果而发达的。

男性与男性,因求女性底爱而相互起激烈竞争时,别的条件姑且不讲,伶俐敏活的男性,更有胜利的希望,这是不说也可明白的事。到了后来,这就算了诱起脑髓底异常发达底原动力。具发达底大部分,当然是在男性中显现出来。

男性脑髓底发达,到了人类更为显著了,即使脱离了本能底束缚,也不像他动物有种属灭亡的危险。并且男性早已具备了十分强大的体格,可以用了这种优越的武器,任意压迫女性了。理性原来全是利己的东西,本不受同情等底掣肘,即可以自由挥彼底威力,不受道德底束缚。这就是在人间界生起男性优秀的开始。从此以后,男性只一味乘势压伏女性,连从来生物界全体中女性最大特权的取舍选择权,也移到男性底手里来了。

三　女性支配

但这是经过了几千年,几万年的长年月才成的事变,并不是入了人类的舞台就突然将女性底优越权移归男性的。成了人类以后,女性在好久的期间还曾经保持着本来的优越权,取舍选择的权柄,也依然在女性底手里。雌雄淘汰,也和他动物一样地从女性淘汰开始;变化常在男性一方面。

在某种种族,这事实现在还有几分留存着。例如孔戈人底男子,有故意使自己底身体受伤的习惯,据人种学者达开氏所说,这完全由于想得妇人底欢心的缘故。因为负伤是勇气底表象，所以妇人常爱有伤痕的男子。所以男子因欲得妇人底爱，不惜自伤其身体，弄得好像曾在战场受过伤的一样。与此相类的实例，此外还很多。

总之，入了人类的舞台以后，女性也仍居在男子底上位，和从来一样地握着取舍选择之权。这权底移到男性手里，当然要经过很长的期间，彼底缓急之度，颇因人种而有种种的不同。原来当时的人种，大概都只蹰躇于自己群内，群与群间的交通差不多是没有的。所以某群因了特殊的事情，或比较地快变迁到男性优越的状态，别的群因了反对的事情，或比较地久滞在女性优越的状态。如认各种的群一样地在同时行此变迁，那是一个大大的错误。世间有些人，以为己国所行的结婚形式是自然力所定，最明确没有了；实则，这男女结合的形式，最是习惯的东西，完全因了个个社会底特别事情而定的。

在由类人猿移到人类舞台的当时，男性在体格底强大的一点上，大约是优于女性的。可是女性在当时还依然掌着取舍选择之权。这就现今各种下级人种中残存着的事实看，也可明白的。

这事实底最显著的，是所谓"女性支配"的事。自然，女性支配的事实，因了人种的差别，其程度和形式各各不同，决不能一概而论；但其根本的特色，却到处一样。关于这问题，到现在已搜得的事实，实达莫大的数目，这里没有一一拿来介绍的余地。要之，女性支配的事实，到今日至少有二十余种的人种，已被观察认定。其中有印度亚爽地方底卡西种族，也有马拉巴尔海岸底奈耶斯种族，又有鲍尔内奥底大克种族。此外主要的还有苏门答腊底巴达，西部亚非利加底达呵曼斯，中部亚非利加底孟巴达斯，马达卡斯卡尔，牛勃利丁，奥斯托拉写等土人，及东部勃拉奇尔底薄托利特斯等诸人种。

仅是这些，差不多已涉及全世界底各方面了。这许多人种，都散在于离今日的文明诸国很远的地方，要想借此证明今日的文明人种中也曾一般地行过这事实，材料自然嫌不足；可是在欧洲人底先祖，特如在勃来通人或司各德人，曾经有过女性支配事实，这是有残存的记录可以证明的。

总之,无论哪一人种,都必曾经过这时代,由这意味说,女性支配,正可说是一切人种共通的现象了。

四　母权制底现象

关于此还有一个有力的证据,就是母权制(或母家长制)的事实。一八六一年人种学者巴诃芬氏调查各人种底古代法律及其他的记录,发见亚利安,色姆两人种间曾广有依母系的血统相续的事实。他以这事实为根据,对于太古时人间底两性关系,试为全新的解释;从来认为绝对不动的真理的男性中心说,因此受了非常的打击。

这个以后,马克莱南氏就了现存的许多别的人种,也发见还行着同样的事实。

次之,摩尔干氏就亚米利加印度人,也发见类似的事实。摩尔干因为要研究野蛮人底社会,曾身入纽约底印度人伊洛克亚种族中,和他们久交,后来并且加入为赛内卡族底一员。他于是发见了一种事实:就是这等种族,因为父子关系不明了,血统都以女子为准,遂至生成固定的母系制。

要之,在野蛮时代,女子底地位权势远胜男子,这是现在已认为毫不容疑的确定的事实。历史上的传说中,时常记着女酋长的事,也因此才可十分说明。听说:北美底休隆人种,是由十一氏合成的土人,每氏选出女子四人,男子一人做代表者,集了这许多代表者成一氏长会议,这氏长会议就由四十四个女子和十一个男子成立。即此也可想像女权是怎样优势了。"女子自昔就服从于男子","女子在本来的性质上,与政治等无关",一味说着这种无谓话的今日文明社会底妇女们,对于像上面的明白的事实,不晓得将怎么解释呢?

五　母权制底原因

人本来也是动物。这事实只要是现在受过教育的,当然没有疑惑。可是理解事实底真意义的人,好像很少,这只要看世间对于男女结合的事实的无理解的态度,就可晓得的。为甚么这样说呢?原来动物底亲子关系,实只是母子的关系,父亲不过尽其授精的任务罢了。并且这授精底原动力,不过单是盲目的欲情,决不自己意识授精底结果会生出子来的。动物毫不知道交接与分娩底因果关系,男性只因为想满足欲情去求女性,女性也当然不知道男性底授精是自己分娩底必要原因,只依了本能去爱护养育自己底产儿。换句话说:渠们只是想这样就这样,并没有相信非这样不可的义务的。

在动物界是这样,这大概谁都相信的,至于人类界也是这样,恐怕很聪明的人,还不肯信。但这是大大的错误,人类在最初也曾经这样的。父认识自己底子,母认识父对于自己底子底分娩底任务,这是很后来的事情;最初也和他动物一样,认交接与分娩是毫无关系的各别的事。这是上面所讲的母权底根本的原因。

原来,在有了子而不晓得子底父为谁的时代,当然没有发生"父"底观念的理由,亲子的关系,就单认为母子的关系。如前所说,在当时,交精与生殖全被认作各别无关的事情,于是子就都属于母,父和这母子的关系就远离了。所以母权制决不是异常例外的现象,在人智未发达的原始民族,宁是顺当的结果。只要承认人类底动物在起原以上,那末单从理论说,结果也不能不达到于这样的结论了。

从今日的男女道德来看,原始的男女关系,很是放埒丑猥,所谓群婚,所谓乱婚,所谓一夫多妻,所谓一妻多夫,在顽固的道学者底眼里看来,全是可怕的恶魔行为了。我们底祖先曾觋然地犯过这样的不道德,说起来实是可以战栗的事罢! 于是人种学者中,也有慨然而起想把这事实隐蔽的人;可是在今日,已追掩不及了。即在比较地进步的人种中,这类的实例,也被无数地搜集着。

但是这里没有遍举此等事实的余暇,单举这方面最热心大胆的学者路兹尔诺氏底话当作此等事实底结论罢。他说:"在原始人类底最低级的文明社会里,与结婚的名词相当的现象,还一点都没有。那时的男女结合,全然当做必然的无意识的事情而行;不过为唯一的法所支配,就是最强者底法,——所谓最强者能达交接的目的的法。"

路兹尔诺这里的所谓"最低级的"社会,在我们看来,并不一定是"最低级",他底所谓"最强者",不用说是就男子说的,其实最强的男子能支配性的结合的时代,远在后世。我们现在所论的不是男性底优势,乃在这里专说女性优胜时代的人类,这时代比他底所谓"最低级的"社会,原是远要低级。在这时代,取舍选择的权,还在女性手里,所谓"最强",虽曾是男性见悦于女性的一种要素,但决不是彼底全部。于"强"以外,还曾有像美,勇气,忍耐等必要的性质。

第九章　男性底优胜

一　"父"的意义底要求

母权制底存在，由于理性底不足，这是前面已讲过的事。后来，理性发达，同时就渐次明白了交接和分娩底关系，晓得只是女子是不能生子，男子于种属底继续维持上也大有力的了。这实在就是颠覆了从来女性支配的社会组织而生出男性支配的社会组织底根本原因。

但，这样的自觉，决不是一朝生成的。原来，未开人底心中所映着的最明白的事，就是子女底存在，必以分娩为先行的条件。这分娩的事是谁做的呢？不用说是女子。所以小儿底是由女子而生，在未开人底心里是毫没有疑问的。男子不分娩，当然与小儿底生出没有关系。这样，男子与小儿底出生有关系的事，在渠们是无论如何不能了解的。

分娩必带若干的苦痛，为母者为了这事，必须经过一定时间的就床。渠们说起分娩，就必联想到这事实，就是：相信分娩与就床，出产与病患，是必相随伴的事。渠们不能离了分娩而认识子底存在，也不能离了病患而思考分娩。这三种的过程，全当了同一的事情，映在渠们底眼里。

如果有人向了当时底男子，说他们也和子底出生有关，他们必定以自己不曾有过分娩的病苦的论据，竭力地否定罢。要之，渠们总以为如果不因分娩而受病患，于子底出生就全无关系的。

可是，后来把交接与出产底因果关系渐明白了，男子在自然的顺序上，对于子女，就先要要求自己底"父"的意义。自然，在杂婚时代，即使明白了交接与出产底关系，也不能知道哪个男子是哪个小儿底父，男子一面，当然无从提出那样的要求。可是，即在未开人种，在某程度内，一定也有一夫一妻或一夫多妻的状态底存在，这倾向在类人猿和某种别的高等动物中，已有几分出现；所以认男性从很早已能分别自己底子女，是至当的见解。在这时候，男子一定是要求自己底"父"的资格的。

可是，一方面还固执着分娩必带病患的见解，即使男子提出了这样的要求,自己实际上不蒙着过病患以上,这要求就无充分的根据。于是男子势不得不带和女子分娩时同样的病患,以为这要求底理由。男子原是不分娩的,当然不会有这样的病患,必不得已,只有假病的一法;就是妻分娩的时候,为夫的男子也同样地卧床了服起药来。

这一见好像荒唐无稽,实则现今还很有行着这事的未开种族。普通称这现象叫"库怀特"(Couvade)。这"库怀特",早成了许多的人种学者底研究问题,也无须再烦琐说明,这里单阐发彼底社会的意义罢。

路兹尔诺氏把这现象这样地说明:男子底与女子底妊娠有关,这事在很长久的期间,竟未被知道。后来觉到了这关系,才发明了"库怀特"。就是男子自认了自己底父的资格,想去分担妻底出产前后由恶灵所给与的苦痛。这习惯已被几多的人种学者所发见,即使结论了说:无论哪一人种,都曾有过这习惯;也不是不当的。

这论也有多少的反对论。例如孟克西司种族,也有这习惯,这种族还纯然行着母权制,并没有移到父权制的地位。如果如前所说,"库怀特"是父权承认底表征,那末这样母权制的种族中,不应该行着这习惯的。

但是,因为行着"库怀特",就以为母权制全然废除,这是谬见。即使行着"库怀特",对于子女的全权,未必就全然移到父底手里的。"库怀特"底目的,不过确证子不是全由母生,父也有力的罢了;父权的问题,要等这以后才发生。就是:"库怀特"是从母权制到父权制底第一着,决不是父权制底自身。

二 男性支配

因了这习惯确立了"父"的资格以后,继续而起的重大结果,就不难豫想了。使自觉"父"的意义的根本力,原是理性底发达,这理性底发达,又影响于别的方面,"库怀特"本是所以表示对于子女的父母同权的,这父母同权,不久就引起了男女底竞争。

在这以前,男性与女性绝对地没有用体力相竞争的事。女性支配的时代,一切选择取舍的权不用说都在女性底手里,竞争只是男性与男性间的事情。男子要想用了武力使女子服从自己底意志，这种思想，连梦里都没有的。动物底贞操是绝对的，因为贞操是选择，不是拒绝。这定义无论在动物底贞操，无论在人间底贞操，都可适用。由这意义看，可以说贞操全然是动物的东西。

但一经从女性支配移到了男性支配，女性就把这贞操完全丧失了。同时，男性也堕落了从来的女性崇拜心。这样，"男性开花"就完全凋落；所谓女性底权威和男性对于此的服从，都变作过去的梦了。男性既自觉了自己底"父"的意义和权威，同时又自觉了自己底实力。所谓实力，在当时不用说就是肉体上的实力了。男性在别方面，又不了解女性底经济的价值，于是就用了自己底优秀的实力，不但以性欲的满足强迫女性，并且课女性以种种的劳役。女性支配既经倒坏了，除掉移归男性支配，亦无别的方式。果真，男性支配就来了，这就是所谓父家长制。父家长制实是女性支配倒坏底自然的结果，其原因就是理知底发达；因理知底发达，破了本能底羁绊，这是彼底根本原因。这样，男性做了女性底支配者了。以为女性比自己微弱，比自己愚钝，是可以做自己底方便的东西：于是女性就成为男性底所有了。

三　妇女征服

母权制倒坏以后，最初生出来的现象就是妇女征服。男子将女子当作自己底奴隶，加以种种的残忍暴行。这现象是女性支配倒坏底直接的结果，彼底原因，不用说是理性底发达。

虽说是理性底发达，理性与同情心原未必是相冲突的东西；理性发达到了某程度，同情心必是随伴而生的。可是要到这程度，很不容易。如前所说：人类在精神中，初现出理性的曙光的时候，全然还是利己心底奴隶。这利己的理性，在原始人类底精神上，闭塞了道德的感情底萌芽。

原来，道德的感情，非理性显著地发达了以后，是不会显现的；当时的单纯的直觉的理性，到底没有生出道德的感情的余裕。所谓同情，是要设身处地，在自己心中反映着他人底苦痛时才发生的东西，这反映愈强烈鲜明，对于他人苦痛的同情也愈强。才从女性支配移到男性支配的人们,当然还没有这样的反映力;连这微弱的曙光,也是很后来才发现的。

当时的人们虽全然缺乏同情心,至于自己欲望的满足却十分注意。他们关于满足自己欲望的手段方法,也有着充分的知识。我们要明示这利己的理性和爱他的理性底区别,不必追溯太古。在今日的文明社会上,因为要满足自己底欲望,仅仅因了想得数金,或数十金,就不惜把无辜的他人来杀害,像这样残忍冷酷的人们,不是叠出不止吗?由这意义说,犯罪可以说是野蛮时代底遗物。要之,文明发达底程度,就是人们对于他人底苦痛的反映力底程度;这反映力和想除去所反映的苦痛的努力愈强,文明底发达程度,也当然随而愈高的。

这样,一到妇女征服竟了全功,人类就入了最黑暗的时代了。如果能够,我们要想把这黑暗时代的叙述,全部删除。因为如果说我们底先祖曾经有过这样残忍无慈悲的时代,这在我们底回顾上,实是一种过重的负担!

可是,若以残忍无慈悲为理由,把这时代的叙述除去,于女性中心说底有联络的立证上就生遗漏,就是要破坏说明底统一。所以我们从说明底顺序上,觉得仍有大体提供这时代的叙述的必要。

四 男性支配下面的女子底境遇

关于这时代的女子底境遇,斯宾塞氏曾这样说:"人类底历史上,很现着种种的惨事。食人的事也有,拷问的事也有;将人底身体提供神前去做神底牺牲的事也有。但是这种惨事,大抵都是一时的事;并且所通行的范围,也决不是涉于一般的。惟有女子底动物的待遇,是全然永续的,而且是一般的。从现存的半文明社会溯到以前的非文明社会,去观察妇人底状态,再想到更以前的野蛮蒙昧的社会,人们对于女子的待遇是怎样的残忍,不觉痛切地感到女子所曾经受着,现在正在受着的苦痛底程度,是出乎我们底想像以上的了。……女子为了男子底利己心,实曾受了无限的苦痛,女子底不幸,实是男子底利己心底结果,男子没有同情心底结果。如果女子所受的苦痛有限度,那就是伊们底体力不能再忍以上的苦痛时了。一超过这限度，伊们就只有死灭。伊们底死灭，就是种属死灭的事。实际上，因这无制限地把女子酷使虐待，结果招种属底死灭的事，决不少；因了这样的原因，招自己底灭亡的人种正也不少。"

这决不是夸张的话。我们在大体上也很承认这真理。不过对于斯宾塞氏底将这女子的虐待形容为"动物的"一层，不能不有一言的抗议。不用说，我们也不能否认人类底罪恶多数是起因于兽性的，但是将女子的虐待，作为兽性底结果，这是错的。因为人类底虐待女性，全是成了人类以后的现象，人类以外的动物，决没有虐待女性的事的。不但不虐待，男性属于女性底支配之下，反是动物界通有的现象。这是前面曾经反覆说过的事。

对于斯宾塞氏底话，还有一点不能佩服。据他所说，这种现象好像是愈追溯到古代愈甚的。可是事实决不如此。如果划定了某一个时代来看，当然也可以说愈古愈虐待女子的话；但是从这时代更追溯上去，恰就成了反对，女子底地位愈古愈高，结果就逢着像前面所说的女性支配的时代了。

不过，就大体上说，斯宾塞氏所说的是真理。至于将妇女征服底原因，归于同情心的缺乏，尤为得当。他对于这问题，又有下面的话。

"无论是何民族，爱他的精神底平均程度，大抵可以因了妇女地位底高下而推知。由这意味说，原始人类底爱他的精神，还很低；非文明社会对于妇女的待遇，实是动物的；妇女一般被认为男子底附属物，像所谓个人的自由，是本来一点的。这奴隶状态，是蒙昧时代中妇女底一般的地位，不但男子，妇女自己也认这境遇为正当的。惟其如此，所以不得不认当时一般社会底爱他的精神，是极微弱的。"

路兹尔诺氏关于此也这样说："人类底尊重弱者的感情，是文明发达底产物；是原始时代所全没有的现象。无论全世界底哪一社会，女子都比男子微弱，就是弱者。所以我们不得不断定：凡是发达愈幼稚的社会，妇女底地位也随而愈底，愈被轻视。妇女地位，实在是文明发达底标尺。"

关于男性支配时代的妇女底地位，差不多有无数的事实可以拿来立证。我们因为这里没有一一列举的余暇,仅举其中比较地明显的两三事例罢。

据人种学者亚伊亚底所说:濠州土人底夫妇间,差不多没有所谓真的爱情,男子只以奴隶的劳役为标准去评断妻底价值。试对于濠州的青年,问他何故求妻,他们必将异口同声地这样回答你罢,"叫伊采薪,汲水,弄饭;并且占得伊带来的东西"。他们对于妇女的酷使虐待,实在很利害,一不合意,就打;像用刀去刺伤妇女底胁腹,算不得是稀罕的事;没有打伤和刀伤的痕迹的妇女,差不多不大有。亚伊亚氏说曾经看见过一个刀痕像网似地印满全身的年青妇女。

其次,斯宾塞氏就南非洲底卡夫伊尔种属有这样的话:"卡夫伊尔人底妻,于种种的家事以外,还须行一切的苦役。伊们是丈夫底牛马。我曾从卡夫伊尔人直接听到这样的话:'夫是买妻的,妻对于夫有竭力劳动的义务。'"

马达卡斯卡尔土人底酋长归到家里的时候,为妻的要手膝着地匍匐到门口去迎接,还要去舐丈夫底脚。这是那个地方一般通行的现象。路兹尔诺氏说:"在亚非利加,无论何处,妻都是夫底财产,夫有将妻当作驮兽来使役的权利,他们好像用牛的样子使妻劳动着。"

路兹尔诺氏就喜马拉耶地方的土人又这样说:"在特伊安那河底水源附近地的亚利安种的印度人,模仿着西藏底一妻多夫制。他们实际里妇女互相买卖,夫列柴氏曾至该地实行观察,据说在当时,农民社会的妇女底市价,大抵是十路比到十二路比。他们把卖女儿当作平常的事。他们兄弟数人共有着一个的妻,他们又毫不客气地把这共通的妻租借与他人。"

如前所说,在高级动物,男性在体格强大的一点上,概优于女性。这在人类也是共通的现象;在原始时代,这男性底体格的强大,就做了使女子屈服的根本条件。"男子在身体上,精神上,都比女子强大。在野蛮时代,男子压迫女子,比他动物的男性所行的还要利害。"这是达尔文底话。斯宾塞氏关于此也说:"野蛮时代的男子,在道德上未必劣于女子,不过在极端的利己的人们中,强者底虐待弱者是明白的事实。这虐待有种种的方法,将一切不愉快的劳役课诸弱者,也是方法之一。"又据缪冷好斯氏所说:在纽奇兰特地方,父把女儿出卖,或兄弟把姊妹出卖的时候,他们对着这女子底未来的丈夫,必定这样说:"若你不合说,把伊卖了;杀了;吃了;一切随便。"

总之:在男性支配的社会,女子全是男子底财产;有时候当作驮兽,有时当作奴隶,为女子的差不多要忍受一切的酷使虐待的。

今日的文明人,对了这样的事实,所以不能十分理解者,因为没有十分了解人类曾有过毫无道德感情及对于他人底苦痛毫无同情心的时代的缘故。

但要知道这事实,也并非难事。即在今日的文明社会,和野蛮时代相像的,悲惨的虐妻事件,不是日日在新闻纸上现出着吗?有了法律的制裁,尚且如此,如果没有法律,没有警察底取缔,那末,这种惨剧恐怕还要更加盛行罢。

自然,今日的人类,道德心总算比较地发达了,即使没有法律的制裁,警察底取缔,也不至陷于这样惨酷的结果。可是在男性支配的初期,这道德心还没有萌芽,当时的状况底惨酷,到底不是我们想像所能及的了。

利己的理性底发生,把人类提高到动物以上,同时把女性从本来的优秀地位降落到可悲的奴隶的境遇了。理性的光,使男子自觉了"父"的意义,同时又使自觉了优秀的体力。这自觉就成了使女屈服于男子的根本动力,于是女性被男子征服了。

五　家族底意义和特质

家族两个字,看去好像很神圣。孔德说:家族是社会底单位,社会底堡垒。他对于原始人类,差不多没有何等的知识;他底家庭的事情,曾极悲惨;因此他对于家族,就这样无自觉地崇敬起来了。他底家族说,不幸被几多的社会学者所信奉;这些学者虽然不至于认家族为社会底单位,不至于说是神圣;但说起家族,总好像是非常重要的东西。

自然,孔德也承认家族底语义,本来是"下仆"或"奴隶"的意思。据言语学者底研究：家族（Family）这名词，本从奥斯干语底 Famel 转来的，这 Famel 一语，就是拉丁语 Famulus（奴隶）底语源。这诸语和 Fames（饥饿）是否同一语源，原还没有确定，不过罗马人底 Familia（家族）一语，不作我们现今一般的家族——包括父母子女的家族——解释，是的确的。像我们现今一般的家族，在他们叫做 Domus。关于这种言语学上的论议，于本书底研究也没重大的关系，就只说了这些罢。

我们在这里，第一先须明白原始时代的所谓家族，究竟是甚样的东西。在女性支配的社会，当然没有严密的意义的家族。当时的人们还没有明了"父"的意义，母呢，也和别的哺乳动物，鸟类，和其他的脊椎动物一样，只依了本能把子养育着。一到了男性支配的社会，妇女陷到奴隶的境遇，妻，子，都成了男子底财产了。自然，当时的男子，还为妇女而战争的，但这战争非如从前的样子，以求女子底爱为目的了，乃想将女子归为自己底所有的。他们要想多得女子而战争，于是弱者，劣败者，依旧不能不守独身，强者，优胜者，常得独占多数的女子。

这一夫多妻的生活，使男子底地位越加巩固，至于生出父家长制的大家族来。

所以，原始的男性支配的社会，是由父家长家族和独身男子成立的。独身男子之中，比较地弱的人，被迫而成族长底奴隶；妇女本来已是奴隶，也要服一切的劳役的。这样，做父，做家长的男子，对于家族全员，就掌握了绝对的支配权。

人类学者利派脱氏将这变迁底原因，归重于武器和用具的发明。他说："武器和用具的发明，使狩猎可能。但这主要是男子底事，妇女因为小儿的养育所累，不能参与。后来，男子就使女子服搬运单简的货物等务。因了有这劳役，男子对于女小孩，也有了支持的必要。结婚最初是因了经济上的必要而行的，男子专从事狩猎，结果体力益强壮，于是男子渐以体力凌蔑女子，后来遂全支配了女子。"

这是利派脱氏说底梗概。他于所以招致男子体力强壮底真原因，未曾理解；将他底所说和瓦特氏底所说相较，颇有不能一致的地方。但在说明当时的社会变迁的学说中，不能不推为比较地明瞭的叙述。特如在生物学的素养不完全的人类学者间所提出的说明中,他底所说,缺点还算不多的。

　　家族制的现象,是男性支配底必然的结果。所以喇采珂恢尔氏这样说:"父底首长权,就是家族底根本条件。以平和的男女关系为特色的群生活中,或者也有何种的夫妇关系,亦未可知;但要使这夫妇关系成一个的永续关系,全由于家族内的支配征服的事实。通过这两现象,方才永续固定的夫妇关系,和人间底固有的欲望相一致。可是社会底家族的结合,根底里原还有着经济的基础,妇女,幼者底地位,(有时连父母底地位)概因这结合而低落。于是一家底父,至于将自己底妻子降到劳动者的地位,自己只靠了妻子底劳动而生活;自己即使有劳动的事情,至多不过偶然狩猎,或与野兽相战而已。妻子底处这样的地位,可以说是人类社会现象中最广遍,最普及的事。"

　　他又在别的处所这样说:"无论是一男子征服了一女子或数女子,将自己底子女当作劳动者去使役的时代,无论是族长制的大家族依了最年长的父家长底指挥,去从事于和前同样的经济的活动的时代,无论是几个男子用了共同的目的去领有一女子的时代,乃至无论是现今的一夫一妻的时代,有一事是不变的。就是凡是成为家族以上,都不外是立于两性关系的基础以上的经济的制度。"

　　要之,替男子完成对于妇女幼者的压迫,是家族制发生底根本目的。有了家族制,遂使从来曾以至上优越的权支配男子,淘汰男子的妇女,反降落到男子底奴隶的地位了。所以瓦特氏说:家族是社会底瘤;是不自然的男性支配底赘物。

第十章　买卖婚与掠夺婚

一　结婚底三意义

结婚一语,有三种的意义。第一是男女相互的任意结合;第二是男子对于女子,或女子对男子而行的结合;第三是使女子与男子结合的行为。

三种之中,第一不是能动的,也不是受动的,全然是相互的。故英语以外的欧罗巴语,关于此多用相互动词。例如法兰西中底 Sepouser,德意志语底 Sich Verheiraten,都是指此;日本语底说"结婚"(Kikonsru)"结了婚"(Kjkonshita)的时候,也是指这种意义的结婚。

第二与第三,都是能动的,通常都用他动词;不过从意义上说,却非常地有差异。例如法兰西语底 Epouser,德意志语底 Hefraten,日本语底"娶"(Metoru),都是第二的意义;普通德意志语底 Verheiraten,日本语底"添"(Sowas),"缘"(Katatskeru)等,都是第三意义。在英语,无论何种结婚,本皆用 Marry 一语去应付,可是特别地在第三底"添","缘"等所表示的意义上,通常用着 to give in marriage 的说法。

但,结婚底言语学上的穿凿,并非本书底研究上重要的事情,我们底兴味,倒在这种用语中伏着的历史的意义。

依历史说来,最初只有前记的第三的意义的结婚。次之才有第二的意义的结婚,最后到了高级的文明社会,然后始行像第一意义的相互的,平等的结婚。又,第二的意义中底男对于女或女对于男的结合,在最初也只是男对于女的行为。这时候女子底是否同意,是不成问题的,就是纯粹是"娶"(取女)的意义。到了后代,才把女对于男的行为包含进去。

要之,结婚在最初,全限于前记底第三意义,在族长可以将属于自己所有的一切妇女任意处分的时代,并没有别的意义的结婚。如前所说,当时的族长,单当作一种有价值的物品待遇妇女,倘然觉得他人所有的牛,矛,船等的物品器具底价值,比自己所有的妇女高的时候,他们就情愿为这种物品器具提供自己所有的妇女。就是:当时的所谓结婚,要之无非是行这类交换时的族长底认诺罢了。他们将自己所有妇女,卖给别的男子,通常就叫做使结婚。这就是前记第三的"添","缘"的意义。到了后来,自然这卖却结婚上,附加了种种复杂的仪式;但无论加了何种的仪式,卖却结婚总是卖却结婚。不拘是哪一种的卖却结婚,男子占有妇女,和蔑视当事者的妇女底意志,是共通的根本条件。

二　买卖结婚底变迁

可是,后来种族的冲突频繁了,社会的同化现象渐渐广遍起来,被征服的种族底妇女,做了征服种族底奴隶;其后,不但妇女,连男子也做了征服种族底奴隶被使役了。这样,奴役制度,就成了社会底一般现象。然这倒是于妇女有益的事象。何以故?因为一般的奴隶制度,结果把阶级底基础固定,同时,上流阶级的妇女,对于同阶级内的男子,虽不能抬起头来,但比之于下级的男子,却尊高得多了。

复次,这社会的同化现象,使族长制底基础越加巩固。族长制对于结婚的最主要的影响,一方是使结婚底形式复杂,同时一方把妇女底奴隶境遇缓和若干。当时的结婚,一般是一夫多妻制,游惰阶级底发生,更使一夫多妻制底基础稳固了。就是:贵族阶级,权力阶级的人们,能够占有自己所要的数目的妻。男子奴隶底普及,又显著地缓和了妇女底境遇。上流的游惰阶级,竞争了设起金屋来,在里面藏了许多的美貌妇女,也不课伊们作何等的劳役,只一味地图欲情底满足和子孙底繁殖了。

但一方面在下层阶级——特别地在比较地接近于上流阶级的中流阶级(即不是奴隶也不是贵族的人们)之间,结婚渐带着合理的倾向,至于现出成一夫一妻的制度。于是异种底混血儿,遂完全完成了。

等到后来有了国家,法律的制定完成以后,结婚有法律来规定,就更成了人间的制度底形式了。但这种经过,决不是像这里所讲地简单,快速的,我们通常所称为古代的希腊,罗马,结婚底进步尚且还是很幼稚的。在荷马底时代,正妻与妾,颇有明瞭的区别;但这区别,和今日的所谓本妻与妾的关系,稍有不同。好像是以属于和自己同一的上流阶级的妻为正妻,以从下层阶级得来的妻为妾的。

荷马时代的结婚,还是买卖结婚。妇女都附有一定的价值,可以买卖和别的商品一样。这样得来的,就是当时的妾。可是当时的所谓底妻,通常是作为馈贻或谢礼而得,买卖呢也是买卖,不过决不是像妾底来得露骨的。

像路兹诺尔氏所说的样子,在罗马底初期,妻只是作夫底奴隶,属于家族的。伊们不过是动产底一部分,像开德一类的君子,尚且不惜将他底妻马谢贷与他底友人苛颠修斯。又,罗马底男子,有打妻的权利。圣契古斯丁底母亲莫尼卡说:"罗马底结婚,于'劳务的契约'以外,没有别的意义的。"

这以后,妇女买卖的习惯,还很长久地继续着。自然,这买卖原有种种的形式;在贵族(patrician)的妇女,于十人底面前,和未来的夫,受从咎必达神底祭司所散布的果子,这就是结婚底仪式。但即使没有这种仪式,结婚底根本,仍是买卖。贵族出身的妇女,结婚以后,也不能不绝对地甘心为夫底所有物。

这里没有一一细叙结婚式变迁的余暇了,我们只把这一件事说在这里罢。就是:无论是用甚样的形式,到比较底近代为止,结婚都根基着"夫以妻为财产"的一事实的。结婚底脱了极端的买卖的性质,转到前记底第二,第三的意义,是极后代的事。

三 掠夺婚底起原及遗风

上面所说的事,都是以买卖婚为主的。此外,当时一般所行的结婚方式中,还有所谓掠夺婚的一种。这掠夺婚底发生,在生物学上有非常深远的意义。原来,如前所说,所谓"自然"的一种东西,不绝地在那里图异质底混和,防变化发达底中绝的;生物界中所以雌雄两性的现象,也是为此。可是,"自然"底这努力,在动物界只是确保着雌雄异体,不超过这个以上;并且也没有超过底必要。

但,一入了人类底舞台,一到了营血族团体的生活,因为近亲间性交底倾向太盛,于是就有防止这倾向的必要。自然,这也不是人类各自意识到此，是由人类底综合知识，或本能感得的。因为要防止这倾向，于是考案种种的手段，最初所行的是族外结婚（或外婚）。这就是极端地禁止同族内结婚（或内婚）的习惯，听说，当时对于违犯此禁的人们，竟至于常用死刑来处罚的。

后来，等到有了战斗，征服，种族合同等事，异质混和底方法，也因了大组织而行了。其最主要的方法之一，就是掠夺结婚。这习惯在现在的野蛮人间，还留有着种种的遗形，即使已经绝了掠夺的事实，仪式上还是有着掠夺的模仿。

澳洲某地方，有一种风习：青年要得妻的时候，就借了朋友底助力去掠夺，掠夺来了以后，先顺次使朋友去接近所掠夺的女子，最后才把这女子来做专有的妻。又，在南美底某种族间，做女婿的男子底友人等正和女家底父亲作求婚谈判的时候，做女婿的本人，偷偷儿地牵了马到了女家，用了巧捷的方法，将认定作妻的女子劫出，上马逃走。于是女家底人们，群起叫唤追赶，女婿牢拥了马上的新娘，逃进最近的森林：这就是那地方结婚底仪式。这其实不但是仪式，即在女家底父亲实际上还不许可的时候，如果用了这方法，将女子劫入森林，也就完了事的。类乎此的事例很多。日本风俗上，女家在嫁女的那一夜，到男家去投掷石子，或者是追赶掠夺底遗风，也未可知。又有人说，所谓新婚旅行，就是掠夺女子逃遁遗风。西洋还有一种用了粗野的音乐去喧扰新婚者的风习，叫做Charivari，这是被掠夺的女子底一族，去袭击新夫妇遁避所在地底遗风。

在希腊罗马时代，这掠夺的风习，在仪式上还很多地残留着。据历史以前的传说，确曾行过这掠夺的。赛排因人底大举而袭罗马，夺去许多的妇女，就是有名的话。大约，在对于近邻的他种族常以战斗攻伐为事的种族，常厌缠累费事的小孩底繁多，——殊如女孩，长大了就要被他种族所有的，长年养育觉得太愚，大抵生后就杀除了。在某种地方，因为一时非常缺乏女子，遂养成激烈的掠夺妇女的风尚；结果至于起大举的战斗，有行大组织的掠夺婚的事了。

要之，掠夺婚在当时成了一个固定的组织，是曾在长期间行于各地的。后来因了人口底增值分布和国家底形成，掠夺婚渐失了最初的意义,单作了一种的模仿了。

如前所说,掠夺婚最初的理由,是因了"益者存续"的法则,完成异质底混和,助成种族底发达进化。这不容说是由"大自然"底立场上面说的话,并不是人类各自意识了这法则,才行掠夺婚的。他们或者只从好奇心上面,被对于不惯见的他种族底女子的兴味所驱迫,就任意地,无意识地开始掠夺,后来普及了就成为一般的结婚形式,也未可知。但从"大自然"一方说,可以说是利用了人类底这样的好奇心,成就前记的根本的目的。

要之,掠夺婚因了这样的情形,在社会进化底某时期,差不多是各种族间一般的结婚形式了。对于后来掠夺婚被社会排斥认作一种犯罪的时代,这前代底结婚理法也必遗留著何等的影响。这影响究竟是甚么?这是我们在这里所要查究的事。

四 掠夺婚底哲理

当作人类学的现象之一的掠夺婚底哲理,可以概括为下面的四项:

一,无论如何种族底女子,都欢迎种族比自己高等的男子。

二,无论如何种族底女子,都排斥种族比自己劣等的男子。

三,无论如何种族的男子,都欢迎种族比自己高等的女子。

这是人种学上底根本的,一般的原理,仔细检点,可以明白这是一切种族底以进步发达为目的的更大原理底结果。劣等种族底女子,顺从高等种族底男子的时候,于情欲以外,必定还有更有力的潜在意识的动机。这动机就是要使自己底种族向上的"自然"底命令,所谓情欲,实也是被这命令鼓舞而发生的东西。同样,高等种族底女子,嫌恶排斥劣等种族底男子的时候,于不名誉的感情外,根本上还有所谓自己种族底堕落的无意识而狠深刻的感情,在那里发动着的。又,劣等种族底男子所以冒了一切的危险,想得高等种族底女子,也于情欲以外,尚所谓使自己底种族向上的一种更深刻的动机,在根底中活动着。黑人虽自觉了有可战栗的私刑的报偿,仍常时去掠夺强奸白人底妇女,实是"大自然"至上命令底服从者。

　　所以，劣等种族底男子，对于高等种族底女子加暴行的事，就高等种族说，就是种族底堕落，渠们底把这认作犯罪，竭力地去防止，原非无理；就劣等种族说，于情欲以外，是服从深远高大的"大自然"底命令的，大有可以同情的理由。这恰和螳螂，蜘蛛底雄，赌了自己底生命去与雌接近，有同样勇气；从种族说，实是可以赞美的行为。但是，因了同样的理由，被害者的高等种族，对于加害的劣等种族科以一切苛刑酷罚，也决不是无理的事。倘使渠们不用了这样的方法，防止劣等种族底暴行，自己底种族就要无限堕落了。所以，渠们用了所有的苛刑酷罚，防止与劣等种族混血。结果，牺牲了高等种族，去图劣等种族底向上的事，实际上不多有。这从要使异质混和的"大自然"底目的看来，确是不愉快的现象；为人类种族全体计，宁是希望各种族自由交叉混合的。

　　幸而这里还有一个第四的混和法：

　　四，无论如何种族底男子，没有高等种族底女子的时候，不得已只好安于劣等种族底女子。

　　将上面的四条归结起来，必然地就生下面的结果：就是异种族混和的时候，父大概代表高等种族，母大概代表劣等种族。这结果于人类全体，是否幸福？抑还是反对了，把父属于劣等种族，把母属于高等种族来得有益？这到底不是用了我们现在的知识所能充分判断。不过在结果上有显著的不同，是一定的。

第十一章 男性淘汰

一 男性底美的趣味

像前记的初期的社会同化，——即因了征服而行的社会同化，结果使人类底道德，堕落达于极点。这以后，人类在知识上，道德上，皆渐上了向上的途程，野蛮时代的惨状，就渐渐缓和了。原来，如前所说，男性底发达进步，实是女性底美的趣味底恩赐。这美的趣味，成了人类以后，并不全然消失，不过被男性底新有的利己的理性所蒙蔽而已。男性因了这理性，因了由女性淘汰底结果而生的体力上的武器，遂全然把女性压伏在自己权力之下了。

美的趣味，随脑髓底发达而生，这在男子也不是全然缺乏的。但是美感是一种温和的兴味，在强烈的性欲底前面，差不多是不足道的东西。从来所谓淘汰，都是女性对于男性的淘汰，就是女性淘汰。男性只要满足性欲就够，至于还选择甚样的女性，是不成问题的，一切的女性，在男性眼中，都是平等无差别的性欲底对象。比较，识别，判断等等精神作用，都是女性底特权。

等到后来，因了战争，征服底结果，生出社会同化和阶级制度来，人类脑髓底发达，因了异质混和底结果，愈加促进，在上流的游惰阶级，性欲的满足，已决不是他们底性的生活底全部了。他们是一夫多妻的，可以逞了自己底欲求，贮有若干的妾妻；女子的供给，又是无限；他们在这无限的供给中，就比较起善恶，美丑来了。原来，劣等的物质的欲望满足了，同时生出高尚的精神的欲望，这是社会学上的定则：他们于是得以渐次涵养美趣味，因了这趣味，去求已经充分满足过的情欲底刺激。

女性淘汰于是完全停止了；男性支配，妇人征服，使女性淘汰底作用闭塞，造出了肉欲全盛的时代了。经过了长期的动乱时代，渐到着平和时代，一部分少数的男子，就把他们底精神力，自由地发挥出来。于是生出所谓男性淘汰，与此后的人类历史以多大的影响。

二　淘汰底语义

所谓男性淘汰,乃对女性淘汰而说,就是从男性一面对于女性而行淘汰的意思。普通说官吏淘汰的时候,淘汰者在官吏以外,官吏是立于被淘汰的一边的。用这笔法来解,那末,好像男性淘汰是女性对于男性而行的淘汰;女性淘汰是男性对于女性而行的淘汰了。可是这里是反对的,所谓男性淘汰,是男性对于女性而行的淘汰;女性淘汰,是女性对于男性而行的淘汰。自然所行的淘汰,叫做自然淘汰,也和这是同样的用法。

通常生物学上称淘汰的时候,好像只限于自然淘汰,人为淘汰,雌雄淘汰三种;前二者姑且不论,最后的雌雄淘汰底语义,却觉得太笼统了。因为说起雌雄淘汰,究竟是甚么淘汰甚么? 于淘汰底主动者,不能明瞭。瓦特要想除此缺点,把雌雄淘汰分为三种:

第一是女性淘汰(即女性对男性所行的淘汰);

第二是男性淘汰(即男性对女性所行的淘汰);

第三是雌雄相互淘汰(即男女相互所行的淘汰)。

达尔文用雌雄淘汰的名词的时候,主要地是指女性淘汰的,却是也不曾闲却了男性淘汰。他在他所著的"人类底由来"上,就这样说:

"却也有例外,是男性也有不被淘汰而行淘汰的。那就是女性一方远比男性来得美的时候,在这时候,女性底美,绝对地或主要地只传给女性的子孙。……在人类,不拘身心底哪一点,男的都比女的占优胜。所以男子底占得淘汰权,并非是不可思议的事。女子到处都自觉着自己底美,伊们在可能的范围以内,想用一切的装饰品来装饰自己底身体,伊们比男子多有着强烈的装饰欲。雄鸟底华丽的羽毛,本来是要想见悦于对手的雌鸟而生的,人类底女性,却把这雄鸟底羽毛来装饰自己了。女子长期间被美所淘汰,由此而生的代代的美的变化,必有几分传给子孙,特别地为继承这变化的,仍是女性。这样,女子就比男子更美了。但是,女子不但传给这变化于女性的子孙,也传给于男性的子孙的,所以男子不绝地依了美底标准把女子淘汰着的时候,男女双方都可次第遂行其美的变化。"

三　男性淘汰底结果

在男性趣味还低级的时代,男性所选择的性质,动辄有单陷于奇异的倾向。像奇颠托德妇女底庞大的臀肉,就可作为一个例证。但即在这时候,也可明白雌雄淘汰不拘在男性,在女性,都可以生得第二义的性的特征了。

关于一夫多妻与男性淘汰底关系,特·坎特尔氏曾这样说:"一夫多妻制是权力滥用底结果。这制度虽生出不良的结果,然因为常选择美丽壮健的妇人,也有促进富有阶级底肉体的进步的长所。"

不用说,这样的结果,大概是限于贵族,僧侣等的游惰阶级的,但在一夫多妻时代,这影响底大,是可断言的了。至于土耳其古贵族底后宫,到现在还是女性美底养成所,他们从近邻诸国,狩集肉体最发达的妇女,贮之后宫;他们所欢喜的,特别地是手足纤小,臀部发达,肌色深白的美人。这样,女性就越加进步了。所以见了古代希腊底优秀的雕刻品,单认为是艺术家底想像力,这是错的。当时实在有许多在做"模代尔"(Model)的美人。

四　女性美底发达

男性淘汰如此在长年月间只限于社会一部的阶级,这事使女性美上生出种种的变化,显著地助长女性美底复杂性。原来,女性美也和男性美一样,同为第二义的性的特征,其发现决不是永续的。所以无论在妙龄如何美丽的女子,年龄一大,美也自然地衰退了。并且当时的女性美,纯粹是限于肉体的,与精神全无关系;所以美底继续性,较现在的妇女的更少。以前在讲"男性开花"的地方,曾说男性底发达,里面有着虚饰,游戏样的处所;由男性淘汰底结果而生的女性美中,也有同样的毛病。

但,男性美与女性美之间,又有各种显著的差异。例如,男子决不欢喜身体强大的女子,所欢迎的倒是瘦形纤弱的女子。又,像勇气,才智等道德的,精神的性质,也不是男子所要求于女子的。所以女子在这诸方面,毫不发达。还有,生殖力等,差不多未经淘汰,男子底生殖力旺盛,女子都愈陷于不妊的倾向了。如果依这步骤,一直进行,另外没有与此相消的原因,那末,女子结局要陷于寄生虫的地位,和那达尔文底书简中所说的蔓脚贝(寄生的)底夫一样,也未可知。

要之,游惰阶级的男子,竭力地在那里诱致女子到这样寄生虫的地位。中华国人底欢喜小足的妇女,是大家都知道的。他们嫌淘汰,遗传底进行迟缓,迫不及待,遂用了带子,人工地做成几于不能步行的小足妇人。

这种不自然的倾向,姑且不论;要之,男性淘汰于人类(特是女子)底肉体的发达,有非常的贡献,是不可争的事。

第十二章 历史上的妇女

一 中世纪文学中底妇女观

要之，因了上述种种影响，结果妇女遂从最初的优秀的地位降落，全入了男子底奴隶的状态，这余波在今日的文明国中，还遗留着。大概的人们，说起妇女，只觉得是弱者，无价值的，不过是男子底用具；就是，已成了男性中心说全盛的世界了。

嫌恶，轻蔑妇女的思想，在希腊，罗马，犹太，印度及其他一切的古代文学中充满着。从十五世纪至十七世纪间的欧洲底文学中，也有许多诽骂妇女，把妇女认为恶魔底文字。欧洲中世纪所流行底所谓妖术，实也无非是这极端底男性中心说底思想和僧侣底宗教底迷信结合了所现出的东西。托了妖术的名，去嫌恶侮辱女性，这种风气，当时一般很流行的。

例如欧洲十五世纪末年，受了法王伊诺生式三世底裁可，所公行的《驱巫女》（*The Witch Hammer*）一书中，有这样的一段：

"像圣父等屡次说过的样子，世上于善于恶都极端的东西有三种：一是舌，二是祭司，三是妇女。就中以妇女为最甚，古来没有过不吃妇女的亏的时代，贤者所罗门因了妇女的诱惑，陷与偶像礼拜。所以圣克林斯东说，'妇女是友情底敌，是不可避的刑罚；是必然的恶；是自然底诱惑；是无限迸出的眼泪底源泉。'女子在初造成的时候，已是恶魔的友，女（Femina）的一字，含着'不信'的意义。Fe 是'信'（Faish）的意义，Mina是'减除'（Minui）的意义。女子是用了男子底肋骨造成的，所以女子的性质，像肋骨地弯曲着。女子不易倾向于德，容易倾向于罪，所以欢喜妖术。妖式比甚么罪都恶，巫女是恶魔以上的恶魔，恶魔只对于造物主犯罪，巫女却犯两重罪，对于造物主，并且对于救主。"

"用男子底肋骨创造女子"，这"创世纪"中底文句，做了妇女征服者底最好的口实。薄斯爱曾应用了这文句说："女子！不要夸自己底美！

你是用肋骨造成的，肋骨有甚么美呢？"

二　印度底妇女观

到了印度，这倾向更甚了。印度谚语中，嘲骂妇女的语不知其数。例如，"女子犹如靴子，合则穿，不合就舍。"又说，"女子如蛇，又美又毒。"

再看有名的，"买奴"的经典，轻蔑奴视妇女的思想，更到处充满着。说："女子幼时依父；长成了依夫；做了寡妇以后，依子或夫底亲戚；无父，无夫，无子，无夫底亲戚可依的时候，就依政府。"又说："女子常须快活，夫虽不诚实，也当敬之如神。"这和"女大学"中底"妇人别无君主，宜以夫为主人，敬慎事之，大凡妇人之道在从夫。"很相像，恐防是从同一出处来的罢。又说："使男子堕落，是女子底天性"。所以依该经典命令，男子绝对地不得和女人同席，不管对手者是姊妹，是母亲，或是自己底女儿。

三　欧美近代诸国底妇女观

欧美近代诸国，比之东洋，虽不这样露骨地奴视妇女，可是也有很厉害的地方，德意志尤其。大概人都说，因了待遇妇女的状况，可以晓得一国底文明程度；如果照这标准说，德意志可以说是欧美近代诸国中文明最低的国度。

礼拜日夫妇同伴散步的时候，在英国，往往男子负照顾小儿之责的。某时，有两个德意志人讥诮此事，斯宾塞听见了觉得心内很感着屈辱。

德意志人底憎恶美国妇女，实非常厉害。他们形容美国妇女，常用着 Emancipirt（被解放者）一语。这不容说是一种冷语，和日本人底说"御转婆"（Otenba）"新妇女"一样的。

法兰西在这点，比之德意志，文明得多了。在拿破仑法典中，原也充满着嘲骂妇女的文句。拿破仑曾把男女比较了这样说："妇女原是因为生子，被给与于男子的。妇女是男子底财产，男子不是妇女底财产。妇女将子给与男子，男子不将子给与妇女。好像树木是园丁底财产一样，妇女是男子底财产。但是只一妇女不够生子，如果只有一个的妻，那末这妻病了，将如何呢？妻不能生子的时候，已经不是妻了。所以男子不可不有数个的妻。"

拿破仑法典,后来只撤废了一部分,事实上还依然保存着势力;可是法国一般的舆论,远比法律来得进步。据瓦特说,在尊重妇女的一点上(因之往文明进步底程度上)法国可以居美国底次位。

有史以来,妇女一直为偏颇的法律所苦。在初期的法律,妇女明明是财产底一部分。其后,虽然不认妇女是财产底一部分了,可是妇女全被摈在相续权之外。即便偶然也许参与相续权,但其配当总是最少的。瓦特做法律学生的时候,曾把关于妇女的特别待遇的法律,试作一表;据说,单就英国底普通法说,已满十几页了。这种都无非是把男性中心说用了法律的形式来表示的东西;男子不必说,就是妇女自身,也把彼当作当然的事情,一直默从着的。

在英语,妇女叫做 Woman。一说,Wo 是从 Womb,即从子宫的一语转来的。在今日的言语学,原已否认此说;但无论其为 Womb,无论其为 Wife,Wo 总是表示女性的语。后半的 Man 是"男"的意思,和德意志语底 Mann 相当。在德意志语,男是 Mann,人是 Mensch;在英语,人与男都是 Man。在这里,英语底 Woman 一语,即是以男 Man 为前提的语,可以认为将男子作正干,将女子作派生物的思想底结果。前面的用"无信"的意义来解释女性(Female)的语,自然是不正的;但是,Fe 从 Fecundiry(生殖)底 Fe 而来,Female(女性)一语底只表示生殖,是明白的事。总之,所谓优美,高尚,名誉等分子,在女性底语义中不曾含有;并且像 Wench(娼妇),Hag(鬼婆)等一类骂妇女的语,也为妇女一方所专有,对于男子,寻不出同样的恶语来的。

四 妇女底本性与神秘力

女性虽然从四方受着责备和冷遇,但自古以来,说起女子,总认为不可思议的,可怕的东西。表面虽像轻蔑女性,心里实是怕女性。女子在长年月间,因了压迫和轻蔑,已埋没其本来的价值,可是常时也有发挥女性底本质的贤妇勇妇出现,把男子底迷梦惊醒。女子造成战争底原因,实在不少;代表美,勇,智等的女神也有。也曾出过赛米拉米司,克列奥巴脱拉，约翰·达犇，爱利沙倍斯女王，巴御前等的贤妇女豪。前面的所谓巫女，也曾当作恶底勇猛的代表者被人恐怖过。此外，在诗，小说，戏曲中，讴歌女性底美或勇的，也决不少。要之，妇女虽被轻侮，然一向被认为有一种伟大的神秘力的东西。如果不用严重的取缔去压迫，有时就要有可怕的事情出来：这样的恐怖，在男子底心中，从不曾除去。

五　男女差异发生底原因

常时有人提出这样的理由，当作压迫妇女的口实。说：男女底差异，在古昔原没有这样厉害，等到文明进步，女子在精神上，肉体上，都愈不及男子了。现今像吕邦氏，他也说巴里底男女底脑髓之差，差不多相当于古代埃及底男女脑髓之差底二倍。又听说在南美底某种族，除性的不同外，男女间几于没有何等的差异。又据马奴鲍利爱氏底调查，石器时代妇女底头盖，平均是千四百二十二立方生几米突，而现在的妇女底头盖，平均不过千三百三十八立方生几米突。

上面的话，确否不得而知，即假定是确实的事实，又将给与我们甚么教训呢？

路兹尔诺氏把这事这样地说明：在原始社会，男子一般地游浪着，妇女独任一切困难的劳动；要劳动，就有体力强壮的必要，所以妇女遂不知不觉地有了强健的身体了。

这说确有一理，然还不能充分说明。原来，女性底任一切劳役，是改为男性支配以后的事，在女性支配的时代，女性虽也作多少的劳动，但大部分的劳役，是归男性担任的。如果单以劳役底有无，决定体力底强弱，那末，在女性支配时代，男性底体力，应该远优于女性的了。可是，把种种的事情斟酌了看，当时的女性，至少是有可与男性匹敌的体力的。

到了后来，入了男性支配的时代，女性就全降落到奴隶的地位，连衣食也不能自由，一味被强迫着作过劳的苦役，于是女性底身体，就衰弱了。并且，因了男性淘汰底结果，一方面又专欢迎微弱纤小的女性，遂至发生像现在的男女差异。不用说，女质衰弱了以后，因了遗传的法则，男女双方都应该衰弱的，男性因为别有可以与此影响相消的事情，占着便宜;女性一面呢,在长期间中自然更衰弱了。

复次,即到了有历史的时代,对于妇女的压迫,依然严重;妇女在社会上,在法律上,都被夺尽了一切涵养身心的便宜。一想到此,觉得妇女底对于文明进步还曾多少有过贡献,实在是不可思议的事。男性中心论者总轻蔑妇女在政治上,科学上,艺术上都无能力,其实他们不曾看见社会把妇女底这类能力底源泉,努力在那里闭塞。我们与其笑妇女底无能力,还是跟了捷克·路尔培这样地叫唤:

"不要说妇女对于科学艺术等创造的事业贡献贫弱! 男性对于妇女,在从前一直不晓得加了几多的追放和禁制,妇女到现在还恼着男性底苛酷的压迫。妇女底一见好像不及男性,全由于此。妇女决不是在本性上劣于男性的。今日妇女底劣弱,完全是习惯和遗传底结果。"

赫胥黎氏批评妇女底才能,曾这样说:

"妇女一般在肉体的,知识的,道德的能力上,虽不能说和男子同等,但我对于许多妇女在这诸能力上远胜男子的事实,实不能盲目。对于最虚弱,愚劣的男性,尚且自由地开放的事业,在今日对于有元气,有才力的妇女,还强制地闭锁着。我不知道这是由于甚么的正义和甚样的政策,殊难索解。妇女底肉体的无能的呼声,近来常常听见,这或者有若干是基因于妇女底身体组织的罢,但其中底八九,是人为的产物,就是伊们生活方法底产物。大概都说妇女神经过敏,说妇女游惰,虚弱,但这种缺点,只要许可伊们与闻有一定目的的健全的事业,更于少年时代,和男性一样许可加入健全的游戏,必定可以除去的。"

六　现今妇女身心底缺点是当然的

要之,今日男女底身心两面,所以有差异,都由于女性在男性中心说的世界观中所受的苛酷待遇。又"文明愈进步,男女底悬隔愈甚"一说,实因愈追溯人类底历史愈近于女性支配的事实而生。女性支配底余波,即到了有史时代,还曾长续,在女性支配的时代中,除了随伴因女性淘汰而生的男性开花而起的装饰的特征外,男女底身心两面,并无何等价值上的差异。到了女性支配倒坏,入了男性支配的世界,一方女性底进步终止，同时他方女性受了男性底压迫，就次第向于衰颓了。

但，所以酿成女性底身心衰弱，其原因不单在此，女性支配底结果所生的男性淘汰，也显著地在这方面有着助力。男性淘汰，结果虽使女性底美比从来发达，然同时女性底体力和精神力，却远比从来退步了。因为如前所说，当时的男子，只欢迎柔弱的，温顺的，像玩具的妇女。

上面这两原因中，第一个是父家长时代底产物，第二个是在后发生的游惰阶级底产物。所以这两原因，应该认为比有史后的人类全史还长续二倍以上的东西。总之，今日许多人当作妇女底劣性所举的种种事实，大抵都由这种原因而生。一想到此，我们对于今日妇女底身心的有种种缺点，毫不为怪；倒反怪为甚么妇女底衰颓，到现在也还不过如此。

第十三章　妇女底将来

　　瓦特底女性中心说,到这里已算大略地说完了。瓦特在最后,曾揭出以上所说的摘要;而于妇女将来底地位,也曾说及。原来,瓦特底女性中心说,是只作他大著《纯正社会学》底一节发表的,并不是独立的一书。所以不能离开了"纯正社会学"而单论这个问题。对于像"妇女底将来"的一种不是严密的纯正社会学上的问题,当然不能不有所顾虑的。

　　因此,他对于这问题,只给与一种极简单的暗示。就是说:在最近二世纪,妇女底地位显著地进步了,这不是妇女底衰弱已过,转向向上之途的先兆吗?结局,不是要成为一种非男性支配,也非女性支配的男女同权制的时代吗?就是,不是成了男女都绝对地不受他方底支配,以自己支配自己的时代吗?

　　瓦特底暗示,不过如此。我们在大体的顺序上,当然赞同。不过那经过底途程,我们却有我们底见解。老实说,关于入了人类期以后的进化,像序文中曾说及的样子,瓦特底说明,大有非我们所能首肯的地方。

第十四章　以上底摘要

无论是单细胞生物或多细胞生物，凡是生物，都是靠著营养摄取，补养自体底消耗的。营养摄取就是发育。发育超越了个体而达于他个体，这就叫做生殖。所以生殖不应与发育对立，当认作发育底一形态。

复次，因异质混和在种族底发达上有效，就由自然淘汰底结果，生出所谓交精作用的一现象。交精作用，最初是因了附属于最初一个体的机关而行。就是女性自己兼有男性机关的，所以叫做自身受精或雌雄同体。

后来，这机关从母体脱出独立了。独立虽然独立，但比诸母体，是极微小的东西，绝像寄生在母体。母体为自己底目的计，把他装入特造的囊中带着走。那时，睾丸就是男性底全部，女性底携着彼走，恰如我们底提着行囊一样。再以后，这睾丸更独立了，和母体的接触，也就有一定的时期。要之，男性在初时，不过是从母体（就是女性）脱出的睾丸，女性到以后一直成了人类，还是依然的本来的母体；睾丸呢，是经过了种种的变化，到终才成为一个的男性。

最初单纯的睾丸，这样发达了变成一个的男性生物，是谁底力呢？这全赖母亲（就是女性）底取舍选择的力。就是，女性在许多的授精者中，运其最和自己底要求相合的，排斥其不适合的。这被女性选择的特质，因了遗传，代代地传给子孙，使男性越加变化了适宜于女性底要求。

男性原是为母体底生殖作用而生的东西，在长期间，自然遗传下母体底一般性质；母体也竭力在那里选择和自己相似的男性。因为这样女性依了自己底样子去造男性，所以男性就从最初无定形的睾丸，渐次有了像母体的形体。如果没有这理由，男性恐怕还是与母体全然异形。现有的生物中，也还有男女底形体很远异的。

但，生殖底一方法的交精作用，决非咄嗟生成，乃是通过了长行程徐徐成就的；并且即在交精作用现行以后，这作用也并不是必要不可缺的东西。生物之中，有在若干代中营着普通的顺当的生殖，而时时偶然行交精作用的,这种偶发的交精,叫做"换代"。在多数的下等生物和一切的植物,出芽生殖是顺当的生殖,结实生殖是交精作用底结果。这就是,这种生物,虽然已营交精作用,一方面依然维持着旧有的生殖法。在动物,交精作用最初是当作每次生殖行为底附带现象而生的,到了后来,才成了生殖自身底条件。高等动物,都以交精作用为生物自身底条件。说起生殖,就以为是交精的误解,全然由此而生。

男性在生物史上,原是这样比较地后有的东西;因了上述的理由,渐次有了和母体相似的形体了。但最初的男性,只为交精而生存,极为微小劣弱,既无营养机关,也无自存力,交精一完毕(或不被选择,连交精的机会也不曾遇着)就死了。

因了女性底选择,男性遂渐有和女性相近的形体:这已如前所述。女性于这以外,又选出别的性质;这是女性底美的趣味性发达底结果,所以被选择的性质,都是关于美的装饰的。所以,男性一方面与母体类似,同时他方面于这等特质上又愈向和母体不同的方向发达。结果,在多数的鸟类,遂有女性所没有的许多的美装。这叫做第二义的性的特征。

又因男性数目过多,使男性相互间的竞争激烈。结果,男性于武器,体格等方面越加显著地发达了。但这种武器,体力,决不是用了来压伏女性的;只是要想全得女性底爱,顺应女性底选择罢了。在鸟类,哺乳类,这特质尤加发达,至于呈现"男性开花"的状态。在人类底直接先祖的类人猿,"男性开花",还曾几分地残留着,男性比女性还大些,强些,美些。

入了人类的舞台以后,这两性底差异,也尚继续不断,淘汰依然凭着女性而行。女性在体格上,美装上,虽不如男性,却依然握着淘汰之权,依然是种属之王。

当时的男性、女性,对于交精和生殖的关系,都不曾知道,总以为子是女性造成的,故子的请求权,都在母手。在这状态继续的期内,女性依然是种属之王,施行着女性支配。这状态曾继续的很长;可以证明的事实,不拘多少都有。

人类底能脱了动物的状态,能广布于世界各地,全是脑髓发达底恩赐。人类更因了脑髓的发达，认识了交精与生殖底因果关系，并且自觉了自己底父的意义，知道子底出生，不单是女性底事。

于是革命来了；女性底权威坠地了；淘汰的权，由女性移到男性了；女性降到可怜的奴隶的地位了；变了男性支配的世界了。由此而生的就是父家长制。父家长制以后颇长久地继续，在这期间，女性全被财物化；于作为财产底一部分以外，毫不认有女性底意义。女性于是不得不忍受一切的酷遇了。

后来，等到种族间的战争频繁，女性底地位，转缓和了几分。捕虏成了奴隶，种族内生成阶级，游惰阶级的男子，于是就贮藏许多的妇女。男子底美感发达了；男性淘汰愈盛了；结果，妇女在身体上遂生起显著的变化。这原不过一部分的妇女如此，然却能充分造成女性美底典型；女性底称为"美性"，实由这时开始。这男性淘汰底结果，为女性计，大概是不利益的。男性淘汰使女性底体力愈趋微弱，使女性对于男子的依赖也愈加强盛。

有史以来，女性一向被不公平的法律，偏颇的道德，残虐的习惯所苦；伊们可以发挥实力的机会，都被闭塞了。伊们即使有了实力，有了要求，总没有可以实现实力，遂行要求的适当的机会。这样，女性所受的压迫，排斥，遂到了极点。

但，最近二世纪在欧美底比较地进步的诸国，女性已提高几分伊们底地位了。将来女性底向何种方面变化，自然不能断言，不过前途总是有望的了。

下　编

第一章　社会力

　　无论物理学,化学,或生物学,凡是严密的意义上可以称为科学的,总以宇宙底某特殊方面为其研究底对象。就是,科学底职分在发见阐明一定范围宇宙现象底理法原则。但这等宇宙现象,都无非是一定的力底发现,发见这等力底本质,阐明其发现底经过,就是科学本来的目的。

　　社会学既被认为一个独立的科学,应该也和别的科学一样,有一个独得的力,有一个独得理法原则。这力就是瓦特所谓社会力。

　　这力本不在人以外,全在人底心理之中。就是,除了人底想求快乐避苦痛的心念——换言之,除了人底欲求,无从找寻。社会力即是人底欲求。

第二章　五种的爱

人类有各种各样的欲求，其中最固有的是食欲和性欲，就是所谓食色。这当作社会力看时，即是发育力与生殖力。

但所谓生殖，原不过是发育底一形态。交精的新现象没有发生以前，生殖并非于发育以外，别有何等的新理法。自从有了交精作用以后，这才因为要维持这作用，不得不有使男女两性接近完全的方法，于是性欲就成为生殖上必要的动力。

性欲，最初只是限于男性。女性后来虽也渐有了，但通常总不如男性底性欲，是强盛的而且是进攻的。

性欲就是爱，是在最严密的意义上的爱；是一切爱之中最原始，最根本的爱。普通的所谓爱之中，在严密的意义上，原也有不能称为爱的东西，其所谓爱，也于全属于异种的心理现象。这等问题，当然不在本书范围以内。

我们在上编，已调查过生物界中生成男女两性的径路。我们底研究，也及到人类界；不但及到有史以前的原始人类，并且及到有史以后。但是我们底说述，却彻头彻尾限定在为种属发生力底根干的爱，就是限定在爱底固有本来的形态的性欲。从这根干的爱生出甚样的派生的爱？又这等派生的爱有甚样的相互的关系？关于这等重要的问题，我们在以前的研究中，差不多未曾有所接触。这是因为说明上要避去歧路的缘故。弥补这缺陷，就是本编底目的。

我们以前的研究法，全是历史的，发生的。就是想从过去到现在，由单纯到复杂，发见其中一贯的理法原则。本编却要专从眼前进步的人类出发，把其中的爱，用论理分类整顿彼。

瓦特从这见地，把一切的爱分为下面五类：（一）自然的爱；（二）罗曼的爱；（三）夫妇的爱；（四）母的爱；（五）血族的爱。

以上虽只是论理的，综合的分类，但这顺序决不是单为说明上的便利而设，其间有着一贯的发生的关系。这五种中，除了一种或二种，其余都是派生的爱。这看了后面的说明，自然会明白。

第三章　自然的爱

一　物质底精神性

　　自然的爱,是"益者生存"的理法所生的爱。其目的在施行异质混和,以实现生物界底分化复合。自然的爱,其初本限于在男性,其成为男女共通的现象,乃是生物史上很后来的事。

　　自然的爱是一切爱最原始的形态,一切的爱都由此派生。就是,自然的爱是一切的爱底根干。所以,即在十分具备诸种的爱的人类种属,自然的爱也还依然保持着至高至大的地位。因为如果没有这爱,即使别种的爱如何发达,毕竟也不能完成生殖与进化的目的。人类底醇化过的感情,屡次要想贬却这爱底必要,但这爱底意义价值,毫不曾因此摇动。

　　自然的爱,含着物质的过程。比较发达醇化过的人类底精神所以努力要把这爱底价值贬下,便是为此。人类出了原始的蒙昧期,初踏进文明底第一步的时候,就一味贱视物质,崇尚精神。说起物质,就以为是污浊的东西,说起精神,就以为是美善的东西,这是当时人们共通思想。这思想一直继续了好多年,但到了科学把物质底精神性教给了人们,对于物质的虚伪的哲学的态度,差不多便被驱逐了;同时,自然的爱和交精上所必要的物质的过程底纯粹性,也就为一般已开化的人们所认识了。

二　以交精行为为不洁的思想

　　古来许多哲学者,都以种属保存基础条件的人类底交精行为,当作非常不洁的事情,想竭力地加以诅咒。康德说,"因了这行为,人就成了一个的物品。"叔本华说,"年青无垢的人觉到这宇宙底一大秘密的时候,渠们对于这危险,恐要战栗罢。""废绝一切的男女关系! 而且听其自然?"这是托尔斯泰底思想,他信这是基督教底真的教义。他又说,"完全的淑德(即基督底理想)被实现的时候,究竟如何? 这时我们的确可以与宗教相一致罢。因为宣传世界底告终,是宗教教义之一。我们这时又可以与科学相一致罢。因为科学教示我们说：太阳渐次在那里失着热度。人类底绝灭至终得有完成。"

孔德是实证哲学底唱始者，从他底立场上，原应该排斥两性关系上这样不自然的思想。可是，他也不能全然脱却哲学底时代的迷妄。他自然也说轻视生殖诱致人类底灭亡，是不好的，但他却说这生殖该在不和人类底淑德相冲突的范围内行之。他于是想出所谓"处女母"的一种无稽的假定。就是说：生殖中止是不好的，生殖应该只依了母而行。就是一种的单性生殖。他想因了这个去谋母性与处女性底一致。不容说，关于这单性生殖底如何行法，他是不能有何等的说明的。或者他相信如此，也未可知：以为，因了长期间的练习，妇女可以单用了注意念力遂行生殖，即因了将注意集中于生殖的手段，把下级生物时代的单性生殖——或竟远把更以前的无性生殖复兴起来。但即使假定如此，完全没有生物学的知识的他，也难望其能为这样的说明的。并且像这样的自己受胎如果长久继续，于人类底将来，发生如何的影响？他对于这事好像也全然没有想到。这样的自己受胎假使实行，结果，人类必将要逐渐堕落，退走到原始时代的低级的状态。总之，关于两性问题，我们与其依从这等哲学的迷妄，还是依从自然底命令来得安全。我们愈开发自然底秘密，愈知道物质的，机械的过程和心理的，精神的过程底悬隔，更接近了。就是，可以阐明精神的过程和物理的过程，结局是同一的事。

要之，近代科学底普及发达，对于两性关系的这等迷妄已一扫而空了。在今日，只要是多少受过些教育的人们，决不认男女底性交是那样不洁的事了。虽然在宗教家等类的人们中，到现在好像还有许多抱着这种伪善的思想的，但是所谓宗教，本来也不全是这样。

三　生殖器崇拜

例如，即在今日，未开人种之间，还行着生殖器崇拜的事。这是人类自然的爱自动地与宗教相结合的现象，原是世界各地都行过的。关于这生殖器崇拜，在今日还有浩瀚的著述。从世界各地，发见了石造的生殖器，或发见了青铜制的生殖器，甚至于发见了黄金制的生殖器。这等之中,有许多已在考古学的博物馆中陈列着。日本在现在,好像差不多已没有生殖器崇拜的习惯了,从前却也非常地盛行过的。像爱特曼特·拔克莱博士,曾编纂过日本流行过的人造生殖器底标本。博士关于这问题,又曾发表过极有趣味的论文。

说起生殖器崇拜,在今日的文明人,好像以为全是变则稀有的现象了。其实,无论何种人种,在社会进化的某时期,大抵都行过这类的事的。决不是变则,也不是不自然;全然是顺当,自然的现象。认为变则,认为不自然,只因为和眼前的情形不合的缘故;是凡事以现在为标准的一种偏狭的见地底产物。

人类在初时不知道生殖和交精之间有一定的因果关系,后来觉到关系,就起了一个大大的社会革命;因此,从来的女性支配倒坏,改行男性支配;这已如前所说了。生殖器崇拜,恐是在这自觉以后发生的现象。就是,人类明瞭了生殖和交精底关系以后,结果对于生殖器感着非常的意义,于是就把宗教的尊严附与在这上面了的。所以,生殖器崇拜底本来的意义,是在反映出种属保存的大感情的一点;无论怎样进步的宗教,多少总都保存着这原始的生殖器崇拜底遗风。一切的神话,一切的天地开辟说,一切的宗教中,必都用了某种的形式,把关于两性的事件,编织在里面。

四 两种细胞底牵引力

赫克尔从其高出的科学的立场,通了生物界底全方面,讴歌着男女底性欲是世界底生命基调,说:

"男女两性的关系,无论在植物界,动物界,人类界,通生物界底全方面,向来常尽着绝大的任务。男女两性底牵引力——就是爱,是生命底最多种多样,最显著的过程底原动力,并且是至高至大的生命分化底最重要的机械的原因之一。一想到此,觉得男女生殖细胞底牵引力和爱底关系,无论加以如何高尚的评价,也不能十分尽其蕴蓄。我们在生物界底各方面,当从这细微的原因发见绝大的结果,试看显花植物底生殖机关的花,在自然界所尽的任务如何呵! 试观察动物界中雌雄淘汰底不可

思议的现象呵！又试看爱对于人类所有着的极大重要的意义呵！这等
事实中，无论是哪一种，其最根本的动力，就是两个细胞结合；无论在哪
一种，对于各种各样的关系，给与如此至大的影响的，毕竟都是这单纯的
一过程。别的无论何种有机的过程，在分化的影响底绝大的一点上，都
不能与这一过程比拟。夏娃诱亚当食智树果的犹太神话，巴里（Paris），
赫伦（Helen）底古代希腊神话（校者按：这便是史上所谓'特罗雅之役'）
及其他各种的古代希腊罗马底稗史传说之类，要之都是把爱和雌雄淘汰
所给与于世界历史的至大无限的影响来讴歌的东西。集合了在人类胸
中所波动的一切的别的欲情，还不及这性欲底力的强大。爱在一方面作
出诗，作出绘画，作出音乐，作出雕刻。爱又是人类道德底最有力的源
泉，家庭的生活由此而生，国家底发达也由此促进。我们在别的方面，又
觉到爱底可怕的破坏力，因了爱，可以作出比人类一切犯罪底总和还要
可怕的罪恶。这样极大至妙的爱的力，溯其原始，不外乎两个微小的细
胞粒——就是胚种细胞和精子细胞底亲和牵引而已。"

　　这不但在知的方面有兴味，即在美的方面也是极有意义的问题。集
合全世界底一切的诗歌小说，也实不能在两个细胞底结合亲和的现象以
上，更有绝妙不可思议的诗的感情输给人类底精神界。这两种细胞底亲
和结合，实是一切的爱底起点，也即是一切的爱底根源。一切时代的主
要的欲情，其穷极的基础，都含在这新发见的生理学的事实之中。将来
科学更加进步。不自然的现社会生活底伪善的根柢曝露出破绽来。把
无智无自觉的人们底对于性交的无谓的恐怖驱逐了的时候，必定有许多
诗人文士，把这胚种细胞和精子细胞间底合理的事实，庄严的牺牲的事
实——就是杀了自己去完成种属发达持续的牺牲的事实，来讴歌罢！这
并不是诗，也不是小说，乃是最严肃的科学上的事实，是以最正当的研究
的基础的确实明瞭的事实。

　　要之，自然的爱是一切的爱底根干。正如孔道西氏所说：无论其他
人间界何种的结合，不能唤起超过这自然的爱力所赋与的悦乐。无论其
他何种的爱力，也不及这自然的爱底力。

五　性欲的指导调节

社会对于这样猛烈的威力,其应加以一定的指导调节,自不待言的。这威力底利用与恶用,全视乎指导调节底当否。人类社会所有的种种的结婚组织,无非都是这指导调节底各形式罢了。人类只因了顺从自然,才能征服自然。故结婚组织,应将自然的爱力,向着维持发达人类种属上有利的方面加以善导,决不应存着破坏的目的。人类之力,虽能指导调节自然,决不能破坏自然。自然的力,因了指导调节底如何,可以变成危险,也是可以变成有利的。

人类从前要想因了结婚组织去指导调节自然的爱底发动的企图,在大体上曾属有利的。人类理性发达了以后,因了这理性底力,行起物质和精神的分别来,贱视物质,只重精神,结果就酿成如前所说的性交诅咒的倾向,把自然的爱的指导弄错了。自然的爱底身,决不是恶,人类强把彼当作犯罪,要想无理地去闭塞彼底发动,因此就生出非常有害无益的结果来。

六　性欲抑压底不可能

人类极端抑压了食欲,是要死的,但性欲无论如何地抑压,决不会有致死的事。在这意义上,性欲较之食欲,可以说是适于克己自制的。所以世间以有适用了这事实,认性欲无论怎样抑压决不招致有害的结果的人们。不过大概可信赖的学者却都是否定此说。例如斯宾塞就在他所著的"伦理学原理"中这样竭力说着:

"如果抑压生殖底活动,别的身体机能也随而受其影响。因独身而引起歇斯忒利和萎黄病的妇女决不少。生殖机能,在妇女原比男子更重,所以妇女所受的独身的害,也因而特大,即在男性,也不能全然免避这影响的。"

"这影响在男女底精神的方面,关系更大。人类底知的及情的活动,在夫妇亲子的关系中显著地流行着,如果将这诸方面的活动闭塞,其特别的高尚的感情,也自然要不活泼了。"

马勃莱博士也说：

"性欲是一切情欲中最强的一种，性欲一活动，其影响及于有机的生命底一切部分，人底全性质，因此受一大革命。所以一旦性欲的满足被夺，别无发泄性欲的适当出路的时候，人身底全组织便要大受影响，不知不觉地就要呈露不安定的精神状态，引起了种种的病的现象。"

因了性欲抑压而生的最甚的病的现象中，有取着神秘主义底形状的。库罗托·爱品格氏曾研究这问题，发见所谓神秘主义者的人们，常梦想着一种的两性关系的事。像以神为男性，灵魂为女性；或如将基督与教会底关系作夫妇的关系在那里梦想的，都是这病的精神底发现。哲学者维尼亚尔斯奇氏关于此，曾这样说：

"抑压性欲，结果唤起了种种的心理现象。这等心理现象，多是病的现象。通常的所谓'爱'，就是这病的现象底表现。这'爱'不但对于一人显现，也有对于社会全体而显现的。失恋底转为同胞之爱，是大家都知道的，热中于慈善运动的妇女，以此类为多。因了失恋，有为诗人的，也有为精神主义者的，所谓'圣者'之中，以此类人居多。"

可是，就社会全体说，这是极小部分的现象，人类的大多数，到底是不能因了这样哲学的或宗教的思想底力，抑止猛烈的性欲底发动的。像叔本华所说，性欲全是一种特别的情性，不但在强度上为别的情性所不及，也且具备着别的情性中所没有的性质。性欲毕竟在暗默之中是被认为必然不可已的东西，不像别的情性底只是趣味嗜好的问题。性欲实是构成人底本质的情性。因此，我们对于性欲问题，应严格分别个人的必然和社会的必然。在个人，我们用了理智或意志底力，可以一时抑制，可以终身独身，也可以在若干年月间，强制地禁止情交。然要之这不过是大海底一波，比之于日夜打岸的大海底波动，到底是算不来甚么数的。这波可以因风而生的罢，或者是永远有定期的潮汐罢。为种属发达生力——即社会力的这情性，实和这风这潮汐一样，是人力所无可如何的东西。

七　性欲本能和社会学者

性的本能不但如前所说，是强烈的社会的刺激，并且实也是一重要的社会的连锁。人类底团结,在其根本上,必是都属情的。社会由夫妇开始,社会团体底人员,因了这根本的力而增殖。故社会底基础,不用说是性的。社会学者对于这重要问题,不应闲却;性的现象也应和别的社会现象一样,同为社会学者所处理。

我们并不是说从来社会学者间,有闲却这人类底原始的团体的事实的危险,不,关于这等底静的现象,常一向受着社会学者十分的注意;问题只在动的方面。所谓群,所谓氏,所谓种族,所谓国家,所谓民族,要之都是表面所现出的结果,其根柢中,所谓社会力,作了动的原因在那里活动着。从来的社会学者,都有将这动的方面的研究闲却的缺陷,甚至于竟有意地将这方面的研究回避的学者。

本编所说的爱——就是性欲,就是种属发生力——是在社会力中最固有的一种,而为这爱底根干的,就是这里所说的自然的爱。这自然的爱的研究,是社会学上最重要的问题之一。因了从来的社会学者不注意,或故意地将这问题付诸等闲,社会学底所以像今日这样的无生命,不能不说这是根本原因。

第四章　罗曼的爱

一　精神的感情

　　凡是社会力，都是心理的。由这意义，也可以说是社会力是精神的。因之，依了严密的解释，社会力底上面用物理的（或物质的）一语来做形容词，自不适切。自然，为说明的便宜计，称一方的社会力为心理的，称他的一方为物理的，原无不可。一切的感情本来是心理的，然感情有种种的种类。例如某种感情虽接近于物理的基础，而某种感情却与这基础相远离，这是一种的差异；此外，又有某种感情是内的，某种感情是外的分别；再从强度和持续性上面看，感情又可生出种种的不同来。这等区别皆互相关联连续着，一般称物理的中心不明瞭的，最内的，最强而持续性最大的，最醇化的感情，为精神的感情。精神的感情，又被一般称为最高尚的感情。

　　这见解在大体上不能不说是适切的。因为感情愈是精神的，愈能给与我们以大满足。不用说，精神的感情，未必是生活上非有不可的东西，从"必然"的立场看来，原劣于别种的感情；但从"实用"的一点看，确是高等感情。就是，精神的感情，对于人类，比较别的物质的感情更为贵重。

　　但是，精神的感情决非固有的东西，全属派生的。就是，精神的感情是人类底物质的组织全体在品质上发达的结果，决不是只因于脑髓底发达的。原来，脑髓不过是身体中各种神经丛之一，受着构造上底醇化的，决不单是脑髓。

　　不用说，脑髓底发达，对于别的神经丛是有很大的影响的，因为人类底意识的感情，都关系于脑髓。然品质的发达底作用，却行于全神经组织全体中，或者特别地行于重要的感情中枢之内。如果能和脑髓一样地把这等神经丛来详细检点，那么，其中也可看出确凿显现着同样的品质的差异罢。

换言之,就是人类底发达,不但是指脑髓底发达,实也指着一切重要的精神活动中枢间底一般的发达的。

二 罗曼的爱不见于欧洲中世纪以前

自然爱所派生的罗曼的爱,全是这心理的,生理的过程底结果。罗曼的爱,是比较的近世的产物,即在已同化的高等人种中,也决不能说是一般的现象。瓦特甚至于力说这罗曼的爱事实上只行于亚利安人种。他又说,即在亚利安人种,罗曼的爱底发生,也是中纪以后的事,在这以前,差不多是不曾在表面现出的。

在野蛮人种间,这派生的爱,毫不发现。据人种学者蒙契罗氏调查,亚非利加底黑人,是不知爱和嫉妒的。他曾说不曾在黑人中见有男女互相交换爱抚的事。据说黑人实没有可以表现爱情的何等的言语。

又,利西颠司太恩氏就南美底库赛斯族这样说:"他们对于由男女相互的敬爱而生的温情和心与心的美的结合,全无所知。"亚伊亚氏关于澳洲底土人,也曾说着同样的话。这样的事实,在全世界底未开人种间,可以随处发见罢。不但是未开人种,就是印度人,中华人,日本人,像西洋底所谓罗曼的爱,也说是不能领解的。

那么,古代的希腊罗马人呢?渠们也还不曾知道罗曼的爱。虽读遍了荷马,爱斯克拉斯,坏奇尔,霍莱斯等底著作,也不能发见一个可以证明有罗曼的爱的证据。不用说,罗曼的爱底曙光,在他们底著作中曾经现出。但这不但他们,只要自然的爱存在以上,别的野蛮蒙昧的种族间,也多少呈露着罗曼的爱底曙光的。所谓罗曼的爱的有无,要之是程度问题。就是,问题只在是否明白显著地现出,可以认作一种独立的爱?由此意味说,即使断言古代希腊罗马并无罗曼的爱,也无不可。渠们底智的造诣,实在远大,渠们底道德的和审美的感情,实在至醇,但是渠们底爱,还未出自然的爱底范围:渠们只是用了遒劲高尚的理知和品性,指导这自然的爱而已。

三 罗曼的爱和中世武士底气质

所以,罗曼的爱只发露于有史以后的种族,即在有史以后,也只见于最近九世纪乃至十世纪之间，主要地是从十一世纪的时候才出现的。罗曼的爱底起源，和中世封建时代的武士气质底起源，时候相同。当时是所谓群雄割据的时代，战乱不绝，领主和骑士都从事征战，无寸时的休息，一切家事，都委诸妇女之手，女子底威力和尊严底增进，几为从前所未有。他们要想得妇女底爱情，非取得非常的勋功与名誉不可。他们因为远离了家庭乡国，对于女性的渴仰崇拜，也因而愈强烈。这等事情，互相扶助，遂至酿成了中世武士气质。他们单靠着表示这气风，才可得着女性底爱。当时，不逞之徒，乘了骑士底不在，常对于高贵的妇女，横行袭逼，骑士对于这等凶汉，是负有不能不保护妇女的责任。这事很在他们对妇女的感情上，给与深大的空想的色彩。一面，基督教的道德，也对于中世武士气质底涵养，有不少的稗益。

当时做骑士的，要行一定的宣誓，其中有这样几条：

（一）保护寡妇孤儿和年少妇女底正当的权利；

（二）应了请求，引导妇女到一定的场所，加以保护。竭力使免一切危险侮辱，虽死不避；

（三）即对于由自己底武力所获得的妇女，也决不加以横行。

他们如果违背这誓言，就要受所属团体或阶级底科罚，故他们以信守所誓为骑士底最大名誉。这等宣誓，对于当时的半野蛮的人心，实给与非常的文明的影响。当时的妇女地位，自女性支配倒坏以来，实可谓达于空前的向上了。

这等事情，又促起了和古代恋爱诗全然异类的抒情诗。当时抒情诗人中有个托尔巴特尔，曾浪迹诸方，到处讴歌女性的美和芳烈的恋爱底美。不用说，这种光景，并非长久继续，而且也是南方诸国特有的现象。中世武士气质一颓废，这种现象也就同时堕落了。到了十三世纪底末叶，托尔巴特尔底面影，全然消失；只有形骸，作了滑稽无意义的狂气质残存着。塞尔彭蒂斯所作的"洞奇霍谛"，就是这样的武士气质底赤裸裸的代表者。

中世武士气质堕落了，但一般人心中，彼所给与的印象还长留不去。孔道西和孔德都曾夸张这印象底某方面。可是，他们不知道中世武士气质最大的贡献,是在自然的爱底根株上把罗曼的爱来移接上去。

中世武士气质这样是一个原因,同时又是一个结果。一般都称人类底知的活动,被中世纪全压抑了,然我们不应忘记人类底情的发达,是被中世纪显著地促进的。修道院中所酝酿成的炽烈的宗教的热情,在后来几世纪间,对于高尚的感情底发现,大有贡献。构成真的感情机关的一切神经丛,因此得以显著地增大其感受性。十一世纪时代的欧洲男女,较诸古代希腊罗马底男女,得有高尚的道德的机关,渠们因了不断地使用这发达的感情机关,于是感情机关也因继续使用而愈显著发达。如果不先有这样的发达,像前记的中世武士气质无由发生,因而罗曼的爱,也到底不能出现罢。和中世武士气质同时生的十字军,也很有稗益于这方面。十字军底目的在圣地底恢复,他们在这目的上是失败了,然于欧洲的道德化,理性化,社会化上,他们却收了全功。他们不但助成罗曼的爱底发达,并且促进了别种高尚的知的,道德的精神。

四 相互淘汰和调和的发达

罗曼的爱底发生,大概由于女性底独立与平等,行了罗曼的爱,女性就把长久失却的淘汰权恢复了。故罗曼的爱,可以说是女权复兴底第一着。

但是,罗曼的爱一方虽把男性淘汰除去,却并不是回到从前一样的女性淘汰。这里面有着罗曼的爱底最深远的意义。因为,从前的女性淘汰,徒激成了夸张的男性开花;男性淘汰又徒刺激女性底白化(Etiolation),使女性底身心劣弱到纤弱的地步。这种不自然的结果,都由于男女间缺乏相互的关系。罗曼的爱,全是相互的。因罗曼的爱而生的淘汰,既非男性淘汰,也非女性淘汰,纯然是男女互相的淘汰。其最显著的特色,就是相爱。

生命底发现,人类底进化,都因了自然底命令而行;这命令不管个体底意识如何,专以"益者存续"的理法为标准以行生物界全体底进化发达。人类底罗曼的爱,就是确切显示这事实的东西。

自然因为要使人类完成,于是制出罗曼的爱,叫男女互相淘汰。个人底希望不管如何，自然底要求，是不会有错误的。自然因为要使人类完成，先想除去一切的极端，阻止一切的偏颇的发达。这结果或许也有奖励凡庸的忧虑，然这要看凡庸的意义如何。在不以某一部性质底异常的发达为理想一点上，也可以说自然底目的是在养成凡庸。因为制造在某一点上秀异的个体，不是自然底理想；自然底理想，宁在把一切性质来平均化，宁在身体组织全体底调和的发达。从来由人类底立场上所认为最贵重的性质，因了自然的发达，或者要比前退步，也未可知。人们底至于认自然底理想在续出凡庸，全由于此。但是，在种属底发达上，与其徒造偏于一方的性质，确不如造一般地调和的性质，来得有效。

又，常有人这样说：男子所爱的，是有着自己所缺乏而想传给子孙的性质的女子；女子所恋的，是有着自己所缺乏的性质的男子。其实，自己意识了这样的事去行恋爱的男女，毕竟不多；彼等只因为要爱就爱，此外别无深远的意味。自己为甚么互相爱着？这问题不用说是彼等所不曾意识的。但是瘦男底爱肥女，长女底爱矮男，是大家都知道的事；还有，黑发和金发，也常互相深爱。这单就表面上现出的性质而说，此外关于眼所不能见的内的性质，其有着同样的倾向，自不容疑。这种无意识的嗜好选择，结局都是助成种属底平均化，使自然所理想的中庸的性质发生的。

此理即就道德的精神的性质说，也是同样。原来，一切的道德的精神的差异，其穷极的原因，都由于脑或神经组织及其他身体机关全部底构成配置底差异。在这意味上，肉体的性质和精神心理的性质之间，实没有严密的区别的。所以，即在精神的性质上，通常倾向相反对的男女，也互相爱好。白痴，癫狂，歇斯脱利，犯罪性，及其他一切极端的病的性质，都因此而排除。如果没有这倾向，白痴爱白痴，癫狂爱癫狂，诗人爱诗人，天才爱天才，一直这样下去，那末人类愈趋极端，恐防就要成功只有非常的伟人天才和非常的愚者狂人的世界了。然而自然却因了个体底恋爱，把这等变则的现象芟除，来造成自然所理想的调和中庸的种属。

在男性支配的时代，淘汰都由男性而行；等到后来父家长制的时代，结婚只由父家长底意思而定。这结果，就使人类趋于极端；人类底种种的精神的及肉体的特征,实都由此而生。人类中所以生出特征不同的各种各样的种属,都可认为这偏颇的淘汰底结果,就是不曾行雌雄相互淘汰底缘故。

原来,在自然的爱,不将对手归其所有,是不算满足欲望的;罗曼的爱,却只要对手在眼前就够。这是自然的爱和罗曼的爱底最根本的差异。所谓罗曼的爱,要之无非是屡次反覆的神经的震动底连续。对手在眼前,这震动就得互相保持连络;对手不在眼前,这震动就中止了。这震动原非常强盛,毫没有组织的机能;好像是独立存在的东西。其为属于肉体的,自不待言,像接吻,拥抱等肉体的动作,确可增高震动底强度。又,男女两性底差异,不但在生殖机关,实普及于全身。不但性的神经存在于男女身体底各部,即勃起组织也普及于身体底各处,尤多集于唇部。竭力使这等各方面底神经震动,是罗曼爱底目的。罗曼的爱底范围,决不出这以上,一超过这范围,便成了自然的爱,不是罗曼的爱了。罗曼的可以不失强度长久持续,其长所实在于此。孔德说,"我们思索要疲倦,活动也要疲倦,然恋爱是决不疲倦的。"这话大概是就这点说的罢。

五 罗曼的爱底社会的效果

以上是说罗曼的爱底对于人类身体组织的效果,罗曼的爱,此外还有比这还重要的效果,就是对于社会进化的效果。上面的如果称为生理的效果,那末后面的可以称为社会的效果了。

凡人类社会底发达,多由于进取的努力底结果。进取的努力,实是社会进化底动的原因中,最重要的一种。罗曼的爱在促进这进取的努力的一点上,对于社会进化有非常的意义。原来,进取的努力,是欲望和满足底距离(空间的和时间的)愈大而效果亦愈大的。罗曼的爱实有使此距离非常大的能力。

在女性淘汰的时代,一般男性要满足性欲,是不容易的事。就是欲望和满足之间,有着大的距离。在这大距离中,男性不能漫然无所作为,非设法和对手的女性接近,想出能达目的的手段不可。于是,男性生出非常的努力,又因而发出激烈的活动来。这努力和活动反覆不已,受了那个拉马克氏所谓"机关底使用和不使用，是变化底原因"的理法底支配，于是男性遂得着像在鸟类和一般哺乳动物中所经见的极显著的性的第二义的特征了。前面所说的男性开花的现象，不用说也是这过程底结果。此等结果全由男性相互间的竞争而起，纯然是生理的变化；就是，纯然是身体组织上的变化。

后来一到了男性支配的时代，淘汰就完全中止，男性只任意地劫掠征服女性，去满足自己底欲望。这时代，欲望底发现和满足之间，差不多没有何等的间隔，要满足欲望，也无须费大的努力。故在这时代，拉马克底理法不行，前记的进取的努力的理法也不行了。这状态差不多普及于全世界底各人种，并且一直继续到罗曼的爱发生的时代为止；即在今日，在某种未开人种间，这状态还残存着。从这时代——特别地从行了父家长制以后，淘汰全成了男性所行的淘汰，男性毫不因此受着影响，变化只限在女性方面了。这变化也和女性淘汰的时候一样，纯然不外身体组织上底变化。

但是等到罗曼的爱一经发现，男女间开始了相互淘汰，这状态也因而一变了。身体组织上底变化，原依然继续着，然不如从前的只是男性或女性一方面的变化，男女双方都受着身体组织上底变化了。并且如前所说，这变化决不是偏于一方的异常变则的变化，是各性质底平均化，中庸化了。

罗曼的爱底影响，不但这些，在社会学上，罗曼的爱还给与着更重要的影响。这不是别的，就是所谓进取的努力底发现。叔本华早就观破这理，他说："在真的罗曼的爱，达到幸福的努力，奋斗，苦痛，闷烦，及其他的种种的劳力是问题；至于幸福本身，实是不成问题的。"实际上，恋爱引了人入种种的危地难境，等到了最后达到目的的一瞬间，已经是恋爱闭幕的时候了。所以西洋有"恋爱不走平路"的谚语；社会学者达德氏也说，"恋爱底本领，在调和底破绽里。"要想回复这有破绽的调和，这是罗曼的真努力。

人类种属底大多数，在其为人的能力最高潮的青年期，都为这罗曼的爱而作出一切的活动，这种活动都直接影响于周围。恋爱的烦闷，必有多少使其周围生变化；这种变化，是社会上必要的东西，社会常因此促进显著的进步。自然在罗曼的爱发现的初期的时代，——或不但初期的时代，一般上流阶级中，女子对于男子，也许有提出非常无谓的要求的事：对男子要求行冒险的行为，或一味欢迎秀异的男子。像这等事，的确有的。适于这等要求的男子，如果辈出，在社会的进化上，或是决非可以欢迎的现象，也未可知。但因了这类男子底出现，勇气，名誉心，优美等种种的性质，得在男子中发达，也不无一利的。况在中世封建时代，中世武士一般的习惯，不但使其发生勇气或名誉心，此外还会使发生对于女性的种种的德义心的呢。

以上是就上流阶级说的，在下层阶级，即在当时，女子已要求生活上的保护安全，再进，就要求可能的娱乐和嗜好了。这倾向随中世封建制底崩坏而愈甚。至于近代，女子所要求的，是幸福的家庭和其他社会上的地位或生活上的安乐，更进步的要求着经济的自由。男子要想适应这种要求，非十分地劳力不可。他们不能不养成实力，勤勉业务，奉行节俭，广求知识，明确理性，努力以求适合女子底要求。一言以蔽之，这就是实力的竞争了。这竞争在社会进化上确是伟大的刺激，是一切文明建设底源泉。

但是，女子在一方也受着淘汰。罗曼的爱原是相互的作用，如果失败，女子也与男子一样，不得不受损害的。因此，女子也竭力要使自己适合于男子底心情，使男子底希望不虚，结果，女子也就随了男子底理想发达了。就是，罗曼的爱底结果，能使男女双方都平均发达进步；社会全体，也因了这爱的努力而更发达。

第五章　夫妇的爱

一　罗曼的爱底缺点

夫妇的爱,和前面的罗曼的爱,全然是异种类的感情。在某种意义上,夫妇的爱也可以说是由罗曼的爱而生的东西;但夫妇的爱中,罗曼的爱底要素,却毫不存在,并且还有着罗曼的爱中所全然缺乏的一种特别的要素。

罗曼的爱底第一缺点,在一热中于这爱,就要懒于日常业务。狂热于恋爱的男女,常被恋爱吸收尽了自己底一切。渠们只以互相对晤为乐,此外不起何等的悦乐和注意,男的因此失了业务上的热心,女的因此怠了社交上的顾虑;甚么理性,意见,差不多都因此蒙闭尽了。这时候,能鼓动渠们作事的唯一刺激,就是"我在这里作着对手所希望的事"的感情。渠们在这时,并不是对于事务的本身有兴味,只以使对手快乐为目的罢了。罗曼的爱给与世间的功绩,原是不少,但要之皆由这动机发生,决不是出于对于事务本身的趣味好爱。对手欢喜,就做;对手不欢喜,就中止。善恶,勤怠,都由对手底希望而定。在这样的状态中,日常正规的业务,当然是要荒废的了。

罗曼的爱还有一种缺点,就是反动底可怕。恋爱成功,果然是好;万一不幸,有别的原因来妨害其圆满进行的时候,从前的狂喜一变而为悲泣,结果惹起绝望丧心,甚至于演出自杀,情死等类的事。

二　夫妇的爱底价值实用

要之,恋爱是无定不安的状态,决不能有一刻的安定的。不绝地动摇着,不绝地扰乱着,不绝地狂躁着:这就是恋爱之所以为恋爱。换言之:就是恋爱是过渡的状态;是人生的长篇中夹着的一个插话;是无终局的插话;是纯然的希望。希望一经实现,不安一到安定,这就是恋爱的时代已过,入了结婚的状态了。

入了结婚的舞台以后,罗曼的爱底激浪怒涛,就此静止;从前的复杂的希望和恐怖,便一去不复返了。离别的悲痛和感伤,从此绝迹;再会的狂喜和恍惚,也不能再得了。在情热底奔动已平静的状态中的夫妇,已经不是恋爱的男女。用了托马斯,拉莱伊氏底话来说:结婚的恋爱男女,便是和恋爱告别的了。

原来,恋爱是欲望,欲望一满足,恋爱就便完结。一切的欲望是苦痛,恋爱底是苦痛,只要想像恋爱而未满心愿的状态,就可知道。快乐不在恋爱之中,是在要想满足恋爱的行为底里面。所以,活动一中止,得着满足的时候,恋爱和喜悦——就是苦痛和快乐,都就告终了。恋爱已遂的时候的心情,好像暴风雨后的船,处于动而复静的状态。自然,其中也有不耐此状态,而再起恋爱的动乱的人。这时,家庭底平和因此破灭,夫妇底和乐就因此扰乱了。

夫妇的爱与罗曼的爱底关系,很和罗曼的爱与自然的爱底关系相像。罗曼的爱底比自然的爱更为心理的,精神的事,已如前说;同样,夫妇的爱比之罗曼的爱,也可以说是更心理的,精神的。就是,在对于人类底价值实用上,像罗曼的爱优于自然的爱的样子,夫妇的爱也优于罗曼的爱。

三　夫妇的爱底历史的发达

以上大要是就了由罗曼的爱底结果而生的一夫一妇的两性结合说的。这样的夫妇的爱,原是人们底理想,可是实际却不多见。有人说:结婚在许多的地方,常归失败。这非有统计,原不能断言;就世间一般说,幸福的结婚,多于不幸的婚姻,也未可知。无论怎样,在纯正社会学上,只要把使结婚不幸的原因说明就够;至于怎样可以芟除这原因,是应用社会学底任务了。现在本著且单从纯正社会学的见地上,来论述夫妇的爱底历史的发达,再把将来的影响来加以暗示罢。

上述的夫妇的爱,在一夫多妻的社会里,当然没有。行一夫多妻制时代底没有罗曼的爱,已如前所述了;在严密的意义上,对于夫妇的爱,也可以如此说。所以,夫妇的爱,不能说比罗曼的爱先发现。夫妇的爱和罗曼的爱底发现,全限在同一的种族,同一的人种的。

不用说，罗曼的爱未发生以先，事实上已行了一夫一妇制的。但那样的一夫一妇制，多因了纯然的经济的目的而行，根柢上还只是自然的爱。将自然的爱作为一种经济的财货，满足其对于自然的爱的欲望，这就是当时一夫一妇制底基础。一夫一妇制底发现，主要是个人的平等增进了底结果。

原来，一夫多妻制底本领，在乎独占这财货；等到个人的平等增进，自由的念向上以后，这样的独占，到底不是个人所能堪，于是就起了爱的平等分配的要求。不论何时，人类底男女，其数常大抵是相等的，要行爱的平等，就要以一男子配一女子。这样，一夫多妻制颓废，一夫一妇制就起来了。不用说，这结果不是各人意识作成的，不过是自然底自发的过程罢了。社会把这结果无意识地取下来，造成了所谓一夫一妇的制度，并且替这制度着了法律的衣裳，施了宗教的色彩，于是一夫一妇就成了自然的制度，并且变了神定的法则了。

但这时代的一夫一妇制，还立在以爱为财货以妇女为财产的见解的基础上面。既将妻作为夫底财产，真的夫妇的爱，是不会发生的。夫妇间底幸福的状态，必须有了相互的人格的关系，方才发生。果然，这状态到了，妇女从财产的存在进而为人格的存在了。这样，罗曼的爱来了，夫妇的爱生了。

四　夫妇的爱对于文明的贡献

夫妇的爱，含有一个伟大的道德的性质。夫妇的爱，实是一个对于相互谦让的美德底严密的训练。一旦发现这爱的人种，愈可以促这美德底发达。

这种训练，本因了人而不同。在有些人，一夫一妇制或是耐不住的负担罢；在有些人，或只常不得已的负担，在那里勉强地服从罢；又在有些人，没有别种结婚制度，比一夫一妇制幸福的罢；甚至于将自己底配偶者，作为世间唯一的完全者来信仰的夫妇也有。在这样的夫妇之间，对于对手底所有的一切缺点，短所，是盲目的，渠们戴着和世人全然异样的眼镜来看自己底配偶者。知名的人物中，往往有这样的夫妇，像那个约翰·斯且特·弥尔，就是最显著的实例。但这样的现象，多只见于夫妇底一方，不是孝妻的夫，就是孝夫的妇。又，在这种状态中，必随伴地带着多大的嫉妒，常至于束缚对手底自由，因此而酿出意外的不幸，实在不少。说虽如此，这样的现象，要之不失为迟早总有完全的夫妇的爱现出底证据，因为所谓完全的夫妇的爱，实无非是孝夫的妇和孝妻的夫相互一致的状态。这状态一般普行的时候，就是一夫一妇制度最完成的时候了。

在这样完全的夫妇的爱中，人才入于理想的幸福状态。这是坚固而满溢的爱；是不论何时都永久持续，和生命并行的爱；是很冷静地生着根的爱；是和日常的勤务毫不扞格的爱。

最后，关于这夫妇的爱，所要添说的，就是，在社会力之中，夫妇的爱底能率，比前述的各种的爱都大的事。家庭是夫妇的爱底产物；男子在社会上所营的活动底大部分，都归着于这家庭的生活；人类底冷静而耐久的努力，多数是由家庭的温室中培养成功的。家庭实是人类事业心底最大的养成所。

如前所说，这家庭底发生，是夫妇的爱底力。人类所有的一切种属发生力中，其贡献于文明的力，别没有像夫妇的爱这样大的。一想到此，觉得欧洲——特别地是最近的三四世纪——底能在历史上成就非常伟大的文明造诣，决不是怪事了。

第六章　母的爱

一　母的爱，父的爱和亲的爱

有人称母的爱为一种的本能。母的爱是有机的，又是人体组织上固有的本来的感情；如果以此为理由，说母的爱是本能，原无不可。

母的爱和父的爱不同，和亲的爱也不同。可是许多学者——特别地是为男性中心说所蒙蔽的许多学者，把这等意义全然不同的爱混在一处，不立何等的分别。像斯宾塞氏样的唯理家，也尚不能脱却此弊。例如他在他所著的《社会学研究》中这样说：

"……这样把人底精神分量地区分了以后，须再把男女相互的关系和男女与其子女的关系关联了，来考察精神底品质的区分。原来，所谓亲的爱，穷其本来，是对于无依者的爱，也是父母双方共通的现象。但论这爱底强弱来，当然是母强于父。男子底本能，不但对于自己底子女发动，一般地对于一切比自己弱而依赖着自己的人们发动的，比女子底本能，更为概括。"

从此看来，斯宾塞氏明明把三个全异的概念，——就是把母的爱、亲的爱、同情，互相混同在一起。母的爱和亲的爱（即血族的爱），都不是立脚于同情的爱的。即使这等爱中含有着同情底分子，然这是从外面添加上去的要素，本来全是没交涉的。所谓同情，原是人类道德的性质底基础，是高级理性底产物。如果理性不发达到能在自己心中反映出他人底苦痛，把彼当作自己底苦痛来感受的程度，同情是不会发现的。至于母的爱和亲的爱，都是依了为种属保存的条件的"适者生存，益者存续"的理法，而种植在人性中的欲望。斯宾塞氏却将这两者底根本，都认为"对于无依者的爱"了，他在这里面，实有着最大的谬误。对于无依者的爱是同情，同情是生物中有着高级理性者底特有的现象；但母的爱，不特人类始有，大抵的高等动物也都有的。

二 母的爱和性的感情

母的爱是哺乳动物底特征之一,是和哺乳作用有直接关系的感情。哺乳动物底乳房组织,本是性的组织底一部,所以母的爱,本质上可认为性底属性的一种。伊里伊·彭·代准卡博士曾说:

"哺乳动物底女性,对于幼儿,都有着一种的感情,就是母的本能。这本能明明是生殖作用底一部。又,这本能当作生殖作用底一部。其发现主是性的。"

由此观之,博士明明将严密的意义的所谓本能,和动物对于幼儿的保护的感情混同着。但较之斯宾塞底将母的爱和同情混同,谬误还算不大。

哺乳动物底乳腺中,附有着许多的性的神经,于吸乳的时候,为母的可以受得很强的性的快感。因有这快感,母更喜以乳给子,结果,子底生命得以保存发达。母的爱和这性的感情有密接的关系,并且是直接由这感情而生的东西。所以,唯有哺乳动物有母的爱。别的动物中,或者多少有这爱底萌芽发现着,原未可知,但在今日,我们却未的确明白。

母的爱底特色,在保守的一点。所以当做社会力来看的时候,只是一种消极的活动。可是,有时竟有发出绝大的力量来的,母的爱在人类中,常是大悲剧底题目。诗人中描写母的爱的,还没有人能及嚣俄。他在他所著的《九十三年》中,写叙母救子的光景,且加着这样的评语:

"母底爱情,是问题以外的。谁都不能和母底爱情竞争。母是兽。唯其如此,人所以感着母底壮美。母底爱情,是神圣的动物的本能。母已不是一个妇人,实是女性自身。"

嚣俄底话不错! 母的爱最高涨时,就在那女性中心的时代。当时的女性不但是种属自身,并且掌管种属上一切的事情,又且淘汰男性。不但是母的爱,一切的母的勇气,母的能率,都因了这长期间的女性训练而得发达的。

将来男女平等如果实现,这母的爱当更现出强旺的活跃来罢。又将来在艺术上女子如果能自由发挥伊们底力量,那时这母的爱,当成装饰人类艺术的花罢。

第七章　血族的爱

血族的爱，恐怕是人类特有的感情罢。要想把这感情和其他一般的同类意识严别了来加以发生地考察，自是困难；然这感情究有特殊的形式，确可以作为一种特别的感情而论的。

血族的爱又和母的爱起源不同。母在母的爱以上，还可更有这血族的爱。血族的爱，就是亲的爱。子对于父母的爱，兄弟相互间的爱等，都是血族的爱底一部。

人类在营群的生活的时代，群员相互间，曾有爱着之念。渠们在父家长制之下，因为不明白真的父是谁，遂互以兄弟相待了。现存的未开人种间，在父的意义还未能明暸的种族，族员也还是兄弟。

这爱底社会的价值，在能作成同种族员间一个的血族的连锁。可是，要充分理解这爱底社会的意义，先须考察其消极的方面。不独这爱为然，前记的各种的爱，也都可以从消极的方面来观察的。原来，所谓爱者，其反面必有憎。憎底反拨力，有时候比爱底亲和力更强。在自然的爱，罗曼的爱，夫妇的爱中，憎底发现，通常是取着嫉妒的形式的。嫉妒在他动物中，是一个绝大的动力。不但动物，即在人类，于某程度内，也是如此。嫉妒底活动，主为生物学的，是一切男性竞争底动机。那可怕的武器和筋肉体力底发达等许多显著的第二义的性的特征，都由这嫉妒而生的。

以上是就生物学的方面看的；如果从社会学的方面看，嫉妒底影响，主是破坏的，就是反社会的。

母的爱底反面的憎，却不是嫉妒，倒是一种杂着恐怖的憎。这憎就是对于一切危险及威吓的敌意。所以，不管是人类，是动物，乃至是物品，如果遇着有妨害母的爱时，都要现出激烈的憎来攻击。

在血族的爱——特别在作一种族间底连锁的血族的爱，其消极的反面的憎，常作为人种的反感而发现。这人种的反感，不但是未开化人，即今日的文明人种中，还依然残存着。古来战争底主要原因，多数是这人种的反感。

人种的反感,因了两种的意义,为社会进化底动因:第一,社会的构造底最重要部分如法律,国家,民族,国民等,都由这反感而生;第二,因文明底交叉结合而生的重要的社会的进步,大抵基因于此。

但这是涉于个体发生力,就是涉于食欲的研究的问题;这里单述了前记的暗示,结束了这书罢。

(民智书局,1924 年)

1926

武者小路实笃氏的话

[日]武者小路实笃著　　丏尊译

　　下二短文，见之于武者小路氏近著《自然，人生，社会》中。原书本年春才出版，二文都是"五卅"以后作的。特译之以介绍氏近来对于中国的态度。

　　氏是日本有数的同情于中国的人。文中很可看出他对于中国的热望及忠告。我们读了真当感激。至于说日本不是野心国，似乎难令我们相信。但我们只要知道氏是日本人，这是在日本讲的话，一切也就可没有甚么了。

译者记

伟大的支那

　　上海的暴动，在新闻上报道着。

　　真相原不知道，暴动当不至于一无结果。但胜利大约归于暴力更强的有钱的一方罢。除米价暴涨以外，革命是无希望的。在市民全体未到不能得生活的安定以前，好比投石入池，尽量投去，到投毕以后，池的面孔还是泰然自若罢。

　　如果说实话，俄国人在人间中实是我所爱好的。厉害的人原不少，总觉得有正直的处所。可是对于现在支配着俄国的犹太人里的有些人们，却无论如何不能信用。犹太人里原有许多好人，但要想支配俄国的人们，总似乎太乏味。他们在利害关系上很敏感，有着说谎的铁面皮。列宁还总算有着正直的处所的。我恐怕支那做俄国的牺牲。如果说现在俄国政治家们和从前一样，有着渴望世界劳动者和农民的幸福的热情，这在我不能相信。

能够听到俄国劳动者和农民的内心之声，证明我的所见是谬误，我就欢喜。

至少，真爱支那的，除了支那人自己，不得有别个。真爱支那劳动者的，除了支那劳动者自己，不得有别个。彼此互相利用原好，被利用就无趣。不消说，我在这种方面原是外行，说到这里，自己也有些怕谬误的。

我望支那当作世界的先进国而给我觉醒。万不可作俄国革命的伴侣。不消说，支那现今正陷入着非常困难的地位。幸而，学生似乎有着团结力，除联合了这学生们的力，把支那好好地再造以外，一时也无别的希望了。这些学生们的有着崇拜俄国的倾向，却不是有趣的事。我以为克鲁泡特金的思想，似乎在支那最适合，中央集权，是支那所不适的。可是，无论怎样说，现在的时代，总是暴力得势。金钱原也必要，但这也因为它可变为暴力的缘故。正义原也必要，但在其力不能破坏暴力时，究竟不是暴力的对手。

在我们生长在岛国的日本的人，想像支那的事情，自不适当。但总觉得支那尚未达到能平和成长的境地，是一个非起何种形式的革命不可的国度。像现在样国内不绝地的自己战争，是不好的。其备受外国的侮辱，亦可同情。支那和印度朝鲜是不同的，各国应把支那当作独立国加以尊敬。但在这里，支那必须先用了自己的力谋得统一，镇定马贼与军队的跋扈。

用了军人的武力把支那统一吗？或是学生们抬起头来吗？除此二者以外，我看支那一时没有统一的希望的。光是劳动者，金钱不够持久。

我以为，在支那，日本无论如何是易与的国度，可怕的是俄国与英国。在目前，英国最可怕。日本或许有非常性质不好的地方，却是无野心的国度。这样一说，也许有人就要轻蔑日本，似乎不大妥当。但我总以为日本是易与的国度。说句羞人的话，被玩弄在居心不可问的国度的掌中的，就是日本。日本没有一个可怕的人，也没有一个居心不可问的人，虽稍微有几个无神经的一厢情愿的，但因了国民的舆论，可以自由裁制。此外，只要略有气概的就都很坦白。支那对于日本人可怕的只是武力，那末，只要不和日本战争就好了。日本就作了蛇，要吞支那也嫌太小，英国与俄国，却是有着吞没支那的力量的。俄国在蒙古一带的办法，与英国对于这次上海事件的态度，都可使人感到这层。那和日本政府与新闻的忽上忽落的态度，情形全然不同。

日本横竖吞不没支那的，所以也乐得把支那认作对等国，极端地加以尊敬。为了少数资本家的利益而把国策错用，实是愚举。支那劳动者工资提高，于日本并无损害，并且上海也并不是日本的地方。

支那是日本的雇主，日本弄得自己被支那憎恶，并不是聪明的弄法。如果为了正义，或是为了人道，那末就是牺牲了一切损失，当战的时候也有战的必要罢。如果单是利害关系的偶发事项，那末应该大了度量，在支那的国土里尊重支那人的意志，做不到的事，只说做不到就好，漫用高压，是无趣味的。

支那的学生们应知道何国可怕，何国不足怕。切不可贻可怕的国度以口实。与其图一时的快意，宁顾到支那将来。关于这层，支那人当已比我熟经考虑，但我觉得还很有考虑的余地。

我的所说或少有过了分及看错的地方，很自恐缩，但我总不禁这样想。我对于支那抱着大希望。希望着世界未曾有的救济人类的思想所有主及其实现者出生。排外当作一时的方便，觉得也非得已，但望勿徒无谓妄动。日本的多呆子，是日本人的耻辱，又，应该忏悔的事情也正不少。但，真能知道支那的优处，真能尊敬支那的国度，不是日本吗？我想。

实际上，日本从支那受着许多的教，许多的恩。能衷心知道支那的人种的伟大的是日本。日本的呆子，或轻蔑着支那，日本的聪明人，是对于支那的觉醒，对于支那全部文明的振兴，实抱着大大的希望的。

支那对于人类的使命

我不深知道支那的事,慢然地来说,未免有些狂妄,也有些对支那不起。但是终于想说一言者,因为我觉得全世界今后觉醒的国度,除了支那没有别国的缘故。并且觉得支那能不失了自己的特色而发展,于人类有非常重大意味的缘故。"落后的在前",这是真的。如果日本在世界中负着最进国的使命,那末,其次能成更大的世界的事业的国度,除了支那没有别个。再次起来的或是印度。未来的事情虽不可豫知,但支那存呢?亡呢?只管这样下去呢?还是真成了统一,当作世界最丰富的国而觉醒呢?在世界都是重大问题。

但愿支那不强,内乱继续下去,支那的文明,也不要再进步:这样希望着的国度,似乎觉得很多。或者日本也陪坐着末席,也未可知。但是说句真实的话,非望支那强盛不可的,不是俄国,是日本。英国不必说。

支那如果亡了,如果被各国共管了,最难堪的就是日本。支那并不为日本而存在,日本如果亡了,在支那也是大事。这两国是须得共存的国度。不消说,无论俄国或是英国,用起野心来,也能与支那要好罢。支那不应为各国(日本也在内)的利益而牺牲。可是在现下却不能说没有这危险。唯其野心家都虎视眈眈,各不相下,支那反得了救。如果是一国(日本因为贫弱,虽可安心),早已被吞并了。支那应乘了这列强均势的机会,在内培养强大的力量。为谋国民一致起见,利用排外思想也好,但国内武力的不统一最足使支那受苦。武力统一,原是不快的事,可是支那今后用了甚么形式取得国内的平和呢?仅用罢工的手段,是不能救支那的,我想。如果一借外国的力,就可致命,支那将因此化为战乱之巷了。

但支那总不会停滞于现状罢。想必在取了任何的方式进展着。国民的自觉原是急务,所要紧的在知道自己的能力。一时一时的狂热号叫也好,但在相当的时候即须停止,造更好的时期,或等待更好的时期的到来。国民的教育，自觉自治的精神和能力的养成，很是必要。武力因了国民的舆论，也是可以变动的东西。

听说，支那是思想最自由的国度，是无人能把思想取缔的国度，但却是曾产生大思想家大政治家的地方。杰出的人物能共同起来造成强有力的舆论，再随时利用排外思想，这似乎是聪明的办法。不过排外的行为，切忌深入，口只管大喊，须知道敌却在别方面。只要国民的力一增加，外国的事情，就容易对付。现在就贻外国以战争的口实，却是愚举。

这类的事，觉得不必劳我赘说。我所要说的，是支那的对于人类的使命。

支那如果不强大奋发起来，世界就将失其均衡了。

支那的特色，今后将愈有活力，和埃及或希腊情形不同。支那在过去，确曾有过大大的人类的贡献，不至于灭亡。支那内在的活力，将教今后的世界以不同的人生观，不同的生活方法以及趣味。世界近来对于支那精神所寄托的文艺，急起加以注视和惊奇，对于那真挚的，精神的，个人的，与人类或自然直接相触的生活，重新惊叹起来了。支那的力，从自然得来的。那种乐自然的生活任天命的态度，实暗示着人类未来的生活。虽然支那并不人人能如此。

现在支那的进步的人们都仿效着欧洲的思想和生活。但到了尽量仿效了以后，支那必将回归于原来的支那，在那里寻得故乡罢。

人类或个人知爱自己的父亲的自然，在人类的调和平和上是必要的事。乐天的平和，不认有个人的神的爱，一面在乐天的思想里，畏敬自然的意志，而又深挚乐服的生活：这将对于崇拜欧洲思想的人们，给予一种清鲜的空气罢。

在生活困苦的人们，在生活上非困苦不可的时代，这事也许被认为无意味。但到了各自有一定的工作，工作完了以后，得享乐自由，别无生活上的忧虑的时代，这事将表出大价值，给人们以新鲜的，健康的自他无碍的悦乐罢。

支那的在亚西亚，和其土地的广大，我很快活。救援日本的，不是南美，也不是南洋，而是支那的山间，我在这样想像。不用说，那时日本人不是使役支那人,乃是作为友人或是兄弟互相尊敬而生活的时代。

现在的日本人,至少有心的日本人,应真为了支那而行动。只顾一时的利益的,我觉得可以认为国贼。但日本人似也已自觉过来了。

(原载《文学周报》第 236 期,1926 年 8 月)

中国的国家秩序与社会秩序

[日]长谷川如是闲著　丏尊译

甲　中国一青年。

乙　某日本人。

甲　我如何才好啊！

乙　这话的意思是？

甲　我是说，我国现在混乱如此，我们作中国国民的，应取怎样的生活态度。

乙　这是要想把中国怎样处理的问题呢，还是你自己一身上的问题？

甲　是两方都有关联的问题。凡是中国的国民，对于本国的混乱状态谁都有着没法的责任。在别一方面，处在这混乱的中国，当作人民的一分子还得选择一条生存上最善的路。究竟要怎样才好啊？

乙　这到底不是我辈所能解答的问题，如果不握到那解中国谜的锁匙，谁都不能解答这问题罢。

甲　但在我们，这决不是闲问题。在这混乱的中国，我们要怎样才能像人地生存？

乙　"混乱的中国"，你屡次在这样说，但我不认中国是从混乱构成的。

甲　不是日日如报纸上所载的样子，一塌糊涂着吗？

乙　我新近曾游行贵国，无论到了那一处，都很平和而有秩序。乡间呢，农夫悠然地从事耕种牧畜，都会里呢，商家用了惊人的势力在发展，丝毫看不出甚么"混乱"的样子。

甲　那是你没有跑到那混乱着的地方的缘故。

乙　北京也正在无政府，从新闻上看来，似乎是在混乱状态中了。切近的南口一带，联合军和国民军对峙着，北京城内城外，常见到出征军，但是却都没有"混乱"。

甲　可是你所见到的是表面，里面在借了征发之名行其掠夺，一到真的战争起来，军队所在的地方，人民的生命财产，就差不多没有保障了。

乙　这也许是这样。我有一次想雇驴马，到处问都说没有，这一半自然因了被征发的缘故，据说一半也由于怕被征发，故意把驴马暗藏起来的。商家或饮食店，在军队驻扎地的，都贴了"货品卖完"，把门闭着。北京最热闹的街市上，也有许多店关起门来，就是开着门的，也把商品藏匿着，防备似乎非常严重哩。

甲　这就是混乱状态，我国是慢性地存着这状态的。

乙　不一样，一方有一个不混乱的中国，他方另有一个混乱中国的某物，这某物与中国，是两种东西。所以中国未曾混乱。

甲　不混乱的中国在那里？中国的社会全体是混乱的。

乙　所谓社会的"混乱"者，普通的意味是破了生活的协同，简直点说，就是社会停止了适于生存的活动。你以为中国的社会，其组织不适合于生存的继续了吗？

甲　是的，中国的国家，全然不依遵着适于生存的途径。

乙　但是，中国国民不在用了猛烈的势焰把生存扩张着吗？我隔了四五年到中国一看，全然吃惊了。到处的都会，从日本起，凡是外国人的生活，都听到渐增困难，而中国人的生活却愈趋繁荣。都会膨涨了，原野开拓了，蒙古的荒野，眼看不久就要变成沃地的样子。在这种状态之下，还可说中国的社会"混乱"着吗？

甲　但是在别方面，有军队和职业的政治家跋扈着，一旦他们用了某种形式表现其势力，人民的生活就要全部扰乱，一夜之中可化都会或村落为墟。状况如此,中国的社会,果能继续生存下去吗?

　　乙　乱暴的侵入者虽常这样地来压迫生活,而却能如方才所说的样子,蓬蓬地把生活发展,这是贵国的人民。中国的社会,有这样的强有力的统一和秩序,不是强硬地在那里行着生活的过程吗? 如果是日本人,在这样的境遇里只要十年,恐怕就要不堪设想社会真要被混乱支配了罢。你们的国民日常虽受着混乱的破坏力,而却能那样地发展,所以我说中国决不曾混乱。

　　甲　但是,你所见到的都会的发展,背后也必有秩序井然的政治的统一,都会靠了这统一,才得发展的。沿日本管辖地的中国都会的所以能发展,也因为日本的政治的权力足以维持其周围的秩序,给与以组织的统一的缘故。像张作霖样的军阀,对于奉天—都会秩序,也在维持的。因了这权力的统一,奉天—都会的人民的生活得以发展。由此可知,在中国,政治的统一,最为必要了。可是,目下中国全体还没有这样的统一,所以只是混乱着。如果没有这混乱,中国国民,不知将怎样发展啊!

　　乙　这不错。但从一面想,中国国民,古来并不是因了所谓支那帝国的权力的统一把生存持续发展,倒是反抗着这权力对于生存的压迫,用了自己的生活力和组织,发展到现在的罢。受那统一的权力的生活组织,只是那中心权力的所在地的都会而已。无论在何国,所谓都会,并不是产出生存力的组织,只是把生存力来交换消费的市场。都会在背后,非具有广大的生产地域不可。国民的生存所赖以支持的根本,就在这生产地域的组织及秩序上。无论那一国,都会自古都是以军国国家的权力为中心而繁盛的。可是,这都会的生活组织,乃所谓文化的构造,其自身是一种无生存力的社会组织。在中国,这都会的发展,当然也是以军国贵族的权力为中心的罢,这都会生活,决非支持一大民族的生存的东西。都会乃所谓文化之花,在军国时代则开军国生活的花,在资本主义时代,则开资本主义的花。因了时代的构造的变迁,或兴或废的。支持民族生活的根本组织,不在这都会,乃在作这都会的背景或动力的全国的生产地域。或是农业,或是商业,各被分配在生产地域的生活上,国土的生存力,就用这平均状态来计算。并且,这当作生存的底力的生产地域的组织，无论何国，都基于自身的社会组织的秩序，就是不待政治的权力的统制——由其自身的组织发生——的秩序，就是所谓"帝力于我何有哉"的组织。中国的这社会秩序，想也不是赖了古来的军国国家的荫庇而才得的罢。你以为政治的统一没有，中国就会灭亡。那末，你对于现在因了自身的组织而蓬勃发展着的中国社会，作如何观呢？

甲　但是，无论何国，政治的统一的巩固组织，不知对于其全国的进步上要发生如何效力。日本的维新前与维新后，所以有那样的差异，不是政治的力吗？

乙　社会的事，量苟不同，质也就变。同一原则，不能律其他空间的条件不同的社会。像中国样的国度，古来只赖了所谓帝国主义而得统一，换句话说，只因了罗马帝国的发生而统一的。所以，所谓支那帝国唯在帝国主义有可能性的期间，可以存在。换言之，就是除了军国的统一以外，中国的政治的统一是不可能的。罗马帝国在现世已无成立的希望，现在中国的不统一，恐也由于这一般的事实罢。

甲　那末，你以为中国不能国家地统一吗？

乙　这样的大问题，一时原难以答解。但所谓帝国的统一者，本来就是军国阶级的统一，这在原则上和社会的生活的组织没有交涉，只是站在掠夺生产阶级的生产所得的组织上的东西。所以，帝国的统一，不能成就社会的生活组织的统一。不用说，在军国的必要上，广辟交通机关，是帝国国家的特色，这间接可助成生活组织的统一。罗马的统一，为欧洲的生活平均的基因，亚历山大的远征，曾有使亚欧生活平均的效力。但社会的生活秩序，却不一定依赖帝国的统一，自己会支持生活的。生产地域，商业地域，自有其本身的秩序，有着和军国的统制全无关系，并且和他对立反抗的组织。中国想必也是如此，帝国的统一的结晶，只极局部地作了都会文化之形而出现，只创造了军国贵族阶级或政治阶级的生活及助长这生活的都会生活的组织，至于为中国全土人民生活的背景的广大的生产地域的生活秩序，不但不能造成，并且没有接触罢。中国人民或许未曾有过那像中世封建时代职业团体样的巩固积极地和军国贵族的统制相抗的公然的组织，也未可知。但中国的社会生活的组织及秩序，自身有着顽强的统制，曾能用了这统制与军国的统制对峙，自无可疑。欧洲的职业团体，其自身的秩序原由约章公然获得，而中国则似乎是藉了秘密结社来反抗军国的统制的。即在今日，秘密结社最多的国度，仍要推中国为第一，据说这种秘密结社，其组织的广泛完全，无可比类，这只是中国人民把那所谓用自己的社会生活的秩序反抗军国的统制的当然的社会行动，变态地发展了的东西。结果，中国的军国的统制，对于人民自身的社会生活的秩序，将要怎么都不可能了罢。

甲　那末请问，对于中国现在军阀的私斗和职业政治家的政争等的当面问题，你方才的话，将有甚么意味？中国的人民，因此，要怎样才好？我作了中华民国国民的一分子，应该取甚么态度？

乙　对于这当面的问题，我想，你们做本国人的应丰富地握着判断的材料。从了上面的见解，把现在的中国当做一个历史的过程来观察时，我的认识对象，可以说和你们全然不同。我所见到的，是组成着生活历史的方面，就是所谓生存过程方面。把社会当作集团生活的过程来看，第一就不得不着眼于支持着社会的生存的集团行动的组织。要看究是怎样的集团的行动在造着中国人民的社会的生存的过程？在这组织上立脚了再来决定生活态度。现今在中国社会的上层所流行着的军阀之争和政治之争，和中国的社会的生存过程，绝对是别种东西。北京的内阁，就是几日没有，中国的社会生活的组织，并不就会混乱；国民军与联军战争起来，在战地的附近，也许被混乱，但战争一过，农民就在这战场上莳种牧羊，继续他们的生活了。所谓混乱，恰如地震的样子，其袭到某部分的当时，把那部分扰得不成样子，但地震一息，人民的生活秩序自身，就立刻会把破坏的痕迹恢复原状的。支持中国的社会的生存者，实即生存组织自体的秩序，和军国的秩序，政治的秩序，都没交涉。二者常和地震似地把生活秩序一时混乱，及势力一退，生活秩序即重新萌起芽来。这力是中国人在数千年来军国的统制之下，当作支持自己秩序的组织而滋荣到现在的一种社会的原素。中国数千年来曾因了人民自体的社会的秩序支持其生存了，将来也会因了这组织的生活力而繁荣罢。军国的统一和政治的统一，或有或无，都不是中国人民生活上的死活问题。

甲　但是,现在这使生活混乱的力,正焦急地临在中国人的头上了。将怎样对付才好? 你关于灭除军阀和职业政治家的方案,有怎么高见?

乙　这在贵国已是盛行讨论着的事,用不着我再说甚么了罢。有人说,如果不把外国的势力从中国除去,中国的军阀和职业政治家永不会消灭。确是有见之言。但这实和说"要除洪水只要把水素排除就好"的议论一样,理论原是不错,外国的势力在世界中存在以上,究竟不是容易解决的问题。理论的大多数,都是与虎谋皮一样,只是一种空论;这是贵国人近来也所常吐的叹息。对付当面的问题,有时或须从极迂回的顺序的着手,也未可知。欲速则不达,历史的顺序,在某一意味上,也许最是直线的径路哩。

甲　所谓历史的顺序是?

乙　如前所说,我们是把历史当作社会的生存过程看了的。问题就在社会史的发展,在中国怎样进行着? 社会史会破坏军阀的历史,会破坏职业政治家的历史。这过程在今日的中国怎样地进行着? 要先把这确切地认识了才行。换言之,把中国人民的生活秩序打胜军国的秩序为政治的秩序的过程,设法促进,是第一义的事了罢。

甲　你觉得现在的中国,在向着这方面进展着吗?

乙　我游行中国的都会,巡回中国的农村,觉得在军国的秩序以外,遂行着自体的发展。更深一步加以观察,觉得军阀阶级和政治阶级正在和人民的发展成了反比例退缩着。自然,在一个以军国的势力为中心的都会中,就其商人的逐渐得势的表面现象看去,也可同时想像到都会贵族政治家势力的增大,但事实决不如此。商人的组织,也无非是一种的经济组织,这组织的发展,同时军阀及政治家的势力,在下列的两种意味上是退缩着的:一是他们因了这经济组织变化其掠夺的方法,一是军国的势力以及政治的势力在经济势力之前渐失其优越。昔时的军国贵族,可以从商人作予取予求的掠夺,现在呢,兵队虽尚可有零碎的掠夺,至于军阀本身的有组织的掠夺,是不可能的了。因之,他们在掠夺上也就变了方法,就是军阀自身来营商业。在现在,凡是有力的军阀,都就是资本家,都是商人的同行。这正和英国的军国贵族从地价的掠夺者移到资本家去,是同样的过程,就是渐从以武器去掠夺移到用资本来榨取去了。听说从前中国某地方的军阀,被他军阀战败了退却时,曾有把地方掠劫一空的事。现在却不是只把官有金席卷而去,连银行的钱都不染指吗?兵队在这种时候,虽微有劫掠,但这是由欠饷而起的现象,军阀正自在极力防止着。因为军阀在现在已大半是资本家,他们的信用虽不惜军国地亡失,而当作资本家是要努力保持,不肯任其亡失的。中国商人的团结非常巩固,对于内部中的信用破坏者,常取极端严格的手段,故在军国的生命亡失了以后还想作了资本家而存在的军阀,早已不能再像古昔军国贵族的样子,蔑视经济的秩序了。还有一层,就是军国的势力,在经济组织之前,已渐失其优越。所谓政治家者,在这意味上,更是践踏着从所谓军国政治移到经济政治去的当然的过程罢。这样的事实如果不存在,那末,像数千年来由甲军阀移到乙军阀,由这政党移到他政党的样子,军国的斗争和政治的机构,今后仍将连续不已罢。但像方才所说的事实,是世界的事实,中国入了世界的商业既已有百年,同一世界的事实,在中国也自然不能无作用。如果这话不错,那末社会史会替代军国史和政治史,创出新的中国来罢。

甲　那末,在这过程上,我们的努力应向那一方面?

乙　毕竟除了社会史的创造以外,没有别的方向,生存过程上的集团行动——就是生产地域的生活行动,会像改造维新后的日本一样,把中国来改造罢。

甲　这用一句话来说,是怎么?

乙　要用一句话来说,原是难事。如果勉强地说,或者可以说是:生活的科学与组织的科学相一致的行动罢。一切都归着为那形成社会史创造之根底的行动。

甲　具体地说来是?

乙　具体地说:生产阶级的行动,组织,秩序,将如支持过去的中国的样子,把现在的中国来支持罢。过去的生产社会的行动组织及秩序,所与将来的不同者,只在缺乏文明的科学一点。所以只要在中国过去的生产地域生活的行动组织及秩序上,加以科学,就完全成了支持文明的中国的生活过程的创造了。

甲　那末,这结果是用了经济生活,去和军国生活政治生活作新的对抗罢?你对于军国运动及政治运动,是全然悲观的吗?

乙　在现今的情势还未消除时,觉得这些过渡的行动,也十分必要。中世纪的职业团体,曾不能不有军队。今日的中国,为欲维持地方生活,有备自卫的军队者。这种行动,当作过渡的过程,也是必要。资本主义既已不仅利用军国主义,有的且积极地自己拥有着军队。和这一样,当作中间过程的一时的行动时,不可一味妄想以高远的理想来支配行动。行动不是真理的享乐,乃是非遵从现实生存的机制的极当面的问题。要食美味的米,就不得不去肩肥料担。

甲　那末,你认军国的行动和政治的行动,对于现在的事情,还是有力的吗?

乙　是的。但如前所说,所谓军国的行动和政治的行动,极对要是促成社会史的创造的性质的东西才行,否则我以为决不能有贡献于中国的生活。基尔特是职业的组织,生产行动原是其集团的目的,如果把主客颠倒了,以政治及军队为其集团的目的,基尔特就会灭亡。僧侣为维持寺院,有时竟也有置军队的事。这所谓寺院,已失了宗教团体的性质,是因把寺院当作政治团体或财货而发生的变态现象。中国的关于军事或政治的行动,如果陷入这样的主客颠倒,那末目的就要失去,并且,军事行动和政治行动,在性质上当然是产生新阶级的生活意识的东西,其结果必至陷入主客颠倒无疑。能确实不带这倾向者,在中国恐也只是生产阶级的运动而已罢。军阀的军事行动不必说,就是商务总会的军事行动,只要一经完成,也必至产出一个的军国政治的。

甲　我一身上的问题,竟牵涉到了意外的方面了。那末,我究竟将怎样才好呢?

乙　呀!?

————《改造》"现代中国号"————

（原载《一般》诞生号,1926 年 9 月）

1928

关于济南事件日本论客的言论二则

吉野作造与长谷川如是闲的话

对支出兵

〔日〕吉野作造著　　丏尊译

　　为保护居留民而出动的帝国军队不意与支那南军的一部队冲突，结果竟至将展开可悲的日支交战的一大修罗场。据说，现在居留民已集避于一处，为谋出动军队的绝对安全，战线的广阔已到了相当的程度了。既出了鞘的刀，非求其入鞘不可，如有必要，原也不辞拼了国力，为帝国的名誉与利益而继续战争。我们为国民的，对于为此而直接受着大牺牲的在外数万的将卒，实不知宜作何等的感谢。说是战争无确实的名义，就把远在异域劳身劳心的正直的兵士的至诚，加以蔑视，是不应该的。

　　无论如何，像此次似地与支那开战，在我国是一大不祥的事。不问直接的责任在哪一方，因此而起的双方的有形无形的损失，是不可胜数的。尤其是我国，现在是不消说了，一想到东洋的将来的地位，真堪心寒。（1）第一，在我们并无与支那开战的理由。不，无论如何，对于支那交敌的事，在现在非竭力避去不可。为甚么要这样说呢？现在尚未到说明的时候，暂且不提。只就了这一点说，这次事变的不祥，也可明白了吧。（2）并且，这次事变今后颇有扩大之忧。战端之起，虽由于彼方的挑发，但实际形势，南军全部已对我表示绝度的反感了，为自身防卫计，大非容易之事。因了从青岛至济南一带的保障占领,是否可以完结,殊未可知。战线愈扩大,愈增加支那国民的反感,这在我们尤当顾虑。这样地使两方对峙了愈相反目,果是期望日支两国的和平的我们,所能容忍的吗?

上述诸端的恐虑,结果不将使多数国民对于对支军事行动上全然失去热意了吗?但这实起于对于这军事行动的原因的政治动机的疑问,不应就认作国民对于出征将士的冷淡。出征的将士,和应否出兵的政治的决定,全无关与,他们只是从了这决定,忠实地尽其任务而已。对他们表示满腔的感谢,不是我们国民应尽的义务吗?正惟其恐国民对于这次出兵的同情稀薄,我们对于这次的出征将士,愈特别觉有寄与多大的同情必要。

对于出征将士的同情感谢,与关于出兵是非的政治的批判或责任,是两个问题。即知道了本无出兵的必要,也不能在中途说班师等类的话的。唯排了群议决然出兵,政府实有着应负的当然的责任,这责任是无关于出兵的成败,永久残留着的,在国家的大计上这倒是重大问题不应为战争的喧扰所眩惑,就把这重大的政治责任付之等闲。

关于山东出兵,应议论的政府的责任问题,大要可有以下的四方面。

(一)先就了日本对于支那的正义问题想,日本的山东出兵,事实上显是彼国南北两军内争上的一大障碍。日本在正义上对于这双方应取如何的态度呢?幸而尚没有公然援助北方的议论,世间对于其结果间接与利于北方的批评,却意外地宽大。但假定北方成功,南方失败,事实上是我国的利益,在未经公然与北方结同盟以上,假了名义屡次去遮南方的进路,究非普通的情形所许可的。这里所谓"普通的情形"者,是有特别重大的理由,不在此例之意。

(二)特别重大的理由是甚么?在这里是继起的问题了。这原是漠然的说法,如果于日本帝国的生存发达上有直接关系的重大理由,那末向支那要求暂时隐忍,也并非是无理的事。但所不可不熟考者,场所是在彼国领土的中原,而且时间正在他们为了国家的更生,决死地奋斗的当儿。将这诸般的事情合起来考察，只因了单纯的"居留民保护"的理由，就能使彼国人完全容忍吗？关于这问题，当去年的山东出兵时，本志（《中央公论》）的持论（参照七月八月两号）今尚自信为正当。要旨是这样：虽然苦痛，务须赶快把居留民撤回，以期不作支那人们的障碍。

（三）即舍了国际的正义的问题不讲，只就单纯的利害打算的观点来说，为了山东一角居留同胞的利害：果值得化这样的大牺牲吗？我并不是说这许多同胞的厉害可以全然不顾，觉得为了避免干涉支那的内乱，还是暂时迁回了好。或者有人要说，把好好安住在那里的人迁回，是可怜的。但结果引起了排日风潮，在南部的更大多数的同胞，不是要狼狈得不能不迁回了吗？或者有人又说，迁回的损失甚大。但屡次出兵，在非出本意的战争中去流高贵的血，其损失不知几倍于此呢？要之，这次之战，不消说不是日本帝国所喜于从事，只要居留民迁回了，当然可以避免的。在这理由上，民众于事前也曾强烈的吐过反对之声。及一旦决行了出兵，我们民众虽主张应贯澈到底，期收最后的效果，但回溯当初，对于现政府的无视了最初可以豫测的结果，竟决行出兵，大大地须追究其政治上的责任。

（四）对于结果可以豫测的话，也许有人要插异议。说，两军对峙，并不定会冲突。我方军队的派遣，目的只在单纯地保护居留民，并无妨碍彼国军队行动的意思，只要双方能用了诚意忠实地各守范围，应毫不发生冲突的。但这只是毫无用处的屁理由。在现在，此种抗辨，即形式的国际谈判的席上，尚且已不流行，至于政治家当论述决定政策的理由时，这种愚论，更是断不容许的了。况种种情势，证明着政府当局比之一般民众，更实早曾豫料有这种不祥结果发生的呢？何以故？（1）第一，今日的支那，不论任何理由，对于日本的出兵，都抱极端的反感，这是只要略知彼我形势的，就谁也都知道的事实。（2）并且，屡次出兵都援助北军使南军的目的挫折，鉴于以往的事实，这屡次反覆施行的老调，将怎样地使南军的神经激昂，也应早可十二分打算到了的。"田中内阁与支那北方军阀有特殊关系"的支那方面猜谣虽可付之一笑，但我方的出兵使彼等怎样苦痛只要看彼方为求谅解曾派过几次的密使，就可知道。在这样明白的情势之下,断然出兵,不能不承认政府别有用意的了。(3)还有,政府所不能不警戒的,是赤俄共产党的活跃。关于此,前次因了南京事件,彼我两方都曾尝过苦的经验了的。支那方面对此已用着甚深的注意了吧,我国也不当安心以为可以无事。方今赤俄系共产派究用怎样的决心想在东洋诸国起事,这只要一看过去的共产党事件,就应明白知道。共产党本部过信了世界各国已派的势力,以为无论在何国,阶级反感的机运,已很成熟,像日本等国,早已无秘密运动的必要,去了假面,赤裸裸地显示出来,可以招集多数的同类于旗下,便于达革命的目的。根于这意旨的指令,遂致露出马脚,这不是最近成就共产党检举的一原因吗?赤俄本部的缪算,结果遂抱着一种信念,以为:国际间的战争一起,各国的无产阶级必起而反对,各国内部的阶级战争,必较国与国的战争为烈,为造成这革命的机会计,务须激发国与国的战争方好。在已知道南京事件曾起因于这指令的今日,当济南出兵时,断不会把这置诸考虑之外的。说济南南军一部队的掠夺,出于共产党的指使,这原是没有证据的话,我所熟识的支那友朋中否定此说的亦很多。但这是相当可以豫想的事,且今后也难保其不利用了纷乱的机会作新的活跃。事实的究竟如何姑不论,总之,支那是共产党的声势已相当浓厚了的地方,当对支出兵时把这付诸等闲,这不更是难逃重大的政治责任的吗?

　　既出了兵,无论如何,总须望其成功。军事行动要完全达到军事行动的目的才好。为了这,我们不辞任何的牺牲。特别地对于出征的将士应无限感谢,为安慰他们起见,应讲最善的方法。但这和政府的责任,全是另一问题。说一个不快的比喻吧:不能因为生下来的小孩可爱,就把两亲的私通付诸不问,为风教计,必须澈底追溯原因的事实。同样,从帝国百年的利害上说,田中内阁的政治责任,大有纠究的必要,而这必要的今后因了事件的进展愈加重大,自不待言。

(见《中央公论》六月号)

我国对支那大陆的军事行动

——对于济南事件的反省

[日]长谷川如是闲著 丏尊译

一

日本人对于那基因于遗传的对支那大陆的军事冲动的政策,须加根本的反省的时期到了。不,这时期原早已达到了的,因了现在及近的将来的历史的事实,无法拒绝反省的时期到了。

济南的日本军与国民军的冲突,在其法律的判断上,决不能说起因于日本方面的不法吧。但对于历史的事实,人间的判断之中,实没有再像法律的判断的无用而生错误的了。在日本人由一定条约享有居住之权利的外国领土中,有战乱而恐危及日本人的生命财产时,日本的国家也尽可有理由不承认中断条约的履行,强制地作确保条约上的权利的行动吧,用了军队去确保那正当的法律上的权利的时候,如果彼国的军队有妨害日本行施权利的行动,即使无暴行掠夺的行为,对于其妨害,也尽可有施军事行动的法律上的理由吧。可是,这种法律的是非曲直,至少在这次的济南事件,是全然无用的谈论。不消说,日支双方互主张法律上的道理,要求权利的保障与损害的赔偿,是当然的。但对于这历史的事实,人间的判断须全立于法律的判断以外的根据上。

对于由国家的乃至民族的对立而起的这种殃祸,其根本的判断,第一成为问题的,是国家意识的对立,与民族的意识本身。社会的交通,生活的混合,足以促成人类的进化,妨害这现象的平和进行者,厥为基于国家意识的对立与民族的排他。故因了人类的进化与社会的发达,国家乃至民族的意识,事实上已渐渐地在化成为抽象的范畴。

但,在这种对立之下,又在这对立上用了必然的制限为条件,行着社会的交通与生活的混和的现实状态里,想全然蔑视了这对立的事实与意识来处置。此种问题,是不可能的。这情形恰如在尚为宗教的迷信支配着的社会里,想从其统制上全然废除宗教烧毁寺院禁止经文,万不能够一样。

凡是近代国家,已废弃其传来的国家的军国行动的掠夺组织,把其经济的根柢,置于商业主义的榨取制度了。那末,传来的国家的范畴已因此消灭了吗?决不然。在一方面,商业的国际主义,造成了蔑视国家范畴的商人社会的万国的性质,主张着超越国境的交通的自由与商业的自由。但在商业的共同上须协同的集团与不须协同的集团间其竞争仍不妨利用传来的国家范畴的。商业上有共通利害的国与国,虽互觉有除去国家范畴的必要,反之,在商业上有相反的利害关系的国与国,国家的范畴,却反益作强烈的更生。所谓帝国主义的大国家,就由此发生。世界战争,就是这过程上对立关系的必然的发展。

要之,把这对立分为运用资本主义的国与被运用资本主义的国的对立,在资本国最为有利。如果分成主资本主义国间相互竞争的对立,是很不利的。这就是最近"非战"同盟所以被提倡的理由。近代商业的自由竞争,趋于 trust 化与 cartel 化,国家间当然亦随了 trust 化与 cartel 化,由力的竞争进而为力的协同。因为用了这协同的力去对付被榨取国,于资本国最有利最有力的缘故。

二

列强对于支那的竞争,如果在往昔,应早屡次引起类乎日俄战争的小冲突或战争了的。但形势已转化了,列国于是对于支那不得不为了资本国的共同利害互相协力。

可是,这新的形式,列国亦未曾明白自觉的。在支那自身认识在本国进展的列国势力不是从来的旧国家的领土欲而是资本主义的。帝国主义,采取社会主义及共产主义的大众运动为对抗的方法以前。

清朝时代的支那,恰如维新前的日本把列国的侵入全认作旧军国国家的领土扩张主义，这是有理由的。盖当时是列国在东洋南洋的殖民主义的时代，旧式的领土主义还未曾蜕化为新式的资本主义的缘故。及到了孙文时代的支那，已如我国的维新以后一样，渐理解到列国的侵入主为商业主义，至于自觉对抗的方法，必须使支那的市民政治化，于是市民革命遂使旧支那国家的形态发生变化了。支那自身虽未曾完全地市民政治化，在支那的市民国家，虽只成立在与外国有关系的地域的自治状态之中，但支那的资本主义化——即支那市民与外国资本家的势力相结合的商业主义化，都已实质地把支那市民国家化了。至少，已把支那的政治的中心地域推进到资本主义国家的某一阶段中了。

因之，资本主义国家的一般的终局，给与了使支那——支那人及外国人组成的市民国家的形态摇动运动的动机，市民遂至急激地染着共产主义的色彩。及高唱打倒北方的封建的军国政治的南方革命政府与共产主义的革命运动相结合，就现出了一种革命，不但是对于所谓军阀的军国国家的革命，并亦是对于支那一般市民的新政治的革命。

但，这种形势，在市民的国家形态只在自治的基础成立着的现今支那，虽望其能进展无阻的。成立在支那的市民国家与资本主义国家，并不采着国家的形态，乃由商人自体的基尔特的形态发展而来，且现在亦这样地存在着。那性质不似国家的只为外部构造，较有着一种根柢的潜在的性质。像一时成立的南方政府，比之于这潜在的资本国即市民团体的势力，实仅是表面的东西，其实质反须因了潜在的市民的社会集团的力而决定的。所谓南方政府的外部国家与市民团体的潜在国家，曾屡起冲突至于战争，其结果表面上市民团体虽取了败北之形，但外部国家的财产的基础，究有赖于潜在的市民国家的协同，在这性质上，实际的胜败和表面的胜败，完全是两种东西。

使这形势急激地变化者，原是那袭用俄国的势力战术与组织的共产主义的革命运动。但这亦不过止是一时的形势而已。其所以一时地旺盛者，一是因为要在从来支那历史通有的政治阶级的组织中取入新运动的主义精神，在新的组织上，采取共产主义，便于政治的势力化的缘故。一又因为支那大众，对于从来的国家的支配——军国的乃至豪族的——

的残虐无道,传统地有本能的反抗力,具着一遇强烈刺激立时勃发的冲动的性质的缘故。共产主义在支那,其任务,其作用,宛如从来各种秘密结社的信条。如果大规模地成立起来,未始不会成立一个新的国家。可是,现代的政治的机构,具有着较复杂的经济的条件,当那种革命而成立新国家时,要想如成立古来的军国国家的样子,因了比较简单的社会的条件而决定,是困难的。成长已到了中途的共产主义,既与那决定支那政治的中心的资本主义接触,仍因了其资本主义历史的阶段而被决定,成了市民的潜在国家的胜利。那当作外部形态的国家,不得不降居于实质上期与潜在的市民国家无冲突的地位了。

三

关于这形势的形成,不但支那自身的市民的潜在国家须负责任,外国的显在的资本主义国家亦当然须负责任。支那商人的纯基尔特组织,其发展而进入资本主义的阶级,实始于外国国家势力所及的地域,再由斯地域为中心而扩大的。外国在支那内地作成了独立国家,用以排除支那的政治的统制,使其地域臻于近代的进化。由此刺激而起的政治的发展,使支那酝酿市民国家的政治要求,终于使近代革命成功。在这过程之中,列国及其资本家的势力虽依然认支那为未开化国,加以压迫,根本地取着榨取的态度,但结果终不得不努力移植于近代商业主义的本来性质的市民的自由主义。

如斯被移植基于支那本土的市民的国家生活与其意识,随了支那资本主义的发展,也和列国的情形一样,——尤其和日本的情形一样,促成新国家意识的发达。凡近代国家在其初期所经验的民族主义勃兴的时代,在支那也被送到了。日本的对清对俄开战,也就在向近代国家的资本主义发展途上,现在,支那已到了对于本土的外国势力作斯种战争的时期了。

可是,斯种战争,如果想取日清或日俄战争的形式,支那的国家实太非近代的国家。本土之中,有着外国的殖民地,只这殖民地被近代国家化着。这样封建的旧国家,其对于新时代的战争无技术上及财政上的资格,很是明白的事。比较近代化的南方政府,在这点上亦与其对立的北方的旧国家无异,且因掠夺组织的多少有了改变,财政上更不免贫弱。虽然如此,同时列国在世界战争的武力迷已醒了的今日,向了这拥有四亿大众的极东大陆,也无有一国敢起远征的野心者。因此,支那把这战争,取着国内革命运动的连续,和阶级战争结合的打倒帝国主义的形式,决不取日本所曾用的民族国家建设的形式的。但现在支那的形势,这在实质上决不是有效于共产主义的运动,倒是于国内资本主义的结成上有益的东西。其效果等于以支那资本主义替代外国资本主义的运动。如租借地的恢复,如关税的自主,日本所曾经战过的资本主义化的过程,支那亦已在经历而战着了。

四

支那的政治的阶段与经济的阶段既结合如右,造成目今的形势了。日本的对支政策在种种点上都不⋯⋯。差不多可以说都出于⋯⋯。像这次的出兵济南,是新的一例,但愿这是最后的一次。

资本主义的民族主义化,各国自身是有着记忆的。所以当列强已不误认支那若日清日俄战争那时的清国的今日,日本对于已上了这阶段的支那,其已不能再用占领满洲那时的企图,是明了的事。对于支那弃了领土主义代以自由主义以诱导新国家建设的列国,已知道视支那应和视美国一样,侵略手段须不出商业主义一步才最合常识最有利益。受过那样的侮辱的大英帝国,尚且不把自己的国威国权等看成了不得把运动只限在基于实利打算的资本主义的领域内了。

但日本对于支那大陆,遗传地有着一种心理态度,竟好像我们的国家主义的见地,全然因了对大陆的这⋯⋯而构成着的。这传统因了日清战争勃发,感到⋯⋯的结果,原已缓和了许多,可是,现今一提及支那,仍不免有非拿到地域的根据不爽快的心理状态。自然,这已不是像所谓"⋯⋯"的欲望的旧式心状了,但究不免为潜在地含着的旧国家主义的心理。(曾经过近代的变形了的)这比之欧洲人的一般对于东洋的殖民的精神,更含着固定的民族的意识,不是向着新国家新文明的创造的意欲,是拘执着旧国家的铸型似的心状。

日本人把自国与支那大陆的关系,自太古就认为只是简单的……关系,这也与上述的心理有关联的。日本的未曾在……上未曾有过澈底成功的例,其程度远在英国的对于欧罗巴大陆的关系以上。但因为未曾有如英国似地被欧罗巴大陆征服的历史,所以日本人对于支那大陆,在……上,向来本能地抱着优越的意识。

在事实上,日本与支那大陆的关系,社会的关系远重大于军国的关系。并且,从社会的关系说,日本始终受着支那大陆的支配,当那大陆文化的影响被阻止的中世末期,日本的文化曾不免就遭了停顿的。

这社会的关系,日本人如现实地理解了,那末日本对于支那的态度,应早有自省了的。可是,日本的国家,古来向把国民这种现实的认识,努力防遏,到了现代,因为近代国家的发达,对于亚细亚大陆曾把古来所梦想的……已几分地实现了,以是益火上加油,那旧式民族国家的意识,阴藏在新式的商业主义的衣服里,扪之有棱地存在着。

五

我们历代政府对于支那大陆的……,毕竟亦无非这心理的发现而已。在他国的领土中……的事,当现在国与国都已具备近代国家的实质与意识时,全是……的。随了列国把支那诱导到了近代国家的途上的日本,从这意味上,应没有……了的。

不消说,在"轻卒"的一点上,对支出兵,程度远不若那援助反革命军的西比利亚出兵之甚。但敢于作……的西比利亚出兵的日本,即使不至于再蹈覆辙,究仍不能令人承认其毫无同一倾向的。

近代的国与国间,当一国有内乱时,在彼国的外国人民,普通都应守中立的态度,对于战乱全然取回避的态度才对。这时除了避难以外,实没有外国人可取的态度了的。藉口于条约上的权利,顽守着一定的地域，向内乱国要求生命财产的安全保障，这种态度，除了想达何种……的目的以外——如美国的对于墨西哥及中美等——决不该有。如果尚要不顾一切，犯了危险去主张自己的特权，那就非中立的态度，弄得不好，被人指为……，也不足怪。

日本政府在支那大陆屡次藉口于条约上的特权在内乱时要求居住交通商业及事业的自由保障而……，为了要支持特权，声言……，并且……，这种错误，实因只见到支那的群小军阀国家所表示着的旧形态，而不去着眼于前述支那自身的社会进化的阶段的缘故。

二千的日本人，从事于小规模的商业，实行了……，用别种方法填补其个人的损失，这是常识的最善之道，别无有议论的余地的。邦人五六百户，一户的损害假定是五千元，其总额也不过二三百万元。……不但是货币经济上节约，并是对于人命劳力及生活的节约，此理不待智者而后知了。为了要在名目上顽守骚乱地域的特权，而……，全是不可思议的事。

……，结果遂至酿成常识的错误所引起的不幸以上的不幸，真是可悲的事。在宣传与大众运动的世界，今次的结果，立刻被利用了作与真正事件无交涉的为宣传的宣传，军阀，政治家，煽动家，——支那煽动家的有效力，在世界是有数的——商人等皆会竭了最善的努力，把这种事件因了各自的利益来利用。由此生起的弥漫支那全土的排日心理，恰和古来支那的农民怀着的对于军国国家的反感，同其性质，同其强度地支配着现代支那的人心了。

对于把这心理传播以及利用的政治家商人等政策的效果，……，像外务督所发表的礼让的辞令之类，等于支那历代朝廷对农民所宣言的军国道德，不消说，其力只如向顽石说法而已。列国对于支那所悬念者，不在自己行动无正当的论理基础，而在支那四亿市民与大众是否将作盲目的对抗。……，用了日本的国家道德虽怎样地可以肯定，支那的市民与大众，对于日本资本主义的……如果到了固守其热意，那就差不多无何等意味与实益可言了。

近代国家的接触，完全须以市民的协同为根柢。为了市民的商业的利益,利用国际的反感,其政治的反映,有引起殃祸的可能性。特别是在像支那似地一方常习地有着封建军阀与政治家的内乱的战斗的国家。

在资本主义的态度上,……,很是显着的不幸。目今日本的资本主义者非豫备受这果报不可了。

六

如果要想从这……解放,我们的政治家与国民,有略把军事行动的历史的性质理解的必要。

日本并合了台湾朝鲜以后,曾使作官吏与教员者全体带剑。这是盲信了……的历史价值,而全不理解其现代的效果——尤其是对于现代殖民地的……的效果——的时代错误与场所错误。

日本对于支那的……,亦基因于同性质的错误。

支那阶级所佩的刀剑,全世界现已废弃,这事实不但证明武器使用的进化,且证明一般军事手段行使的进化。军事行动,在其旧式的发动上,实带有与近代国家现实的利益相冲突的性质的。

把国家的军事势力的发生过程观察起来,就知道本来决不是由消极的……作用而起,必是有着……的动机的。

凡种族的集团,其膨胀过程,有内部的与外部的二种。内部的膨胀无论如何进展,决不会产生军事的势力的组织。种族的内部的膨胀,所以不产生军事的势力者,因为在这时种族虽如何膨胀,在自体的统制上并无须用组织的暴力的缘故。

反之,种族行外的膨胀时,因为要把靠不住的外族收容于自己的统制之中,于是有暴力的必要。无军事势力,种族的外的膨胀是不可能的。种族的外的发展,原会引起种族斗争,但这时的和外族接触,如果只是接触而止,统制仍是各各独立的,那也未必就至于起军事的行动,因之,在如斯的关系中,军事的势力无从组织,不见有所谓军国国家组织的发展。

这种根本上的事情,现在原无详细考察的余暇与必要,总之,军事行动必含有征服外部种族的潜在动机,因此,在对方当然也有推定军事行动者这潜在意识的本能力。

近代国家虽屡屡痛感着战争的必要,却努力要避去军事行动,盛谈军备的撤废和缩小者,就因为近代国家的接触上,旧国家性质的以收容外族为目的的行动,已不必要了的缘故。

事实上,失去收容外族的目的了的国家间的战争,大概只是双方的损害,不像在数十年前,必可收得国家的膨胀的效果的。

外族收容的战争,不消说同时就是领土获得的战争,这决非防御的,必是侵略的。军事行动,其根本动机:就是这种积极的企图,故在受者方面,对于以军事行动为得意的国家,至于抱本能的恐怖与反感,也非得已。恰如聪明的兽类,见了猎师,就会推定那是胁迫自己的生命与领域的凶人一样。

(这里因原文抹杀处太多略去一节——译者)

日本对于对岸水陆……,日支的近代国家的接触,决不能达成功之域。

日本对于支那,如果想以近代国家的资格结亲密的关系,换言之,如果想在资本主义的关系上成功,那末对于支那的内乱,应该和对于美国的内乱时取同一的态度才好。

日本人对于支那大陆,非从……解放不可。

(见《改造》六月号)

译者附记

关于济南事件,日本的论坛,远较中国的来得闹猛。今选译两篇,作一斑的介绍。长谷川如是闲氏一文,似乎触犯政府过甚了,被抹杀多处,但大意仍可看得出来,除把空白太多文意不明的一段略去外,其余都为依照原文译出。

(原载《一般》第 5 卷第 2 号,1928 年 6 月)

近代的恋爱观

[日]厨川白村著

"真正的恋爱,只在社会的自由里可能,自由也要恋爱成了实在时才可能。性的关系的要服从法的因袭,原是难忍的束缚,但人在还只是性欲的奴隶的时代,这是无可逃免的束缚,法的因袭与性欲,事实上互作着对冲。所以,到了恋爱成为实在,把性欲制御了作其有力的奉仕者的时候,法的不合理性就告终了罢。"

——爱特华·嘉本特《恋爱的成熟期》一四八页

目　次

译者序

厨川白村的著书,经移植于国内者已有数种,本书亦曾于数年前由任白涛氏抄节了改作短文介绍过。

著者自述其写斯稿的动机说,"因为一方不满于只喋喋谈性欲的一代的恶风潮,一方又感到把恋爱作劣情或游戏观的迷妄,事实上至今还未脱离人心,愤激了于是执笔的。盖只谈性欲与把恋爱视作劣情,一见虽似全然背驰的思想,而于错解恋爱在人生的意义的一点上,于阻碍行驶于时运之流的生活的进展上,两方的结果,全是相等的。"

一方只喋喋于性欲,一方把恋爱视作劣情游戏,这二语竟可移赠中国,作中国关于这部分的现状的诊断。近年以来,青年对于浅薄的性书,趋之若鹜,肉的气焰大张,而骨子里对于两性间仍脱不了浮薄的游戏态度,至于顽固守旧者的鄙视恋爱的迷执,不消说亦依然如故。在这时期中,把厨川氏本书加以介绍,也许可谓给同样的病者以同一的药,至少是一个很好的调剂。

厨川氏的书,几乎都是我所爱读的。我所以爱读的缘故,不只为了他的思想,大半还为了他的文章。厨川氏长于 essay,在《出了象牙之塔》中,曾有许多关于文章的意见,为我所欢喜的。本书原文,原是很好的 essay,可惜,因了我的译笔,已减去不少的原有风格了。

原书尚附有短文四篇,非全论恋爱者,至其论恋爱的处所,论点亦与本文无甚差异。(中有一篇曰《创作与宣传》亦曾由任氏译载某杂志过。)所以割爱略去了。

原书在日本,是数年前风行一时的名著,初版出于大正十一年十月,我所据的是大正十三年二月九日的第九十八版本了。厨川氏曾以从本书所得的版税,在镰仓建筑了一所别庄,名之曰恋爱馆(日语中,观与馆同音,)以为纪念。大地震时,就在这别庄里被压死。这是对于本书的读者值得介绍的一件有关联的事。

一九二八年四月记于白马湖平屋

原　序

把去年之秋在新闻纸上发表的《近代的恋爱观》和为对答世间的批评在数月后起草的《再说恋爱》《三就了恋爱说》二篇，并加以关联了此题目而作的文数篇，集为这一卷。不消说，这拙劣的小著，原是我的一种自己表现，关于上梓，我也曾仔细考虑过。我因确信其多少可有益于世道人心，对于新生活的建设，多少可有些贡献，所以把这书公之于世的。

在京都冈崎之书楼

大正十一年十月　著者

近代的恋爱观

一、"Love is best"

> 纵使万事贤能，不好色的男子，究竟杀风景，好像玉杯没有了底。
>
> ——兼好法师《徒然草》

夏夜，罗马郊外坎巴尼亚（Campagna）的旷野尽处。

被苍然暮色笼着的田野丘陵以及一切，都已静寂了。群羊渴睡地啮着牧草，蹰躅回到厩舍去。记忆起来，这就是罗马大帝国都城的遗址，在昔时，不是堂堂的王者叱咤三军，握了生死与夺之权睥睨世界的处所吗？现在是，一树也不存在，所留的只有蔓草而已。

皇帝奥格司泰司（Augustus）的大业，那算甚么？参天的圆顶的大理石王宫，那在何处？旅人到今，只于荒榛蔓草之间，想像其遗迹罢了。

唯有，那边残存着一个小塔。这一任了重瓣葏蔽着的残垒，怕就是从前王者集了嬖臣宠姬观览战车竞走（chriat race）的大演技场的遗迹呢。

在这塔中，有一个渴候与男子今夜相会的金发白面的少女。焦急着男子为何还未到来，屏了息张了眼伫望着。恋人一到，就会赶近前去，两人就要无言相抱了罢。

黄金的战车，百万的大军，现在影也不留，所剩的不只是废墟吗？可是，男与女的恋爱中，有着今古不变的永远性与恒久性，虽隔千载犹不消灭的是两性间的恋爱。从几世纪间的无谓纷扰，无益挣扎而来的胜利，光荣，黄金以及一切，皆可葬送，唯有恋爱是至上的（Love is best）。

在题曰《废墟的恋爱》的一首好歌里，诗圣勃郎宁（Browning）曾这样地歌着。彭·约翰斯（Burne Jones）且把这歌里的心情写入画里过。

在人类发达史上，可说空前也可说绝后的壮丽的罗马文明，其遗迹只剩了废墟，聊止行人之步而已。而恋爱为人间燃烧也似的情热，感激与憧憬欲望的白热化的结晶，其中有着悠久永远的生命。自从前特洛伊（Troy）的海伦（Hellen）乃至今夜村祭跳舞以后在村庙林间喁喁情话的乡下姑娘，不论东西古今，男女的性爱里都跃动着永久不灭之力。灵与肉的强烈的欲求,唯在这上永久作了美好的诗,永久地开着花。市场的有价证券,领土扩张的纷扰,私有财产的争夺,赌博翻戏也似的国际竞争,赠贿收贿的法律裁判,以免税为目的而作公益事业的财团,这都算甚么? 只要过了千年,百年,不,只要过了十年,不都就成废墟了吗? 坟墓了吗? 世上的伶俐的愚人啊,俗汉啊,所谓职务,所谓事业,所谓政权,所谓利益,竟是这样可贵的东西吗? 试想想那将来一切葬送,只在草丛中留着"废墟"的墓标的日子!

"永久的都城"(Eternal city)不是罗马,是恋爱。隐在荒圮了的古塔中的女子眼里,才闪着灵性的永远不灭之光。罪浊的我们的生活,其得净化,得崇高,得补偿,得无限悠久的生命者,也由于女性的爱。哥德(Geothe)在《浮士德》(Faust)的末章歌着"永远的女性引导我们"! 在但丁(Dante)的《神曲》里,培德丽契(Beatrice)才是救之女神。使这中世风的浪漫主义更开美丽的近代的花的环格耐(Wagner)的乐剧中,则于《端诃伊赛》(Tannbaäuser)的爱利赛培德(Elisabeth)《大弗利根代·荷连特》(Der Fliegende Hollander)的圣太(Senta)等,亦曾现出着。最有趣的是最现实的易卜生(Ibsen),尚且于《培阿·金特》(Peer Gynt)的最后一节中暗示着这思想。这种旧浪漫主义进入幻灭时代,因了斯得林堡(A. Strindberg)的极端的女性憎恶和伯纳·萧(B. Shaw)的痛骂等,原曾经一度破坏过了的,可是至少,这更经了现实化人间化,作着今日的文化与生活的根柢,是不能否定的事实。

二、日本人的恋爱观

别说恋爱赞美,女性赞仰,并把女子当作"人"看的事尚不知道,还要说国粹谈文化,夸称什么五大国民之一,自以为了不得:世间有一个这样的人种。很奇怪,这人种竟惯把男女关系用僻性来看。见了普通的男与女偶然立谈,眼中就放猜疑之光。至于一认为两性的恋爱关系,那就愚弄咧,嘲笑咧,半打趣咧,再不够时,就说恋爱是罪恶,斥为背德乱伦:真是可怕的人种。

　　征之于《记纪》,《万叶》等古代的文献,复就平安朝的文学中所表现着的情形来看,日本人本来原是比今更自由更解放更能正当地认识两性关系的聪明的人种。及被那杂揉了镰仓时代的战国杀伐之风和外来的儒佛思想而成的所谓武士道所误,于是人对于"人"的生活中最占重要部分的两性关系,遂抱了奇怪至极的偏见与僻性了。德川时代以前,就起那男女七岁不同甚么的风尚,当时所谓识者知识阶级的汉学者们的两性观,真是迂愚已极了。因袭既久至七八百年,由此偏见迷妄而来的恶风潮,虽进了明治大正的新时代,也仍与别的许多的旧思想一样,依然黏附在邦人的脑里不去。日清战争以前,因了内乱外战,甚么都还在幼稚时代,姑且不去说他。及我们的生活渐拓了新路的明治三十年以后的浪漫主义时代,还要骂那歌咏青春之恋爱的诗人们为"星菫党",从而鄙之。到了明治四十年前后,世人横自误解了自然主义的名辞,复把一切的性的关系,重新加以侮蔑。既而,又把享乐主义一语,任意加以异样的意义。至于最近,则把性欲与恋爱,不分高下,并为一谈,想重新再来开始愚弄了。总之,虽换了手,换了用具,所营的依然是反复着顽强固陋的旧思想的迷妄而已。

　　那末,这样蔑视性的关系的日本人,其性的生活,真有清教徒(Puritan)样的洁癖吗? 不消说,实情是正反对的。自古至今,是一个非女子不能到天明的国度,到乡间去,全村无一处女的村落,据说也不少呢。患了这可厌的现象而还不行青年男女同学,(Coeducation)也是这个国度。据说,曾任明治时代的教育当局者的某,有一次责其友嫖妓,其友反诘道,"那末阁下的拉下婢之袖,如何?"这位明治的大教育家一言都不能回答。这就是旧式四角八面的道学先生的好标本。

　　一面把性的关系竭力摈斥侮蔑,而在别的一面,男女的风纪之乱,几为别的文明国所仅见,这因为像武士道等类的旧道德里,全然缺着对于恋爱的高尚的正当的理解的缘故。是囿于把两性关系单认为生殖作用和性欲的游戏的固陋见解的缘故。是不觉到在此动物进化的人间生活上,两性关系较之简单的性欲作用更进转升华(Sublimate),已成了至高之道德,信念及艺术了的缘故。是不想到这是横在"人"的生活的中枢里的至高至大之力的缘故。

近来在日本时见有关于性的生活的著述或翻译，我觉得这也原不是坏事，但若单普及了性欲的知识，而不把恋爱——人格关系的全的意义阐明，则古来日本人所有的偏见迷妄，不将更甚了吗？我以此为忧。在西洋，论究恋爱的心理，思阐明其灵肉两方面的诸相的书籍，从来很多。那在小说与批评上挥其畅达流利之笔，震惊一世，令泰纳（Taine）左拉（E. zola）尼采（F. Nietzsche）等的近代文豪赞叹不置的前世纪的才人斯丹特尔（Stehndal），则有《恋爱论》（De L Amour）的名著。又，虽是历史家而诗才纵横富于情热的裘尔·弥休莱（Mcheilet）所著的《恋爱篇》（L Amour），也是斯类书中最流行的著作。如果有人不赞成文学者或历史家所著的书，那末请去翻翻意大利的病理学者巴罗·孟德格寨（Mantegazza）的名著《恋爱的生理》（*Fislologia de L Amore*）看，那里可以读到极系统的科学者风的心理论罢。至于详说恋爱与人体美的关系，历史地叙述恋爱的诸相的，则有亨利·芬克（H. Finck）著的《浪漫的恋爱与人体美》或爱特格·沙太斯（Schultz）著的《恋爱史》等。到了现今，还没有脱去把恋爱认作劣情的偏见的人们，我要劝他们一读这些名著。

日本语中，和英语的 Love 相当的言语，全然没有。甚么"恋"字咧，"爱"字咧，感觉很是不同。至于"I love you"或"Je t'aime"，无论如何，不能译成为日本语。这种英语或法语里所含的言语感情，全非日本语所能表示得出的。用了"我爱你啊"，就全然不对。没有言语，就是没有用以表现的思想的缘故。

我到现在还记得。孩时为了学写英语书简，曾有过种种的书翰文范。开卷第一就觉得奇异的，无论翻那一本，至少必有一章是恋文。和亲子兄弟友人间的赠答书简并列着，甚么"与新识的可爱的女子书"咧，甚么"男子誓爱于女子书"咧，甚么"佳音"咧，很多很多。这使我于当时的孩子心情中，也深深地觉到东西两性观的相异了，若是在日本，这样的文范，除了花柳界，恐防全无用处了吧。如果说用作学校作文科的参考，现在的教育家先生们，那真要发怒了吧。这情形可单说是表面的风俗的相异吗？

三、恋爱的今昔

人生是欲求的无限的连续，换言之，生的事的本身，已经就是求着甚么的事了，不管所求的为异性，为真理，为净土，为神，为知识，为黄金，或为名誉，根柢都置在对于那事物的热爱上，因为求不爱的东西的事，是不可能的。因之，甚么都不能真心去爱的事，不能不说是人生的最大的不幸，最大的悲哀。

这生的欲求，就成了人间的种种的创造而表现，其中，最大，最自然，最强的欲求，是新生命的创造。人欲创造新生命，用了子孙的形式永久保存自己，只有赖于和异性结合。恋爱就生于此。无恋爱的生殖作用，不是野蛮的喜剧，那是人间的悲剧。

把广义的爱认作至上至高的道德，认作人间生活的中枢。这思想也和别的许多近代思想一样，同是发源于希腊。哲人柏拉图的著作中，最有诗味艺术味的对话篇《与保镳》（Symposium），即是就了森罗万象说普遍的爱之力的。他以为：无论在地火水风之间，无论在天与地之间，都有着互相求引的神秘的恋爱与结婚，万物决不单独存在。又，这爱的力常求真求善求美，和绝对无限的世界相连续，憧憬着至高至大的灵。人的爱人，就是达到这灵的世界的阶段。柏拉图死后已二千三百年，流风余韵长留后代，这思想影响着这许多的哲人，甚至像雪勒（Shelley）、华治华斯（Wordsworth）、勃郎宁等近世的诗人，还有着这影响。

可是，在柏拉图的时代，还未曾想到像近代样的恋爱观。据奥大利的爱弥尔·路加（Emile Luocka）数年前所发表，震动学界和文坛的名著《恋爱的三阶段》（Eros），则两性关系是和文化的发达一样，自古至今，经了三个阶段了的。第一是只为性的本能所动的肉欲的时代。这属于古代。无论经了多少时代对于两性关系不能认识其超越性欲与生殖的意义的东洋的道学家流，要之还是迷滞在这阶段的人们。第二是恋爱观和基督教的禁欲主义相结合的中世期。那时认女性有超越人性的神格，结果就变成圣母玛利亚的崇拜。于是，一向被认为罪业之魁的女性，遂一跃而为君临男子的女王或女神了。这思想先起于法兰西南部的勃洛文斯（Provence），因了那时抱琴行歌骑士城下的托罗巴铎尔（Troubadours）诗人们而流传。灵的恋爱观于是遂带了浓厚的宗教色彩，成了所谓"敏耐"（Minnesingers）的浪漫的恋爱观，在欧洲文艺思潮上，加入无上的华丽的色彩。但丁在新生（La Vita Nuova）里赞女性为"诸恶的消灭者，一切的善的女王"的女性渴赞的思想，中世不必说，至十九世纪，犹用了种种的样子出现于欧洲的文学上。

可是，中世的"爱的宗教"别的半面，却复具有着可惊的肉欲耽溺的生活。认灵的女性为救的女神，同时又认肉的女性为恶魔之手。像环格耐在端诃伊赛所写的彷徨于灵肉二元的生活间而苦闷的，就是中世人。

继续古代的肉的本能时代与中世的灵的宗教的女性崇拜时代而起的，当然是灵肉合一的一元的恋爱观的时代了。这就是近代。像古代样地把女性作男子满足性欲及生殖的工具看，是男尊女卑的动物的待遇，像中世样地崇拜女性至于奉之至九天，是认女性有神格而不认其人格。把女性认作一个的"人"，确认其个人的人格，并抱持完全的灵肉合一的恋爱观，这属于路加所谓第三阶段的十九世纪以后。根于近代女性的自觉的个人主义的思想，一方面破坏了旧时的恋爱观，一方面就生了新的恋爱观。以为：无论男或女，单独的总是不完全的东西，两性互有补足作用，两个个人彼此相牵相求，互更新其自己，使自己完全充实者就是恋爱。如生殖作用，只不过为两性关系的一部分，所谓恋爱，就是因了异性的二个人的结合，互把其"人"的自己充实完成的两性的交响乐而已。爱伦卡（Elen Key）（发音作"凯"是不合的）及爱特华特·嘉本特（E. Capenter）等的所说，就是现在这样恋爱观的代表的东西了吧。

把恋爱分为精神的爱与肉的爱二者，把爱神威奴斯分为两个，一是天上之恋，叫作 VENUS URANIA，一只是肉感的恋，叫作 VENUS PANDEMOS，这见解是古时柏拉图以来的恋爱观的根本。到了二十世纪，才撤了这差别，达到了一元的灵肉一致的恋爱观。

十九世纪的诸恋爱观中，要算叔本华（Schopenhauer）的所说为最有名。据他的见解，恋爱只是宇宙大意志的发现，即人为制造子孙的意志所驱,遂去追逐所谓恋爱的一种幻影,论其究极,"思造了次代者更从次代者造出许多的子孙"(Meditatio compositionis generationis futurae e qua iterum penlent innumerae generationis),这即是恋爱了。这哲人视生殖比恋爱本身为重,视对手的占有比两性相爱更有深的意义,这是从他的意志的哲学当然的结论,后虽为赫尔德曼(Hartmann)所祖述,尼采所同意,然在蔑视恋爱的精神的人格的意义这一点上,在二十世纪的现在,除了当作过去的一说以外,便无意义了。惠代金特(Wedekind)的戏曲,也是属于这系统的东西。

四、爱的进化

不知为了什么,又像了学校教师的讲解了,从这里起,重新来过罢。

蔼理斯(H. Ellis)、福来尔(Forel)以来,近时学者对于性欲的研究,显为进步。他们的研究,唯其不像日本的一时的浅薄的游戏气分的流行物,故其及于一般思想界学界的影响甚大。就中,如精神分析学一派学徒的研究,竟主张把一切的道德及其他的精神现象的根本,皆归之于性的渴望(Libido),这对于从来幽灵道德的信者,恰如淋以冷水三斗,确是痛快。

把人间道德生活的根本的爱解作基因于性欲,这并不是甚难之事。人当呱呱之时,已有着性欲,赤子在含吸母的乳房时已发动着性欲,稍长就变形为对于父母兄弟的爱情。精神分析学者曾引了许多的例证,说明此说。这种学说的当否,暂且不论,两性间的恋爱,其根基于性欲,原是今人谁也不怀疑的事,不过所不可不辨者,这和动物不同,是随了人间的进化,已被净化醇化了作着最高至上的道德和艺术了。如彼一听到男女间的事,就斥为色情劣情痴情的古风道学者们,无非表示其头脑在这点上尚未脱畜生之境一步而已。

爱情的从一状态转移到别状态,转辗净化的事实,即使不背出麻烦的学说来,在我们日常的生活上,也可时时经验到的。譬如黄金欲,最初是为了欲得用黄金交换的物品而求黄金,到了后来,这欲情就会转移,至于变成只为黄金而求黄金，不顾其他，现出如今日资本家的心理状态了。再用了略为上品些的例来说，最初为欲食鱼而钓鱼，这欲情到后来进化转移了，可以变成不管钓得着鱼与否，只对于垂纶于林间之流的钓的事本身，感到钓鱼之乐，醇化净化到如昔时亚伊萨克·华尔敦（Izaak Walton）在《钓鱼大全》里所写的那样诗人的长闲的余裕低徊趣味的心的状态了。又，世间很有爱书家，那就是不管读与不读，只贪多爱玩，以板本的古，装订印刷等外观的古色可掬为乐的人们。最初是对于书籍的内容感到兴味，为了满足自己的知识欲读书欲而求书，到了后来，这欲情就移转到和书籍的内容毫没交涉的处所去了。

这样的净化转移的心理，进化的人间比动物更显著地现出着，一进了这境地，最初所求的目的，已潜存到无意识心理的底下去了。学者也许称此为"升华作用"（Sublimation），但名称用什么都可以。

人间最初在动物时代，其求与异性结合，确为了性欲满足与生殖欲望。但进化以后，其欲望就被净化醇化诗化至于生出了所谓恋爱的至上至高的精神现象，到这时候，最初的所谓劣情及欲望，已沉潜于无意识心理的底下了。恋爱原非无完的浮萍或无根之草，确在性欲的泥田中深深地强大地伸着根蒂的，但须知道，当成了恋爱，高高地美丽地开了花，结了实变成母性爱近亲爱的时候，其根蒂早已在泥土之中没了形迹了。

像全没有肉的经验的少年男女的初恋，甚么性欲或生殖的问题，可以说未曾上意识的。他们在这时候，才尝到真的人生的意味，最初所现出的，大概是自己牺牲的精神罢，就是那为了恋人，虽把身心献给也不惜的奉侍心。几年间从学校里的先生们，听到甚么"忠"咧"孝"咧"社会服务"咧，以及用了其他形式的教说，而尚未充分成自己体验的内容的自己牺牲的事，到知道恋爱时，才如实感得罢。作一切道德的根柢的自己牺牲的精神，常为热烈如火的恋爱男女痛切地体验到。只以甚么"为人之道"为口头禅，说仁义谈忠孝之徒所未曾梦想到的热烈的自己牺牲的至高的道德性，在恋爱里最美丽地显现。所以，这样的恋爱心境，在只知渔色满足性欲，生了子孙把私有财产让与的不良老年们，和单为旺盛的性欲所驱，盯在女学生或婢女之后的面疱满面的不良少年们，当然梦想不到。恋爱有着高尚性贵重性，要心地纯洁的人，才可攀援，不，反转来说，说人的心地要到知道恋爱时才高尚，才纯净，也非过言。虽已经为理智硬了为黄金欲粗了的心，等到一知道恋爱就竟能转复柔和，像这样不可思议的事，也是吾人所常常见到的。

及入了结婚关系，这爱更在物的基础之上被固定且加强加深，可是最初的美丽的浪漫主义，决不依然持续，鲜艳的恋爱关系转成朴素，浮游的变为沉着的，外面的更变为内部的，花去而实遂结了。详言之，因结婚确立了物的基础，同时，爱的内容就益进化转移而增其复杂性，更开拓出一新境来。就是，最初的恋爱转而成了夫妇间相互扶助的精神，至高至大的情谊，更进一步，且向了父母对于儿女的爱情而转化。至于把妇人所有的最可贵的母性爱，认作无非是根于性欲的恋爱的延长或变形，亦不失为正当之见的了。这继而又为子对于亲的爱所报偿，及更随进化而扩大，到由家族而邻人，而自己民族全部乃至社会及世界人类时，吾人人间的完全的道德生活，于是完成。没有爱的地方就没有道德。

也许有人说罢，即在昔时君臣主从的关系里，其自己牺牲的精神，也有热狂至于舍生不惜的。但在两性关系以外，只是心的结合而已，个人与个人之间，要找寻精神与肉体两方完整的全人格的结合，除了恋爱生活，断不是可能的事。须知两性的肉的结合里，存有甚么都不能比拟的绝大的精神的意义。"同心一体"的名词，是在别的任何生活上所不能如实适用的言语。

世间极其少数，有灵肉都全与异性断绝接触的人。在这种状态中，那从性欲发生的爱的力更营着可惊叹的转移升华作用，或成了对于真理及知识的爱欲，或变为对于艺术的热烈的爱慕，变为如芭蕉或西行的对于自然美的陶醉沉溺，在入了敬虔的宗教生活者，且变了希求神欣求净土的信仰而存在着。把自己的全生命集注于一点达到白热程度的三昧法悦的心境，无论其是科学是艺术或是宗教，都与相恋的男女所抱的忘我的心情无大差异，把这全认为别物，以一方为高尚，一方为卑下者，毕竟无非浅薄的俗流的俗见而已。

五、娜拉已经旧了

把人类的性的生活，特别地是其最进化的纯正形式的恋爱，用上述的见地来考察时，就会觉到这在结婚问题上，更有至高至大的意义了吧。又可令人承认由爱伦卡所主唱的恋爱至上主义的结婚说，是有着不可摇动的真理的。

双方都是自由的个人的男与女的结合，且因了这结合得以完成自己且创造新生命的生活，只由了相互间的恋爱，才可以成立。无恋爱的结婚，岂但使"人"的自己的存在成为无意味，在民族的发达人类的进化上，亦大有障害。所以，甚么法律，财产，家名等的外的条件，无论怎样完全具备了的结婚，其间如果缺了两性之爱，从最高的道德看来，是三文的价值都没有的。卡在《恋爱与道德》，《恋爱与结婚》等著述中，曾极大胆地率直地唱这恋爱至上主义。如果男女最初相爱，后来恋爱消灭，则可即把结婚关系取消。她的这样的自由离婚论，亦即是此主张的当然的归结。失了爱的虚伪的结婚生活，在能批判与自省的近代人，确是斯德林堡的所谓"地狱"的生活，这地狱的悲剧，不但吾人日常多所见闻，其为近代文艺的最主要题材之一，不用说是读者所知道了的。

无论法律上的手续怎样，单为了财产，为了家名，或是为了其他甚么的必要，和不相爱的人结婚，这是有个人的人格有自觉的人所断不能忍的吧。特如无经济上的独立的人——尤其是女子，因了无爱质结婚关系，以图自己物质生活的安定者，无论如何想，究是一种的奴隶的卖淫生活，无非野蛮时代的买卖结婚的遗风而已。又，即使只是一夜的结合，如果其间有着恋爱，那就确是结婚，不是卖淫。没有爱的夫妇关系，虽持续到了白发的四十年五十年，人间所作成的制度，虽怎样地加以承认，在神的最后的审判庭上，总究是一种的强奸生活，卖淫生活。一夜的卖淫，一度的强奸，斥为罪恶，而持续到银婚式金婚式的长期的卖淫关系与强奸生活，却光明正大地为世间所承认，究竟这样的卖淫与强奸，是值得祝贺的好事吗？

关于结婚与恋爱的问题，谁都会感到的，是自我觉醒了的近代人的个人主义思想与恋爱的关系。恋爱全是为对手而贡献身心的自己牺牲的精神，反之，个人主义乃极端地主张自己肯定自己。思依了自己欲求而自由行动的思想。由结婚成立的家庭生活，和觉醒的新人的自我的要求，曾反复过几多次的悲惨的冲突。易卜生所描写的女子，如海太·迦勃列（Hedda Gabler）、娜拉（Nora），皆是代表由这冲突而起的恋爱的破灭与家庭崩坏的悲剧的。

那末，在当作个人觉醒了的女子（或男子），恋爱毕竟只是空疏的理想主义吗？是一种的感情主义（Sentimentalism）吗？在强有力的个人主义的面前，恋爱结婚果不过是无意味的空想梦幻吗？也曾经被认为如此，但这见解在现在已经旧了，是前世纪的事了。二十世纪的今人，已因发现了更深一层的自我，肯定恋爱，并发现了以恋爱为基础的结婚生活的真意义了。

自易卜生作了《傀儡家庭》，惊动欧洲的思想界以来，已四五十年了吧，眩目也似地急速变化的思潮之流，现在已转着方向，一次失了的东西，从新被寻出，一次否定了的东西，从新被肯定。同时，那脱出夫家的新女子娜拉，在现在亦成了浅薄的旧女子了。

明白地说，这就是因为觉悟到恋爱是把真的自己肯定完成的东西的缘故。人——特别是女子，以前注目于自己，以为这是自己的真的生活了在，更在较深的处所发见有更大的自我存在了的缘故。知道看作因恋爱放弃了自己者，实因只见到表面的外面的自己，人要在性上灵上都全我地满足自我，只由了恋爱才可能，只由了真的爱真的捧献自我才能使自己满足充实。放弃娜拉式的自我的事的本身，就是使真的自我充实实现的事。新女子更作了新的妻新的母而出生，母性拥护的主张亦由此而起，人生的性的生活的真意义也觉悟了。再就男子方面说，如果对于恋慕的女子能献给身心，实是满足真的自我的唯一之道。那欲爱而不得爱的苦痛，失了爱以后的生活的寂寥，皆由不能满足这真的深的自我而起的。

在这里要声明：须知以这样的恋爱观为基础的结婚生活，和那向无自觉的或违反自己意志的虚伪的结婚生活，及因袭的贤母良妻主义，在本质上，不，从其出发点上，已全然不同。并须知这样的恋爱心境，要大大地自我觉醒了的人才能领会得到，是可将真的结婚与卖淫或家庭奴隶的生活峻别的新的至高的道德。

六、般生的作品

在恋爱里，否定自我就是所以肯定更大的自我。这样说，似乎好像在作怪异的反语。我想，读者只要合了宗教生活一考，就会明白的罢。在这极简单的论文里，原无把这论及的余暇，且把上述的事就了二三的文艺上的作品来加以考察。

易卜生的《傀儡家庭》出了以后，像那样的新女子的思想，曾因了易卜生自己及别的许多作家或批评家大加订正过。娜拉式的女子（或男子）在灵上肉上尝尽了孤独的况味所发见的，亦仍是由于性的恋爱的自我的充实与生活的更新。我现在试求其例于般生（B. Bjornson）的作品吧。

在同一时代同一环境中而取全然正反对的态度的艺术上的二大天才的并立，是各国文学史上所屡见的有趣现象。如沙翁与般·强生（Ben Jonson），如天尼孙（Tennyson）与勃郎宁，又如日本自然主义全盛期的诸作家与夏目漱石氏。同样，对于易卜生，般生是全然倾向相反的作家，前者的文学是暗黑的无可奈何的，后者的却不论何时都带着明快的诗的肯定乐天的性质。这般生于《傀儡家庭》出世的后六年，著《恋爱与地理学》（一八八八年，）又于死的前年的一九〇九年，著其最后的剧曲《嫩葡萄著花时》，补正易卜生的娜拉式的思想。

和易卜生的《海太·迦勃列》的台斯曼相似，《恋爱与地理学》的主人公也是一个学究先生。他是个地理学的教授，不顾甚么人生与世间之事，一味埋头于专门的研究，认家庭为烦累，对于家人也无快乐的谈话，恐有妨于自己的用功，把女儿送到学校的寄宿舍去，说妻的理家务是当然的，从不加以照顾，妻和他去商量甚么，就说妨害他的研究，作不快语。

因为一切都是如此，所以这枯淡的学究先生的结婚生活，实是徒有其名的极寂寞荒凉的东西。做妻的不能堪了，适又逢到了一个可思慕的男子，于是遂与之偕逃出家。到了这里，学究先生的梦翻然地醒了，深悔独自没头于研究不顾一切之非，恍悟人生比之学业问题更大。恰好，一度出世了的妻仍旧回来了，他狂喜地近她，于是爱的灵光就辉耀于家庭里。剧的梗概只是如此。

般生对于全然只知狭窄的自己本位不顾其他的个人主义者，加以更强力的非难的，是《嫩葡萄著花时》的喜剧。这次从女子方面描写。

亚尔维克的三个女儿，都已到了芳龄了。三个都是当时普通的迷信着求自由解放的新思想的女子，各与其所爱的男子任意地学着时髦，父亲是向不在她们的眼中的。最幼的海列娜尚且和快已五十岁的叔父约了婚哩。母亲亚尔维克夫人是这三个女儿的热心的庇护者，非但不以丈夫为意，一味在自己私蓄的赚钱上奔走，把家庭置之度外。独自住在这寂寞的有名无实的家庭里的主人公亚尔维克，一方又因耐不住所谓中年人的岑寂，遂想不顾一切远远地跑到澳洲方面去。

谚语里说："嫩葡萄著花时，老葡萄也发酵。"亚尔维克夫人的姪辈里有一个名叫亚尔维尔代的女子，见了那妖姣的嫩葡萄的著花，那有了年龄的亚尔维克的寂寞的胸中，老葡萄发酵了。就是所谓中年的恋爱罢，亚尔维克遂与这女子携了手出家了。为自我主义的妻所冷遇的男子，这次与比自己女儿还年幼的青年女子陷入了恋爱了。

因了为夫为父的人的出家，留在家里的个人主义的妻与女儿们也大大地慌张了。特别是妻，她是一向睡也与女儿们在一处，不与丈夫作伴侣的。在丈夫出家的那晚，才回到了真的自己，恋慕之极，睡到人已不在了的夫的床上去。取出约婚时丈夫送她的恋歌来读咧，抱了丈夫的枕追想新婚当时之梦咧，深悔自己一向的不是。现在已回到了真的我了。女儿们亦说到对不起父亲就泣。

这时突然地丈夫亚尔维克回来了。原来他并未曾远往外国，只在乡下走了一会。

妻捉住了意外归来的丈夫，狂喜得几同歇斯的利。那追思往事似地把方才翻着的那恋歌册含了羞偷偷地藏过一段,般生的喜剧,表现得真巧。夫人哭咧笑咧抱了夫的头接吻咧,大闹了一阵,这恭喜的剧就完结。

单听近代剧的大略梗概,比读美人的面相书还无味。作家般生用了极优的技巧,把这场面喜剧化了,对于前世纪的浅薄的个人主义如何地发着讽刺,只好一任之于聪明的读者的想像了。

七、恋爱与自我解放

这二作中的地理学者与亚尔维克夫人在夫妇未分离以前所认为自我者,实是极表面的自我。一旦经了这样的试炼,通过家庭崩坏的悲剧,至最后妻回到夫手里夫回到妻手里的时候,他们于是才发见真的深的第二的自我。经过了前世纪的娜拉时代以后,今世纪的恋爱肯定的时代就这样地到来了。浅的变为深的,外面的变为内面的,因了比前更深更强的自己省察,寻出真的自我,同时亦在恋爱生活里寻出了真的自我解放。

从前的为了个人主义否定恋爱,是真的自我未觉醒的缘故,是生活浅薄的缘故。

所以,由现代的最进步的见解说,恋爱的心境被认为"自己放弃里的自己主张"(self—assertion in self—surrender)。为了己所爱者献给自己全部,就是在最强地主张着自己肯定着自己。是从恋人中发见自己,从自己中发见恋人。这自我与非我全然一致处,自有所谓同心一体的人格结合的意义。从一方面说,这就是自我的扩大自我的解放。到此境地,才有真的自由可得。因为离了小我觉醒了大我的缘故。我在前所说的宗教的法悦与恋爱的三昧境相同,意即在此。宗教家所求的解脱,大澈悟,及追求神国,往生净土的心境,无非完全的自我解放,真的自由生活而已。这是只由了唯一的全的自己牺牲自己放弃才可达到的绝对境。那个欧洲中世的浪漫的诗的恋爱观,与罗马教会的宗教信仰结合了,成为哥德的所谓"永远的女性",但丁的把地上的恋人培德丽契看作救的女神,就因为恋爱与宗教的心境里有着这样共通性的缘故:我相信。

全未曾有我的自觉的中世人,仅依赖罗马教会的信念,遂到达了所谓宗教的恋爱的自我解放的三昧境。但，既一度通过了娜拉时代的个人主义的现代人的恋爱观，是由最初的差别观出来的平等观，是以自己批判为基础的自己否定。所以，虽同是恋爱，现代的在其具着有批判的深度与确度的充实性的一点上，较从前不同。恋爱的心境本身，今昔不变，惟于其出发点有"我"的自觉的有无之差，这是不可不知的。

梅戴林克（Maeterlink）的某作中的人物，对其恋人说："我在知道我以前，似乎非先知道你不可了。而且，知道你的心比我的心更明白。你是比我全部更近于我的东西。如果没有你在这里，我且要不能意识到我自己的本身了。"这是自我已觉醒的人，把那在恋爱中发见自我本身的近代人的恋爱心境，最美丽地表出着的话。

并不为了别的任何人，为了因袭，为了家名，为了财产，只为了自己把自己全部投出于自己所爱的人的面前。比这生活更自由的生活还有吗？比这更大的满足还有吗？连对于自己本身尚不受束缚的处所，有最大的自由与解放，这就是恋爱。

反之，如果为了自己以外的甚么，为了因袭，为了利益，或是为了家名，弃了自己把身心捧给者，显是伪善。否则是卖淫，是奴隶，是畜生道。决不是人间的，文化的。只要是在前世纪已一度觉醒自我了的人，断不能容忍如此。从新时代的道德考察，把无恋爱的结婚认为人间的大罪恶，其思想的根据，就在这点。

由现在看来，娜拉式的所谓"新女子"，不过上了觉醒上的第一步。所以，滞在那样狭窄的个人主义不能再踏进一步的人们，以及尚未踏进那样自觉的径路的全然无自觉的人们，都是不能到达所谓"自己放弃里的自己主张"的至上至高的爱的生活的。个人主义者再进一步就可被救，至于全然无自觉无批判的，那真是不能自脱于未来永劫奴隶之苦与畜生道的人们了。爱的天国的门，对他们是永久地固锁着的。

我方才说"娜拉已经旧了"，但像尚未到娜拉境地的日本妇女，不永远是被诅咒者吗？啊！"娜拉已经旧了"，这话在日本也许还不能说呢。

八、从无批判到肯定

这里借用爱伦·卡的言语罢。说：

"这样的完全的相思之爱，含着合二人为一体各自由地开展到最大完全境的希愿。如果恋爱可因了这样的同栖生活而完成，唯限于对一人，且一生中仅有一次。般生把这用了诗人的简单的语言表现着，他说，'恋人感到自己成了二倍，这就是爱，否则不是爱。'又，这感情乃是解放人格，使之保持且加深，是鼓吹天才的贵重事业的东西，和那使人格下劣放漫损灭的一时的肉感的爱，是正反对的。"（卡的论文《妇人的道德》）

这位瑞典的女思想家，更用了寥寥数语，把结婚与恋爱的关系加以断定，说："即无正式的结婚，恋爱亦是道德的，而无恋爱的结婚为不道德。"（同上）我除引用这些大胆的断言以外，关于这点，不欲再加蛇足了。

说结婚是恋爱的坟墓。这在如前所说，恋爱的美丽的浪漫主义，结婚后要消灭的意味上，确有半面的真理。但被认作坟墓者，其实不是死灭的坟墓，乃是外面的东西阳为内面的，以其加深，遂带了潜在的性质了的缘故。因了结婚而会消灭的恋爱，那只是肉感的一时的游戏或玩耍而已，不是真正沁入灵魂生活的人格结合的欲求。不消说，在日日晨夕相对的结婚生活里，要像最初浪漫的恋爱时代的样子，每次相见悸动，生命力就先不能继续，故其恋爱自不得不变为潜在的内面的。久客外国，偶然吃到米饭，比山海之珍味还美，在日本每日吃米饭，也不觉得甚么。这并不是对于米饭饱了厌了，不，乃对于米的爱执，更深入内在的缘故。在夫妇间的爱里，确也有这种情形。

但危机往往在此时候来威胁结婚生活。恰如舍了米饭而下箸于鱼酱（Shiokara）云丹（Uni）（鱼酱是鱼的细末加上了盐的东西，云丹是一种海产动物，用以作酱。都是在饮酒时，少许食之以爽口的。——译者注。）的样子，和别的男或女发生关系的所谓三角关系"三人的经济"（Ménage a trois）者，就在这时候。如前面所举的般生的戏曲即是。如果那结婚是由真正的恋爱成立的，那末云丹与鱼酱断不是永续的东西，必有回头来吃米饭的日子的。唯最初就无真的恋爱的结婚，在这时候不免要遭遇到可战栗的永久的不祥。恋爱不真，精神的人格的结合不固，倘有乘虚而入的第三者，即结婚生活就容易被破坏，覆水似地永久不复回复了罢。不，如果以前的结婚关系只是便宜的形式的虚伪的，或少年时代的一时的游戏的，常会要到了后来的三角关系中才尝到真正人间的充实的恋爱生活，如故人岛村抱月氏的情形（岛村抱月为日本有名的文学者，四十岁以后和其女弟子女优松井须磨子陷入恋爱，抱月死后须磨子即以身殉——译者注。）就是此类了。

即在由真的相思而成的恋爱结婚，其二人间的内的生活，也自经过三个阶级。最初的美丽的浪漫的盲目恋爱，进了同栖生活变形一次；因了相互的自省自觉，现出一种娜拉时代，由此更进一步；变了真的内在的恋爱关系，真的自我解放的自由生活于以成立。那般生的戏曲二篇，可以认为是把这转化的途径借了异常的外的事件夸张而喜剧化的东西。这恰和思想史上中世无自觉无批评的宗教的恋爱观一次被前世纪的个人主义破坏了，至现代进而转为根于自觉的新理想主义及恋爱肯定的径路相等。

这由浪漫的进于觉醒批判更达最后的肯定的三阶段，是人间一切思想生活上所必经的必然的途径。例如就劳资问题阶级争斗的情形说，也有同样的现象。古来封建时代的主从关系温情主义，全由无自觉的盲目的浪漫主义成立！及前世纪为马克斯一派所促醒，就成了无产阶级的自觉运动，全世界至今还受着这运动的骚动。比之两性关系，这就是娜拉时代吧。我们的社会生活，今后势须进化变迁，比今日批判的改造时代更进一步的时期，必定到来。这是否是那诗人威廉·马列斯（William Morris）所想像的富于中世色彩的基尔特社会主义的新社会，乃别一问题，但新生的曙光，现在不已渐在地上现出了吗？

至今连觉醒的第一步尚未踏入的，是盲目无批判的幼稚的生活，是为全蔽了目的寇别特（Cupid）的箭所射中的盲目恋爱。美是美的，可是其花不久会被幻灭的暴风雨所散。至于继此而起的自觉批判的时代，为求自由解放而苦闷，似也决非幸福的事，不过，在此阶段，有暂时停了步凝视自己反省生活的澈底的真诚的努力,由这真诚的努力,一度把过去的美梦消失了以后,从新会得了新生命来更生复活的。达到真的自我解放的恋爱生活,一切民众可以无不合理而生活的新社会,这等光荣的"第三帝国",都要这样才得建设于地上。

九、结婚与恋爱

和结婚与恋爱的事项关联了在我念头浮出的,是前次惹起世间注意的名叫 H 的青年夫人的悲惨的自杀。不详悉内部有怎样的纠纷错综,只以新闻上的记事为材料,漫然把别家的事来批评,不是绅士所应该的。当那消息初传出时,我对于来征求卑见的新闻记者,缄口不说甚么,现在更不愿多说。唯曾在 H 夫人所留的一纸遗书里,见到燃烧着献身的热爱的血与泪渗出在那无粉饰的文字行间。人到临死是决不说诳的,即遗书里所表现着的言言句句,是她的真实的爱的最后的告白。在那上无半点可疑,这就尽够了。周围的人们关联了财产家名及其他各种问题而说的千言万语,比之于用"爱"与"死"证明的她的一纸遗书,真是无力的东西。

在全生命高烧到了白热点的恋爱之前,所谓"遗产"的三十万或五十万的零碎钱,算得甚么?那非只是现在为了人类的幸福大成着问题的私有财产吗?此外如甚么法律上的手续等等以及其他的琐屑,在结婚问题上,决不是重要的东西。"恋爱是至上的",唯其周围的人们把勃郎宁的这一句看作诗人的梦话,为法则因袭与形式所拘束,才有那样的悲剧的。不,不但周围的人们,连 H 夫人自己也并未知道此理。至少是与周围的人们一样,认这等事只见之于诗或小说,知识上虽绝端承认,尚未取入为自己生活的内容的缘故。是没有抛了一切琐屑,求最后之安住地于恋人的拥抱,以得新生之欢喜的确信的缘故,观其当将奔就恋人而出家时,尚拿出牌位来看,似她自身亦是个通常为因袭形式所束缚的女子。因有这不澈底的态度,她就把可乐的与恋人接近的三四年的生活,作歧路的彷徨,自己把好事弄成不好,结果遂至末路而演出自杀的悲剧。

呀，像这样批评调子的话，我不该再说了。在亲处其境的她自己，也许不能像外部批评的样子，把事情简单解决罢。例如，二十万或五十万的私有财产，在我们无产者的眼中看来，真是无聊的东西，但在像现在样的非营不合理的经济生活不可的社会组织里，眼见面前有可得的四五十万的财产，再加是怯弱成性的女子，即使在无意识心理中，对之动了食指，也诚非无理之事。此外如母与兄等的关系，形式上的手续，世间的名誉，恐也未免不能忘情罢。知了不能断行，这是为"人之子"者的怯弱无用，是人间的悲哀。这其中亦有着尝味不尽的人间生活的复杂味与情趣。"恋"与"死"，在这几乎有绝对性的森严的人生的二大事实之前，未熟的学问法律论，道德论，究有何用？爱是人生至上的道德，死是一切的净化者，我们对此二者，唯有俯首惊叹礼赞而已。像煞有介事地喜批评的人们的可笑啊！非到神的最后的审判庭，晓得些甚么啊！

说恋爱的山路是崎岖的。英语的 Passion，在语源上是受难或苦患的意思。恋爱确是人生的难行苦行，不是游冶郎的风流，不良少年的恶戏，是真诚的努力，是必死的奋斗。用了小智慧打算利害，被廉价的既成品的因袭道德所束缚的人们，如何能了解这心境啊！自杀的行为，纵在任何美名之下，或依任何理由而行，从人生的肯定者看来，确是一种罪恶。在人生的难行苦行的途上自杀者，明明是卑怯。但并这卑怯而不敢，模糊过日的人，世间也决不少。比之茫然地甘于奴隶生活，一味随了生来的惰性当了活尸活着的人们，那么仰药绝命如她者，宁要算是优者了吧。至少，当作资本家的女儿，已是杰出了的，也未可知。能喘着闷着，倒了再起，走穷了再拓出新路，向着向上之途走的，才是真的强者，真的达人。

十、人生的问题

关于 H 家的事件，某大新闻在社论里这样说："一纤弱的少年妇女之死，无端成了社会问题，旧道德甚么呐，新思想甚么呐，俨然如社会上大问题的样子，加以评判，这就可证明现代我们社会的人心如何地肤浅浮薄与不健全了。……这种事件,世所恒有,而在新旧思想的过渡期,其例尤多。"至于这新闻的曾敢把事件用头号字标题贯通三栏来大书特书自不消说得。从种种的点上来看,都表示着反映现在日本社会人心的新闻的常态,所以很有趣。

我在这里把这引用,并不是因为这是大新闻的社论的缘故。因为觉到现在以先觉者自任,以识者自居——换言之,所谓操觚者教育家学者政治家的人们中,意外地尚很多怀抱和这社论同调的意见者的缘故。

青年妇女的恋爱和死,引起了社会的注意,这为甚么是不健全,是浮薄?难道非有关于甚么政治军事的事,就无价值了吗?非甚么国务大臣陆军大臣的事,就不足轰动吗?这论者恐怕即是那口操甚么"妇女小儿"或支那式的"女子与小人"(小人是小儿之意)等类的调子,把人间最贵的感情生活的问题来等闲视的东洋式的豪杰之流亚罢,否则即是那只知崇拜政治匠或指挥刀的乡下人罢。

政治原是与艺术宗教学艺经济同为我们人间生活的极重要的一部分,但如近来日本政界的近况的样子,并无何等思想的根据只为了眼前的利益争夺而行的投机的动作,对于我们的真诚的内面生活,果有何等程度的交涉呢?举近来的一例说,某政党的干事长,发表了给反对党首领的所谓"公开状"的奇怪的东西,世间见了,宛如天下国家的大事件似地为之轰动,对于这样的事有兴味的人,不才是真的不健全的浮薄的人吗?因为那只是争政权的饵的猿狸间的争斗而已。在因了恋爱的苦闷而仰药的"一少年妇女之死"里,有着决不能见之于猿与狸间的贵重的深的人间性,一切动物之中,敢于自杀者,只有人间。

近来政治家的所谓业务,从后日看来,都是极无聊的东西。有某男子曾前后握政权至八九年,善于用权谋术数支配全政治界全实业界。这男子是公爵或是陆军大将,已记不起了。殁后仅数年,他的名字已与近代的新生活毫无交涉,现在的新人,恐怕连这旧式政治匠的姓名,也不记得了罢,夏夜,在重瓣莳丛中的古塔畔作喁喁情话的无名的少女,却与诗圣勃郎宁的艺术永远地活着。又不禁令人记起 Love is best 的名句来了。

说像 H 家的事件并不稀罕,这确不错的。但因其不稀罕就说不值得注意，这结论的理由在哪里？唯其不稀罕，不，唯其为人生最普通的现象，才是真正观照感味人生的人所不可不深考的。H 的一青年妇人的自杀事件中，含有着生存现代谁都不能无关心的许多问题。在那里，有近代人谁也须尝到的社会苦人间苦及懊恼苦闷，投射着暗黑的影子。把这样的事加以轻视的，不才是"肤浅"、"浮薄"、"不健全"吗？想啊！说非富士山爆发或大帝国灭亡等千载一遇的珍事不值得动心，其理由在那里？

谓一青年少妇之死不足言，因其为王侯将相的言动就当注目，这等是极不澈底的愚蠢的俗见。在真诚地凝视自然与人生想去在其中看那真善美的状态的人的面前，这样外面的浅薄的差别，甚么意义都没有。从探求真理的科学者眼中看来，英雄的心脏与兔的睾丸，并无价值的差别。在真想捕捉人间性的真象的艺术家，小户人家的夫妇相骂和二大强国的争斗，其间该毫无轻重之差的。认为有轻重之差者，乃是尚未能把事物本质地澈底地思考的缘故。

但，这也许是我的过虑吧。现在日本的聪明的新人，无论是男的或是女的，对于甚么政界的波澜，政权的动摇等无聊的事，早已不甚感到兴趣了。似都正在思考较澈底的深的人间生活与社会生活的问题。唯其如此，故 H 事件才惹了世间的注目的。我觉得这乃是并非"浮薄"，并非"不健全"的最可喜的现象。如果说这是肤浅浮薄，那末，如托尔斯泰，易卜生，以及一切曾把这种事当作人生的大问题思考过的近世大思想家都也成了肤浅浮薄，势非达到这样奇怪至极的结论不可了。

说虽如此，在那 H 夫人的事件当时，我曾有一事禁不住微笑的，就是那女子在平素并未有十分耽读过文学书的事实。那所谓忧国慨世之士的大人先生们向例用了甚么"文学中毒""不健全文学之害"的罪名矢口嘈杂的绝好机会，居然没有，对于大人先生们，此次是很觉得抱歉的。

十一、断片语

天高气清，夏日来的困怠的身体已紧饬，昏浊了的头脑，也和秋泉一同澄清,可爱的季候到了,在读书人,这是一年中最重要的工作时期,我当这长长的秋夜,也不能长作世事闲谈了。先是关于这动手写了的题目,要说的事也尚很多,但现在没有立了顺序来论的余暇,姑就现在念头上所浮起的事项,把所想到的当作断片来接写下去吧。

男和女互以个人的人格为基础而结合,一方并不把对方待作奴隶,视如物品,却是,也并不像欧洲中世的女子赞仰,尊崇如神,双方平等的人格的结合,这是恋爱是结婚。否则其性的关系或如主人与奴隶,或如顾客与商品,或如种马与牝马,在个人地既一次觉醒了的近代人看来,很是非人间的非伦理的。所以,像今日日本的样子,对于 Kawagaru, Mendo wo miti yaru, Vasashiku suru,(皆宠待之意——译者)等言语有 Danna no oki ni iru, Kawagareru,(皆蒙宠之意——译者)等言词可以成立的性的关系(特如夫妇关系),无论其间有如何的爱情存在,总是与主人对于爱犬的爱情或资本家对于工资奴隶的温情无异,不是真的人与人的关系。像那只知向了女性说温良贞淑之教者,结果无非把奴隶的道德强迫异性,多年以来的这恶弊,现在许多妇女之间,不是现出至于有着甚么"媚"咧"娇"咧"戏"咧等类犬猫同样的性情的可悲的事实了吗?

近来性的教育为一部分的人们所高唱,这不失为好事罢。但这不应单是授与生理上的知识而止,像关于上面样的性的伦理的教育亦为必要。特如在像日本的处女的贞操容易为男子的不良性放埒性所蹂躏的国度里,注入人格的结合的思想,觉得比甚么都还要紧。我为了肃正一代的风纪起见,故说这话。

恋爱乃是不是奴隶的人的自发的出于自由意志的自己牺牲,然同时为欲独占对手的所有欲所驱动。捧献身心的自己牺牲,在其他的半面活动着最强的自己欲求。古来学说中,有认一切的道德结局无非为自己者,在恋爱里显有此感。这要之无非由想把对手归诸"所有"的欲望而来。一夫一妇之制,从性的道德上说,当然永久地作为当然的结果而存在,自由思想者如爱伦·卡关于这点亦所承认。在男女任何一方再把爱分到第三者,即在那所谓"三人的戏剧"或"永久的三角形"时,其一方非愚拙的风流或游戏气分的东西,即是单为了形式与因袭或为了其他利害打算而生的虚伪的性的关系，应该可以断绝的。至于仅少的像戏曲小说中所见到（自不是近代的）的真的爱分为二处成了完全的三角形的时候，那就恰如常态仅生一儿的人间，生了双生儿，除了认为运命的可怕的恶戏以外，别无可说的了。

但人间进化了，社会进化了，恋爱与结婚亦随而进化。这在将来，要向了甚么方向进化，该向了甚么方向进化，非我们在今日所得豫言。例如和潜在今日的恋爱观背后的东西相近似的"所有的欲望"，在财产上有了非常变化的共产社会里，性的关系也许要把一夫一妇的原则变更的罢。像那英国的大作家近来屡次在论坛上活跃着如威尔斯（Wells），似承认着共产社会里的一夫多妻，多夫一妻及离婚等诸形式。但在我则对此尚怀许多疑问，抱着全然反对的见解。恐那种社会也仍坚以一夫一妇为原则，唯性的关系的离合，变为比现在更自由的制度而已。至少从现在的性的道德看去，只可作如此想。因为人格结合中的对手的所有，和单是物质的所谓所有，在本质上很是不同的缘故。

近代剧上把这恋爱与结婚的关系为主题者，北欧诸作家自易卜生以下固很多，即在家族主义最浓厚的法兰西，亦作着欧物（Paul Eervreu）勃刘（Brieux）及其他许多剧作家的题材。但就了这问题最深入而表示令人倾心的辛辣的讽刺的味者，似乎总要推英国的伯纳·萧。那被称为他的大作的《人与超人》不必说，如《渔恋的人》等，是易卜生式的个人主义的更去一层皮的东西，叙着以极突飞的浪漫的人物且德利斯为中心的恋爱的波澜，很是有趣。至于《结婚》是无梗概也无主人公的奇怪的一幕剧，并没有甚么事件，只好似许多男女集了一处在开着结婚讨论会。有主张一夫多妻的，有希望一妻多夫的，又有主张某一定期内的结婚关系等奇拔之说的。作者在这种问答里宛如怪猫弄鼠似地讽刺着现制度的结婚。因为在那分辨不出是嘲谑是冷诮或是攻击的言辞中，有着作者对于现社会的一切制度的痛切的讽骂，所以了不得。英国的社会，总算是以当事人的同意为结婚的原则的，萧对之尚加以苛烈攻击，如果见了和犬猫赠受相同的日本的结婚，不知将怎样说啊！

"给人做媳妇"（Yomeniyaru）、"讨养子"（Yoshiwomorahu）、"取婿"

(Mukowoteru)这样的言语,明明是封建时代的遗物,今日还依然盛行着。最已甚的且把婚嫁之事叫做"收拾"(Katotsuku)或"打叠"(Katatsukeru),似全然把女子在当作旧家具或赘物看。把有人格的人间,为了家名或财产的关系,恰如犬猫玩物或旧家具似地"给"咧,"取"咧,"讨"咧,"收拾"咧,无论怎样想,总是野蛮,是在人该作人生存的新生活上所断不能容许的野蛮。在从现代语废除这样野蛮的言语之前,非把这样的见解从我们的生活除去不可。(这亦不限于日本的封建时代,即在西洋昔亦曾有过同样的看法。观于现存摩西十戒中显有"勿贪汝邻人之妻仆婢牛驴马以及一切的汝邻人的所有物"的话,则妻与家畜器物都是同列的了。)

为了亲,为了家,即使投身于青楼也不失为"孝",这是封建时代的事。今日西洋女子的为娼,多由于自身的堕落,而日本的卖笑妇中,却以为了亲的酒钱药资或助家计而卖身的"孝女"占着多数,对此可惊的事实,应作何解释呢?那只凭了一次的会面(Miai)因了父兄或周围的强迫就把终身付与既不恋也不慕的男子的可怜的女性,与上面所说的卖春的"孝女",其间有如何的距离?有何等的本质的差异?如果那女性因此就得了终生生活安固之道,那末这样的结婚,不明明就是终生的卖淫生活吗?

为了报君父之仇,家宅侵入罪,杀人罪,亦可不问,反当作美谈,加以显扬,这是封建时代的道德观。现今法律虽曾禁止,但这种风尚犹当作一种的感情残存于日本人的胸奥里,作着种种的累,这是可忧的现象。

只要有甚么变异的事,就甚么"文学中毒咧""新思想传染咧"地骚扰起来。似乎全在将文学与思想当作病毒或霉菌看。但是,试想!在今日的日本,有多少的旧道德中毒与因袭中毒的患者!更试看啊!旧式爱国心中毒形式中毒法律中毒的患者远比什么文学中毒者来得多咧。不见这等无数的患者,在把今日正向新文化猛进着的日本,弄成可悲的半身不遂的半病人的状态吗?像那 H 事件,明是本人和其周围者的因袭中毒与法律中毒,使一个青年的女性自杀了的。

有人说,即在简单的面会结婚,以后也自会生出爱情来的。不错,但那爱情不由于最初何等的人格精神的结合，乃是发足于肉体的性交的。这可耻的事实，请勿忘却！和牝马与种马的交尾一样，性欲满足与子孙繁殖的要求，在这种性的关系里占着主要的部分。究竟是异性间的接触，只要无十分的性格的不同，二十年三十年地无理地黏在一处，当然也不见得会每日打架，未始不可有自然地涌出人间的爱的事。但这种结婚者试回顾结婚的初夜啊！回忆了自己那刹那的心的状态是何等非人间的兽的，而不赧然自耻者，果有几人？特在女子，那无价的处女的矜夸，在斯夜将强为此兽的要求所剥夺，从叹"完了"时被牵拉了同栖至十年或二十年，其间也多少会有人间的爱罢。虽把犬猫每日置之座右，饲之长久，尚且自然会可爱起来，这是人情。但这果可和那自觉的人与人的真的恋爱生活相提并论的吗？夫妇的爱的生活的第一夜，——那第一步就从畜生道发足者，我名之曰强奸结婚，和奸生活，卖淫生活。不厌奔走，自诩撮合的月老冰人，不实是可憎的 Pander（龟鸨）吗？在那亲戚朋友集在一处，也不知有何可庆而高兴喧哗的夜半，把生命不易的处女的贞操一任蹂躏的可怜的女性之泪，对之作何感想？这并非可贺的结婚式，是可咒的强奸式；在时髦的作新婚旅行的人们，也许可免此忧，但如果没有恋爱，也就为确凿的强奸旅行。虽只在口头说笔头写，不也要感到悸动吗？

　　不消说，我也并非否定面会结婚的全部的。恋爱是神秘的东西，像那罗米奥与朱丽叶或配莱亚斯与美丽山特的样子，一见而能成立恋爱者极多。不，如果用了沙翁或马洛（Marlowe）的话来说，"相爱的人那有初见时不相爱的。"（《如愿》第三幕五场）在面会时就得这样高贵的爱者，那恐真是偶然的幸运者，有福的少数者罢。因为，这男子与女子，可以不经过那初夜的畜生道而终始其高尚的像人的恋爱生活的缘故。

　　"没有无例外的法则"，世多偶然的幸福者，亦多偶然的不幸者。作了恋爱结婚而抱破镜之叹者自亦不少。但行了像人而不像畜生的正道，结果失败，那只好归之于天与命，是无可如的事了。结婚确是人生的大冒险。因见有人诚实劳动了而贫困，认真卫生了而患病，遂就自始就可以怠惰，可以不卫生，是不可以的。现在的讴歌面会结婚者，恰和见有许多人以卖用石子假充的罐头食物致富,遂从而加以讴歌一样,实是畜生道的赞美者。我的话无一言半句是过分的。

有人举了凡曾经想情死过的同志结婚概无完全的终局的事实,来反证恋爱结婚的未必幸福。这是荒唐的论法。自巢林子的情死文学起,无论就了那一个例看,凡是至于要情死的人,其性格或环境上,总有着大大的缺陷。这种缺陷,即在情死未遂以后,也决不消灭。并且,须知因了一次经过像情死样的危机,那恋爱关系也自要受一种异常的打击了。要苦苦地引了像情死未遂者那样勉强的特例,来辨护因袭的盲目结婚,非文化的非人间结婚,反对恋爱至上主义的结婚,其理由在那里?其必要在那里?难道为想固执那愚不可及的形式与因袭,竟至不惜用这样的苦心吗?

结婚应由当事者的意志而决定,这原是解人的话,但也仍不行。意志不是恋爱,往往被家名财产或因袭所左右。即使是自己所乐欲的结婚,如果这人的动机,全在纯正的恋爱以外,道德论且不提,这样的结婚生活,决不是可以使夫妇人格完成,生活内容充实的。乔治·美勒狄士(George Meredith)的小说里,屡次把这种结婚的不幸描写着。这作家假了《阿蒙德卿与亚弥太》及《可惊的结婚》等作的女主人公的身世,把女子因了英雄崇拜热,虚荣,财富,或交际社会的体面等纯正恋爱以外的动机而成立的夫妇生活的惨状,用了那独得惊人的精致深刻的心理解剖的笔写出。最初为动机的东西,结婚后经久了如果遇到变化或消灭,那末本非全人格的精神结合的夫妇关系,其要根本地破裂颠覆,自是当然的结果了。

纯正的恋爱是至上至高的美,至上至高的善。作着不能向父兄师友公开的不正的恋爱的女子,或虽有了可公言的正当的恋爱,而像封建时代的小姐似地要面赤口吃,没有向父兄公言的勇气的没干的女子,须知在新时代的新生活里,都是劣败者了。因为这样的女子,不是自己没有建设自己的生活的能力的低能者,即是仍把恋爱解作"不义"或"劣情"的同义语的时代落伍的奴隶的缘故。

日本在世界文明国中,是离婚数最多的国度。这也许有种种的原因罢。但谁能说蔑视恋爱的因袭的结婚法，不是其最重要的原因之一呢？

经自己愿欲自己选择的结婚关系，如果有欠缺时，其责任全在自己。尽力想把现在的结婚生活改良的热意，也许就会从此发生罢。最初即由他人撮合的结合，那才不免要应"强合者必离"的话！离婚的凶事，不得不接踵而起了。

有某年青的小学教师和同事的女教员恋爱了。那真诚清洁的爱，两人遂正式地结婚。但同时却不得不辞了职转任他处。据说因为这不是为师表的人所应该做的事，认为不如凌辱结婚和奸结婚的正当的缘故。

这样，正的被认为不正，不正的反被作正的认着，这是今日多数者的生活。全不觉得那认者的眼睛是不正确的。

具着这样颠倒的眼睛的人在论教育说风纪，这不但滑稽，已是悲剧了。

这原是与恋爱问题无关系的话，顺便就带说了罢。说起教育家，世人——特是当教育的行政监督之任的俗吏们，动辄用了"号为人之师表者"的口头禅来施责备。是的，教育家原确该是世之师表的，但现今世上即有怎样高德的教育家，也决有人把那贫乏正直愚鲁勤勉的教育家来当作师表的。即在今日，像中江藤树或吉田松阴样的男子，在无名的村夫子之中，尽多尽多，不，可以断言：凡是学校的先生，比之于现在甚么政治匠实业家等下等的人物，都不愧为藤树松阴似的人。这许多藤树松阴似的人物，不正在被甚么都不知道的法学士的知事或郡长的俗吏以及学务委员等视同土莽，甚而至于非服从那朝三暮四的命令不可吗？还有甚么"世之师表"不"世之师表"？不是唯其是不把应作师表的人当作师表的日本，才因了知事收贿事件与议员渎职丑闻，全国现出着百鬼夜行的道德的无政府状态吗？世人决不把贫乏正直善良的学校先生当作师表，且尽力地把他们轻蔑虐待蔑视着，只要能有把先生的爪垢煎服的向上心，今日的日本，道德上该早更进步改善了的。不惜用窃盗骗贼的手段去蓄积私有财产的资本家，自己明知不是了，还要觍然地在议会作非答辩的答辩的不要脸的国务大臣——要举也举不完，——这样的人，才是世间所奉为师表的。全不把"为师表者"当作师表，而只用了"为师表者"的口头禅来责备人,究有何等的益处呢?

长长的秋夜已深,原想静听虫声而谈恋爱的,不觉走岔路去了。以下试再就所想起的事项加述二三,把这长谈论完结了罢。

十二、尾声

有一罗马人与其妻离婚,友人责备他说:"因为她不守贞操吗? 不是美人吗? 抑不能生育吗?"那罗马人把自己穿着的皮鞋伸出了回答说:"如何,这还是崭新的罢。"既而又附加了说:"但是,甚么地方在作痛,是你们所不知道的!"

这是勃尔戴克(Plutarch)《英雄传》中有名的话。从旁人看来,无论容貌体格血统品行财力门阀等条件怎样地适合,男女间却未必是一定圆满的。旁人认为无有缺陷了的夫妇,有时竟会遭逢破镜之叹,恋爱是意料之外的东西。相爱的灵魂与灵魂相触了演奏神秘之调的幽玄境,就在于此。一入了这玄妙不可思议之境,麻痕也成了笑靥,丑妇也成美人了。所谓糟糠不厌,爱无贵贱,真是超越理知与评价的世界。通常说是缘合得来,那末所谓缘者是甚么? 是旁人所不能知,只有恋爱的二人自知的生的神秘。

非有等于修道高士的纯净心者,不能行真正的恋爱。闻某荒于酒色的暴富户,有一次曾说:"就是一次也好,想真心地爱爱女人看。"只为物欲所驱使,弄着小智慧的下贱的心胸里,想开美丽的恋爱之花来吗?

有对于一女子成就了恋爱以后更找寻其次的女子的,恰如来往花间吸甘蜜的蜂的样子。法兰西人所作的书里有一句有趣的话,说在世间不和第二女人接触的是享乐者。贪多务得地滥爱异性的人,不是连一个异性的爱尚且不能充分咀嚼的不幸者吗? 一夫一妇制,虽原是人间杜撰的东西,但即就人生的享乐上来看,觉得也有完全尝味恋爱的好的意义。(特如认男女有同等的人格,则对一夫而说一妇,亦可毫不勉强地作为自然的原则。)

愈恋慕愈被拒绝,愈被拒绝愈恋慕,这样的单恋虽可悲,亦是高贵的恋爱。又，虽不是单恋，被妨于周围的事情不能如愿完合的恋爱，该更是高贵的恋爱了。把这不遂的恋爱，像过去的甘美的梦似地一生秘藏在自己胸里，当作在心的圣殿亮着的明灯，终生坚守童贞，决不是人的不幸事。比之那被迫而作不愿的卖淫结婚，身与魂都遭污秽的愚鲁的一生，远来得美。

"行了爱而失爱，总比全未曾行过爱的好。"这是诗人丁尼生在"*In Memorial*"中说过的有名的句子。

初恋是醇中之醇的东西。终于此者比谁都幸福。但人有作几次的恋爱的，后面有恋爱时，前面的恋人难免会被弃或遭破镜之叹，这时对于那被弃的一方，大家都要代为不幸。果是不幸吗？只要那被弃的异性，尚有爱对手的异性的心，那末弃者才是损失者。勃郎宁所歌的女王克利斯契娜，曾把其所恋爱的男子弃了，可是那男子尚爱着女王，这样说：

> Such am I: The secret's mine now!
>
> She has lost me, I have gained her;
>
> Her soul's mine: and thus, grown perfect,
>
> I shall pass my life's remainder.
>
> ——Browning, Christina, viii.

> 我是这样，现在得到秘奥了。
>
> 她失了我，我得了她了。
>
> 她的灵魂是我的。这样作了完全的东西，
>
> 我把余生送了吧。

女王的肉体，那男子原是失掉了罢，但女王的灵魂是，当从眼与眼相触时已是为男子所有的了。男子已因了这恋爱把自己扩大完成了。如果能把那恋爱毫不放松地藏在胸里过其一生，那么那被弃的男子宁是幸福的。就是那所谓因失而得，因败而胜的人。把幸与不幸单从外观或物质上来批判的是流俗之见，原不足道的。欲判祸福，非从灵性的悠久永远之生命着想不可。至于那因被弃而把弃者加以咒词瞋目的，更是村妇之流，不值得齿及的了。

　　我尝说过文艺是苦闷的象征的话。生的欲求，从内外受了种种抑压，就成了心的伤害。从这伤害可象征地构成梦幻。内部生活的心的重伤，象征地作了声，形或色表出，于是生成文艺。这现象在生的欲求中最强力的性的关系上，最显著地表现。凡是有生的一切的东西，都有根于性欲的艺术的表现。在春野歌着的鸟，开着的花，其声其色，都无非生殖欲望的象征。那在深山踏着红叶而鸣的鹿，为自己生命的燃烧焦着了身而发光的萤，以及展了那绚烂的翼矜夸而舞的孔雀，都可认作强烈的性的欲求的美的表现。

　　和动物不同，在进化的人间，生的要求，不单是性欲，作了非常复杂的精神现象而开展着，这是前所已说的。恋爱在文艺上所以作着最主要的题目，亦全由于此。诗人或艺术家，其阅历在表面上虽无何等恋爱的事实，但把他的内部生活深深地探掘下去，就会在那里发见根本上有性的要求潜伏着的事。不，诗人或作家，在其阅历上与作品上把其关于恋爱问题的烦闷苦闷显著表出的例，真是极多。如但丁，如歌德，在这点上都是世界文学史上的有名的例，特别在许多抒情诗人的阅历里尤应重视。即不失恋而在与女性的关系上尝过最深的人间苦者，如彭斯（Burns），如雪莱，如济慈（Keats），如拜伦（Byron）皆是。又，甚至在表面虽不觉有甚么，而略加深究，即可在作品里发见作家自身失恋的痛切的经验者。例如史文朋（Swinburue），据哥斯（Gosse）最近所发表的著书，则他在二十五岁时曾有过失恋的事实。他那想与调都热烈壮丽之极的诗篇，如《时的胜利》（*The Triumph of Time*），如《亚那克托里亚》（*Anactoria*），又如剧诗《卡里敦的亚脱兰陀》（*Atlanta in Calydon*）中的最长的合唱，那种咒诅女子咒诅恋爱的激越之调，我们须知了他的失恋的事，才得领会的。恋爱的苦酒，在诗人真是比诗神（Muse）的雪泊克林（*Hippocrene*）的泉水更好的灵药。

　　十七世纪的哲人派司卡尔（Pascal）所作的《思想录》，是非常有趣的书。里面有一句说：女王克莱阿巴托拉（Clopatra）的鼻子如果再短了些，世界的历史就要全然两样了罢。真的，翻开故佐佐木醒雪的遗著《日本情史》及爱特格·沙太斯《恋爱史》等来看，恍知不但诗人，亘古来人间生活史全部，恋爱问题在背后占有非常重要的位置的。

　　在被称为绝代的奇书的有名的《行状录》中写出不过放浪的阅历的惠耐契的才人卡赛诺瓦（Casanova），光源氏叶平，拜伦冬芬（Don Jaun）世之助，丹次郎等的恋爱，姑且不谈。不浮薄的恋爱，可比诸东方的项羽虞美人者有西方的右利赛斯（Ulysses）与培耐罗琶（Penelope）。名留千载无人不知的有爱伊南与代伊特，玄宗皇帝与杨贵妃，安东尼斯（Antonius）与克莱阿巴托拉（Cleopatra），罗米奥（Romeo）与朱丽叶（Julriet），鲍罗（Paolo）与法兰契斯卡（Francesca），兰斯洛特与爱伦，鲍尔（Paul）与佛琪尼（Virginia），托洛伊拉斯与克里西大，托里斯太（Trister）与伊沙尔代（lsolda），西罗（Hero）与莱安大（Leander），御夏清十郎，御三茂兵卫，御七吉三，御驹才三，梅川忠兵卫，小春治兵卫，……列举起来，其数真多得可以惊人。这许多在诗文中经了艺术化的恋爱美名，千古不朽，永在人的胸中作响，而桂太郎，寺内正毅等人的名字，不出十年，早已被忘却了。诗人歌了说，"Love is best。"

　　"人生的至上善（Summum Bonum）是甚么？"古时的哲人曾这样问。这是人间永久的疑问罢，有人答说是信仰，有人答说是知识，叫边沁（J. Benthom）一流的功利主义者来说，是最大多数的最大幸福，问诸暴富户，恐会立刻回答说是黄金罢。八十岁光景的老诗人勃郎宁却回答说，人生的至上至善，在和少女的一吻。

SUMUM BONUM

All the breath and the bloom of the year in the bag of one bee：

All the wonder and wealth of the mine in the heart of one gem：

In the core of one pearl all the shade and the shine of the sea：

Breath and bloom，shade and shine，— wonder，wealth and — hew far above them

Truth，that's brighter than gem，

Truth，that is purer than pearl，—

Brightest truth，purest trust in the universe-all were for me

In the kiss of one girl

（大意）一年的花的色香，集在蜂的囊里，大矿山的富，凝在燦然的宝玉里，洋海的阴和光，集注在一颗真珠里。而比这宝玉真珠更贵重的真和诚，那近代的大诗人却求之于少女的接吻。

我这 Essay（论文）从勃郎宁写起，亦由勃郎宁完结。

搁笔时，夜已深了。静听庭前的虫音，念到这亦犹是为恋而将瘦去的雄的呼声，为之惘然。至于联想起南欧月明之夜同样为恋爱所恼的男子，把幽思寄托在纤细的曼陀林弦上隔窗呼唤恋人的 Serenade（夜曲）的歌来。

再说恋爱

一 当作绪言

　　我有本职的剧务,但在夏冬二季的休假以及礼拜日等类,偷了学业的余暇,草作拙劣的文章,或应了需要在公开讲坛上弄讷辨的事,却也不少。这因为我确信我的拙文与讷辨力量虽小,未始不有益于今日的世道人心,在文化发达上生活改造上有所贡献的缘故。也因为自信对于那作着高远的理想永久的真理的思想,怀着热意与憧憬的缘故。如果万一我的言说与文章是害世道人心误人子弟的东西——又或发见自己的思想中有根本的误谬,我也就不会公之于世,从新回到象牙之塔里,埋头于学窗之畔自加鞭策了来继续研钻与省察了罢。暂时折了笔不写文字,缄了口不谈甚么了罢。

　　笔者漫谈自己,是不逊的。我也知应竭力避去这个。但在绪言或自序等不得已的地方,也许有时可以被容许罢。当我重写恋爱论之先,为了说述那动机与感想,请稍与我以说自己的自由。我在这里先求读者谅想我说自己的无礼。

　　去年之秋,我草了题为《近代的恋爱观》的一篇 Essay,在东西两都的新闻纸上连载。因为一方不满于只喋喋谈性欲的一代的恶风潮,一方又感到把恋爱作劣情或游戏观的迷妄事实上至今还未脱离人心,愤激了于是执笔的。盖只谈性欲与把恋爱视作劣情,一见虽似全然背驰的思想,而在误解恋爱在人生上的意义的一点上,在阻害行驶于时运之流的生活的进展上,两方的结果全是相等的。

　　我对于这二倾向举了反抗之声。不料,竟听说有人在背后说我那篇《近代的恋爱观》是想追逐流行而卖文名的人所作的。我被认为会追逐流行的聪明者了? 想到此不禁要独自苦笑起来。

　　从现在说来,已是二十年前的事了。那时我还是东京帝国大学的学生。初读哈佛洛克·蔼理斯(Havelock Ellis)著的《新精神》(*New Spirit*)在卷中的《易卜生论》、《惠特曼论》等深感到趣味,遂想并读同著者的别的述作。一到日暮,就跑出小石川的寓所到那现今还有着种种记忆的红砖建筑的大学图书馆去搜索书籍。寻得了同著者的名著《性的心理》(*Studies in the Psychology of Sex*)与《男女论》(*Man and Woman*)类等，于是随阅随记录，一时曾把这类书籍加以涉猎。我那时还是二十四五岁的青年，在自己的体验上也为恋爱所烦恼，一方又因父母贫困，学资难得，正是衣食困难的烦闷时代。不久走出大学进了大学院，我所认的研究题目，是"诗文上所现出的恋爱的研究"。当那题目登出官报，一时曾被先辈及友人很说了许多的话。

任这研究的指导教授的，是新从留学归国正担任着文科大学讲座的夏目漱石先生。我曾时访先生的私邸，关于这问题求种种的教。因为见解与先生总不相同，在深夜互相剧论的事也不知多少次。有一次，就了"罗米奥与朱丽叶"等类的事，谈论恋爱，为先生所反对，我为青年客气所驱，往往反诘先生。忘了自己还是黄口乳臭，不顾身分地呶呶强辩，弄得先生后来也说出"现在的青年不知封建的道德"的话来。现在翻开《漱石全集》，见到这里那里地记着的这样的事，不禁回忆起今世仅有的先生来，下追慕之泪。以青年客气之语失礼于先辈，至今还认为罪愆。作为艺术的表现的冷骂与讽刺，应该怎样说法？批评或议论应该怎样作法？文章的写法思案法应该怎样？关于这等，不但先生的著作，在那巧妙的坐谈里也不知受到多少的暗示与启发。追忆到此，即今也不禁感谢。

二十年前作为大学院研究题目的我的恋爱研究，在后来二三年中只涉猎了关于这方面的各书作过几百页的记录，终于全然放弃了。因为文艺研究上的我的兴味更移转到了别处的缘故，关于恋爱竟连一文都不草，现在是并当时的记录也散逸不见了。即使那些记录还在，在思潮变迁得几乎要眩目的现代，二十年前的旧记录，也不见得有甚么用处，我现在连可惜其散逸的心也没有。

在欧洲思想界，恋爱观也在这二十年间呈着显著的变迁。那时爱伦·卡的名著还未有英译本，其学说当然没有像今日的势力。我的读到那时嘉本特的大胆的著书，抚卷惊异者，是那著书出版以后不久的事。又，至于性的生活的科学的研究，在二十以前，上述的蔼理斯或惠斯戴马克(Westermark)的著书虽已出现，晚近的精神分析学派的研究不必说，即如西尔修浮德（Hirschfeld）的《恋爱的本质》，《恋爱的自然法》，尼斯屈伦（Nyström）的《性的生活》（*Das Geschlechtsleben*）等可资这问题的新考察的好著述，亦未曾出世。把最近有名的斯托普斯女史（Stoper），故蔼理斯夫人或哈佛特（G. E. Howard）的关于性的道德的诸著的论旨，较之于二十年前的欧洲学界，真可说有隔世之感。当时一般所流行的只是叔本华的恋爱论等类的东西。有人嘲笑我的恋爱观是西洋三四十年前的旧思想。究有如何的根据，敢于在公会席上发这样的妄语的？我不但对于其人格，对于其知识程度也不得不怀疑了。被前世纪的唯物论及个人主义一次破坏了的恋爱，随着二十世纪新理想主义倾向的复活，重被肯定，此事实，我在那篇论文上是曾反覆指摘了的。

又，如果单就我个人说，则当作研究，关于这问题到今尚无何等有系统的成果，所得的犹是卒业才二三年的白面书生的研究，实是可耻的事。但以后于文艺研究上，当翻阅那小说戏曲时，性的生活与恋爱的问题，不免在我心中往来，还不仅读书，即在实生活的贫弱的体验上，爱洛斯（Eros）的神亦向我把苦酒美酒强饮。二十年来我自己的恋爱观亦因之不得不变迁了。

在这里我再要请读者宽恕，因为我情不自禁地追怀往事，又在漫谈自己了。

距今二十年前，即豫知现今的"流行"，选定学生时代的研究题目：我又不是神，这是可能的事吗？不管在世间流行与否，我既是文艺研究者，对于这问题的兴味，永远不会从我脑里消失罢。

如前所说，我的作《近代的恋爱观》，明明是想反抗一世的思想。就是，见许多人喋喋地惟性欲是谈，蔑视其艺术的精神的意义，而在一方则个人主义，唯物论，及功利主义犹支配着一代的人心，不满于这种现象，遂思加以一击的。篇中所以特把恋爱与个人主义的关系，及因袭的形式结婚的蛮风，长长地说述者，亦为了此。

不意，去年暑假将完了时起了稿，在新闻纸上快登完时，世间恰好起了种种恋爱事件，于是也就有机会听到世人对于我的恋爱观的批评。批评之中，尽有极无聊的。有赏赞者同时亦有非难者。从青年学生颇得到有益的可作参考的质问。在许多批评中，有那不值一顾的顽冥无知之徒的反对说。竟有仅读了新闻纸上连载的拙稿数行，或任意读了数分节，甚至有仅看"恋爱至上"的诗的标语，就像煞有介事地装作了批评家，列陈腐平凡的常谈来攻击的。又，因为不解艺术表现的 essay，是需要讽刺幽默与夸张性质的文体，把我笔虽不写已托在言外了的论旨，丁宁地再加注释，还自以为在反对我的人也有。

　　我现在所以重呵了秃笔来说恋爱者，不是想和那一味谩骂的人作对手，也不是想教诲那至今还未解妇女的自由解放为何物的迂愚之徒，只是要答复那对于我的恋爱论的正当的批评和质疑而已。因之先要声明，此篇所述的论点，不出答覆批评与质疑之外。凡与批评及质疑无涉的事，豫备全不言及。又，遇到已在《近代的恋爱观》中说过的重复的部分也从省略。所以，单就这篇看，也许在论旨上有顺序不连络的处所，亦未可知，这因为要把个个别别的质疑与批评集在一处答复，势不免要有这缺陷的。

　　前次的《近代的恋爱观》，单说恋爱的天堂界示其理想极致。就但丁的《神曲》来说，就是把诗圣会到培德丽契的诗美情念与信仰的最高境说了。不但因为我忙急要把稿子结束，亦以为在聪明的读者，读了这些就会了解，不愿排列杀风景的说理的文句的缘故。不料，这似乎还不行。世间的面似识者人们中，意外有不少的可悯的人，舍了正道不走误入迷路者之多，真是可惊。于是才知仍有用村学究的老法子，不作甚么省笔，一五一十地来说教来谈讲的必要。不错，大恶的邪淫者或拘执固陋之见者，非从地狱界（Inferno）净罪界（Purgatory）是到不来天堂的。而作地狱净罪二界导者的，不是信念也不是诗美，是代表道理的维琪尔（Virgil）。这回我也就不得不违了本意，作比较说理的议论，把前次所发表过的恋爱观更从别方面来说。前次是对于唯物的性欲注重说特述诗的恋爱，这回拟充分卑近地从社会，道德及实际生活而观恋爱。

二 试观革新的理想

有读了我的《近代的恋爱观》,批评为理想之说的。这确不错。但看现今费了许多牺牲急上新文化建设之路的世界人心中所赫奕发光着的新理想主义的光焰啊! 我说。

为自然的必然法则所支配,人生是不能自由活动者,永久是被诅咒者,人间纵怎样地挣扎,自由意志总被否定着。这样的想法,是前世纪科学万能时代的决定论与机械观;是人间只管俯首于悲痛的现实之前,走着悲观主义的黑暗之路时代的事。已看澈了这现实的底部的人,弃去了那"没有法子"的断念,重新猛然蹶起勇跃时,其作这发动力的新的生命,就是新理想主义。那情形宛如从恶梦觉醒的巨人,其目迥然,其步捷速。以前已凝视过现实认识其不合理与缺陷了,以此作了出发点,再悬了高远雄大的理想标帜,用了燃烧也似的热意与憧憬前进者,不是二十世纪新人的理想主义吗? 曾经在唯物功利的科学万能思想时代,一次被否定破坏过的人生种种理想,至此重因了发足于现实主义的新力而活动,人间信任了人间的力而努力,这是理想的再造,同时也是人生的肯定。是生活的艺术,当作信念,即是生命的宗教。这是因了现实主义科学精神而巩固地生了骨子以后的新浪漫主义,和百年前的梦也似地捕云也似地美幻的浪漫主义,根本上异其性质的东西。

我并非要把这新理想主义当作思想上文艺上的问题来说,只是关联了前次所发表的《近代的恋爱观》,从这理想主义的立场来说两性关系,换言之,就是当作生活革新的实际问题来说这理想说。

随伴了近来人心的急速觉醒,不安摇动益甚。这在人类文化的发达上是可喜的现象。因为那是要创造新东西的生的苦痛,也是在进化的道程上开拓荆棘排除障碍而前进的努力。人间生活的一切方面要求革新的呼声,在今日已耳熟得几乎陈腐,日本西洋都一样。唯在这里有不可不深考者,无论怎样地大了声叫改造革新,其作最后的高远目标的理想,如不加以明白的认识,则终无用。就是,应向了甚么方向,用甚么作目标而行改造的问题，如果不人人明白知道，则动摇不安亦只是无意味的动摇不安而已。因为一切进步是动摇，而一切的动摇却不完全是进步，必以高远而雄大的理想极致当作目标，依了一步一步向前精进努力，真的人类的向上，始可期望。这原是用不着再说的明瞭的事，而在只为当面的事所忙杀的人们，往往全不想到理想的确立。他们常嘲笑了说，"如果能够这样，那原是很好的"，或在鼻头冷哼着说，"这是可能的吗？"只管嘲笑，只管冷哼，他们也不耐现在的缺陷与不合理，也是不安的。他们也未始不在着手于改造革新，可是否定理想的改造，和蹒跚的醉汉的醉步没有两样，因为并没有一定的目标，只如家鸡似地在眼下随便踱着而已。那是既无所谓进展也无所谓向上的。入了二十世纪以后，时代的先驱的思想倾向，至于带着显著的理想主义的色彩者，实因他们在现实生活的彼岸望着远大的可作生活目标的理想，用了热意与憧憬向之作着精进不退的努力的缘故。理想是永远的理想，其完全的实现也许不可能。但即使不可能，向了这最高目标，尺寸也好，一步也好，总须前进，理想主义的价值就在于此。因为这尺寸，这一步，即是吾人生活的改良向上了的缘故。一步的向上，尺寸的进展，在其自身上是有意义的。

就生活革新的理想而考察时，今日世界人心之动摇，要之可认为基于三种的反抗。第一，民族（或人种）的反抗，第二，阶级的反抗，第三，男女两性的反抗。

如果由科学万能的当然归结的宿命论或决定论的人生观说，这许多由"差别"而生的反抗，只要有人类，也许是不能免的。用了那"没有法子"的悲观调子一说，就甚么都完。因为认为没有法子，于是并本来有法可想的事情也弄成没有法子了。立在世界改造运动的第一线上的人们，对于这三种反抗，立有三个理想当作最高标帜。为防止第一的民族间反抗的生战争祸人类，首以永久和平为理想，现在想由所谓军备缩小国际协定等极无聊卑近的第一步跨出步去。第二，为了要撤废阶级的区别，以所谓德谟克拉西的新社会的远大的理想作了目标，首从劳动问题经济问题等方面努力着，这是大家所知的。就是想解决那由有产无产的阶级的差别而起的反抗，以建设新社会为理想了。第三的男女两性的反抗，这就是世俗普通所谓妇人问题,以完全解放妇人,承认其人格,排斥各种类的卖淫关系奴隶生活,为生活革新的最高目标。以上三个理想,其根柢皆在于自由平等人道正义的观念上,以"协同爱"作着根本的精神。把今日不正的金钱的工具或利害打算等认作是第二义的东西,对于古来的错误的法则惯习反抗,这是三个理想所共通的。至其以想使所有的人都像人地生活的欲求作着根本,更不必赘说了。

但是,仔细考察起来:

(A)第一的民族反抗与第二的阶级斗争,是都可用甚么权利义务经济关系或法律制度为条件而解决,期其理想之实现的。至于第三的两性关系,全和第一第二的情形不同。乃是以古人所谓"阴阳和合"的神秘的人格关系——即恋爱(根于男女的性的生活的爱)为最后一境的精神生活的问题。男女间之事,若只凭了甚么道德法则或权利义务,决不能得最后得解决的。时间的所谓妇人参政权咧,妇人经济独立咧,女子教育咧,都不过只是为完成此两性人格的结合的外部或附属的问题而已。那作人类生命存续的根本的母性拥护,亦显是必然地随伴了这恋爱问题应当考察的东西。

(B)民族,阶级,两性,三者都是各由差别而生的抗争。假定想像理想境已实现了,譬如,假定第一的民族间的——及民族所形成的国家的——斗争没有了,永久和平的理想实现,或一步一步地接近实现了,用了甚么国际协定或威尔斯所说的"世界国家"等各种的方法,民族间的战争消除,(连不用武器的资本主义的国际经济战争亦取消,)军备全废了。又假定:在第二的阶级斗争方面,德谟克拉西的新社会的远大理想实现了,无产者与有产者,劳动者与资本家间,永远没有抗争了。即使这样把人种差别和阶级差别撤废了,而第三的男女两性的差别,却是在人类存续地上以上,永远绝对地不能撤废的究极的差别。除了人再回到下等动物重行单性生殖以外,阴阳的差别是断不能去掉的。这两性间的差别,既经从来有反抗状态,无论第一的世界平和第二的德谟克拉西的二大理想,怎样完全实现,男女两性的反抗必至最后还存在。这两性对立的反抗,毕竟唯由极力重视两性间所谓"爱"(即恋爱)的完全的人格的结合,才得解决，此外别无他道了的。生存在男与女的永远的差别上的一切人类，各只因了该男与该女的爱——即恋爱而结合，这是两性关系的究极理想。换言之，性的关系如果不净化纯化强大到这境地，妇人问题不能解决，人类在最后亦不得幸福的。

解决人间性欲苦的难题，凡生殖育儿家事劳动等永久非妇人之手不能处理的事，不因了何等的卖淫关系奴隶状态而行，妇人一方完全维持平和与秩序，一方亦与男子一样，把自己解放到基本于自由平等正义人道的生活，这只可于恋爱生活中求之。以恋爱为第二义的妇人的性的生活，其中显存着卖淫与奴隶的分子。我以为要夺还妇人已失的自由，第一须着眼者，就是这个恋爱问题了。在生活革新上，恋爱在现今，妇人比之男子，尤其是重大问题。

如果用了一部分的宗教家的见解来说，也许可说第一的民族反抗第二的阶级反抗都可因"爱"的提唱而解决吧。这也原是我所赞成，没有异论的。但在今日人类进化的程度而说这话，似乎是不足道的一种空想。所以，在今日，我只在解决男女问题上注重一"爱"字，"爱"的一字用于男女关系的时候，在日本的普通语中除了"恋爱"没有别语。换言之，不论是夫妇未婚者或是甚么，男女在性的关系上，精神地人格地相结合，即是恋爱。我为欲避去和日本语"恋"字所易联想到的恶风流的游戏的性的关系混同，便宜上在《近代的恋爱观》的开端特用英语的 Love 的字，因为认"恋爱"的文字中没有严肃的内容的人不少。

将男女的恋爱艺术地宗教地看了，想把这法悦（Ecstacy）的一境作诗的表现，我于《近代的恋爱观》中特借用了 Love is best 的诗人之语。又，把和这同样的思想，当作实际的社会生活改造的最高目标之一而看时，我的所说，是由上面的理想主义出发的。自儒教未输入以前的日本固有的古代思想或柏拉图的费特拉斯（Phaidros）与保锵的思想，以至二十世纪爱伦·卡的恋爱观里，即当作了现代的生活革新的理想，亦有着牢不可破的真理的。我以为。

以上所说的永久平和，完全的德谟克拉西的新社会，恋爱至上的性的生活，这三个理想，所以不能在现在眼前的社会实现者，是现在社会错误着的缘故。不,所谓有缺陷有错误的话,本身即是指这等理想之不能行而说的。我们以勇猛的努力向了这等理想的实现前进一步,就是生活革新一步,向上一步了。

如果以这等的理想不能实现于今日的社会为理由,而否定这等的大理想,那末二十世纪现代的文化的向上,只有停止而已。凡是理想,都是立在明确合理的基础之上而在眼前却常不可能的东西。不,唯其在眼前不可能,理想才有着重大的文化的使命的。努力地要把不可能的拿到可能的世界来,这里面存有人生的意义。正因为大家说"没有法子没有法子",才越加"没有法子"了的。所谓人生,原未曾被决定为不过尔尔的东西,认为不过尔尔者,毕竟是为决定论所误的谬见。

所以,如果把充满着谬误和缺陷的过去现在的思想,时代错误的偏见,以及由此产生的现在的组织制度法则习惯,作为唯一最上的东西,加以承认肯定,安住了以为生活无革新的必要,那末以恋爱为至上至高的道德的性的生活,和军备全废及社会改造,都成了无非空想或梦想的痴人的呓语了罢。但这是各用人生上的努力,过精神的廉价生活者的悲观中所产出的话。

改造革新的理想,其所以当作理想有重大的价值者,并非为了远的未来,乃因了这远大的理想之力,可以使现在当面的生活有若干的整理改善向上的缘故。换言之,就是提示着改善现在目前生活的最高目标的缘故。宗教上所谓天国或净土的理想境,并非为了远的未来而被信,那不是为了欲使现在的人生尺寸地近于天堂或净土吗?不是想在地上建设乐园吗?

不消说,理想有绝对性,常是至上至高,是终极极致的东西。永久平和的世界,阶级争斗没有的社会,一切男女但由了恋爱结合的性的生活,这三个理想,在现在明明是宗教,明明是"诗"。所谓新时代的文化生活者,并不止是厨室的改良及道路的改修,乃是指人人各以这样的"诗"作了最高标帜,用了情热憧憬与感激,向之进行的生活。乃是把科学万能论者所悲观为"没有法子"的那三种反抗加以破坏的事。简言之,向理想而进的生活,非即是向"诗"而进的生活不可。人生一否定了这"诗",也就无宗教，无道德，无艺术了。像中世纪的人遍历求"圣杯"的样子，人生就是向了理想的永远追求，不如此，人就失了生活的价值了。为要想把昔人所咏"四海波静"的"诗"拿到实际生活上来，当作最近便的一步，日本才参加华盛顿会议了的。

有人评我的恋爱观，曾攻击我把"诗"与实际混在一处。根于近世思想的核心的自由平等正义人道的前述的三大理想，在现在原都是"诗"的世界的东西。"诗"与实际生活决不可截然分离，是应该存在于一个人生的两端的。置身于只是"诗"的世界，我们连现在一日都要不能生存。同样，全与"诗"绝缘了的无理想的生活，亦明明是堕落的下等动物的生活，不想向上进展的无努力的廉价生活。眼前当面的实际生活，如果不常向了理想前进，不因"诗"而加努力，那就不是似人的生活态度。我于数年前，曾写过一《平和的胜利》（收在拙著《小泉先生及其他》里），赞美永久平和，近又用了同样的热意与确信谈恋爱的理想生活，写了那篇《近代的恋爱观》。有人对于这，说：这样漫谈理想论，容易误人，是危险的。那真是奇怪的议论了。假使因为听了永久平和军备撤废的理想说，有了征兵逃避的愚物，就可并康德以来的永久平和说及自基督起托尔斯泰止的无抵抗主义亦斥为非吗？因为一部青年为德谟克拉西的议论所误了，就可并民本主义的理想社会也加以拒斥吗？也许说，因为学者思想家或文人如果把平和论民本思想大声疾呼要罹重罪的罢，以在现在错误的社会生活上不能实行为理由，说可骂康德托尔斯泰等都是狂人吗？骂者之愚，先可笑了。

世间有玩弄至上的恋爱的人。有但为肉欲冲动所驱使，结果不惜把自己人格的自由牺牲的人。有过于重视恋爱以外的要素，结了婚过那卖淫奴隶，育儿奴隶的夫妇生活的妇人，又有一旦虽得到了高贵的爱，也不加以培植，任其废灭，终于弃如敝屣而离婚的人，甚而至于并想爱的努力吝而不施的人也不少。风纪的颓废，家庭崩坏的悲剧，以及背后常潜存着女子的种种的罪恶，凡此种种，皆由于今人不认识恋爱的高贵而起。说甚么"相爱的男女在一处原好，即使不相爱，结婚关系在别的理由上是正当的"，这样全然把恋爱认作快乐的奢侈品，所以在个人成了自己人格的破坏,在社会就成了纲纪的颓废。妇女作了奴隶妇人,卖笑妇,生儿的田等而存在,自由解放,人格尊重,就永久不能实现了。

军备全废,永久平和,劳资不相争的新社会,以及不由恋爱的卖淫和奸或强奸的性的结合,绝对消除,这种理想的不能行于现在,只要不是白痴狂人,谁也都知道,原不待那列了陈套语自鸣得意的批评者来插嘴了的。卖淫和奸凌辱的假了许多美名而行,在今日的生活里,究难避免,但这恰和一朝有事我们在战场上把杀人的罪恶认作义务相同,这在人的行为上是错误的事。不是像愚昧的古人所想的样子可以当作美德来赏赞的。既知战争应竭力避免,同样亦应知蔑视恋爱的性的关系是一种剥夺妇人的人格与自由的罪恶,该竭力地避免的。像世界平和的大理想先从军备缩小等姑息手段逐步进行的样子,非先从面会结婚的废止,男女七岁不同席等形式的废弃,以及其他实用结婚财产结婚的排斥等极卑近易行的第一步着手不可。在西洋,在日本,都尚和世界的多数者一样,把自最初就将恋爱置之度外的结婚与性交,俨认为当然。我们须知道:这明明是对于人格的蹂躏和冒渎,是破坏生活与文化的事,其罪恶与那破坏文化的蛮行的战争,毫无两样。向了那三个理想跃进的努力,实是一日都不能怠的。

先把现实凝视了加以批判啊!既见到了那缺陷丑秽与黑暗面,须用了情热与感激,向高的理想憧憬啊!脚踏实了大地,头却不可不高向着天!古昔浪漫主义者的一味追逐靠不住的理想的幻影,是脚离了大地。同时,否定理想,只没头于现实者,亦是四脚爬的泥龟的生活,这是无进化向上的永久被诅咒的生活。

我以日本人的资格,关于这理想恋爱论,尚有要特加附言的事。

终日为目前的事忙杀的近代的日本人,差不多没有理想主义。其所谓理想者,大抵被支那人或西洋人所强植,没法,只好汲汲然跟在屁股后面走的。在议会里,俨然以三十几票的少数把军备缩小案否决了,在后随了"国难到了"的呼叫,遂被世界思潮的大势所牵引,不得已为永久平和的理想主义所动,加入华盛顿会议。一事就是万事,没有理想主义的,老是这样子。对于由第二的阶级斗争而生的社会改造的理想主义,我们日本人亦明明拜着西人所说的后尘的。可是,独有第三的恋爱至上的理想主义,却不是外国所强植,的确是可夸的日本的国产。是我们日本人的祖先时代以来早已有了的固有思想。

先看欧洲思想界二大源流的希腊与基督教罢。在毫无禁欲色彩肯定现世的希腊思想中,其神话上尚有以女子为罪恶之源的人生观。主神赐普洛美修斯(Prometheus)为妻的美女潘度拉(Pandora)的箱中,说曾秘藏得有一切的罪哩。古代的基督教亦和保罗的教一样,同是认性的关系为罪。特别如基督教神话上的亚当与夏娃所食的智慧树之果,据最近的研究,实是解作性的知识的。又,即就欧洲以外而观,不论穆罕默德教,儒教,道教,都不曾把性的关系率直地正解着。其他的古代诸民族,有的认为罪恶,有的竟像原始宗教中某教的样子把性的关系认作了不得的神圣。认作罪恶,认作神圣,都不免是一种谬见。独我日本人的祖先,却与他们全然不同,能依照了自然率直地正确地人间地观察人生性的关系的意义。《记纪万叶》中所表现的恋爱观,与别的外国民族的古记载上的属于"原始的",甚异其趣。在儒佛的外来思想未输入以前的日本人的恋爱观,是全人格的灵肉一致的东西。于性的恋爱里恍然味识人生的意义而大胆地歌咏恋爱至上之思想者,日本上代的歌谣中最多。即就了天地创造的神话来看,其恋爱观也和基督教穆罕默德教儒教佛教等一切全不相同。这原是谁都知道用不着再提的话:那祖宗二柱的神,互呼"美哉,可爱的处女!""美哉,可爱的男子!"时,这不是表出绝对至上的恋——异了性的两个灵魂的浑融冥合吗!

这神话所代表的我国固有的生活理想,即入了有史时代——《万叶》诗人的时代亦无变异。可是一到了平安朝,顷被支那的儒教思想——极度蔑视女子与小儿的孔子教的思想所误而偏歪,于是遂生王朝文学中所现的颓废的倾向。其后从佛教来的禁欲主义,恰如清教徒的严格主义的样子,把日本人固有的生活理想再弄成偏歪,一直至于今日。动辄叫着甚么"国粹国粹"的人们,为甚么在这点上不一想呢?事实上,当德川时代儒者之徒在性的关系上全然陷于伪善的无批判无理解的时候,国学者却高唱日本固有的文化上所现着的恋爱观,对了汉学者们屡施痛棒。现在只要翻开本居宣长的文集等类,就可知道在国学者一方,曾远抱有理解的自由的恋爱观罢。

以为西洋一向行着恋爱结婚,这是大错的。又,像我所说样的恋爱观如果说是和世界平和德谟克拉西的理想说一样,同是外来思想,这只是无知之徒的偏见罢了。先请看事实罢,欧洲的古代中世,财婚,政略婚,为家族的奴隶结婚甚多,即在今日,在号称最尊重妇人的自由的美国,财婚还是极普通的事。美国富豪的子女,与在意大利很多的贫乏贵族的财产结婚,不是常作着交际界的笑柄吗?非恋爱结婚即不是完全的人间的结婚,把我这所说认作学西洋的时髦,觉得有些可笑。自由平等,正义人道,究是我们的生活理想,甚么新,甚么古,甚么外来思想,甚么内来思想,这些早已不成为问题的了。

某批评者说:"恋爱原不是劣情,是结婚的要素,但即使无恋爱,结婚也是正当的。"不错,即使没有头脑,人总还是人罢。只要具备着头脑以外的要素,总究不失为人罢。但完全的像人的人,是算不来的,我主张。即无恋爱,法律的"婚姻",形式上是完全成立的,但要说这是真的尊重妇人的人格与自由的有精神的意义的道德的结婚,我断不相信。

三 质问第一

新刊书的读者中,头脑新颖的高级的人们多着罢。对于这种人们,我在这里所要写的一节,也许太平凡太低级了也未可知。像这样浅显的事,在我也不屑列诸笔端,如果在平日写 Essay 时,当然是省略不提让读者的自考的。但答复质疑和批评,是本稿的目的,先从这浅薄的平凡谈开始。请读者原谅,这一节是平凡到我非先事声明不能下笔了的。

有人说"如果恋爱是至上的,那末为恋爱而弃孝行也可以吗?忠义也可不管了吗?例如学问知识是可贵的,但断没有研究学问的学者就可杀人之理,为了孝亲,为了事业,为了世间的体面……不是有该牺牲恋爱的时候吗?"(文学博士某之言)

有人听了这质问,认为愚问,付之一笑。的确,在惯于把事物本质地率直地冷静地观察的人看来，这质问也许只是不足取的愚问罢。但我觉得不应把这当作愚问不顾，有叮咛答复的义务。因为这是今日普通谁也会抱的疑问。

不错，在今日，我们确为了事业，为了孝亲，把恋爱牺牲着的。并且以牺牲恋爱当作着义务的。这样地实行也非得已。这恰和战争时，我们为国民者，不得不把杀敌人当作义务的情形一样。但这是人间所应避的，能不杀人，才是人的正道。为甚么不行正道呢？这样设想，比甚么还重要。

这因为现代生活有着大的缺陷的缘故。详言之，人类的头脑还幼稚，还不道德，还蒙昧，从这幼稚不道德蒙昧的头脑产出的种种的组织制度与习惯，有着许多谬误缺点的缘故。如果第一义地根本地想，为孝亲而要牺牲恋爱的事情，应决不会发生的。

即离开了恋爱问题看，现代的生活，把种种不合理不道德的事强着我们奉行。奉行这种不合理不道德的事，在今日的生活上，俨然是我们的义务。世界永久平和的大理想一日不实现，我们在战时就不得不以杀人为义务。又金钱原是人间为便宜上擅自制造的工具，可是为这工具所束缚，今日有为孝亲为生活难而中途辍学的学生。从人间的本来说，继续求学，同时也即孝亲，才是真正的人间生活，其所以不能两立者，实因所谓金钱的东西的制度上有着何等的大的错误的缘故。眼见了知识欲旺盛头脑优秀的学生，为了亲，为了金钱而中途退学，我不得不因现代生活的悲惨而泣。这时，我拭着泪劝告了说："没有法子，回去孝亲罢。"因为我在学生时代，也曾陷入这境况而苦痛过了的，我决不说"亲可不眠，管自继续求学"的话。说虽不说，可是胸中更深切地感到今日金钱制度与资本主义的害恶怎样猛烈地祸害着人，不禁吞声而泣了。见到有为了金钱为了财产把高贵的恋爱牺牲的女子，我的血与泪，又不禁关联了现代生活的不合理与缺陷而沸涌起来。

我关于经济学并无何等的知识，但一方见有游食而夸豪富者，一方又见有流了额上的汗尚不能糊口者，对了这人间生存权的危险现象，觉得其中必有何等的谬误与缺陷，感到现在的社会生活经济生活里必定潜存着某种的不合理。这恰和探求今日战争杀人的所以不能避免,认我们的政治生活国际生活有着缺陷与不合理一样。

总而言之,今日人间对于事物的想法,及由其想法所产生的组织法则或工具有着错误的缘故。除了这样看,没有其他途了。

人为完成自己,充实生活,恋爱是至上至高至大的东西(关于此后当更说)。这至上至大的恋爱,其与别的忠孝金钱食物事业及其他的东西相冲突,在今日是不得已的事。牺牲恋爱,和战时杀人,在今日明明皆是我们的义务。但如果有人谓这种不合理的生活是人的唯一最上的生活,方是人间的正道,毫不须改造,那真是久居粪土之中不复知有恶臭的人了。

先把人间与其生活本质地根本地第一义地凝视啊!无任何偏见地无拘束地去看人生啊!如莎翁如易卜生如托尔斯泰地把人生来正视啊!如见到有缺陷,努力把尽可避免的罪恶除去啊!吝惜这努力的是怯者,否则是惰汉,再否则是痴人。靠了怯者惰汉痴人,世界是一步都不能进化的。无改造就无向上进步,天国的门永久不开,真善美的光晖永不会照到地上来的罢。

简单明瞭地说,是这样:成就恋爱,即是孝亲,即是为事业也即是为学问,这在人间生活的本色上是正当的。所以发生冲突者,全由于思想的谬误,以及由此谬误思想产生的今日的法则工具等一切的缺陷与不完全。为了孝亲不与所恋的男子结缡,为了自己的事业,劈活树似地把所爱的女子分离,这断不能说真正的人的生活,是根本的错误的生活。人所制造的名叫金钱的工具的作祟,家族制度的缺陷,法律的不完备,周围人物思想落伍或含有卑野的私欲,因这种种复杂的理由,真的人间生活遂被破坏。至于纯正的恋爱本身,决不是可因了忠孝友情博爱等而被牺牲的性质的东西。忠信孝悌,无论就那一种美德看,其根柢里必活动着大的爱的力,在爱的力中最全人格的最强有力的灵肉一致的恋爱,说是会与这等冲突,本质地第一义地想来,决不是可有的事。读者啊!试就今日所发生许多的恋爱悲剧——深加考察罢!必会发见其中有甚么舅姑的不当的跋扈,金钱之累,法律的不完全,结婚当事者的无思虑,或阶级制的错误等许多非真正的人间的本质的事情，在那里作着祸根罢。今日许多的思想家不是唯其想除去这祸根，才为了改造在竭力绝叫呼号大声叱咤的吗？我因随了唱世界平和翘望德谟克拉西的新社会者，当作一种的生活目标的大理想而说恋爱至上。

举例来说，允许女儿跟从她所拼了命恋慕着的男子，不是亲对于女儿的真正的爱吗？所以不这样做者，实因有金钱名利等下劣的东西在作祟，即对于女儿的爱不纯正的缘故。又从女儿方面说，如果亲的见解是不错的，她所行的恋爱如至于对亲不孝，那末，其恋爱中必有不纯正不真诚的门第金钱名利邪淫等分子粘缠着，即在某种意味上，是不纯正的恋爱的缘故。亲对于子的爱，子对于亲的爱，及子对于其爱人的爱，要都只是一个 Love，根本上为同一的东西，才是人间的本性。其所以不能这样一致者，实由于思想与制度上有不备或缺陷的缘故。虽有了这不备或缺陷，亦尽有许多人能超避障碍，巧妙地把生活调节统一的。例如，故原首相是被称为至孝的人的，但相传当其将与夫人结婚被母亲极端反对时，在这事上却执着己见不听母言，同时对于母亲至死尽了人所不及的孝养哩。这样的例，即在今日思想制度上谬误很多的时候，也不是稀有的。

为孝亲而作贼，是不可以的。为了忠君而犯杀人报仇之罪恶，似也不是正当的事。同样为了"忠孝"或"义理人情"，结无爱的性的关系，干强奸和奸卖淫的生活，也决非可赞美的事。那认为可赞美的习惯思想或法则上，必潜有着大大的谬误的。

昔有平重胜者，说欲忠君则不孝于父清盛，欲孝亲则于君不忠，他曾为这而烦闷。认忠了要牺牲孝，孝了要牺牲忠者，是重盛头脑幼稚的缘故，也是源平时代的社会组织政治思想法则以及一切的东西中有着许多谬误或缺陷的缘故。从源平时代至今已几百年，当经过好几次改造了的今日远以进步的世界，还有在忠孝冲突里感到苦闷的人吗？如果有，那只是头脑还栖息在源平时代的可怜的人们了。

至此，我要肃然正襟而谈了。先帝陛下所颁予我们的《敕语》里，亦说"孝于父母，友于兄弟，夫妇相和"。如果今日犹有觉得为了孝亲非叫爱妻受苦或离别不可的人，那是不解圣意所在的愚人，或是还未知现在的制度与组织中有何等的大的缺陷的人了。

愈想，愈觉得今日我们的生活里充满着许多的不正与不合理。这不但日本如此，全世界都如此。用俗语来说，就是不配算是人的生活的。如果一味安于现在，全不想到这点，那末，我的恋爱论也和那世界平和与德谟克拉西的理想说一样，同只是痴人的呓语了罢。

四、当作人生的问题

道德——这不是说形式道德或因袭道德——根于真的人间性不失人间味的可作纯真的人间生活根柢的道德，与恋爱不应冲突不应为了一方牺牲他方。这是我前节所已述的。那末，恋爱何以至上？只要说恋爱亦与他的诸德同可两立并立的可贵的东西，不是尽够了吗？谓为至上，是甚么缘故？这是继起而生的疑问了。

我在答复这质问题之先，有一件先要说明的事。所谓至上或非至上，是属于个性的要求，创造的生活的问题。那尼采以来为近代思想的一大特征的所谓价值颠倒，除了这点，就成了无意义了。在生命的燃烧常到白热高度，宝玉似地发着焰，努力想全我地本质地生活的个人，恋爱的心境，可导引他至足以更新生活的内容的强大的感激与法悦。到这境地，已是属于诗与艺术的世界的问题了，从那不嫌虚伪不嫌糊涂只求与世推移过平安生活的人看来，恋爱赞美，也许是无用之论罢。举了卑近的例来说，如故安田善次郎翁的黄金崇拜那样的金钱万能的思想，原是我们所视同蛇蝎的。但就了翁的生活态度上的澈底味来看，不得不认其中有一种个性的尊严。金钱本身，在修道的高士或真理的探求者，却如猫之于货币，是无价值的东西。同样，向了形式万能的信者与迷信功利唯物或屁理由之徒，即使烂了舌，秃了笔把恋爱来说，我也早知道等于以真珠给猪猡，是无用之事。这毕竟由于立场的不同的缘故。立场不同，即继续论争到百年或二百年，也不会生何等的效果的。如果我立了以前《近代的恋爱观》同一的立场上来再论恋爱，那末东西的文艺作品中，优于那勃郎宁的抒情诗的名作很多，只把这来引证批评，也可成浩瀚的数卷之书罢。可是，我不再作这样无用之事了。给与猪猡的本不应是真珠，应该是可作养分的番薯，这也我所已经知道了的。

不必再重新说明，爱是人间生活的根本条件，是一切道德宗教的源泉。特如现代的理想主义以尊重人格为基础，思把人与人的关系，一切都置于人间的（Human）之上，故人间爱是生活的根本义。前面所述过的新文化建设上的三理想，在皆以自由平等正义人道为基础的一点，自是共通，若再远溯这三理想之源，要之不外归结于爱的问题而已。可以支配现在的人心而正当地加以指导者，当然不是禁欲主义，又不是自己否定的道德与形式。我们不能因了否定人间的欲求而思考地上乐园建设的理想。宁把人间本然的欲求加以肯定提倡，同时又使与自己否定自己牺牲的精神融合为一，使我与非我之间，不复有不调和。这样的心境，除求之于爱的世界，没有别途。我前论近代的恋爱观，谓是"自己放弃的自己主张"，其意味用不着再来重述了罢。又，两性之爱，在人与人间的灵妙的亲和力中最强烈最伟大，且因其是由灵肉两方面发动而来的爱，所以常为全我的全人格的，关于这也不再重述了。即弃了这等不说，最近科学者的性研究的结果，不是向了我们指示着一切人间爱的源泉在性欲的事实吗？无性欲就无恋爱，无恋爱就无一切之爱，这是此派中一部分的科学者所到达了的可惊的结论。

我不是科学者，如果就了性欲恋爱与道德宗教的关系等类要想用科学的学说来谈，那也无非把勿洛伊特（Freud）一派学者所说来贩卖而已。贩卖是无用之劳。又，如果欲就座右的书籍引用其一节，那末与其故意用欧文的不如就近引日本文的便利。这里但把那平素不常议论思想上的问题，在无何等先入的偏见的纯正科学者中特被认为学界的耆宿的大泽谦二博士的话，引用了供读者的参考罢。

"诸君读本书，恐要大惊罢，读至人在乳儿时代即有性欲，并且这天使似的清真可爱的小儿亦好行手淫的条下，益加要惊愕得不能缩舌了罢。儿童稍发育，即到达于近亲爱，这亦是纯然的性欲。性欲作着孝悌等吾人最重要道德的根源，不消说亦是基督教上所说的爱的根柢。诸君读到这种处所，不知将起怎样的感想呢？神之外没有爱，这是基督教徒

的话。在我们，不是宁当改说：除了在性欲里有深根柢的东西，就没有爱吗？"（榊博士著《性欲研究与精神分析学·序》）

如此意味的事，古来诗人已多有歌咏者，如果就文艺作品上看来，以性的恋爱作一切美德的根蒂源泉的思想，自古代中世以至近代，毫不足奇。只是到了二十世纪从新由科学方面得到确认而已。

但这如果要当作科学上的定说得学界的公认，恐尚需许多时期罢。不过，由对于科学是门外汉的我们想来，即使不信弗洛伊特一派的精神分析学的学说，下面的事实，是明明可以确认的。就是：人在生命力全部用于自己发育的儿童时代，无自己牺牲的余裕，因之尚未达到知恋爱的时期。及身体的发育作用一经继续到了其个体自身的标准以上，那发育作用或成了生殖作用了。所以，儿童成长到了青年期，身心之力有了把自己发育生存上的过剩时，才起生殖之欲，同时亦就理解恋爱的心境，于是只知利己的儿童，亦了解自己牺牲的精神，至于爱慕异性了。由此进一步，更转变为初看似与性欲毫无直接关系的近亲爱，人类爱，也会变成爱乡心，知识欲，或宗教信念。关于这升华作用，我已在《近代的恋爱观》里说过了的。

性欲只是动物欲。可是，到了人间，就被进化了纯化了净化了成为恋爱。且至于作着一切道德生活的根源，在人生中有至上至高的意义了。

唯在恋爱的心境里，"人"才得最完全地是"人"。即离了生殖的问题说，一个男子一个女子，决不得为完全者。就了卑近的情形来看罢，一生不曾尝到恋爱滋味的人，或终身不曾与异性有接触的人，总是在"人"的资格上有着何等的大缺陷的。对于这事实，古代的希腊人曾下着柏拉图一派的诗的神话的解释。就是说，人本只是一个的。后来分为男女二性，被分的男女，各都不是完全的东西，为分裂所苦闷，于是在地上生活中，各思再相合而成同心一体。所以，在未与那运命上所定的某一异性相合以前，男的求那女的，女的求那男的，求之不已。这不只是为性欲满足或生殖的结合，真的人间的恋爱，盖生于此。关于此点，柏拉图派的所说，我以为就是把人生实际现象的真来诗化的东西。

人不能孤独，愈是个性发达者，愈痛感这孤独的寂寥。这"心的寂寥"用了甚么都不能治愈时，心中就发生恋爱的萌芽起来。这是要想因了异性的灵与肉来救这寂寥的缘故。想因了异性而得救的热烈的憧憬，这不就是恋爱吗？

我方才用了"个性"的名辞了。个性发达的人对于某一异性亦认其个性的独立而强烈地被牵引，发生憧憬，这就是近代恋爱的特色。不论是甚么男子，不论是甚么女子，不是说只要貌美或只要有教育有财产，只因认识对手的个性——换言之，只思慕对手的人格自身，近代恋爱的意义就在这里。这即在古代，在某种程度上也是如此的，到了个性地已大大觉醒的现代人，特别是至近代才达到个性的自觉的新时代的女子，个性的要素在恋爱上很是重大，以此作着性的选择的基础了。恋爱的所以为生活的中心，毕竟亦在于这个性结合的一点。从他我里找到自我，把自己的个性熔入他的个性，这就是人格的结合。

有人说，恋爱在人间爱中是最狭隘最利己的东西。只恋慕对手的恋人而不知有他，目中无博爱也无近亲爱，不是终于要到了情死才达到澈底的完成吗？不错，凡是爱，都是自己放弃的自己主张，故爱一到了极度，竟会投掷自己的生命的。古今为了爱国，爱君，爱金钱，不复知有他，常把生命牺牲者，就是为此。特如为了燃烧也似的宗教信仰，把生命献诸神的爱的祭坛而不悔的殉教者，我们还能斥之为狭隘的利己的行为吗？爱不免因了强烈而愈集注，恋爱的被看作最狭隘的爱，适足证明恋爱比之其他一切的爱强烈集注，达着炽热的最高度罢了。恋爱者的心，应该就是殉教者的心。

可是，像我上回在《近代的恋爱观》中说过的样子，这样炽热的高度，决不是能永久持续的东西。像同居至四十年五十年的夫妇间的恋爱的样子，深化了成为内在的，成了所谓"米饭"。最初的浪漫的情热，也逐渐转成为有底力的神圣爱，逐渐增加潜在的深度，到了从浅薄的观察者看去好像已经冷却消灭的程度。就是，在一方面，男女的恋爱关系，因了生殖的结果，即刻向了亲子之爱而转化了。并非有了亲子才生夫妇关系，乃是有了夫妇关系，有了生殖的事实，才生亲子的关系与爱情的。所以，即从这平易明白的顺序说，也是先有恋爱而后才有亲子之爱的。因为没有男女的结合就没有人间这东西,所以两性之爱的有着想越一切人间爱的高度,自不足怪。自是天地自然的不可动摇的简单明瞭的事实。当然是有了夫妇而后有亲子,更由近亲爱推广到博爱万众,人间的社会生活道德生活才始完成的。

若更从别一点说:

单为了生殖的肉欲,是动物的,不是人间的与人格的。欲其成为人间的与人格的,唯一最大的条件,在使醇化精神化到真的恋爱的境地。把作着一切人间道德的源泉的恋爱加以蔑视或视如奢侈品,因了别的甚么金钱咧,家咧,形式咧,肉欲咧,及其他的必要而结性的关系,是使自己堕落至畜生道的大罪恶。是污己且污他的强奸和奸或卖淫行为。从人的资格上说,是不可不拒绝的丑关系。即使在上面附以任何的美名,怎样地把形式来蒙混,其为动物的与非人格的,其为破坏灵肉合一的人间生活,究是无可否定的事实。紊乱社会之风纪,当更无甚于此的了。和战争杀人是人类的污辱一样,无恋爱的一切的性的关系,是人类的污辱,人格的冒渎。可是,在现在不完全的人间社会,无恋爱的结婚,有时竟也与战争杀人同作着我们的义务,这是可悲的事。

把无恋爱的一切性的关系认作人间的非人格的,从我这主张里当然产出的结论,——这原是很明白的,归着于下面的一点。就是,有了恋爱,人才得营像人的生殖行为,否则今后不出百年,地上就会不留人的只影了。没有恋爱,就没有像人的生殖,没有生殖,人就绝了存在。

我说,放荡乱淫,是性欲的游戏化。又,一味重视恋爱以外的要素的性的结合(结婚),只是性欲的形式化而已。前者不消说是畜生道,后者是敢于悬了幌子来和奸凌辱的虚伪行为,都是不行的。净化了性欲的真的像人的性的结合,不可不是性欲的人格化。高尚的恋爱关系,就成立于此。

有人给注意与我,说"恋爱至上"的言辞不是不稳当吗?我谨谢其厚意。我自己也原不以为稳当适切的,只是当作近似于我以上所说见解的恋爱观的艺术的表现,我在拙文的开端就把勃郎宁的名作《废墟之恋》加以介绍,表明是最后一句 Love is best 的翻译,以期不致误解。无论在甚么时候,表示一思想的名辞,只是便宜上约束的称呼,例如说"自然主义",说"情感移入",说"理想主义",这些文字,不是毫不明示其内容的思想吗? 不只是语调便利的符号吗?

我不是宣传者,像宣传之类的事,只要叫广告师或油漆匠去做就可以了的。如果我稍有想宣传的意志,那末,借用"恋爱至上""Love is best"等类的文句之是愚拙的事,早也知道了的。也不至于故意刺激反对者的感情,用可以引起反感的表现法了罢。不至于干那为作一个讽刺去辛辛苦苦练句半日的笨事了罢。我写文章时,是我的自己表现,总希望成为我的所信的告白,成为艺术的表现。我坚信:与其说白发二寸九分二寸八分,不如说"白发三千丈"远有"当作表现的真"。(《出了象牙之塔》中《艺术的表现》条下曾述着这理由,又请参照《宣传与创作》)我因愤慨于世人只喋喋于唯物的性欲,紊乱一世的风纪玩弄至上之恋爱者及学了道学说教之徒的口吻轻视恋爱在人生上的意义者之多,就故意用了"恋爱至上"的名辞。本稿从最初就豫备违了心把艺术的表现法弃而不用,为了答覆当世的批评家,特地罗列杀风景的散文的文字的,所以,即使用别的名辞也不要紧,只要实用地把我的所见写出来就可以了。听说有人名我的所说为恋爱过重说,以下我在这稿里,就不辞借用这恋爱过重说的名辞罢。

顺便地说:我在恋爱观的开端所引的兼好《徒然草》句中的"不好色的男子"在古文中征之于许多的用语例,明明是"不行恋爱的男子"之意,不消说断不是赞美无节制的荒淫乱淫的。这观于兼好法师在同一文集的别条里,屡次警戒性欲,也可知道。因为对于这样明白的事尚且要怀疑的人似乎也不少,所以特地附带了说明在这里。

五、恋爱·结婚与经济关系

"结婚的经济关系,冲破了恋爱的美梦而袭来。离了性的关系的一切的真与美,在经济的方面,妇人一结婚,首先就变为男子的婢仆,至少变为家政管理者。"

——格尔曼女史《妇女与经济》二一九页

上面所说的生活革新的三理想,都与面包问题有关。第一的民族斗争,其根本地就是食物的争夺,不待唯物史观的论者而自明的。即使军备撤废了,面包的争夺恐将在平和的经济战争的形式之下更激烈地行使罢。依照今日的资本主义行去,军备撤废,不过只把流血的惨剧停止,代之以扩大资本主义害毒的经济战争而已。又,第二的阶级斗争,其为直接的食物问题,自不待说。即如第三的两性问题,也不能把食物置之考察之外,特别是像现在的社会组织里。

在一切的生物里,食欲与性欲二者是最大的最强的本能与欲望,这一到了进化高等的人间生活,就与动物不同,变成有非常复杂意义的东西了。可是,无论怎样进化,二者依然是人间生活的二大中心。从前马尔萨斯(Malthus),曾以此二本能为基础来论物质生活的问题,把根于性欲的人口增殖与为了食欲的食物的关系,加以考察,著过《人口论》。我在这里也不得不寻究了食色二欲望的相关的意义来考察恋爱问题。

自己保存与民族保存,无论从个人看从社会看,都是人间生命活动的二大眼目。为了现在的自己生存,才有食欲,为了存续未来的自己的生命的种的保存,才有性欲。人为食欲而劳动,为性欲而相爱,前者是外的物质生活的中心,后者是内的一切精神生活的中枢。所以,和食物问题是经济生活的根基一样,爱的生活亦成了道德宗教艺术而开展。这是上面所屡说了的。

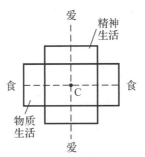

人间最完全的生活,应该是精神与物质——即灵与肉内的生活与外的生活完全调和融合的生活。在这样的生活里,"食"与"爱"的二中心决不应像椭圆的中心样子,对立而分离的。横的以食——即劳动为中心的物质生活,和纵的以爱为中心的精神生活相合,其二中心应如图所示,会于 C 点,全生活在这里得到统一才是。(要把这样的问题用图来表示,原是不可能的事。这拙劣而不完全的图解,只是补我文辞的不足的一个方便而已。)几千年几万年来的人类生活,要之只是这图的纵的重叠。纵贯着的线,因了生殖把生命存续,同时,如用了柏拉图派的口吻来说,在灵的方面亦向了无限悠久作着连续的。即使自己一人的物质的生命消灭了,以爱为中心的精神生活仍连接于无限,晖曜于永劫,如宗教,如艺术,如道德,都是立在这爱的生活的第一线上的东西。人心的得见永远,始于见到有这爱的时候。

又,从别的方面说,爱的生活是创造创作的生活,是向无限未来的自我的扩大与开展。像植物于枯后留存种子的样子,自我虽然死了,人因了生殖因了创造,把生命残留在永远无终的世界上。这和那音乐家的作曲,诗人的作品,在其人殁后还永久地把作者生命的节奏传至世界者,全无有异。男女两性之爱,实是用血与肉描写的生命的艺术。恋爱的欢喜,是创造的欢喜,这是人想使有限的生命变为无限的高贵努力。

从本来说——即根本地想来,Love 与 Labour,确是人间生活的二大中心。为了这二者,可以把与这关系相远的别的考察,如习惯,名义,形式,功名等置诸第二位。所以,如果尽了自己的生命力,在自由欢喜之中为"爱"与"劳动",那才是真的人间的生活。否则自由正义人道的近世的大理想是不得实现的。

欧洲中世的培耐狄克德(Benedict)派的僧院,曾以"劳动与祈祷"(Laborare et Orare)作着标语。因为修道的僧侣是过禁欲生活的,所以不知恋爱。乃把这爱转变了为祈祷,悉奉献于神的祭坛。他们不但把信仰道德艺术都从这祈祷中找得,连对于劳动亦用了祈祷的心情,以敬虔的服务心拼命地去干。修道的僧侣以跪在祭坛前的同样的态度耕田牧羊,因了这劳动的服务支持其物质生活。想从这爱与食物精神与物质二方浑然融和之中,建设灵肉间无分裂乖离的统一的理想生活。

可是,在现在,无论个人生活或社会生活,因为组织上有几多的缺陷与不合理,那两个中心动辄不免龃龉了至于分裂乖离。自由则被剥夺,生的欢喜则被消失,近代人的生活上,被投射了许多的暗影。换言之,人如果都要想作真正的人,去营像人的生活,那末这世界已是很不适当的了。在种种的美名或事情之下,杀人公行,卖淫强奸和奸公行,还造成许多被剥夺自由了的奴隶。人类要想永久避免这境的热烈的憧憬与勇猛的努力,不是不得不起来了吗?

在以食为中心的物质生活与以爱为中心的精神生活关系中,如果为了爱而弃食,那末这人只有失去生命而饿死。又,如果为了食而牺牲爱,那末精神生活全被破坏,无道德,无自由,失了人之所以为人,不是人面的禽兽,就是"活尸"。爱的生活为食的中心的形式的物质生活问题所猛烈地威胁时,人往往连自杀与情死都不辞,食与爱二者,常是二而一一而二的东西。弃了一方或二者间有冲突时,就现出人格生活破产的悲剧。那末,在像今日样的唯物的难生存的商卖主义的世界中,这二者实际上那一方被轻弃的来得多呢?这不消说得,当然爱为中心的生活多被牺牲。不,无论是谁,只要是生存于现代的人,都为爱与食二中心的冲突所烦恼,不过程度上之差而已。这冲突的烦恼与苦闷,其痛烈深刻差不多为历史上所罕见,现代生活的最大缺陷,根本地实归着于此一点。为食而牺牲爱,在以人格尊重人间崇拜为原理的新理想主义看来,都是罪恶,例如为了黄金的食欲而弃正义之爱,于是有卖节变节与受贿。为了赁银——即食而卖自己的自由爱,从事于被强制的劳动,于是成了从顺的奴隶。为了民族间的食的争夺,而牺牲人类爱,于是起战争的悲剧。今日一切的罪恶,都由为食弃爱的事情太多了才起的。对于这现状,我们的愤激,势不得不成了对于爱的生活的极端赞美渴念而流露。可是,今世之说风教谈道德者,大都依然专图男子与资本家方面的便利,所说的只是弱者的道德与奴隶的道德。他们的言说,本身也许确是精神的罢,但适用于今日的经济生活社会组织的实际时,其结果将愈使人为食去牺牲爱。像受贿等类的事,大概也不见得因为曾在德川时代公行,加以辩护罢,至于拥护旧弊的国家主义的议论,拥护剥夺女子自由的家长制的道德的议论,及其他拥护封建时代旧思想的议论,到了适用于现代人的经济生活时,势将意外地可以招致为了食而夺去以爱为中心的自由人道正义平等的祸果。爱中心的生活，不能不赖食中心的形式生活物质生活去支持，这原是三岁的孩子都知道的。但进化的动物的人，其所以像人的处所——即生活的可高贵的处所——在乎以爱为中心的精神生活。无论如何，我非激烈地极度地这样主张，不肯干休。这是义愤之声。

对于爱而付的代价，必须仍旧是爱，不应是别的东西。特别地不应是因了金钱家名及其他而代表的"食"。以食买爱，或以爱为食的手段时，卖淫与奴隶，不得不作了人类生活史上的污辱而出现。为了要想把这不正糊涂蒙混过去，不，为了要想是认事实上的卖淫与奴隶，虚伪的形式道德说与旧思想于是乃被视若重宝。

话再回到两性问题上去。

某学者曾说过很极端的话："动物有生殖作用完毕即死者，在人间，食欲也只是培养性欲的东西，所以性欲最重要。"又说："像蜂有觅食的劳动蜂与传种的生殖蜂的样子，动物中有两性全为别的个体者"，但只要人间不是蜂不是昆虫，我对这类的话不能同意。（学者之中，因为想把生物界的现象，照式地推用到人间社会的事情上来，多有陷入大谬的结论者。）在人间生活，非因了前述的二中心——即为生殖的恋爱与为食物的劳动——的完全合一调和来把全生活统一不可。"恋爱了而劳动""食了而行爱"，无论就那一边说，都是一样。这二者间生了冲突或为了一方牺牲他方时，人间的生活就因了生出可悲的破绽与分裂来。

二中心间的分裂，试就了性的关系用卑近平易的事例来说。假定这里有一个为了事业的成功，弃爱妻而不顾的男子，又假定那被弃的女子因为经济上不能独立，蔑视了恋爱和某男子结婚（这样的分裂原是在被夺了自由的女性中所最多见的）得到食物的保障。这二人就是都是为了劳动或是食物把爱的生活牺牲的了。

试问：甚么叫作卖淫？用了上面的见解来说，就是女子为了求得自己的食物把爱牺牲的事。一宵换数十金也好，亘了三十年四十年把贞操奉献于给食的一男子也好，只是五十步百步之差而已。都是为了一方的中心把他方的中心放弃牺牲的人。不论其为强奸或和奸，这女子不是已是被夺了自由污了贞操的奴隶女子，破坏了生活根柢的人了吗？因了性交生殖与家事育儿等事上的强制的劳动化,就成了一个赁银奴隶或娼妇,成了一个可怜的人格生活的破产者了。

曾有人痛骂我的恋爱论,说在这生存困难的时代,恋爱当不来饭菜,是无味的东西。不错,人间的阴阳,决不是象电气的阴阳的样子可以为经济生活物质生活所利用而被牺牲的。把恋爱当作饭菜,明明是卖淫,明明是奴隶生活的强要。为了要从地上扫荡今日实际不得已而行着的各种类的卖淫与奴隶生活,才把那三理想标帜之一高高揭着的。

世间又有说为了义理人情而牺牲恋爱是人间的正道的话,来把我的所说加以攻击的。所谓义理人情的内容,似乎也非一考不可罢。义理人情之中有许多或只是不合理的因袭,及温情主义的当然的结果。这等姑且不去说他。但真的所谓义理人情,其根柢里的必伏有经济或金钱——即食的问题,是无可否定的。如在封建时代的家族制,严重地讲甚么家系或血族关系,可是把其根源深加剖析了看,其中潜有着甚么家禄或财产等事。这家禄财产地问题在后种种地转化了成为形式与制度,终于成为"家"。这根本的性质,虽经种种转变,后来成了无一文财产的"家名",但其根源总是重在食物问题的。一入了这"家",或一经与这"家"结婚,就有饭吃,这是其最大的理由。所以,封建时代的女子,不是因与丈夫有爱而结婚,乃是向了丈夫的父母所代表的所谓"家"的东西,为了生殖,为了肉欲,当作器具,当作田土,被"讨"了去,"收拾"了去的。甚么"义理人情",甚么"为了家",大都无非为了食物或经济关系把爱牺牲的事而已。像个人人格的尊重等类,最初就不当作问题了的。

现在世上的女子中很有狡滑的人。一面想靠了附属于"家"的财产不劳而食,一面又想完成自己的自由的恋爱的生活。这就是想吃"得二兔"的天鹅肉的人。所以,当然的结果,某青年妇人为了三十万元的家产,至于非仰药而死不可了。为甚么不弃了家产,保全恋爱,流了额上的汗去劳动呢?又,最初为了黄金的食物,敢于作财产结婚买卖结婚,十年之后,突然弃了"食"逃奔于恋爱方面,这亦很是无理之事,这实是在二中心间徘徊彷徨疑惑不断的可怜状态。

京中街上,于傍晚见到青年男女,夫妇共挽了货车走过。空了的车

上,在篓蔀等类的东西里放着两三岁的可爱的小孩。他们已得了一日之
粮,现在正在急就归路罢。男与女时时回头向后微笑,篓蔀里的小孩也
嬉嬉然地很快乐。大概在洛北山村,某一夏日之夜半,二人于社祭跳舞
之后,就把美的恋爱成就了的罢,那小孩就是爱神所赐与的天使。虽然
贫乏,"恋爱了而劳动"着,是幸福的人。是住在无自我分裂,爱与食的二
中心间无何等乖离的地上乐园里的人。比之于那被锢闭在所谓邸宅的
"华美的牢狱",或"傀儡家庭"里而转辗烦闷的人们,他们远是聪明,远是
了不得。我觉得挽车的亲子三人的生活,才是真的家庭生活,不禁对之
赞美瞻仰从心底里替他们祝福,这是值得借了古昔彭斯——如求之于二
十世纪现代,则杰勃生(Gibson)——的诗笔来礼赞的。贫乏也不要紧,
"恋爱与劳动"才是正当的生活,除此之外,不能复有别的生活了。俗歌
所谓宁提沙锅,宁住草舍者,真是老老实实说着正理的话罢。又,从女子
方面说,如谓恋着无力使她一生安乐舒服的男子,就是无思虑的盲目的
恋爱,这见解已含有极不纯的利害打算,已是在食与爱物质与精神之间
有着分裂的了。从这样的见解里,真的幸福的充实的人间生活,是决定
建设不起来的。

再重复地说:挽车的亲子三人,那是真正的家庭。我的恋爱论,不像
诬我者所说的样子,是破坏家庭的,宁是想在比旧时合理的恋爱的基础
把家庭来建筑来复兴的生活革新的理想。"家"或"家族",虽没有恋爱也
许会存在罢,但如果有人说没有恋爱可以有"家庭",那究是强人虚伪的
伪善之徒。

但这里要明白地声明:我所谓女子的劳动者,决不单指男女共耕或
挽车的劳动。也并非说做妻的必须进工厂,或必须从事于家庭工业。女
子有为母的育儿劳动,有家事劳动。在厨下料理食物,在家内洒扫应对,
这样的劳动生活,和入都会工厂或挽车的劳动,同有着高贵重要的社会
的意义的。

却是,万勿忘记! 女子的家事劳动,不该只是为了生活之资(即食
物)而被强制的劳动。该是为了自己所心爱的丈夫,为了自己的小孩,愈
辛苦愈欢喜,自进地勇敢地去从事的劳动。在强制与压迫之下劳动的是

赁银奴隶的生活。为了恋爱而劳动时,才有真的自由,才有创造生活。没有恋爱,只为食而从事家事育儿的劳动的女子,要之只是女婢乳母或仆妇等类的家庭内的赁银奴隶而已。在普通的工场劳动,要除去赁银奴隶的生活,也许有着不少的困难。至于女子的家事育儿的劳动,只要其间有至上的恋爱关系,就可完全实现的。不,没有恋爱关系,是绝对地不能实现的。培耐狄克德僧院的人们曾为了神的爱耕田牧羊,用了同样敬虔心情,为自己所爱的夫与子,打扫家屋,调理食物,缝制衣服,这是女子由自由的内心要求生出的纯洁高贵的劳动。恋爱与劳动的二重神圣,在这里乃得合一,因为有人生的充实与欢喜的缘故。到达了这至上的恋爱,结婚生活,家庭生活,才不是昔时在结婚的美名下行着的奴隶买卖,才不是雇佣关系,才不是人肉买卖的娼妇生活。女子的寄食思想,确是人格的冒渎和人类的耻辱,以恋爱为至上的要件而成立的结婚生活,是人格的完成与向上,且是人类所能独享的伟大的光荣。

如我上面所屡次说过的样子,恋爱是平等的二个人格的结合,是灼热的二灵魂的拥抱。所以,在以此为基础的夫妇关系里,男子把自己终日流汗而得来的"食",捧给最爱之妻,不是雇主对于赁银奴隶所付的劳动报酬,不是温情主义的结果,也不是饲主给与饲犬的饵。其纯净高贵,实无异于敬虔修道的僧侣在信爱的神前所献的供物。夫妇生活,家庭生活,要这样地因了以恋爱作至高至大的基础,才得把经济关系正常解决,才得超越雇佣或权利义务的关系。如果有人谓没有真的恋爱关系,也可有此超越,有此解决,我就要说他是虚伪是伪善。那只是无意味的形式道德的主张,不是真实的内心之声。一旦夫妇反起目来,做丈夫的当然就会板了脸孔,毫不客气地说出"你是我养着的哩"光景的话来的。不是已在那里被饲被养着了吗?所谓一夫一妇之类的话,成了空疏的一种形式的呓语,那在国音中与"畜生"相通的"蓄妾"(tiku shio),亦是当然之事。因为这是雇主饲主的权利的缘故。做寄生者做弱者的女子,虽然不平,结果却无话可说。不知道一世的风纪都是这样地乱掉了的吗?

妻因了丈夫的收入而终生衣食,是正当的,行性交家政育儿等事,亦是正当的。但是我说,这二者间不应有权利义务关系雇佣关系或赁银关系。并且，我敢大胆地断言了说，要打消这种关系！除了二人的灵魂的结合——完成真的同心一体的恋爱之外，断没有别法了。非因了恋爱至上说的结婚，把夫妇间的经济关系根本地一新，要想使妇女从奴隶状态解放出来，永远不可能，因之妇女的地位也永远不能望向上。男女间因了爱与食的二大中心的融合得统一完成其生活的，只是唯一的恋爱而已。

既然是聪明的敏于理解的批评家，像 good，better，best 光景的事，是早已知道了的罢。又，通常说 one of the best，那末 best 是复数的光景的事，不消说是知道了的罢。我说"恋爱至上主义的结婚"时，所谓"至上"，不消说是豫想着别的许多"上的""更上的""至上"的。如果说只要有了恋爱别的事都可不问——即如果在最初即不认别的条件的存在，那末所谓"至上"（best）"至大"（greatest）的最上级，不是没了意味了吗？我即就了方才所说的经济的立场——就是即把别的点放在论外——也要主张了说：结婚须以恋爱为最大最上的条件啊，把一切别的条件放在次位考察啊！这主张中的并未教人蔑视别的要件，不是只要有中学二三级的英文文法程度者就可明白的吗？

古时的游女，是为了亲为了家或为了对于恩人的义理（探究起来，一切这些东西的背后都潜藏着"食"的金钱问题的）而流泪卖身的女子。即在今日，公娼的大多数，还是这种人。这种恶德所以非摈斥不可者，别的许多的社会的理由，暂且不提，单从女子方面说，是因其为了食为了一握的黄金而弃自己的人格与自由的缘故。在无恋爱的结婚生活，和那娼妇的但给男子满足肉欲不同，女子还要替男系的"家"当生殖育儿之任的。服役既大，报酬也比例了加多，可以当作了"夫人""太太"依食一生。没有恋爱，那末，娼妇，夫人，在奴隶妇人的一点上不是一样的吗？

无论任何的精神生活的问题，在如今日的时代，原不能全然离了"食"的经济关系来考察。却是，在夫妇间，只要有恋爱，那末像劳资关系样的问题，确可完全超越解决，这已如上所述。为使这超越这解决更确实更容易起见，对于妇女，尚有一事是最希望的，就是妇女的经济独立。欲使今日的妇女生活在爱与食之间绝对地无冲突之忧，换言之，欲使爱的生活无论何时不受胁迫，经济上的独立，真是所希望的。是的，我说是所希望的,虽然并不能说是必要条件。

女子的经济的独立,乃拥护其人格的武器,故也可谓为拥护恋爱的武器。

当作文艺家当作性欲学的大家被知于世的哈佛洛克·蔼理斯的夫人(即爱代斯·蔼理斯女史)的论集《恋爱与人生上的新见解》(*The new horizon in love and life*,By Mrs. H. Ellis,London,1921)在近刊新书中,关于恋爱问题,是比较地可注目的良书之一。其中有一节,著者自记在美国到支加哥的家庭关系裁判所旁听时的感想说:"我在这里所听到的种种悲惨的及可笑的恋爱或离婚事件,如果女子有经济的独立,就一桩都不必提到这审判庭上来的。恋爱之敌——从内部或外部迫来的敌,只要有经济上的独立,就可一举驱逐净尽,女子有了经济上的自由,精神地也即会自由了罢。"当作实际上当面的问题,我关于这点,也无异议。

高斯委绥(Galsworthy)戏曲《逃亡者》的女主人公克里亚,从无爱的夫家奔到别一男子的地方去。可是因了经济上的压迫,和那男子的关系也不能不断,三个月之后,因不能忍受那卖笑生涯的苦痛,遂服毒自杀。在今日样的非受经济压迫不可的时代,无经济独立的女子,即使离了无恋爱的家庭生活,所归宿的也仍只是换了名目的更惨酷的卖淫生活,宛如鱼由沸锅跳入炉火里的样子,只是由一种赁银转为他种的赁银奴隶而已。萧的《华伦夫人的职业》,就成为这类女子的必然的运命。这确是现代生活中最大的悲惨现象之一罢。

但,从另一方面说,今日已和女子全不被社会地解放的旧时代不同了。和那走到任何处所都说 There is no chance for you 把女子驱逐的时代稍异其趣了。因之,女子经济的独立,亦不说是全然不可能。——如果肯从事劳动,甘为市场上的赁银奴隶。

我在《近代的恋爱观》里,在这篇文里,都纯以恋爱为论题的,结婚与妇女解放的事,只不过随笔涉及而已。如果把结婚或解放作了主题来说,那末,结婚于恋爱以外还有当考察的许多要素,妇女解放在恋爱以外也还有许多论点,本是谁也明白的。不明白的恐只是对于我的恋爱论来加不着痒处的论难的人罢。正唯其恋爱以外还有重大的要素,我在这一节里，才对于"爱"而把其与"食"的中心的生活的关系也说了的。

就了"爱"与"食"的关系问题，想在这里只暗示地言及的，就是关于嫉妒的事。我还想起，大约是斯德林堡的话罢，"妇女问题并非甚么烦难事情，要之是子宫与胃的问题"。

普通常把男女关系中的嫉妒当作恋爱的一变态看着。爱愈强者嫉妒愈甚，是其常态。全无爱的，不会有嫉妒。两极端常是相等的，在非常高尚的圣者，即使自己的爱人为他人夺去，或竟有毫不嫉妒的，但这从普通的人间看来，原应作为例外，如阿赛洛（Othello）杀代斯代玛娜（Desdemona）的情形，才可认是普通一般的心的径路罢。

但这里有一不可思议的现象。就是，在性的关系里，不能说女子的爱常比男子的强烈，而从来嫉妒总是女子较男子强烈的。这现象似不能用女性是感情的或自制心不足等浅薄的理由来解释了。又，就东西的戏曲小说之类来看也就可知道：门户中人的女子，其嫉妒——例如妓女间的恩客争夺，姬妾间的主人竞争——比之普通女子，远来得强烈。这亦决不能只说是爱情强烈，也不能定说是无自制力的缘故。究是甚么缘故呢？又，在封建时代，把家庭妇人的嫉妒认为恶德，比诸现代的妇女嫉妒轻少，这亦不能单归之于自制力之有无，应尚别有理由的。更奇的是妇人中往往有在并不感到任何的爱时亦抱持强烈的嫉妒心者。这究是甚么缘故？

其中亦有"爱"与"食"的关系——我回答。

因为以"食"为中心的外的物质生活，在这种时候，用了比恋爱本身还强的威力支配着这女子的心的缘故。因为即使这女子自己不意识如此，在无意识心理的背后，"食"的问题发挥着强大的支配力的缘故。因为自古以来全无经济上的独立的妇女，一失男子之爱，就要受"爱"与"食"的二重的压迫的缘故。因为在妓女与姬妾，这二重的危机更容易猛烈袭来的缘故。封建时代的家庭妇女所以能抑制嫉妒者，除了恋爱薄弱以外，因为还可当作"夫人"存在，只要那女子与"家"的关系没有变动，在"食"的方面可不受到威胁的缘故。其证据，丈夫无论去爱多少的别的女子，只要多给金钱与妻，那为妻的原是在最初就放弃了自由与恋爱的女子,也就不会强烈的嫉妒的。至于全无恋爱而生嫉妒,除了是病的心理以外,只好解释为其中含有食的问题的缘故了。

不消说,在这种时候,女子的嫉妒里,含有着种种的原因,如对于遗弃己者的愤怒,虚荣心或名誉心的受损,对于自己主妇地位的挣扎等,但即就了这许多原因说,深究下去,背后还有"食"的问题在作着更大的原因的。我以为这是不可否定的事实。

我于这节了尾,单当作了"爱"与"食"的关系的一例,把嫉妒言及。如果就嫉妒而论,要说的事情还很多。但论究恋爱的诸相,不是本稿的目的,现在只是当作生活革新的一理想而论恋爱罢了。因此,我的笔不能不转到次项的贞操,一夫一妇等类的事上去。

［附言］ 恋爱是个人的问题,因了生殖的必需(Necessity)而被社会化时,于是遂成所谓婚姻的制度与义务。所以恋爱与结婚的关系,即归宿于个人对社会的关系,而个人与社会的调和——即不使二者利害相背驰,亦是人生的理想之一。关于此点,说述者历来在东西都很多,所以我就省略了。为"个人"而牺牲"社会",不可,同样,为"社会"而蔑视或虐待"个人",不消说亦是罪恶。把个人生活的充实,认为都是非社会性,本是谬见。恋爱上的个人的幸福,实可构成完美的社会的文化价值,其标准愈高,社会的生活文化亦随而向上进展的。

六 一夫一妇·恋爱·贞操

"性的冲动是一夫多妻的,恋爱是一夫一妻的。"

——西尔修浮德《恋爱的本质》——一八页

"爱"在男子只是生活的一部分,在女子是生活的全体。诗人这话,就使有着艺术的表现上的夸张,不拘周围的事情如何,"爱"与"食"的关系怎样,却含有永久的真理。如果用了警句的语法来说,说没有"爱"就没有女子,也未始不可罢。所爱的根源的恋爱,当然是关于妇女的一切考察的核心与中轴。妇女所最重要的母性，妇女对于一般文化上的贡献，作妇女道德的重要部分的贞操，以及妇女在社会地位的向上，其人格的自由与解放，凡此等等，都是离了恋爱，不能为合理的论议或批判的事情。这就是我的"恋爱过重说"不得不起的所以。

平等的男女二人的人格的性的结合（Sexual Union），就是恋爱。一个人格与二个以上的人格完全相结合之类的事，除了特别情形之外，是断不能有的。因为这非豫想着男女人格的不平等不可的缘故。所以从那真以人格尊重为根柢的理想主义的革新思想说，一夫多妻或一妻多夫，原则上当然不能成立。无论原始时代的杂婚制被许可，又无论和马克斯派的共产思想野合而生的自由恋爱等类被实行，在个性发达有自觉的文化人的生活上，结果除了归宿于一夫一妇制以外没有别途，除此亦无可想像。这是我在《近代的恋爱观》里已说过了的。

不但现代的马克斯派，《旧约圣书》的亚伯拉罕（Abraham）时代的多妻，穆罕默德教徒的多妻，或日本从来的蓄妾制，甚而至于支那的喇嘛教的一妻多夫的思想，都无非由于为了"食"的问题——即肉体的物质生活而牺牲"爱"的生活而已。因为一味以男子（或女子）的经济的能力，纯粹地生理的动物的生殖或性欲等为基础而思考，所以才发生甚么自由恋爱甚么女子国有等类的迷妄之说。如果置重于恋爱至上，那末男女间的风纪，——因之一般社会的纲纪，可以肃正，一夫一妇的原则，可以完全实行的。性的结合，决不应是经济的结合，性欲的结合，因袭的结合，或强制的结合，完全应是以男女人格的自由平等为根柢的恋爱结合，我之不辞这样反覆断言者就为了此点。

有了恋爱至上的思想，才得给与一夫一妇制以的确精神的道德的合理的基础。此外的一夫一妇论，非伪善说，即只是便宜的因袭的实利的实用主义或形式主义的东西而已。至少，这些在人间，都是应作第二义地考察的问题，我以为。

当作至上至高的性的道德的恋爱，是二人格的全的结合，所以一夫一妇的原则一经被确认，其必然地生起的与此成相即不离的关系者，就是贞操观念。因为须男女相互严守贞操，而后一夫一妇才得实现的缘故。贞操是恋爱神圣的拥护者,同时,真的恋爱,必随伴着贞操。在不被拘牵于"食"的问题的纯粹的恋爱上,嫉妒不一定是可当作恶德加以非难的,倒应该认作保持双方人格的纯洁的贞操观念的副作用。并嫉妒而没有的女子,显以不贞的女子为多。

不把恋爱认作至上的道德的世间一般人们的贞操观,是极危险的。把恋爱当作基础看时,贞操明是一面先保持自己人格的纯洁,同时又要求对手人格的纯洁的东西,决不是为了对手而守贞操。如果像旧道德者流所说的样子,把贞操当作为"家"或为丈夫而守的东西,那不是就要达到无夫的独身者或处女可以不顾贞操的结论了吗?有人说,因为人是知耻的,故独身者也有贞操。那末所谓耻,是甚么?羞耻之念,毕竟不是守护自我的心的自然的发露吗?

封建道德之徒,更说愚蠢的话。说为保"家"的血统的纯正,贞操是必要的。如果如此,那末就是女子须守贞操而男子用不着守贞操了。男子要满足那畜生样的无厌的性欲,荒行乱行,毫可无所顾忌,这不是成了男子的擅妄了吗?这样,一夫一妇的人格的平等就立刻被破坏了。(男子把花柳病输入于神圣的家庭之类的事,暂且不问。)又,如果说单为了血统纯正起见须守贞操,那末,用了某种方法认精子与卵珠间的交涉断绝时,妇人因为与血统无关,就可自由奸通,不是要达到这样愚劣已极的结论了吗?

诸如此类,都可作为表示没分晓的旧思想之徒的愚昧的例证,付之一笑的。因为思想如此愚昧,所以举世不论既婚者与未婚者,皆不知贞操为何物,一代的风纪遂益颓废了。有了自由平等的二人格,才有真的恋爱,有了真的恋爱,一夫一妇的原则才确定,合理的贞操于以成立。那仅以保血统的纯正等类的理由,片面地向妇女说贞操者,只是横暴的男子为了自己是"家",向奴隶妇女强颁狱则之类而已。我再重覆了说,无恋爱就无贞操。无恋爱而强求贞操,只是一片的形式论。形式论是造无力的虚伪生活的东西,生的充实,人格的自由,在虚伪与形式里是断不能希望的。

在"爱"与"食"不一致地营着灵肉分裂的二重生活的奴隶妇女,其贞操常呈着奇怪的现象。最极端的例，但看卖笑妇女罢，肉虽勉强地卖给许多男子，而"爱"的精神生活却只捧献于其中的某一人，这就是实现着极无理的一夫一妇。如此灵肉乖离的贞操，不但当作贞操已无意义，就那女子说，明明是人格生活的破坏。在无恋爱的夫妇关系里，为妻的不得已地把肉奉给丈夫而心恋着别的男子的情形，灵肉分裂的可战栗可颦蹙的有表里的不贞现象，谁能说没有？真的从内的欲求发出的纯真巩固的贞操感，不是这种妇女所不能有的吗？在没人格的无恋爱的结婚里，强说贞操，强行一夫一妇时，从女子身上常至于多见悲剧者，不是就为了这个缘故吗？

难者说，如果因恋爱至上说而结婚，那就浮萍似地忽东忽西，还有甚么贞操可守呢？

我正想回答这问，重把笔提起时，座旁的火钵中火已熄了。叫了女佣命取火来。不久女佣用镰盛了"火"来，把她那用火箸夹着的东西一看，是漆黑的炭，只在一端略有些微的赤意而已。"这是炭咧，不是火啊。"我不禁这样说。女佣还似乎要说这是火，我将手靠近去，毫不觉暖。"这样的女佣真不行"，我在心里这样想了默着。

炭是漆黑的，如果不红红地充分燃烧，手靠近去可以取得暖来，我不认其为"火"。本来是漆黑的炭似的性欲，非充分净化精神化红红地燃烧到了真的全人格的结合，我不谓其是至上道德的恋爱。人不能把大部分还只是炭的冲动的恋爱或一时的利己的游戏的恋爱，作为结婚的至上至大的条件。女佣所拿来的是性欲的"炭"，我否认其为恋爱的"火"。

恋爱确是火。炭的或要黑或要熄，只因还未成为真的火的缘故。愈灼燃而愈纯化圣化美化的，是恋爱之焰。

如果为了避去性欲的精神化理想化等言辞的暧昧，取别的例来说，那末假定我说宗教至上罢。这时，倘有人拿出迷信淫祀或邪教之类——这也原是一种的宗教——来问我是否至上，我必回答说否的。因为即使那迷信怎样地精神的神秘的，究竟不是像宗教的宗教的缘故。又，封建时代的忠义，确是一种精神的美德，但不能说今天为甲君侯效力明天在乙君侯马前奔走者当作忠义（无论其一时一时的忠义态度是怎样精神的）。又，从说勇气，其中亦有种种，有沈勇，有刚勇，也有暴虎冯河之勇，我也不能一概说凡是勇气都是至上的。

烦琐的例暂且不提，恋爱之中不消说亦有种种的相，种种的阶段的。朝三暮四地变换对手的恋爱，是荡儿的游戏，不是人格结合的真的恋爱。女子为了恋爱在初夜把节操奉给时，男女二人的生涯就被永久地决定着了。至少，要如此，才可说是结婚的至上条件的恋爱。才可说是人生至上道德的理想恋爱。种种恋爱之中，像卡赛诺瓦（Casanova）光源氏业平，拜伦的神话似的恋爱，从外的立场看，也是人生最贵美的东西之一，但因为这不是永续的，所以虽欲作一切人的实际生活的基础，亦可不能，恰和金刚石虽高贵不能作猪猡的食物一样。

我方才说过"永续的"的话。把恋爱单从道德的看，其尊卑优劣的决定标准，决不存于恋爱以外。是因了恋爱本身的永续性与纯洁性而决定的。冲动的肉感的恋爱不永续，至于全人格的结合的纯真的恋爱，因其是人格的纯真的缘故，自得有永续性。

离开了生活革新的道德的理想，单作为心理的事实客观地来看，则恋爱有永续的亦有非永续的，有被青春的血气所驱的一时的恋爱，亦有持续到了白头愈久愈深化内在化的恋爱。所以，当作现实（Sein）的问题来看恋爱，原不能说定有永续性，而当作当然（Sollen）的问题来考察时，则永续性乃是恋爱的重要的本质的要素。我在用"正当的恋爱"的名辞，及屡次说是"人格的"的时候，明明把这本质的要素包含了的。凡是人格活动，不消说决不是会漫然把对象移动转变的东西。

把恋爱认作只是易变无常的感情作用，这是旧思想。恋爱中有知的判断，亦有强的意志作用。唯其如此，所以才是人格的，恋爱的完成，亦应即为人格的完成，自我的充实。把这在制度上表现的是结婚，此外的不是结婚，是掠夺，是卖淫，是恶风流。

作至上至高的道德艺术宗教的恋爱，是永续的。但非永续的一时的恋爱，事实上世间很多，这是甚么缘故？答曰，因为认恋爱为至上的人甚少的缘故。因为把恋爱认为一时的感情，快乐或游戏之类，付诸等间的人太多的缘故。

火是燃烧着的，不，非燃烧就不成为火。其所以不燃烧而熄没者何故？不是因为偷懒了不加薪柴或闭了气孔的缘故吗？人格的恋爱的火，应如东方某圣殿的永久的圣火一样，从太初燃到永劫的。其不能久燃者，全由于不想到恋爱的至上，不用使之久燃的努力的缘故。我们的肉体，不断地用着努力行细胞的新陈代谢来把生命维持，同样，作人生的艺术与生命的宗教的恋爱，亦须赖了满身努力的日新的创造创作，才得保持其永续性。又，和有害于身体的一切不卫生的行动须谨慎一样，心的卫生养生之法亦不可忽，凡足以破损人格的恋爱的一切害恶，皆应避免。特如防止足破男女人格平等的一切行为，对于肉欲十分节制之类，乃是非常重要的"爱的卫生法"。如果这样不断地加以努力，而恋爱仍消灭，那不是其恋爱像身体先天不足的样子，在最初就有着何等的脆弱性，即是出于人力所无可如何的事由的了。恋爱纵不能和神殿的圣火一同永续，至少也应可使之永续到个人生命尽时，本可长命的恋爱而竟短命者，只是养生的努力不足的缘故。

恋爱因了结婚达一段落，达了一段落更入新时期。从壮年期至老境，最初的美丽的浪漫的恋爱失了光与色而转为深潜的内在的，经过几次的变形。可是，对于同一对象的同一恋爱，却通了其人的一生，作着生活的中心。世间有些人，把结婚后或老年的夫妇爱认作不是恋爱，说是友情或情谊，我以为这实在是谬见。再用了炭的比喻来说：性欲的炭燃烧了成为恋爱的火，火更成为白色的灰。却是那灰和别的白色的粉末全异其本质，乃是从本来的炭与火同一成分产出的东西。日本的所谓共白头的夫妇爱，在西洋如彭斯（Barnes）歌中的《约翰·安特生》，嘉本特诗里的《金婚式》等的恋爱，是可比之于黑炭化为白灰了罢。

因了恋爱结婚而成立的夫妇间的这样永续性的恋爱，不仅是戏曲小说上的空想或虚构，不必谈远的过去与外国的事，即在眼前日本的家庭里亦可常常见到。我在这里，当作适切的一例，把与谢野夫人自述感想的一节来摘录罢。

　　我们在二人的爱情上曾不断地努力：吹入新生气，破坏了再建，锻他，使他深，且醇化他。从今回顾，最初时候我们的恋爱，虽然热烈,还是粗制而缺少底力的东西。我们于长期间中在自己的恋爱上是实行过了几千回的破坏与改造了的。我们的夫妇关系,每日每日重新改筑,每日每日筑着以前所无的新的爱的生活。

叫昨日的恋爱照旧静止了而蒙混说是"永久不变之爱"等类的事,是我们所不依靠的。常祈望着二人之爱有大大的进化移动而不停止。

不如此,恋爱将就成心的化石,不能不感到厌倦与痛苦了罢。这样说。又:

不事爱的创作的夫妇,就是所谓因袭的夫妇,是老旧的夫妇,其二人间没有新的爱的生活,这只是名义上户籍上世间习惯上的夫妇,不是备着那以泼渌的爱结合为意味的完全夫妇的实质的。

这样的夫妇是无基础的夫妇,所以其精神的结合力脆弱,内含着碰到机会就要破裂的危险……(中略)

无爱的夫妇关系是应该破坏的。我是确信着这事的一人。因为这样的夫妇关系,即在任何富于物质的阶级也是最大的不幸。

但是,破坏,改造,重新再筑,我觉得都应尽力在现在的夫妇间实行。爱不是纸上的抽象问题,是关于二个人的重大的事实。非把二人的人格互相尊重不可。变更爱的对手,是自己内有的纯粹性所苦痛的,觉得应反省才好。如果梅花厌了,把心移到樱花去,也算不得甚么大问题,虽然如此,有些人却会在同一梅花中发见出新的美来把爱继续下去的。人与人的关系和花与人的关系不同,非常复杂,因了双方的真诚的努力新的爱的音乐,未始会奏不出来。

——《爱的创作》

我对于这等言语,甘愿表示十分的敬意与赞意,同时还请断说恋爱无永续的论者再思之。

七 恋爱与自由

人类这东西,似智而又愚的。自天地开辟以来,大家就都看见苹果落地，一直等到牛端出世，却不知道万有引力，更谈不到相对性原理了。甚而至于有过因主张地球是动的就遭苛待的时代。这等姑且不提，古来几千年间，东西二方，竟皆连"女子这东西是有人格的人"的明白的事实，都不曾觉到，更是可惊的怪事了罢。那被认为一切近代思想的渊源的卢骚，尚且不曾觉到，所以真是怪事。从华尔斯敦克拉夫德（Wallstonecraft）女史的《女权拥护论》（*Vindication of the Right of Woman*）来计算了看，也还不过只是百余年的事。

妇女不是奴隶，是自由的人格。这解放论为一般所承认时，当然的归结，就可想及恋爱的自由了。恋爱就是自由，被剥夺了自由的精神的奴隶，不得有恋爱。因为对手选择的自由，是恋爱的第一条件的缘故。人没有因了他人的强制或被迫于甚么必要作不由本愿的恋爱的，所以恋爱的强制，是根本地不能一致的思想。无自由就无恋爱：这样说也可以。

从我在前项所述的一夫一妇论说，自由，人格，恋爱，贞操，这诸种间俨有着不能分离的关系。当作生活革新的恋爱所以成为男女间的性的道德的根本基础，亦为了此。

西洋人所谓"自由恋爱"（free love）的一语，是和"从马落马"同样的愚言。不过只是简单的 tautology 而已。因为没有自由就无恋爱的，所以和非从马就不会落马一样。这自由恋爱一语如果依了普通的惯用法，解作放纵不羁的恋爱关系，那就如我前节所论，实在就成了"自由性交"了。对于精神的人格的恋爱，与以绝对的自由，结局只会产生一人格的男子与一人格的女子一对，最后除了归宿于一夫一妇的原则以外没有别途，这是恋爱本身的性质使然。所以，自由恋爱一语，并非值得道学先生战栗，新闻记者瞠目的可怕的言语，只是一极愚极无聊的言语而已。把"恋爱的自由"与"自由恋爱"（即自由性交）混在一处想的人，先应自愧头脑的愚钝啊！

奴隶妇女当其把久失的自由夺还时，所得的最贵重的东西，该就是恋爱的自由了。

不消从新说，无自制的自由是不能有的。因为自由并不是放埒也不是纵己的缘故。如果有借了自由的美名作放埒之行者，那就等于借了社会公益的美名而肥私囊的诈欺贼。我在这里,感到有简单地把恋爱与自制的关系一说的必要了。

我前次在《近代的恋爱观》里,因为真的恋爱是人生最尊贵的理想,曾说是"难行苦行",又说过"非有修道高士那样纯净的心者不能有真的恋爱"的话。就是,至上的艺术必有对于奔放的生命的制压,真的自由,非有节制不可。在作人生的最大创造艺术,且以人格的自由作着根本的恋爱里,强的节制与制御是必须条件,我曾说过此意。没有这节制与制御时,恋爱不是破灭,即变为荒淫邪淫,乱淫,人格的生活,就从根柢破坏了。把恋爱认为性的道德的基础时,自制就成了比甚么都还重要问题了。

最近英美关于这性的问题,流行最广而惊动世人视听的书籍,要算斯托普斯女史的《结婚的爱》及其为答复世人对于此书之非难及质问而重行执笔著的《聪明的父母》了。二书写着甚么呢? 要之是为了想完成永续改新男女(即夫妇)间的恋爱,而说产儿制限之必要与方法的。把灵肉双方如不自制节欲恋爱就会破坏的事,并其制限的实行方法,详细论着。世之先觉者为了恋爱已如此地连产儿制限的必要都力说着了。斯托普斯女史虽是科学者,前曾与樱井锭二博士合著过关于日本"能乐"的书,在诗或剧的方面创作也多。上述二书早已输入日本,最近,其第三卷的续稿《光辉的母性》又舶载到了。

我关于产儿制限问题,现在并不有所可否,只是想指示:一对男女间的不自制节欲的生活,容易产儿过多,徒成了论数量不论质的多子思想,终于使夫妇间的恋爱冷却,足为阻止恋爱的永续性的一原因而已。

动物的性欲,果何由净化纯化而成人格的恋爱? 被灵肉二元生活的不调和所恼的人间,何以能在性的本能(即性欲)与性的理想(即恋爱)之间找出了合点,使得二者无冲突矛盾? 这就是节欲自制的效力了。所谓节欲者,不是像昔时宗教生活的样子,把极度的肉的虐抑认为即所以使灵向上的禁欲主义,用食欲来作比喻,则节欲可比诸以保健为目的的节食,决不是绝对的断食。断食是禁欲,非保生命之道也非保健之道。至于荒淫乱行,正可比之于过食之害罢。

人在无厌的欲望上加抑压时，就发生净化作用。弗洛伊特一派的学者这样说。人生确不应是自己的生命力的放恣无限制的发现，因为结果要破坏生活的缘故。因对于生命力加抑压作用，故欲望被净化纯化，转成艺术宗教知识或人间爱。所以，人间生活的伟大与崇高，说就是这抑压作用的结果也非过言。不过，这抑压由自己以外的人物或法则因袭而加施时，就成了压制与强制。故抑压自己的生命力者，仍非自己的生命力本身不可。凡是道德，都应是自律的，就是自己对于自己加抑压，这里面才有真的自由，才有恋爱。用宗教上的情形作譬，即非克服小我不能达到大我，不能到达三昧法悦的心境。恋爱与宗教，其心境的相似，我在《近代的恋爱观》中亦曾说及过了的。

人类不像他动物的有周期的交尾期，性欲全无停息的期间，自然地就有自律地节欲的必要了。认性欲为丑恶的倾向，亦即生于此。人势不能不在性欲加制限压抑，于是起了净化作用，性欲就成了美的恋爱心理而开花。这在禽兽中差不多是不能见到的现象。所以，即在人间，如果能因了荒淫乱行而得性欲的无限制的满足，那末，因为其间无压抑作用，恋爱的心境亦是绝不能到达的。

我在人生观上以一切的禁欲主义为非。何以故？因了想把人间的本性征服否定的禁欲生活，肉体的纯洁，童贞的清净，也许可保罢，但究不免不断地为肉的诱惑本然的欲求所烦恼，怎能精神地纯洁呢？其结果不是难免人格的萎缩与破坏吗？宗教家的诺斯考德（Northcote）尚且说："禁欲生活在人类进化的某程度上确是有价值的东西，但至其精神上的效果，不及恋爱远甚。"（《基督教与性的问题》*Christianity and Sex Problem* 八七页）

那末怎样完成至上道德至上理想的恋爱呢？这并不是童贞，也不是禁欲，更当然不是作自由性交解的自由恋爱。不是求肉体的清净无垢，乃是求关于性的行为的精神的无垢。换言之，关于性的关系，须灵肉一致调和。借了女作家美・沁克丽亚（May Sinclair）的话说：恋爱是为欲使灵救肉肉救灵的设施。这是真的恋爱，别的便不是恋爱。我把这样的恋爱，谓为性的道德的理想极致。

　　反覆地说：所谓纯洁，不是因了甚么独身禁欲等消极的生活态度所能保持的。性的生活因了恋爱而被美化圣化时，才有真的纯洁。因了与异性的性的结合，我们的纯洁消失，同样，因了和异性的恋爱结合，我们的纯洁得以保存。和异性没交涉，不是纯洁，那只是使有血有肉的人，强为木偶的不自然的恶趣味而已。认保持童贞即可以保持纯洁者是从来宗教家的迷妄，因了恋爱而保持纯洁时，才有性的生活的真的自由。

三 就了恋爱说

　　我在前面曾好几次说到结婚的问题,讨论结婚不是我的本旨。结婚原是把恋爱来社会化制度化的东西,但世上不社会化制度化的恋爱,亦作了人生的事实而存在着。因为恋爱并非就是结婚。被制度化了成为结婚也好,不成为结婚也好,恋爱总是恋爱。我在《近代的恋爱观》里所要说的是这广泛的恋爱的一般诸相与意义,而读者们却只以甚么制度或社会道德等眼前的事情为意,作种种的质问与批评。为了答复质问与批评,才有前篇之作,所以势不得不罗列了杀风景的文字以应之。

　　重复地说:恋爱原也有结婚以外的恋爱,结婚也原有恋爱以外的条件。在结婚时,须把这恋爱以外的条件,认作第二义的重要的东西,这是我的主张。

　　关于恋爱问题,我所要说的还甚多。只是从梅雨季到初秋的现在,一连几月我都患了痼疾卧着。因痛苦与炎热衰弱透了的身体,要第三次执笔再草一长篇文字,实不能够,就把和来访病床的朋友谈话时,乱抽枕旁的书册时,或仰卧了注视天花板时所想到记起的事情,当作断片,采录在这里。思想的未熟及文辞的未周处,只好乞读者宽恕,遇有一二重复的地方,也请认作是一种补遗,宽容过去。

一

　　"像昙天云缝里烁亮的明星",在街上遇到诗人所这样赞美的罗马的美少女佛琪尼的,是亚飘斯·克洛地亚斯既是富者又是贵族的他,想占有这窈窕的少女,这并不是恋爱或是甚么,克洛地亚斯派遣了仆役,思强夺此少女,用了门第与黄金之力。

　　少女的父亲突然到来,在众人面前,闪着剑,向爱女的胸间刺入。

　　与其为了黄金与门第去受摧残处女的纯洁之辱,不如清白地被杀于父亲之手。佛琪尼才是幸福的。不惜以如此手段拥护女儿的纯洁的父亲，才是真爱女儿的。

那男子有钱，有身分，虽不相爱，只要遣嫁过去，是于女儿的终生有益的：作这样想的父母，就是不以为耻地叫女儿去卖淫的父母。如果把女儿从冒渎救出的佛琪尼的父亲是真女儿的父亲，那末强把女儿遣嫁到无爱的男子那里去的父母，不是父母也不是甚么，只是女儿的仇敌。不是和那用了聘金或财产的暴力来掠夺女儿的男子的共谋的仇敌，是甚么？

因为想起了一向从前在麦考莱（Macaulay）的《古罗马歌》里读过的佛琪尼的故事，所以就写在这里。

<h1 style="text-align:center">二</h1>

就是那抽签或叫局似的面会结婚，只要后来夫妇相爱，不也可以吗？用这话来反对恋爱结婚的人很多。我对于这种人们，试反问如下罢。

纵使在后会有爱情，初夜的诱奸和奸凌辱，不确是罪吗？难道可以说，窃盗作一二次也不妨只要成了富翁后归偿就好了吗？抑想强辩了说，二三次的诱奸强奸是一生里免不掉的义务吗？

在最初诱奸和奸强奸之夜，谁能保证以后必会有夫妇之爱呢？负责保证的人不是一个也没有的吗？如果没有，那不是可怕的冒险吗？但看事实啊，这样成立的夫妇关系，多数不是无燃烧着爱的灵魂的拥抱，过了一生的吗？特别地在女子，这不是精神的监狱的卖淫生活吗？

有真的自由，才会有真的责任感。不因自己的自由选择而结婚的夫妇，不是自己无结婚的责任的吗？既无责任，自己的不会努力于爱，不也是当然的吗？无责任的结婚，比之于野合私通，更是可鄙的不道德的性的关系。难道不觉到这是一种体面的贞操蹂躏吗？

如果二人真是意气相投，结婚后可以生出真的深的爱情的，那末为甚么在结婚以前不设法使二人接近交际,待到了有恋爱时再结婚呢? 为父兄的究为了甚么,有了甚么必要叫当事人去冒险呢? 要那样地保存面会结婚的陋习,究为了甚么? 把夺个人自由的事要那样地信作美德,其理由请明白讲来! 我说。

三

如果由了当事者的意志而结婚是正当的:有人这样说。这不行,意志并不定是恋爱,因为在今世,所谓意志,很多有为家名财产收入或虚荣心所左右着的缘故。

某学者说,最近西洋卖淫妇的倾向,因了自己的意志而投身丑业的,较为他所诱惑或强制者为多。我们不能因其出于自由意志而说卖淫是正当的。

四

媒人这东西,是惯说谎的,洞里买牛似地结婚也究不安心,于是男女两家彼此相互都有"打听"的事。这就把对手视若窃贼而侦探的行动,决非有自尊心者所甘受的。

人生最重大的结婚生活,在今日的日本,普通大概先以这窃贼待遇为第一步,而无理解的夫妇,彼此的一生,都过于互相试探心意之中,全是窃贼的共同生活。由侦探始,亦以侦探终。

如果有称这是"我国固有的淳风美俗"而强辩者,我要反问:何处还有比这更甚的丑风恶俗呢?

五

在那非由爱焰燃烧的二个魂的拥抱而只是冰冷的肉与肉的性的结合上，附以甚么人伦咧家庭咧和合咧夫妇咧等美名，其实只是和奸强奸与卖淫，却觍然地营着人类的生殖作用。今日世界人口的过半数，不，大多数，非即是当作这和奸凌辱卖淫的结果而产出的"人之子"吗？号称说人伦谈道德者，尚不觉这是现在人间生活的污辱吗？

六

在男女关系上，恋爱的应重视，原是当承认的，唯只把这来大声提倡，却是坏事。这样的非难，我也曾从某博士闻到过。

对于这样的难者我先要反问：今日一般的日本人，即单就了结婚问题上说，曾已把恋爱的应怎样注重的事，十分确认了吗？首肯了吗？

不但贵族富豪的家族，不论其为有产者或无产者，现今的"面会结婚"，其结果真是惨酷，实可说是一种的人道问题了。女子在父兄强制之下，为了家，为了财产出嫁，把肉捧献给既不爱悦也不甚么的男子，结婚后经了三日，有所谓"归宁"（Satogaeri）的事，照例是豫备到父母跟前诉苦哭着回去的。如果在所恋爱的男子身畔，不是要一日一刻都不愿离开，才是像人的结婚生活吗？今日日本不论都市乡间，这"狱房"式的结婚，占着十之八九，对于这明确的事实，究当作何考察呢？

七

在向女子强求着所谓《女大学》的奴隶道德的德川时代,有教养的阶级的女子,其自由是全被夺去了的。因为无自由故恋爱不被承认,被当作不义不道德而排斥。所以,在这时代,想把人生上恋爱的意义来描写的诗人如近松巢林子,只好在狭斜里搜求材料与情趣。因为还要算青楼中较有恋爱的自由的缘故。可是,这又是大大的矛盾,那作品里的女主人公是娼妇,所以她们的恋爱里,像前所说过的样子,有灵肉分离的缺陷,因之在那恋爱的当然的归结的贞操观上,就生了不自然,一方又于"食"与"爱"之间起了冲突,遂成就所谓"义理人情"的悲剧。王朝时代的宫廷贵族之女子,却有自由,因之亦得有恋爱生活,及入了武家时代,女子极端地被虐抑,那当作道德的恋爱观,因以蹂躏净尽,一直至于德川时代。今日本的社会,其恋爱观尚距武家时代的偏见不远,实无足怪。

八

家族主义的奴隶道德,否定妇女的人格与自由,用以片面地强妇女守贞操,确是可能的罢。但,如何才能叫男子也确守同样的贞操呢?如何才能实现男女相互的完全的一夫一妇呢?这除了把恋爱至上认为性的道德的第一义以外,不是没有别途了吗?一夫一妇之制,决非家族主义或功利思想的产物,乃是根于恋爱上的人格平等及欲相互独占对手而求恋爱的纯洁完全与永续的自然的内的要求的东西。以近代个性自由的思想为根柢时,除了恋爱至上主义以外贞操贞节的合理的解释,应是不可能的。

九

我曾见到某文学博士叫《家庭杂志》的记者笔记的批评我的恋爱观的话。其所谓批评者，原是不值一顾的东西，其中丁宁地讲述家族主义的处所，真是荒唐得有趣。据说，这人是常对了教育者或地方人们作伦理道德的说教的，今日的日本虽似已进步，唯竟还有人倾耳去听这样的议论，我觉得这似乎有注意的必要了。虚费篇幅，原是憾事，姑且引用其言论的数节，当作标本，来博读者的一笑罢。

家庭里，至少来历古的家庭里，都有家风有家法，这家风家法经整顿成了文的就是家宪。这三者都向了家庭中的人人，要求其服从。他们服从于此的时候，主观的方面养成遵法的精神，客观的方面成立一家的统一。昔时罗马的家长，对于其所统率的人民有生杀权，为妻的人有不贞者即杀之。子女的结婚一任家长的意志，当事者的意志是毫不被认的。拉丁语称父为 Pater，这是"力"之义。因为他向了妻子眷属以力来要求绝对服从的缘故。这种事实，不必求之别国，在我国德川时代，多少也曾可看到这事实的。由这点说，家庭是法律训练的组织。

体裁十分完备的家族制度，其中轴是祖先尊崇。由这点说，家族是因了祖先尊崇的信仰而统一的集团。信仰深的家庭，有信仰深的子女，无信仰的父母，生无信仰的子女，这是眼前的事实。（中略）又，所有或财产，是构成维持家庭的主要条件，罗马称家庭为 fomilia，即有"财产"之意。所谓家长权者，实由家长有财产权及扶养一家而起。自其把国家的财产由一代传至次代的一点而言，家庭是国家经济的重要机关，财产的保持与增殖，为家长的重要任务之一，其任务的运用，由国家看来，无非一代对于次代的财产的传达手续而已。家庭各员的所有观念，被养成于这样的生活之中，常能为道德的保障。

"家风","家法","家宪","祖先尊崇","所有","财产","家长",原来我的恋爱论,是从作这样说教的种种人们受到攻击的!这也许是过于当然的当然的事,亦未可知。呵呵!

十

如果把现在一切错误的因袭与制度改废,使更自由,更余裕,则人间生活恐就要堕落紊乱了!作这样想的是世俗的根本的谬见。这在经济生活政治生活的问题,情形原亦相同,在性的生活上,如谓苟于现行的强制的一夫一妇制以上再多予自由,就恐有"自由性交"的乱伦状态,那只是一种可笑的杞忧而已。为恐女子将皆堕落如朝送吴客夕迎越人的娼妇,贞操以及甚么都将一团糟,于是以为恋爱不当承认,今日的结婚制度无可摇动:这实是对于人间本身的大侮辱。人是人,不是畜生,因了得到高贵的恋爱自由,只有向上进步,至于禽兽的乱婚状态,是即使要想堕落也堕落不下去的。如我前引的娼妇的生活,肉虽切卖与众人,灵的方面只把心向着一男子,在这样灵肉分离的不完全已极了的奇异的形式中,犹守着一夫一妇的贞操。这不是普通所见到的现象吗?纵使沈陷在娼妇卖淫生活等下贱的状态里,人还是可贵的人,只要一有恋爱的自由,一夫一妇的贞操观就可毫无强制地自己完成了。唯其被强嫁给不相爱悦的丈夫把一生束缚,才会有不贞的妻的。

离了那墨守旧套拘于因袭的既成结婚制,给予真的自由时,人才得因了自律的道德性,安定固着于一夫一妇制。把这话认作只是一种的Paradox而危险视之者,是未解人间性的真味,只知人的恶魔性的一面而未知其别半面的神性的愚昧者。夫因了妻,妻因了夫,各感到强制地被束缚着的时候,原觉得其结合很有可厌的,但若一经确信其相互关系完全自由,他们却反会不惜用了全努力去保续其爱的。

在近代文艺上,能把这藏在人间性深处的不可摇动的事实,最艺术地最巧妙地表现者,是易卜生大作《海上夫人》。那慕无涯大海的自由的妻爱利妲，心总不断地动摇，因为有着压迫束缚的缘故，不能捧了身心去爱现在的丈夫梵格尔。特别地牵诱她的心是外国船上的运转司。最后这外国的船员由海中来，要诱她去时，梵格尔当机立断，慨然许妻自由，叫妻自由地决定去留。刹那间，她的心在真的爱的上面觉醒了，就拒了诱惑，仍与现在的丈夫共处。这作中，把自由所给与的爱的胜利鲜明地描写着。

现在的经济组织如不改造，人无"食"的自由，同样，非打倒现今结婚制度的因袭，就无"爱"的自由。被夺了"食"与"爱"的自由的而活着，是苦的。

<h1 style="text-align:center">十一</h1>

戏剧的结构，也并非甚么难事，剧的境遇，其数不过三十六种：有人曾大胆地这样说。是的，即就恋爱悲剧看，其数诚不过如此，也未可知。其中当然含有男女的性格，"食"的生活问题，阶级差别等类的事项，但其最普通的梗概，究逃不了"永久的三角关系"。一对夫妻或恋人的男女任何一方，与别的男或女相恋爱时其悲痛最是深烈的，不论题材用一女和二男或二男和一女，要之都同是"三人的纠葛"。西洋的近代剧也好，花柳界的争风吃醋也好，葛藤的心理是一样的。事情虽异，而人心却东西古今不变，在这三角的三顶点点间，憎恶，嫉妒，恐怖，羡望，复仇及其他种种的东西杂在一处，人间苦闷的光景，在其间像万花镜似地展开了。

特在以恋爱至上为性的道德的理想而确立一夫一妇制且个性已十分发达的人们，其三角关系毫不容有游戏的不诚实的虚伪或空想，那葛藤就成了沈痛深刻的悲剧，有冲破生命核心的强烈的破坏力。如霍普德曼的《寂寞的人们》(*Einsame Menschen*)，如梅戴林格的《亚克拉文与赛利斯德》(*Aglavaine et Selystte*)，如唐南遮的《乔孔达》(*La Gioconda*)，如萧的《坎地达》(Candida)，——举也举不尽，近代剧中这三角剧的所以特多，实根于上述的理由的。

三角关系,在恋爱上诚是永久的癌肿。也许就是人生永久的苦闷,亦未可知。平等的男女的人格结合——即恋爱,在原则上,一夫一妇原是当然且自然的事。可是,不能照原则径行时,其中也有人生的情趣有人间味的复杂性。像我在前所说过的样子,为了拥护既有的高贵的恋爱起见,在其卫生法养生法上须用全努力。这就是叫人留心避免这癌肿的意思。因为除了养生,就没有长生法的缘故。

但是,我说:即使不幸已患到这三角关系的癌肿,人所应取的最上之道,似乎除了自由以外仍是没有的。这自由被给予时,结果往往会把多年同栖的关系,因了内在的潜势力猛然复活,成那《海上夫人》的结局的。性的选择自由,无论在甚么时候,断不可失却。全无爱的男女,一方把夫妇关系持续,一方各慕着别的异性,糊涂地过日,这是人间最可怕的罪恶。这不是罪恶是甚么呢? 自欺,不是比欺人还大的罪恶吗?

爱因了多年同栖,已失去其浪漫的色彩而转成内在的潜在的,故非深锐地自己省察反省,十分强烈的夫妇爱,往往有潜入胸底至于并自己也不觉得了的。以前我引了般生的作品当例说过的一节,是患三角剧的癌肿时所不可不深思的。在这种时候,切不可轻举妄动。

在并不出于轻举妄动,且得到真的自由的一刹那间,意外现出的复归复活现象,例如《海上夫人》的结末等类的事,决不是弄狂言绮语的虚构。这里面有着玄妙深远的"爱"的心理作用。这是那些形式万能的因袭道德之徒所梦也不曾想到的新道德的胜利。是说明"自由"与"爱"的最后凯旋的东西。

为要说述这爱的胜利,我于前所引的般生的《地理学与恋爱》易卜生的《海上夫人》以外,还要再举苏特曼(Sudermann)的戏曲《在一隅的幸福》(Das Gluck im Winkel 1896),当作同思想的一暗示,请读者考察。列克尼兹男爵正与乡间小学校校长的妻爱利赛培德恋得火热,女的心发生摇动了,当她决了死的时候,夫妇间之心,忽然完全融洽,她于是仍回到丈夫的怀腕里去。曾想奔就别的男子做不良的妻了的她,并无何等强制的因袭道德的干涉,竟从新永久地做了丈夫怀抱中的贞节的妻了。有了爱的自由才有真的贞节,自由被夺时,才生不贞乱伦的丑状的。

认在恋爱以外有道德律，这是错的。因为恋爱本身就作着道德的根基的缘故，在这样的道德生活，才有自由，才有正义。

恋爱是自由的人间性的至高至醇的发现。用了无理的制度与因袭道德强把这人间性矫揉造作，我们的生活遂为虚伪所缚而生苦痛。恋爱是从人间性本身开出的最美的花，人常忘了自己的人间性，同时把这美花亦忘掉在"诗之国"，或把它投入制度因袭的垃圾笼里，这其中实有着根本的谬误。把我们的道德在这人间味人间性的基础上再造时，恋爱就恢复其至上至高的道德的意义，同时，人间的生活亦自进转到更良的自由生活，更高的正义生活去了。

十二

我在本书的卷头里曾揭着英国近代最壮快的思想家嘉本特的话。那是他所著的《恋爱的成熟期》（*Love's Coming-of-Age*）最后一章《自由社会》的结论。因为太忠实地把原文逐语译了，也许会使读者苦于了解，故更在这里复述一遍。

据嘉本特的文意：人一方为性欲的奴隶一方受着法律的因袭的束缚时，自由社会不能出现，因为性欲必须受法律的束缚的缘故。但性欲真地进化净化了，恋爱成了实在时，恋爱本身即可为至高至深的法则，于是我们才得享有自由，合理的社会才得实现。在这以前，法律的制缚，还是必要的。所以，要至恋爱成为实在，把性欲制御了作其奉仕者时，理想的社会才得建设。

把这改作我自己的话，就是：人人能在性欲上加施节制，把恋爱至上的事严肃地考察而实行时，才有性的生活的自由，而一夫一妇及贞操等亦得不假因袭法律的干涉而完全确立。

嘉本特翁更疾呼了说："知理的社会，必认如上的事是可能的。在一方，不扑杀美与自由把人间性嵌到铁样冷的铸型去，在别的一方，陷入离婚的沼中的危险也可全无了吧。"又在结语里述着远大的希望："想起来，我们今日关于恋爱是何等的幼稚啊！把无数的花都摘除了想连花和叶强塞入可悲的型里去。须知把理应不灭的华美破坏掉的人的卑俗啊！所希望的只在十分成熟的未来的社会。在那里，爱的种种丰富的可能性全被理解，恋爱的美丽的故事，将因了有情的了解与美的节制，不，在向荣的完美的状态里，永久被保育吧。"

这样的美与自由，应是生于现代者的理想，信念，及新的宗教。

十三

这是某小户人家的事，本来是一对因爱而结合的夫妇，却从朝至晚猛烈地争吵着。附近的警察看不过去了，走去说：

"既然这样争吵，率性大家离开了如何？"

夫妇异口同心地回答说"如果可以离开，还有甚么争吵的呢。"

不能洞观这话所暗示的复杂的人间性者，对于我的恋爱至上说是全无容喙的资格的人。

十四

拜伦在《冬·芬》的一节里，用了他特有的厌生的悲调像下面那样子说：

> Tis melancholy, and a fearful sign
> Of human frailty, folly, also crime,
> That love and marriage rarely can combine,
> Although they both are born in the same clime.
> Marriage from love, like vineger from wine——
> A sad, Sour, sober, beverage——by time,
> Is sharpen'd from its high, celestial flavour,

Down to a very homely household savour.

　　　　　　——*Byron*，*Don Jaun*，*Canto iii*，5.

　　（大意）恋爱与结婚原生在同一地方，而两方却稀能相伴，这足以示人间的弱与愚，同时又是罪恶。可悲亦复可怕。恰和那悲酸而扫兴的醋从酒出来一样，结婚离了恋爱，就失了高高在天上的香气，堕落到平凡的家常趣味。

　　真是古今同叹！因为人的弱与愚，结婚与恋爱难相一致。因之，人常营着性的二重生活，心虽抛了丈夫偷念着别的男子，身子却还是妻：丈夫虽不爱妻，妻总是妻，于是有的从青楼中寻恋爱的游戏，有的像希腊某名士的样子，仅叫妻生子，爱的对手则求之于娼女。日本的娼女，把心献给一男子而肉则任万人切买。德国方面的贞节（？）的妻，虽爱着丈夫，而于丈夫久客不归时，则单为了满足肉欲，坦然地把别的男子引入到家里去。在日本，丈夫虽爱着妻，为了妻是病者，或为了不能自制兽欲，或为了想得"家"的后嗣，蓄妾者很多。诸如此类，我就都名之为灵肉分离的性的二重生活吧。这二重生活不只像和服与洋服并用的纷扰，乃是人类最大的污辱，是人格生活的破产。上面所举，除了二三的例外，都由婚姻与恋爱不一致而起。这非就是拜伦所说的人的弱愚和丑的可怕的表象吗？要脱去这弱和丑，就是我所说的理想主义的努力点。

十五

　　单从道德上想，无结婚的恋爱，和无恋爱的结婚同是冒渎，同是不合理，同是私曲。这不但现代作家觉得，即前世纪的女性作家乔治·爱利阿德（George Eliot）在其小说《亚当·比特》（*Adam Beat*）《菲力克斯·苛尔德》（*Felix Holt*）以及最后之作《但尼爱尔·窦隆大》（*Daniel Deronda*）各篇里都表现着这思想。令人想像爱利阿德是女子中稀有的怀着强敏的智性的人，那维多利亚朝的道德观且不去管它。

十六

如果女子不即感受男子的爱,那末她大概是别有恋人的。在现在或在过去。

十七

小说,诗歌,批评,无所不可的才人故路弥·特·古尔蒙(Remy de Gourmont)的情热如火的生命赞美的文学,在近代文艺中原是我所最敬仰最爱读的一种。可是对于他的《恋爱论》(*Physique de L'Amour*, *Essai sur L'instinct sexuel*)却不佩服。又,新近才读到的他的小说《处女心》(*Un Coeur Virginal*)当作恋爱心理的描写,也不见得是怎样的杰作,其第十五章里却有几句过目难忘的话,觉得说得很好,所以就录在这里:

"女子是反刍者,有些女子们的一见就像有德,实亦可以此说明之。恰和有着不灭的香气的美花一样,一件的美的罪事,足以祝福女子的一生的。当男子连最后的接吻都忘掉了的时候,女子还记忆着最初的接吻。"

这里"女子"二字,如果代入"女性地恋爱的人"的名词去读,更有趣味。只在过去的恋爱的记忆里生活着的人,在谨慎柔弱的女子男子中都很多。说得坏些,也许可称作抱着恋爱的死骸而生存着的人,亦未可知。可是,这是美而且可贵的事。在莫泊三的小说里,有某贫困的椅子店的女儿,自幼恋爱着附近药店里的儿子,却是不能如愿在一处,女子遂以独身过她一生,背地里把心献给那不在一处的恋人。莫泊三评了说:"究竟是女子,要女子才能如此",因为女子是反刍者。

把恋爱者分为二型,一是顺次变换对手的冬·芬型,一是始终专注于一人的维特型，这见解大别为"男性地恋爱的人"与"女性地恋爱的人"，觉得也不是一定错误的。

人若不把恋爱至上视为严肃的道德的生活理想，只要不像维特的死亡，不消说，差不多谁也会成了冬·芬型，有那从一恋爱移转于别一恋爱的危险性的。所以要竭力严守唯一的一人格的恋爱，如严守自己的人格，使不衰灭者，就为了此。

但个性是会发达的，在未发达以前的时代所得的恋爱，认为不满足，更去求新的恋爱，也是可有的事。所以，恋爱的二人，彼此对于自己个性的发达伸长，不可不深加注意，这也是为欲拥护恋爱的永续性所不可缺的努力之一。

男子会发达，女子却不易发达。最初的艳美消失了，头脑的力也渐次迟钝。从这种处所，恋爱结婚终陷于破镜之叹者实际上很多。和男子不同，极少有和外界社会接触的现在的日本妇女，在自己的发达上，特有行住坐卧都深考的必要吧。

只想从恋爱里吸蜜似的甘味的怠惰者浮躁者，怎能完成至上的恋爱啊，怎能使自己的人格向上啊！所以，我不惮丁宁反覆地高唱向上精进的努力，切劝了爱的生活至妙境，行难险的途程。因为这至妙境，唯在把自我热至最高限高至最高限深至最高限时，才能找得的。

十八

也许有人说，说恋爱这样那样，是有产阶级的闲事业，在无宿粮的无产阶级，是无用的。关于"食"与"爱"的生活，已述如上。恋爱是人的问题，为了"食"把以恋爱为中心的一切"爱"的生活否定，是使人堕落退化至畜生道的事。不论有产者与无产者，我们先不能不是人。正因为是人的缘故，才把恋爱问题来真诚考察的。

费地南特·拉赛尔（Ferdinand Lassalle）与马克斯同为近世社会主义之祖，而且是马克斯以上的热烈的实际运动家。这拉赛尔当其活动最盛时,不是曾和美丽的海伦·方·特尼格斯(Hellen Don Niges)相恋爱,为了她甚至不辞决斗,年未到四十即弃了生命吗?美勒狄斯(Meredith)在其小说《悲喜剧的人们》里,曾忠实地依照事实,描写着这悲壮的社会运动家的恋爱悲剧。小说中的主人公欧文,就是拉赛尔,女子克洛蒂尔代,即是海伦的化名。说甚么"无产者劳动者或作这种实行活动者无暇来谈恋爱之类的甜蜜事"等类的暴言,来批评我的文字者,先请自去看看拉赛尔及其他许多活动者的阅历罢。

把"爱"与"食"的生活分离了考察,把恋爱与社会活动分别了看,这是见解浮浅只见到人间生活现象的皮相的缘故。对于这样皮相浅薄的批评者,如要一一地去酬答,我却不是这样的闲人。

我也用不着再把基新(Gissing)的《德谟斯》(Demos)久米正雄的《三浦制丝场主》等小说戏曲之类,在这里提出了。我只说:先请观察今日实际社会的事情,看"食"的生活上的阶级争斗与"爱"的生活上的两性问题,常怎样地纠连着啊!被夺了"食"的自由的人,不是因为同时并被夺了"爱"的自由,所以苦着的吗?凡是对于人生本身,有着热烈的执着的人,为"食"而烦闷,同时又为"爱"而苦恼,不又是当然之事吗?二者的根柢只是一个的。

十九

新近自从喧闹了经济问题阶级问题以来,遂出了一种奇型的人。这种人也曾略读过文学书,却一味醉心于社会问题之类,对于爱的生活的诗境,其没理解实到了可怜的地步。如果说其头脑是散文的,那不是自己的自夸,便是他人的谀辞,其实,只是纸屑样的头脑罢了。

但看真正苦心于社会问题过的思想家如拉斯金(J. Ruskin)马利斯等、他们对于恋爱或结婚,曾怎样地用了深的透察与理解去议论歌咏的?又,近世社会改造论的先驱者维廉·高德文(W. Godwin)与华尔斯敦克拉夫德女史的恋爱关系,究竟怎样?请去查了看看如何?对于那些罗列了许多诗人或思想家的名字来非难我的人们，我把这话送给他们。

二十

如果"妇女解放""自觉"的呼声，只是对于男子的挑战，或只是增加了许多杀风景的动辄说理的"女装的豺狼"似的第三性（Third Sex）的女子，那确是人间社会可悲的不幸了。妇人解放的思想，要作了提倡两性的自由的人格的结合的新的恋爱观而表现时，才得建设较良的人间生活。因为男女两性的合奏的交响乐，可以美化醇化人类的生活，使人类更向地上乐园进展一部的缘故。

二十一

无论男或女，仅只自己一个，是不完全的东西。因了与异性的人格的结合，才得把自己完成。生殖尚且不能以一人成就，这就是证据。

如果连自己都不愿完成，还有甚么可为的呢。自己完成，是人的生活的至高至大的要件，恋爱才是因异性的结合而自己完成的唯一最大的艺术与道德。

把这事和宗教连结了作着极端的神秘的超绝的见解者，瑞奠鲍尔克（Swedenborg）是第一人。他在所著的《恋爱论》里，以恋爱为圣智与圣爱的结合的象征。谓男须因了女才解神的圣爱，女须因了男才达到神的圣智。我对于这伟大的神秘宗教家并无何等的共鸣与理解，但其把男性所有的灵智与女性所有的圣爱的结合作为人格完成的极致，觉得是可以首肯的。孕有着灵智的眼，向了爱的温光而开时，其间有着神人的崇高与完美，这即就佛教艺术看亦然，大慈大悲的观世音菩萨本来是男性的，可是其爱的姿态，却因了女性的丽容便表出了。

二十二

主张人格主义的立普斯(Lipps)的《伦理学的根本问题》，日译本已出来了。其中当作恋爱的要素之一说着如下的话：

男子当作一个的人格，原是独立的，可是因为生而为男，就不完全，不能完备人的本性。同样，女子也原是独立的人格，因为是女子的缘故，不是完全的人。两性要相合了才能到达自己完成之境，所以，男与女都有想把自己所缺乏的从异性去找获的要求，这就是"补足的感情"。立普斯盖认恋爱即是由异性找获自己所缺而引归自己的补足的享乐的。

我在前面曾谓个性强旺的人想因了异性救济自己的孤独寂寥的要求即是恋爱。这寂寥这憧憬，不就是立普斯所说的"补足的感情"吗？在个性上觉醒愈强的人，其补足的要求也自不得不愈强。

奥德·瓛宁格(Otto Weininger)的所说，亦略和上说同趣。他说：男子都不是完全的男子，女子也都不是完全的女子，男子之中有女性分子，女子之中亦有男性分子，无论是谁，都是男女两性的混血儿。所以，如果一男子自己之中有着七分的男性与三分的女性，为要求自己完全，成为十分的男性，就想因了某一女子所有的三分的男性分子来补足。那一女子亦然，想因了男子所有的三分的女性的分子补足自己，便自己完全成十分的女性。这样，男女皆为了可以完成自己行恋爱结合，瘦男的动情于肥女，健气的女子的喜欢柔和的男子，皆由此理，各向了自己所缺乏的反对的东西，强烈地把心牵动，这就是恋爱。

在说法与考察法上虽不同，要之，恋爱是自己完成的要求，是自我充实的憧憬，可因而知道了罢。歌德于百年前在其小说里所用了化学上"选择亲和力"(Wahrverwandschaften)一语来表示的，亦即指一个性把别的独自的个性牵引的力。和这同样的说法，近来性学者中有用着 erotic chemotropism 的名词者。又有认异性的细胞是互相牵引的东西而用生物学上的所谓 chemotaxis 来说明的。像想将恋爱试作纯科学的解释的西尔修浮德（Hirschfeld），则把相互的性的牵引归之于genotropism。但这样地专由生物学来解释恋爱，我们对于科学者的通弊就不能不警戒了。因为人间的生活现象中，俨存着许多决不能用形而下的机械的解释的事实，人间生活的物质的事实中，其他半面常有着同程度的精神的事实的缘故。

二十三

只知生子爱子，而不知爱男子的妇女，其程度和那只求女子的肉而不知爱女子的男子相等。在野蛮人中多有这一类人。

二十四

近来多有谈女性文化的人。这就是主张改革现在样的杀伐粗硬的男性文明，提倡多增女性的新文化的呼声。但这所谓女性文化，在主张之前，不可不先十分想到男女完全的人格结合的恋爱在社会上文化上的价值怎样伟大。要两性相合的同心一体两个心脏作同一鼓动时，才可得个人的自己完成，同样，就社会来说，亦要因了爱的男女两性的结合，文化才得完成。把女性只作为生殖与性欲满足的工具的男性横暴的社会，已成了今日样的充满缺陷难生活的杀风景的状态了，对于这状态衷心痛恨愤慨者，先须就了恋爱的文化的社会的意义深加考察。

恋爱在肉的方面替人类社会负了种族保存的使命，同样，在精神的方面，实亦有着作人文发达的根源的更大的使命的。

二十五

　　健康，遗传，如果在这种方面别无其他特殊的条件，那末恋爱结婚的比之无恋爱结婚的容易得优良的子孙，是很明白合理的事。今日的优种学关于此点原还未下着确定的断案，但人既不是营简单的动物的肉的生活的东西，我相信，灵肉两全的性的结合，在生殖上可得较优良的成果的。

　　叔本华的恋爱观，太注重于生殖欲，在这点上我对于这位厌世哲学家的所说不能同意。但他在意志哲学院里，把性的牵引，认为是种族意志的显现，这却觉有半面的真理。他说：在恋爱上，异性选择对手，通常虽以为这是自己个人的选择，其实，这只是种族的生命的选择而已。以为和那人同处是自己的幸福，去倾心恋慕者，其实只是种族的感觉。个人想求自己的幸福，本能却为了种族求着至善。为了恋爱至于不辞蔑视了理智赌了生命者，并不是个人的意思，实有强大的种族意志把这个人驱使着。因为本能无意识地向了这样的目的活动着的缘故。

　　恋爱结婚，就是不背逆这种族意志的性的结合。较之于背逆种族意志的无恋爱结婚，那与种族意志相合致相顺应的恋爱结婚，可以更有益于种族，可以保存优良的种族于未来，其理不是甚明白吗？

　　顺便地说：叔本华的恋爱观的弱点，在于太注重种族意志，蔑视个人自我的要求，全非现代人所能同意的。个性主张（individuation）与个性化（individualization）的要求，在文化人的生活，应俨然与种族意志——生殖的要求相对峙并重，换言之，我们不似某种昆虫的但为生殖而生存，为了自己要生活才营生殖的。生殖是手段，生活这事是目的，为了生殖的结婚，为了生活的恋爱，二者之间要一致无冲突，实为我们的生活理想。于不得已时，即为恋爱而牺牲生殖，亦不失为人间的正道。因无子而离爱妻，或为欲得子而一夫多妻等类，皆是为种族意志而牺牲个人的事，这明明是畜生道。人应先以个人的要求为基础，然后再于其上营生殖作用。换言之,要生殖被个性化了不盲目地服从种族意志,才为人的性的生活的第一义。以恋爱至上说为根柢的一夫一妇的道德,即这思想的当然的归结。

正当的个性主张的要求(在性的生活上为恋爱)和种族意志(即生殖的欲望)并不定相背驰,不,在自由生活里,两者本来原应是完全一致的东西,倒是今日尚在幼稚阶段的我们人类及其错误的制度组织,自在那里作着可悲痛的反逆背驰的。改造的迫切的要求,就起于此。

平易地说,在性的关系的二要求——为种族存续的生殖冲动与为个性充实的恋爱中,只注重前者的叔本华一流的见解,是旧时的思想。现代的新的恋爱观的特色之一,即在对于后者的人格完成自我充实的恋爱认有重大意义的一点。今人已认这以自我充实为目的的恋爱,同时在社会上亦负着绝大的文化的使命了。在一切上,认个性的权威,知道自我充实对于社会发达有重大意义,这是一切新思潮的大特色。

把原始人所有的简单的性欲或种族本能,渐次进化净化了成为有精神的意义的恋爱,这从一方面说,无非就是恋爱的个性化。一切的事情,愈进步愈个性化,亦愈个性化而愈进步的。

我在这里再反覆地说:生殖为了社会为了种族虽是高尚的义务,但为生殖而牺牲恋爱,是蔑视人文发达的不道德的野蛮生活。男女的合体因了生殖而创造新生命,同时,在灵的方面亦不可不创造个性的新生活。

二十六

世没有先考虑了优生学遗传学或卫生法而后行恋爱的人,但恋爱在对手的选择上,事实上却常自然地本能地和种族的利害相一致,决不与之背驰。例如近亲结婚是有害的,所以血统亲近的男女间恋爱较少,至于兄妹,则即无道德律的干涉,恋爱亦全无从生起。其他,如狂人癫痫等的遗传性病者,未成熟者或年龄相差过甚者等一切有害于种族的优良性的时候,恋爱就比较地难以发生成立,因为即无人为的干涉和教示,叔本华的所谓"种族的本能"自会无意识地神秘地予人以指导的缘故。被称为盲目的恋爱,在其自由选择上,不是很明目的吗? 人在恋爱上的自由选择,即就生理的说不自在那里行着自然的雌雄淘汰吗!

不仅是生理上的问题为然,人智愈进步,个人的道德性愈发达,恋爱的自然的自由选择,愈自意外地无意识地与客观的道理或利害标准相一致罢,不必待理论家道学先生或法律万能主义者的着急。

特如以基于人为的因袭的制度的财产或家系为标准,认为选择合理,那真大大的错误。在自作聪明的头脑里所认为合理的选择者,往往意外地远不如自然的选择的好。

和动物一样,人间的雌雄淘汰自由选择的标准,亦自然地有着变迁,这就是进化。例如,昔时以女子为生殖与性欲满足的工具,故只欢迎细腰的美人,男子是因了武力与劳动,觅得食物以养妻子的人,故女子只欢迎男子的英雄的武骨。斯等野蛮时代的简单的雌雄淘汰的标准,在今日,不是因了社会的发达与个人的进化,已在急激变化着了吗? 选择标准的进化,就是恋爱本身的进化。

固陋浅薄的批评者啊! 试看,当你们正斥恋爱为盲目的危险的时候,恋爱这东西,却在极聪明地明目地进化着哩!

二十七

恋爱在本身上自有至上的意义,决不是应作别的任何目的的手段的东西。不,如果恋爱是纯正的,那末,即使要利用作为手段,也不可能。

譬如,教育或学艺,本身自有意义,把这当作了手段去谋衣食,或去强应社会的需要,已是根本的错误了。恋爱亦然。

本身自有意义的教育学艺,在一方面自能有益于个人有利于社会,同样,本身高贵的恋爱,亦自能使个人完成,负担社会的种族的大使命。

二十八

> "由爱所作的，在善恶的彼岸"
>
> ——尼采《善恶的彼岸》一五三节

人说恋爱是盲目的。那是立脚于区区的利害打算常识浅薄的理由或法则的话。只是认算盘或三段论法可以知人生的神秘者的妄言而已。在恋爱的心境中，理智以上的理智，贯澈人间味的底部的睿智的洞察，差不多无意识地最强盛地活动着，如果用了区区的皮相的理由或算盘珠来计较，那就不但恋爱，人生一切的现象都是盲目的了。人间决不随了这样的廉价的理由而活动，否则像今日那样的复杂之极的人间世界，应不能成就的了。那村学究似地评我的恋爱论谓"议论应再重理性些"，说着教的某某，请稍把活着的人间这东西加以观察啊。

生活这事，本身已是各人的艺术。恋爱就是全我的地人格的地最强力地最美地去生活的事。在恋爱里，灵发为白光，心燃到白热，这是生命之光生命之热。在这光与热的面前，像区区表面的利害或论理等类，不过只是日光中的薄冰的一片而已。

二十九

自古以来，人但把恋爱当作心理的事实看着。把这伦理的地道德的地看了，去考察人格的恋爱问题，是近代思想史上显著的进步。只把恋爱看作冲动或感情作用等类的腐旧汉，妄容喙于恋爱问题，在今日已是不能容许的僭越了。

三十

斯丹特尔的《恋爱论》卷末《断片》中说：

"在恋爱中，人往往疑其向所坚信者，但在别的一切的情爱中，我们决没有把已明瞭了的事再来怀疑的。"(XXV)

"恋爱是为欲支付其自身的代价而铸造货币的唯一的情爱。"(OXLV)

恋爱与别的爱情的差别之点，如果计数起来当非常之多罢。不消说不仅是肉感的有无。那性的心理学者们把恋爱定义了说是肉欲与友情的综合，全不成话。比称水为酸素与水素的化合物，更是愚拙的说法。酸素与水素，和水全然不同，肉欲与友情，也不是恋爱。由这二物化合综合而生的东西，有着和成分全异的特色。因为因了这化合综合，就别生了和原素或成分全异的更深更微妙不可思议的新生命了。因有人用"夫妇爱不是恋爱只是一种友情"等类的话，来批评我的所说，所以特把这附言在此。

三十一

性欲的成为恋爱，更成为广泛的人间爱，成为道德，其关系恰如动力的转变为电气或热。只要本质地去看，根源是同一的。

三十二

性欲的转化的情形，即征之于极外面的普通的事实，也很明白。如某学者所说，青年初尝到恋爱的苦味的时候，性欲有因而减退的倾向，这是第一阶段。及生了子,性欲就作了亲对于子的爱,再行转化。女性的在生产后性欲显著地减退,发挥为母性爱,尤是所有性欲学者所大家指摘的事实。

三十三

我在前面曾说过性欲的抑压节制,可以变为恋爱而净化的话。

尼采曾说:"肉感往往太把恋爱的发育弄坏,所以根蒂薄弱,恋爱就容易破灭。"

恋爱根于性欲,但不加抑压的不羁无节制的性欲满足,是足把恋爱破灭净尽的。但看动物吧,但看像动物的放纵的某种人们吧,它们不是不能体验到恋爱为何物的吗?因为在性欲的要求像畜生或昆虫似地容易本能地满足时,就没有了净化作用的余地了的缘故。

关于这点,欧洲的思想史,曾提示着极有兴味的事实。在那基督教的禁欲思想极度极端地把人的性欲否定压制的中世纪,在一方,就成了最极端极度的精神化神秘化的浪漫的恋爱观。极端的禁欲思想固然错误,中世纪的宗教的神圣的恋爱观,也许只是过去的美丽的无谓之事,亦未可知。要之,性的生活上抑压作用与净化作用的关系,我以为是可以因了这极端而窥知的了。

三十四

通常说"像死一样地强",但恋爱实比死更强,能并死而蹂躏突破之。恋爱的人们常不怕"死"。

我说不怕"死"者,不单指情死等类的事。试看勃朗宁在杰作《在孔度拉舟中》(*In a Gondola*)罢。

燃着青春的热情的志士,这时正和密约的女子在孔度拉舟中,作最后的会晤。在彼此情话与歌吟的乐观里,含有死立刻在背后的悲壮,原来这时正有三个敌人等着要刺死这男子的。行舟的水路的两岸,高高地耸着寺院或宫殿,把那人生的虚伪空疏的状态表示给人看,可是舟中的人,却有着生的充实的。后来男子拥了女子上岸,即为敌人刺死,他还向女子求最后的一吻而死。其临终的话:

> It was ordained to be so sweet! ——and best
>
> Comes now, beneaeth thine eyes, upon thy breast,
>
> Still kiss me! Care not for the cowards! Care
>
> Only to put aside thy beautious hair
>
> My blood will hurt! The Three, I do not scorn
>
> To death, because thy never lived: but I
>
> Have lived indeed, and So——(yet one more kiss)——
>
can die!

> (大意)这是豫定了要如此的。恋人啊!——
>
> 至上之时现在来了,在你的眼下,在你的胸前。
>
> 再吻我,勿以弱辈为意!
>
> 只留心你的美发为我的血所污啊。
>
> 那三人不足与较,他们
>
> 未曾生活过。但我是生活过了的。
>
> 所以可以死。(再一吻。)

在恋爱的三昧境,人不为死的恐怖所烦恼,Timor mortits non conturbabast. 因为已真地生活过了的缘故。能体验生命的完全燃烧者,才能冲破死线。浅薄的俗物对了这,说"恋爱是盲目的",究竟哪个盲目呢?

恋爱比死还强。这是善是恶,不是我现在所欲说的。我的目的,只要使大家知道这是人生中的严肃悲痛的事实,并不是诗的夸张。

三十五

离开了社会的道德见地，单把恋爱当作心理的事实或生命的艺术来论，把其享乐的分子加以高唱赞美，有何不合呢？我排斥专为营养的食物，像滋养灌肠等类的事，只要我不是病人，是绝对地谢绝的。只把饭包裹的饭吞嚼，当然是谁也不愿意的事。食物在人生上，于营养以外，有着享乐玩味鉴赏等重大意义。自命为富于理性者，我不知道，如果是普通的人，都会把不甚营养的或竟有害的不消化的食物来染指的。纵使不能像那谷崎润一郎氏对于支那菜的gastronrmy（烹饪法）及法兰西勃列拉·赛培郎的《味的生理》的那样澈底，既是富于人间性的人，于营养以外，为味而摄取食物，亦有何不合？有何不思议？我在"食"的生活上，把快乐享乐加以赞美，同样，深信"爱"的生活上亦不妨作同样的考察，因为人在恋爱中可以深而强地领味人生，能尝到人生的甘，也能尝到人生的苦。

性的生活，如果只应为了生殖或优种论而行，那末，选了"人的种马"，把精子邮寄到四方，去施人工娠妊，如何？同样，在工场的食堂或家庭的厨房里，备一副大大的灌肠器，用了橡皮管等类，一齐把滋养物注入到各人的口或肛门去，也可以了。这是富于理性的议论了吧。因了这，各人的能率，也自会增进了吧。像那玩味咧恋爱咧等不健全的事，不做也可以了吧。

如果为了免除饥饿，只要长年吃饭包里的饭就可以了，如果为了性欲与生殖，只要使奴隶的异性"所有"了就好。甚么人格的咧，自由咧，恋爱咧之类，也许成了奢侈无用的东西了罢。故意地要图一家团乐的食桌，不厌麻烦地要换了晚餐服去就宴会，对于这，为甚么不说是诗与实际的混同呢？

三十六

　　性的生活的诸相,为人的人间性人情味的最深刻最复杂的现象,其成为文艺作品的主要的题材,自古昔的荷马直至二十世纪的现在,毫无变易。至于在文艺之中,把人间生活表里的各断面,直接用了动作与对话展开于眼前,最得通澈人情味的底部的剧曲,性的关系尤因了种种的意味,作着作品的根柢。即专就了欧洲现存的剧作家看,从各方面把性的生活来描写的优秀的作品,不消说也是不遑枚举的。但,不作惠代金特一流的性欲描写,不与社会道德经济等问题相联关,单作描写纯粹恋爱的本身的“恋爱剧”(Theatre d'Amour)而能有伟大的成功的天才作者,似乎却不多。我所最接近的英国文学,在这点现在全然失败,决不能与大陆的作家相角逐。据我所知,德俄的剧作家,大都亦被恋爱的肉的方面或社会的意义拘牵着。欧洲现存剧作者之中,在纯粹恋爱的艺术描写上最显著地成功者,第一要推奥大利的显尼志劳(Schnitzler)了罢。他的《阿那托尔》(Anatol)《恋爱三昧》以下诸篇,在恋爱心理的艺术的描写上,是足为“青年的维也纳”吐万丈之气的不朽的名作。他的作品已经好几次地因了评论或翻译被介绍过,可以省略了不说。究竟奥大利文学,何以在此方面会出如此显尼志劳的巨匠的呢? 大概因为奥大利人不像德国人的是理知的粗野的,是诗的富于情趣的,善于捕捉纤细的情调与心情的缘故罢。从这特色说,欧洲列国之中,最杰出的自古至今,不消说都要推法兰西。在剧文学上,现在法兰西文坛也有着许多英德等国所不能得的优秀的恋爱剧作家。

　　该首屈一指的,是今虽老迈而犹风靡着巴黎剧坛的鲍尔托·利契(George de Porto-Riche,1849—)他最初是以诗人出现于文坛的,故自始就和那近代作家的纷纷为“问题”所牵,放弃诗与艺术的境地者不同。他从恋爱里见到心与心间的苦葛藤,把其美的悲哀来描写。他是把辉耀永劫的恋爱的胜利加以赞美的天才。

鲍尔托·利契的蜚声于剧场，始于一八八八年在自由剧场上演的一幕剧《法兰沙斯的幸运》（*La Chance de Francoise*）。女主人公法兰沙斯原是个用情专注，生活在热烈的情爱里的女子，丈夫却是个有艺术家风格而心易动摇的男子。二人结婚以后，妻虽把满腔的热情奉献给夫，而在结婚前已先有了情妇的夫，却无足以报答她的热爱。后来以前的情妇，愤于男子的薄幸，至于赶到男子的家里来复仇想杀死他。可是那情妇一见到法兰沙斯的忠实热爱地待遇其夫，就深深感动，同时把复仇的计划取消了。作者在这作品里，这样地描写着恋爱的最后的胜利。

自此以后，他继续发表杰作《恋爱的女子》（*Amoureuse*），这作品在近代恋爱的心理解剖上，实有着伟大的成功。当一九〇八年在国立剧场上演时，使巴黎的士女为之举国若狂。剧中写某科学者的夫妇生活，丈夫的嫉妒心，终于一变而入爱的新生活，很是能穿澈人情的机微的作品。鲍尔托·利契的作品本富于新浪漫派的倾向，故和前世纪初期的浪漫的梦幻的倾向不同，是能把人间的内生活敏锐地洞察分析的现实的描写。

法兰西剧坛之中，尚有一个天才拔群的剧作家马列斯·唐耐（Maurice Donnay，1859—），比之鲍尔托·利契更是社会剧风的恋爱剧作者。他描写从社会因袭里解放了的恋爱，其巧妙的剧的手法，漂亮的抒情诗的对话，都足在现代人的胸中唤起强烈的感动。自那被称为二十世纪《罗米奥与朱丽叶》的杰作《情人》（*Amants*）风靡巴黎剧场以后，相继出世的《别一危险》（*L'autre Danger*，1905）以至《女侦探团员》（1913）诸作，都善于剖析恋爱的诸相，即今英美剧坛亦大加欢迎赞赏。他的作品之中，原不乏带有社会剧或问题剧的色彩的东西，但其本质却仍不失为人情剧，这里面有着唐耐的特色。我将来尚拟别作文字介绍《情人》与《别一危险》二大作，以阐明这现代剧的天才作家的特色。《别一危险》，以母女同恋一男子的心的葛藤为心理描写的根本，呈现出种种的美的悲剧的场面，作者唐耐的惊人的手腕，尤充分地发挥着。说起现代文学，就以为只是以甚么阶级争斗社会问题或肉欲描写为主题的人们，最好请去就了显尼志劳、鲍尔托·利契以及唐耐的美的恋爱剧，看看太古至今常恒不变的所谓"恋爱"的人生的诗境，怎样地在现代文艺上被处理着啊！

三十七

　　再从哲学方面看,欧洲现代哲人对于恋爱的见解如何? 早与前世纪叔本华时代的见解有千里之差了。我因了畏友米田庄太郎博士的著作论文,知道利卡德(Heinrich Richert)的历史哲学曾很强烈地高唱着恋爱的文化的意义,但我所最共鸣的,却是故柯含(Hermann Cohen)在哲学上的恋爱观。

　　我不是哲学者也不是心理学者。但相信,人因了感觉,理性或功利思想而动时,决不能算是真地生活着的,非到了感情的激动昂扬的境地,决不能得生命力的完全燃烧。有了这完全燃烧,才有生命的艺术。柯含在其认识论中,认一切的实在为思维的结果,先从纯正认识的论理学出发了,组成纯正意志的伦理学与纯正感情的美学的体系。就是认一般的艺术,以纯正感情为根本。他又从其批评主义的见地,说这纯正感情,其本体无非就是恋爱——及以恋爱为中心而开展的一切的人间爱,天才把这纯正感情像外表出时,才有创造,才有艺术这是他的理想主义的美学的根据。某批评家对于我的所论,妄说恋爱肯定为旧时代的旧思想,现今代表二十世纪新哲学的新康德派的学者如利卡德,如柯含,都不是这样明白地强烈地把恋爱肯定着吗? 又在文学上,我又曾遇到有反对者,说恋爱赞美是在向了前世纪浪漫主义开倒车。我曾于《近代的恋爱观》中豫先详说其不是之故了,现在更从比诗与小说远易为"问题"所拘牵远易失去"诗"境的现代剧方面,举出奥法作家来作显著的反证。敢于大胆说"酣蜜的恋爱谈是过去的遗物"的人们啊,你们对于现代的哲学文学的实际,究作如何看法!

三十八

关于恋爱或性的生活的参考书，东西都不胜枚举。为了一般普通的读者——能读英语的人们，我敢就其学术地研究这问题，不专事一家的议论，注重于学说的介绍和事实的叙述的书中，推荐二三种的良书如下。如果想把二三十年来的名著，一一列举，那是无有止尽的。

关于性的生活，最好读斯学大家勃洛霍的英译本。

The Sexual Life of Our Time in Its Relations to Modern Civilization.

By Iwan Bloch. Translated into English by M. Eden Poul.

(London：Heinemann.)

关于性的心理与性的道德，赫巴德的书觉得是很好的。

Fundamentals in Sexual Ethics. An Inquiry into Modern Tendencies. By S，Herbert.

An Introduction to the Physiology and Psychology of Sex. By the same

(London：A. & C. Black)

赫巴德的书，是二三年前的新刊。这种好著，即在非专门的研究者的人，也会有兴味罢。那是涉猎了从来许多学者的浩瀚的名著，再好好地加以综合集成着的，所以很适合于一般的读者。关于参考书，询问的人很多，特附记在这里。

　　"社会由单依从习俗的时代进而入理想憧憬的时代时,性的生活的理想,于是显现。第一,男女相互的责任感;第二,节欲;第三,威仪,即作为道德的美的要素;第四,生殖;第五,妇女的精神的地位的确认。"

——诺斯考德《基督教与性的关系》

一九二二年版三二三页

（开明书店,1928 年）

新"恋爱道"

柯伦泰夫人的恋爱观

[日]林房雄著　默之译

原文载日本《中央公论》七月号，是值得注意的一篇文字。柯伦泰的《三代的恋爱》，尚未读过，仅凭了这林氏的介绍，已可窥见一斑了。新时代在何时用了甚么形式到来，原不能断定，但已在逐渐地袭近，是事实。同时性的道德的要变更形状，也是事实。把这惊人的棒喝，介绍于一般青年男女，作前途的参考，当不是无意义的事。

柯伦泰是苏俄驻挪威的女大使，据说一生已经换过三十个的丈夫了。说虽如此，与所谓奇女子的余美颜，是异其性质的。她的新恋爱道，也不是当世少爷小姐们的随便行为，是过渡时代的性的忠实的救济策，且是有现实与心理基础的必然归趣。我抱着读者误解的杞忧，特加注意如此。

一、奥尔伽的烦闷

"……柯伦泰的《恋爱道》昨夜一气读完了。为了在距离太远的思想之中跑得太急促了的缘故，头脑全然混乱了。尤其是《三代的恋爱》一篇。老实说，我在同感于那年青的盖尼亚的思想与行动之前，全然吃惊了。……读了这样急进的东西，才重新觉到我是一向住在平稳不动的思想世界里的。……"

寄这信——对于我的译书的读后感——给我的朋友，是个年才过二十岁的青年职业妇人,在生活上思想上都有相当的自由世界,在政治的见解,也能理解社会主义的立场——在现在的日本妇女之中要算最进步的妇女之一的了。

这最进步的妇女,说是被柯伦泰的小说《三代的恋爱》把头脑混乱了。特别地是那年青主人公盖尼亚,说是使她在同感以前吃惊了。说是才恍然觉到从前自己思想的稳定了。

《三代的恋爱》是和《赤色的恋爱》《姊妹》总称《恋爱道》的三部作之一。如柯伦泰夫人在其序文中所说,这些小说,是以苏俄的新女性为主人公,把大战后各文明国所现出的两性关系的变化,来试作新的性的关系的心理的研究的。——由这样计画而成的小说,究竟从那一部分,至使我这位朋友吃惊混乱了呢?

这三个问题自译成日本文后,在读书界中有着多数的读者,从各方面引起了豫想以外的反响,大成为议论的题目。曾闻在某大学的研究会中,有过激烈的讨论。又闻某新闻社曾召集过女流作家的批评会。那在劳农阶级与进步的知识阶级中有着多数读者的《劳动农民新闻》,亦来向我要求作关于"柯伦泰夫人的恋爱观与无产妇女"的感想。

恋爱问题与性欲问题的成为社会上重要论题恐要算今日为最盛的了。目今有识者对于这问题的流行,大都似乎在蹙着了眉,斥为仅求刺激与享乐的现代人的颓废心理的丑恶表现。这也许是如此。这流行的原因之一,确含着近代的颓废吧。但只执着于这一点,把现代的恋爱与性欲问题的流行,简单地付之一笑,究昧了事物的真味了。据历史家说,文艺复兴时代,亦曾有过和今日相类的性欲问题的流行的。文艺复兴,不消说,是历史的急激的转换期,初成形的近代的商业社会正把古封建制度取而代之,是各方面都有急烈的冲突的时代,新有产者的近代的性道德,对了那桎梏健全的性生活的封建的中世的性道德,正面冲突起来,遂有所谓性的问题的流行。现代不是也可说有同样的情形吗?现代都会的筋肉劳动者与头脑劳动者,其结婚年龄逾三十岁,和男子十七岁女子十五岁就结婚的明治初年,差异多少?这庞大的晚婚人群,其由性生活的实践及其生活的实践而生的新的见解,和残存的封建的性道德及以狭窄的财产关系的基础的鲍尔乔的性道德，必然地非冲突不可的。

这一般的性的饥饿的事实，结成新道德的有意识或无意识的要求，加以因职业妇人的激增而起的女性的生活与思想的激急变化，——即妇女的自觉——由这诸根本原因，遂生现代性欲问题全盛的现象的：我以为。置此点不问，徒用嘲笑来对付者，只是彷徨于问题的表面，而对于现代的"性的危机"无丝毫贡献的无力的人们罢了。

我们在过去，曾有过对于这问题真挚的解决尽过高贵努力的思想家一系列，如弥尔，嘉本特，爱伦·凯，蔼利斯，倍倍尔。柯伦泰是这许多先驱者的最正统最新最根本的继承人之一所以批评家对于她的著作说："这是把现在过渡期的根本问题来最真挚地最情热地处置的稀有的书之一"（培尔里那·太格勃拉脱）。"这是从来谁也所不能达到的广大渊深的解剖与公开……是求至高与真实的人的无欺的感想……未来人类的巨大的吹息，由这富于暗示的书上，吹扑到我们的脸上来"（特洛德·格拜耶）。

由了这明了而高贵的心意写成的她这小说，何以会使我的朋友——日本最进步的女性之一人混乱疑惑呢？《三代的恋爱》的主人公年青的盖尼亚何故至使她在同感之前吃惊呢？

可是，在年青的盖尼亚的行为与思想的前面混乱疑惑者，实不仅我那朋友。同是这小说的主人公之一的她的母亲——俄国共产党的老战士奥尔伽在女儿面前也竟要至于束手。奥尔伽曾叹息了说："我在女儿盖尼亚身上所见到的事，无论怎样努力，也终于不能理解！"

二、盖尼亚的解答

《三代的恋爱》，以祖母，母，女三人三样的恋爱为题材，问题就在那做女的盖尼亚身上。把其梗概简单地一叙吧：母亲奥尔伽，是个随了多难的革命的风云成长的活动的女性，是具有着独立人资格的妇女组织者。她在过去亦曾有过复杂的恋爱经验，目前则与名叫廖勃柯夫的青年同志继续地作着爱的同居，还就着苏俄国家机关的重要职位。其女儿盖尼亚呢,是自信充满着精力情热与快活的活动欲的标本的苏维埃新女性。有时在工场,有时在对白俄的阵上,有时去从事饥馑救济运动,同时是地方苏维埃的委员,是共产党细胞的书记,真是不断地全身的活动着的人。

这三人——奥尔伽,廖勃柯夫,盖尼亚,因为革命初了时住宅的不足,同住在一间屋子里,亲子夫妇之爱,同志的信赖,初时在三人之间作着完全的调和。不久悲剧就开幕了。

有一天,母亲正在公署办事,盖尼亚跑去,坦然地说似乎已妊娠了,要求堕胎的许可证。母亲吃了一惊,抱着一种豫感,问对手是谁。盖尼亚说不知是谁。过了几天,母亲果然证实了豫感,看见盖尼亚在自己的年青丈夫廖勃柯夫的怀里。母亲激怒了,诘责女儿:"你为甚么欺骗我!说不知妊娠的对手是谁?"盖尼亚坦然地答说:"呃,真不知是谁。我于廖勃柯夫以外,还有着一个相关系的同志哩。"不但如此,她还自白在先年,因志愿到战线上去的当儿已有过性的交涉了的,但无论在过去,在现在,却未曾有过恋爱。母亲不禁茫然了。无恋爱的性的交涉!而且同时与许多的异性为对手!——但盖尼亚竟坦然地这样主张着。

"你说这是下等的行为,女子不应没有恋爱就委身于人。……但是,母亲,假使我是你的二十岁的儿子,在战线上独身地过活着。这时候,如果他和合意的女子发生了关系,你也会如此地吃惊吗?请从实回答我!他不是买娼妓,不是拐处女,(这种原是下等的行为,我在这上也无异议。)是彼此自己合意与女子发生了关系的你也要对于他的'不检束'绝望吗?我敢断言男子的兄弟是人,我也是人,并且,我完全自觉着自己的义务,我知道我对于党的责任。但是,党,革命,战线,国内的衰微,这等与我和二男子的接吻过的事,有甚么关系呢?……"

这姑且不管你,(母亲说)但廖勃柯夫不是我的丈夫,我的恋人吗?和这男子关系,就是蔑视对于母亲的尊敬与爱。——女儿却回答说,我和廖勃柯夫并没有恋爱,所以即使和他接吻,也并未从母亲夺去了甚么,他依然是爱着母亲的。"……我不会从你夺去他的爱的一丝一毫。……你说,我们不是会接吻吗?……呃,这因为你太忙了全然没有和他接吻的时间的缘故。你还要叫他只黏附着你，不得你的许可，不许有快乐的时候吗？这才是龌龊的所有欲。借了你的口所说出的，是鲍尔乔的教养。不消说，这是错的。你把你的时间依了心意使用着，为甚么廖勃柯夫就不能这样？"

盖尼亚与廖勃柯夫都只认自己所做的是当然自然而单纯的行为，毫无后悔之意。二人说奥尔伽太把事件悲观了，自己并不曾给她以苦痛或侮辱，如果她对于这事要动怒，二人在何时都可把关系断绝的。但是关系断绝以后结果怎样呢？那是奥尔伽所无论如何都不能理解的：她觉女儿们竟是无感情无情热的冷淡的理性动物，这还是全然蔑视道德的淫荡呢？抑是从新生活新阶级中生出来的新见解新道德呢？……她混乱难堪了，遂跑到《三代的恋爱》的作者那里去求解决。

作者和盖尼亚会谈。盖尼亚只把那对母亲的话加以反覆而已，说："自己与廖勃柯夫并无恋爱，我们的行为并不至于损伤母亲，而母亲却竟狂也似地烦恼着。这明是母亲的错误，是她不能理解我们的新见解的缘故。但母亲既然那样地烦恼，也就只好说是我们对她不起了。"

盖尼亚还说这样的话：

"你所最诧异的，大概是我和许多男子，只要是合意的不待恋爱就与他们关系的事吧。你是知道的，恋爱是要非常的时间与精力的。我有许多的事务，还有要解决的重大问题。……偶然在闲暇时，也觉到周围有合意的男子，但恋爱的充分的余暇却没有。又，即使幸而和某男子结了朋友，他忽然被送到战线上去咧，或是忽然被调任到别处咧，或则我自己有了别的忙烦的事务，也就无暇再记起他了。……因此，我们偶然二人相会感到幸福时，就自然地把这时间尊重起来了。……这对于甚么都无责任……我所怕的只是花柳病。"

"你问我对于任何人都无恋爱的感情吗？我只是说我对于从前关系过的男子不曾有恋爱罢了。实际上我有着许多可爱的人。譬如母亲，——母亲似乎正认我为仇敌，但实际完全相反，我没有母亲的爱是不能活的。这次的行为至于损伤母亲，害了她的生活力，真是可悲。……还有，譬如同志列宁，——请不要笑我，我爱列宁，比我所知道的任何男子都深。如果我能听到他的声音，见到他，那我就恐怕要一日都不能安定了哩。……还有，对于做着我们的党书记的同志代拉西——他是一个高尚的人，我爱他，从心坎中。……去年反对派对于他肆其猛烈的阴谋时，我一夜全没有睡熟。……是的，我实在爱他。"

"我以后也许会为了恋爱大纷扰吧。但即使恋爱了，像母亲那样的恋爱法，是决不作的。要作那样的恋爱法，不是没有时间吗?"

三、合法的结婚、卖淫、自由恋爱

这究竟是甚么?《三代的恋爱》中柯伦泰所想指示的，果可为新兴阶级中产出的新道德呢? 抑只不过是过渡期的淫荡呢? ——像写信给我的那个朋友的样子，初和这小说接触的人，其要起这疑问，是可以想象的。但柯伦泰所要指示的决不是后者，实是有着新生活，新感情，新概念的阶级中的新道德。我试参照了柯伦泰用论文发表的她的意见，来把这理由详细说明吧。

她在《恋爱与新道德》的论文里，一壁介绍德国女流作家克莱德·玛赛尔·海斯的著作《性的危机》，把现在的男女结合的形态锐利地批评着。

她以为:现在两性结合的形态可分为三。(一)正式合法的结婚，(二)卖淫，(三)自由恋爱。而这三形态对于人类的幸福，精神的丰富化，及种族的健康，都不会有何等的贡献的。

先就那合法的结婚看吧。被现在的法律——不以种族的利益与个人的幸福为目的，只重视财产的要素的法律所承认的合法的结婚，是立在虚伪的原则上的。如(一)结婚的不消解性——非双方合意不能离婚，(二)所有权的不可分性，——以财产为基础的妻的服从于夫，或其反对。

结婚的不消解性生些甚么结果呢? 由这原则，人在原则上一生只许与一配偶者共生活。这是假定着人的心理在一生可无变化，第一，就不合心理学的结论。并且，依这原则，我们只有一次，须在几百万的人中去发见和自己的魂调和的可以保证结婚的幸福的第二个我，这样魔术似的本领，怎样能有呢？玛赛尔·海斯也说，"结婚犹如住宅，住长久了才知道其缺点。"不消说，屡次遭遇不完全不愉快的住宅，必不得已地要迁徙，是大不幸的事。但这比之于被关在不好住的住宅里硬耐一生，究竟要好得多了。况且，现代的道德连只换一次住宅的也要极端非难。"在人的长长的生涯中，恋爱的变，更是正当的，难免的，应为社会所公认的现象。"玛赛尔·海斯的这意见，是值得我们倾听的。

又，合法的结婚，其大多数行之于暗中，男女对于对方，差不多常未曾明了的。不但精神方面，甚而至于结婚的幸福上所不可缺的肉体的调和的有无，也不知道。世间还有比这更不合理的事吗？较之于这，中世纪所行的"试验之夜"的习惯，远来得合理与文明。

其次，所有权的不可分性如何？其当然的结果，形成对于结婚者的财产的支配。财产第一，恋爱第二，使人格的幸福与悦乐，从属于金钱关系之下。在人格从属于财产的状态中，要向对手之魂呈真实的敬意，是不可能的。真实之爱，遂因以窒息了。又，这财产的原则，当然以夫妇的极狭隘的同栖为结果。在无经济的独立的对手，分离了就不能自养，故无论精神肉体怎样地不调和，也不得不作勉强适应的义务同住在一处。不但如此，即使有热烈的爱，那不断的狭隘的同栖也终于使火样的恋爱冷却引起难堪的龃龉来。在一切的意味上，现在的合法的结婚，实不是伟大的男女爱的养成所。也不是爱的贮藏所，反是和这完全背驰的。

次之卖淫，——关于此再来启齿，已是无聊了。恋爱而至于堕落了成为职业，不是难堪的事吗？发生卖淫的社会的根据，由此而起的肉体的苦痛，疾病，发育不能，种族的退化等问题，姑且不提，但就卖淫对于人间精神的影响来一考察吧。

卖淫把恋爱完全压杀。在卖淫之前，爱神也就要震惊，恐其全翅为那惹着污物的裤子所污，飞逃而去了。这足以使人的精神歪邪，把真的恋爱能力夺尽无余。在那用钱买来的爱抱，缺乏导入真的两情的恍惚境的崇高要素的拥抱中惯了的男子，就不能全然理解真的恋爱的复杂而微妙的心理。所剩余的只是卑下而单调的肉体的冲动，恋爱因而被机械化。由此，两性的无理解愈甚，纯真的女性的崇高的要求遂被蹂躏。

柯伦泰对于卖淫的见解,是绝对地非妥协的。她对于这女性所暴露的最甚的耻辱,用了全身的愤怒来抗议。柯伦泰在共产党内有一时曾立于反干部的立场,相传其一原因就因为干部派取新经济政策的结果,一次在街上消去了的卖淫妇又现出了影子,她对于这事实,抱着感伤的愤怒的缘故。

最后,自由恋爱如何? 第一,这很不安定。这不是对于旧道德而出现的新道德,只是否定了前者,现着不明了之形的东西而已。现在的人,大多数已因了合法的结婚与卖淫的直接间接的影响,及由残酷的生存竞争而生丑恶的利己心,失了真的恋爱的能力了。不但如此,近代人想作恋爱,也没有充分的时间。

真的自由恋爱,比之于合法的结婚与用钱买的爱,远须时间与精力。所以,负有社会的事务的活动而纯真的男女,大多数把恋爱的热情认作"可怕的不幸"与"危险的箭",不敢去亲近,在如此的障害之中,其自体上并无何等道德的规准——"为内的义务"的意识的自由恋爱,即使看似可以成立,非靠不住的空中楼阁,即是——对于"自由恋爱"的达人诸君,也许对不起——真实的恋爱以外的某种东西。实际上,所谓自由恋爱者,差不多其全部非成为平凡的合法的结婚,即终于交恶的分离。观了这,也可知这断定是不错了吧。

如斯,这三种形态,都不是把人类从现代的"恋爱的饥饿"——"性的危机"的绝路里引出的东西。

四、唯一的遁路"恋爱游戏"

那末,无论那里都找不出遁路了吗? 在现在的社会关系之下,在现在的可能的结合形式之下,人不是不能不走那与恋爱的完成相反对的方向吗? 即使有真的恋爱发生在人的心中,社会制度会使之堕落而且由种种条件歪邪了的人的心里,不是不能把这正当地容受吗? 如果在现状之下要想完成高度的恋爱,那末除了取"情死"的东洋流的方法,或像勃朗宁的诗中的人物的样子,在恋爱的最顶点,把恋人绞死以外,别无他道的了。换言之，人类若真要想享受恋爱，唯有对于现在社会及人的心理作根本的改造。——这原是根本的解决策。但这是妇人的独立，母性及小儿的社会的保护，离婚的自由等社会主义的一般的纲领所屡屡提及的，解决的时期，还在远的未来。至少不是现在的解决策。我们于社会主义社会到来以前，非在爱神所不加惠的冷冷的夫妇拥抱之中满足不可吗？非乞灵于卖淫不可吗？非追逐自由恋爱的空中楼阁不可吗？

"不必的！"玛赛尔·海斯答说。柯伦泰也肯定这话。在缺乏那用了有魔力的色彩晖饰灰色的人生的真正伟大的恋爱的现代，我们可以用"恋爱游戏"来代替。真正的恋爱，是极高度的心理现象，和托尔斯太所说的"伟大的爱"之类有着共通性。故在如今无恋爱时代生活着的人类，如果要获得享受的能力，非通过那给与在精神里积贮"恋爱能力"的"恋爱学校"不可。负这学校的任务者，就是"恋爱游戏"。

这"恋爱游戏"，决非只是今日的现象。在历史的种种阶段上曾取了种种的形态现出着。希腊的歌妓与其友人的关系，文艺复兴时代的高级歌妓的华美的恋爱，还有巴黎的学生姜（Grisette）的小鸟似的自由的性的友情：在这许多的往事中已可寻出其根本的契机了。

这不是烧尽一切的爱神，不是要求完全把对手者占有板着悲剧面孔的爱神，也不是因了粗暴的生理行为消尽一切的兽欲。"恋爱游戏"，需要纯真的魂，仔细的心情，及心理的节制。需要相互间的充分的尊敬与戒心。一切强制，一方漫然使对方受苦，蔑视内的世界等类的事，都不许可的。

所以，我们在这"恋爱游戏"——"恋爱演习"的过程中，可以克服从来作恋爱经验的特征的无止境的利己主义，独占欲，及强烈的嫉妒心。又，可以学习只在自己愿欲而感情达到最高顶时才委身于对手的真的高洁的贞操。又，因了此，在生理的能力旺盛的青年期中，也可以避免那向我们袭来把我们的个性化作春情的奴隶的恋神的毒箭。

不是断肠的悲剧，也不是愚蠢的滑稽剧，华美光明，不损任何人的恋爱艺术，这才是"恋爱游戏"。这决非只是颓废的淫荡，是在我们心上养成伟大的恋爱能力的学校。不要恐惧恋爱经验啊！这并非那吃了就完的牛油面包,倒反能使之丰富完全的。因了屡次经验这性的友人关系,我们享受真的恋爱的能力,得以次第养成上去。

理解了这奇卓的见解以后,再回头去观第二节中所述的年青的盖尼亚的思想与行动,大概我们可以发见对于自己混乱与疑惑的键,柯伦泰作《三代的恋爱》,其本意所在,不就可正确明白了吗?

五、柯伦泰的恋爱概念

由以上所说,我们大略已可推察柯伦泰的所谓"真的恋爱"是甚么东西了。那不是合法的结婚,不是卖淫,不是自由恋爱,也不是恋爱游戏。是和这些全异的更高的感情与行动。

她在《三代的恋爱》中,曾叫盖尼亚说这样的话:"人当恋爱时,无论在甚么时候总想和对手在一处。情愿把一切献给恋人,为恋人受苦,为恋人烦闷。"

这样的感情,不是和那古来许多恋爱诗人所歌咏的殉情的恋爱的自己的牺牲,没有两样吗? 又,她在《赤色的恋爱》中所屡次描写的那种恋爱的欢喜心理,不是也和旧来调子很高的恋爱文学没有两样吗? 她在某一处,主张如沙宁(阿尔志巴绥夫的小说《沙宁》的主人公。——译者注。)之类,把恋爱只还原为肉欲的唯物论者,决不是恋爱的好对手。玛赛尔·海斯的"恋爱自身是一个重要的创造力,这不但感到恋爱者本人,并能把对手者的精神扩大丰富"的话,她亦肯定着。如果没有恋爱,人间就将没了生气,永久被不满足的孤独所恼了吧。恋爱在未来的社会,必成为高尚的崇拜对象无疑。即在现在的争斗与生存苦痛与创造的时代,恋爱也常为给与我们勇气的伟大的力。人要想强健地生存于孤独与苦痛之中,非感到有谁在保护自己,有谁在承认自己的价值不可。意识到这保护与承认时,即起生活的最高的喜悦。给予这喜悦的,就是恋爱:她又曾说这样意味的话。她的恋爱的概念内容,是这样高度的,几与母子之爱,对于师之爱,对于列宁之爱,托尔斯太所说的伟大之爱有着共通的内容了。

仅只看了这些，她几乎可以被认为不过是世间通常的勃朗宁的使徒而已。Love is best——是的，的确如此！她不是也会坦然这样回答的一人吗？

可是，作为感情主义的恋爱至上主义者，柯伦泰实太属新时代，太根本的。但看她那"恋爱游戏"的大胆的肯定吧。这不是绝对把无恋爱的一切肉体结合视为罪恶的恋爱至上主义者诸君所到底不能及的吗？

她的恋爱观，一语可尽，曰："恋爱是私事。"

她说："我们会以恋爱关系的行为为基础而作人的价值判断吗？我以为，就一般论只要那人不踰越比较的宽大的某一定范围，他的性生活，全只是他个人的私事。人的真价，不应由其家庭道德的行为上判别，是应视其事业，才能，意志，及其对于国家社会的有用性而决定的。"

如果有人，在柯伦泰面前读勃朗宁有名的诗中"恋爱至上"的一句，她也许不至于否定的。但，若加读在那句上面的"隔了千载犹不灭的是两性之爱，几世纪间的无谓纷扰，无谓努力，其胜利与光荣，一切都可葬送！"的句子起来，她就会答说"放屁！"吧。

六、新恋爱观的现实的基础——新妇女

恋爱是私事。人的价值因了他的事业与社会的有用性而决定。这说法在男性间，已是毫不新奇的见解了。因了伪善的道德虽未曾这样地公认，但至少在男性间不是已有于默认之中首肯的倾向了吗？特在那伟大的社会事业的遂行者，及伟人型的人物，这倾向尤显著。"英雄好色"，在封建的古代，伟大事业的遂行者，其性的生活的如何，早已不成为问题了的。

当世某女批评家评《三代的恋爱》说，柯伦泰的恋爱观，恰和伊藤博文之类的人的见解相一致，并不是新异的东西。我最近曾读到她这样的评论。不错，这也不失为一个的理由。但这评论家有忽略的地方，在伊藤博文的心目中，女子单成为美的享乐物，恐怕在女子自身，也这样自待着吧。而柯伦泰不但对于男性承认这恋爱观，且特认为女性的要求。要实现这要求，从来作男性的附属品的女性，虽不必如伊藤博文，至少非把

自己提高到和一般的男性同等的"独立人""活动人"的水准不可。独立人活动人的女性,非大众地出现于现实的社会不可。

那末,这样的新女性,果在现在社会出现着吗?"是的。"柯伦泰回答说。她那较长的论文《新妇女》,是其详细的解答书。

从来女性的型,——即单就了现出于所谓生活的反映的文学上来看——非因被欺被弃而苦恼的存在,猜疑与复仇心的化身女子,美丽的魅力的野兽,愚蠢的动物,即不过是人形似的纯真无垢的少女而已。但从十九世纪末叶至今世纪之初,生活的实践,锻成了有新的心理的感觉新意志新感情的第五型的女性。

第五型的女性在那里?——她和机械的轰音同在工场中,在事务所的椅子上,在按着电报机,在旋转舵的把手,在研究室中握着试验管,在病院执着解剖刀,在旅馆的一室里草着政治演说稿。她们在和苛酷的生活不断的战斗之中,有着满了泼刺的精神与锐利的创造力,侵入于科学与艺术的殿堂,用了和男性同样的活泼的足音,成了群阔步于大都市的街道上。

第五型的女性,已不是那做丈夫的影子,丈夫的附录,丈夫的装饰品的"夫人"了,那是人格的女子。是有独自的内的世界,当作了自体有价值的一个人。是主张自己的个性,是把发锈的性的锁链粉碎的女子,——是独立的女子,独身的女子,有着独自的职业的女子。

较之过去的女性,她们最显著的特征,恐就在感情的统御了吧。现在的社会的诸关系,对于在家庭从事劳动的女性,要求高度的内的自己统御与打胜感情的强力的意志。过去的女性所夸为美点的"润泽丰富的感情",在今日的劳动妇女只是缺点而已。她们和男性一样,同是理性的,意志的。

这类型的女性,简言之,是近代大资本主义的经济制度所产生的女儿。她们从喷腾黑烟的工场,高耸的建筑物中分娩而生。日日新的资本主义的发展作用把妇女的筋肉劳动头脑劳动一般化时——劳动妇女职业妇女之数急速地增大时,她们就作为新的一型而社会地登场了。半世纪前,妇女的参加职业生活,被认为逸出常轨的破坏自然秩序的事情。

至于今日,劳动妇女之数,已不难凌驾男子,数百万以上的妇女劳动者在今日文明各国存在着。据统计所示,单只欧洲及美国,劳动妇女之数已超过六十万了,有史以来未曾有过的劳动妇女军的大进军。这大军之中至少有半数是独立独身的妇女,即在生存竞争上全赖着自己的力。要像旧妇女的样子,把她们吊在"扶养者"衣角上,也是吊不住了的。

从这历史上未曾有的新生活中,生出历史所未知的新心理新感情新道德,不是当然以上的当然吗?在一壁适应新生活一壁继续着孤独的斗争的她们,母亲所给的庞大的道德律,是重负,是障碍。在长长的数世纪间所注入的"妇德"——受动性,无个性,温顺,优雅,是不但无益而且有害的。苛酷的现实,对于她们,却要求用了全然相异的性质——能动作,自己主张,决断,大胆等从来认为男子的特征特权的一切淘汰而武装起来。不如此,她们在新生活与劳动者的阵线上,就不得不成为劣败者而被淘汰了。不如此,她们就要重被推入合法的结婚或非法的卖淫的浊流里去了。这样,新生活的必然的铁锤,因了自然淘汰,就锻成了全新的妇女之型。

如果把这样的型的妇女之出现当作了前提的时候,那末那使我朋友混乱的柯伦泰的奇矫的恋爱观,也极易理解了吧。这是劳动者的恋爱观——普洛列太里亚的恋爱观。

不消说,罗马不是一日可成就的。现实的劳动妇女,现实的职业妇女,如果要把自己锻成这新型,免不掉长期的悲剧的战斗。

"长远的世纪之力,在新的自由妇女上尚重重地笼罩着。遗传的感情能把新的经验中断。已死灭的旧概念,用了锐利的爪,抓住向自由突进的妇女之心。旧的东西与新的东西,在她的心中永远地用了敌意相争。所以,现代的新女性,非在两条战线上苦战不可——向外的世界而战,同时还要向了深入在她内心的祖母传来的性向而战!"

但是,——"她们继续走着,披拨了人生的丛林用了满身的热情进行前去。她们的心与手,为荆棘所破,脚因了尖锐的石角而流血,足迹后随滴着红红的血。但没有一人停止不进的,屡次在榛芜不可通人的丛林中穷了路,但路却逐渐开朗,中途意气沮丧的,失了力的,徒然回顾已远的过去的,才是不幸的人们! 她们被向前挤进的密集的大群挤落了路——这疲极了的人们,只好在新的路旁徘徊,遥遥地回望那过去奴隶生活的灰色的城阙。……"(《新妇女》111 页)

现代的妇女——因了自己的力劳动着的妇女,在恋爱上不仅充当男性主演的悲剧或喜剧的配角了。她在现在,已是她所自演的新的精神悲剧的勇敢的主人翁了。

（原载《新女性》第 3 卷第 9 号,1928 年 9 月）

1929

普洛恋爱学

〔日〕林房雄著　默之译

"法兰西为甚么多奸通？"

"这因为法兰西是旧教国的缘故。"恩格尔斯曾这样地回答着。

他不说这是由于法兰西人性质轻浮，也不说这是由法兰西的空气比德意志更为南国的。

现在的鲍尔乔的结婚，有两个样式，一是旧教式，一是新教式。

在旧教国，父母依然替年青的儿女选择着配偶，用了父母的意志组合成一对的青年夫妇。这结果不消说，现今一夫一妇制的一切内在的矛盾，都要全然在其中露出的。丈夫寻求外遇，而妻则往往奸通。

旧教教会禁止离婚。大概也默认奸通与死一样，是无药可救的事。故不得不大了眼把结婚内部的奸通看过的吧。

在新教国，普通鲍尔乔的儿子，多少有着自由，可以从自己的阶级中选择女子。因之，某种程度的恋爱，就做着结婚的基础。这种办法从新教的伪善的立场看来，在形式上是必要的。故在他们之间，夫的外遇比旧教国稀少，而妻的奸通也不像旧教国的普通。可是这种家庭，即使组织得最完全的，也被表面平和实际沈闷的倦怠所支配。新教国的鲍尔乔，称这倦怠为"家庭的幸福"。

新教国的代表是德意志，旧教国的代表是法兰西。

德意志的小说中，恋爱的终局是平和的结婚，法兰西的小说中，恋爱由不圆满的结婚开始。德意志的小说中，青年男子得到处女，法兰西的小说中，做丈夫的得到别的东西，换言之，就是被妻与人奸通。

日本鲍尔乔的恋爱与结婚的样式，是怎样的呢？是旧教式的。父母的意志有绝对的势力而当事者男女的恋爱只等于零。结婚差不多无一不由强制及方便而成。

于是，日本鲍尔乔中的新教的要素乃叫出反抗的声音来了。这方面的理论上的代表者，就是近代恋爱观的著者厨川白村博士。

"无恋爱的结婚是罪恶。"他在这标语之下，向了旧鲍尔乔的恋爱与结婚道德，大大地格斗，从青年的新鲍尔乔队里取得风靡一世的荣誉。

他因了澈底地揭破旧鲍尔乔道德，遂得为新时代的鲍尔乔的代表。他的胜利，要之只是新教对旧教的胜利而已。

以恋爱为基础而成立的富于理解与理智的平和的新家庭：郊外的文化住宅，德意志洋纱的窗幕，油漆过的美国洋松的板壁：支配着这些东西的，就是腐俗的家庭的幸福。——那消损彼此生命的难堪的倦怠！

但是要注意！这所谓"平和的倦怠"，在鲍尔乔恋爱上，已是最大的成功，最良的幸运！

在鲍尔乔社会，结婚明明是妇女的生活手段。因之，那作结婚基础的恋爱，也是生活手段。

不管贤明的男或女愿否如此，但他与她既是鲍尔乔生活的实践者，为男子的既是产财的承袭者，一家的扶持者，为女子的既是法律上经济上的无能力者，结婚在女子就不得不是生活的方便，恋爱也自因之成为生活的方便了。

因此，鲍尔乔结婚的样式，使男的逐渐转变为荡儿，为恋爱的买主，为恋爱的好事者……，使女的逐渐转变为恋爱的卖户，为恋爱的大量生产者，为恋爱的花的变种（很出了许多的新种）者。

"那末，在现代社会上，究竟那里有恋爱呢？"

"这只存在于现代的被压迫阶级——普洛阶级之中。"恩格尔斯这样地回答着。

他不像厨川白村似地说甚么须有"高尚的教养"或"男女相互正当瞭解"等类的话。

为甚么呢？在普洛阶级间，鲍尔乔的财产全不存在。而鲍尔乔的一夫一妇制与男性支配，却是从财产的保存与承袭上发生的。

保障男性支配的民法，只有财产者及他们巧妙地对付普洛阶级的时候有用。要想使用民法，第一是要有钱。劳动者因为贫乏，故对于妻的关系上，不能享用民法。所以在这阶级之中，要有全然特异的个人或社会的关系支配着。不但此也近代工业把妇女从家庭移入劳动市场或工场，给了她以独立的社会的人格，有时或竟使她成了一个完全的家族扶养者，于是残存于普洛家庭中的男性支配的最后的遗物，至此遂失其存在的基础了。

故就普洛家族说，即在夫妇互相热爱，互守着贞操的时候，其情形也和鲍尔乔式的一夫一妇制不同。借了恩格尔斯的话来说：就是"普洛的结婚，在语源的意味上虽是一夫一妇制，然不是历史的意味上的一夫一妇制。"

鲍尔乔的一夫一妇制，以财产的存续与男性支配为前提。在那里，夫的外遇与妻的奸通永远是随伴着的。但在普洛阶级，他们既无财产，女子与男子同是资格相等的劳动者，故恋爱也能用了纯粹的形式来显现。男或女当其选择恋人的时候，不必为对手的财产所转移，不必和不喜欢的对手假猩猩地装作恋爱或黏着了至于结婚，一切尽可赤裸裸地贯澈自己的意志。

即在结婚以后，妻仍是个独立人，如果爱情消灭，家庭间相互的生活感到乏味，就可自由离婚。在普洛阶级中，恋爱与结婚不是罪恶，同样，离婚也决不是甚么道德的罪恶。

但以上所说，只是一种抽象的豫想而已。现在普洛的男女关系，虽含有上述的种种新的价值点，但只能说这是萌芽状态的特征，在实际上，是不免另含有着一切从资本主义来的毒害与萌芽期间的混乱的。

在普洛阶级的恋爱里，其没有鲍尔乔式的金钱恋爱与买卖结婚，是事实。但贫乏的青年男女在其完成上带有许多的障碍。村间间的少女有的被吸入都会的工场去了，有的被送到娼寮咖啡店或鲍尔乔的侧室中去了。青年失了恋爱的对象，乃不得不向有碍康健的卖淫的地方去找发泄的路。这是日本现今农村及工业地的普通状态。

同时,鲍尔乔的男子,以用金钱去诱惑普洛的少女为当然的权利。这金钱的诱惑,使普洛的处女与既婚者愈趣于精神的恶化。丰衣美食的"藏娇"的愿望,不能引她们到独立人的方向,反对地把她们牢缚于鲍尔乔的金钱恋爱的圈子以内。

即在结婚以后,女的想免除条件过苛的工场劳动,男的因为脱不净鲍尔乔的偏见,从那不愿叫妻劳动的鲍尔乔的虚荣心,也容易有想把妻闭锁在家庭里的倾向。因此,那作过旧式一夫一妇制的特征的女子虐待,夹杂了种种经济的精神的条件,往往重新再来支配普洛家庭,而且有时比在鲍尔乔的家庭中所见到的还要惨烈。工场中的普洛的夫,回到家里,对妻就变成了鲍尔乔,妻呢,可怜地要作二重的普洛的服役。诸如此类的现象也不能免除。

连续的贫困,定期的失业,恶劣的居所,频繁的生殖,以及因政治思想觉醒而受到的支配阶级的压迫——这许许多多的事情,常对了普洛男女的生活及其爱情,肆其威胁。恋爱着的男女常会因了这些外的事情变成仇敌,把相互的情爱减至于零的。

在资本主义的治下,普洛阶级的恋爱,结婚,和家庭,决不能成了完全的形而现出。所现出的是性道德的堕落,恋爱否定,性的自弃,性的混乱。

若就了将来的豫想说:鲍尔乔的一夫一妇制,原由鲍尔乔的财产同时产生的。故鲍尔乔的财产一旦消灭,那末一夫一妇制在历史的意味上,也就非随而消灭不可。

那末继续起而代之的是"乱婚?"

伪善的一夫一妇制论者,以及那在暗中实行着乱婚的鲍尔乔及其儿女们,一听到乱婚二字,不是道德地皱眉,就用了春画的表情加以鄙笑。

但是,对不起,普洛阶级的社会,却并不是乱婚的社会。

据恩格斯说,这是完全而且充分发展的一夫一妇制的社会。生产手段一旦转化为社会的财产,便无所谓工资劳动者与普洛阶级,因之女子不必为金钱而卖身,男子也不必再用金钱去买无恋爱的肉体了。

男子与女子的状态既经变更以后,第一,每个家族就不必复作社会的经济单位。子女的养育与教育成为公的事务，社会不问其为嫡子或私生子，对儿童一律平等待遇。女子想献身于心爱的男子，尽可无所顾虑，因为最重要的道德上与经济上的障害拘束，这时已完全除去了。在这时，社会也可不再为传统所束缚，关于自由恋爱，自由性交，以及旧式的贞操观，纯洁观，处女的名誉，女性的羞耻，都必会生出较现在更宽大的舆论来。

这样的新状态——男性支配消失，离婚的自由确立，恋爱用了真正的形式现出的状态，鲍尔乔称为乱婚状态！

把这称作乱婚，原是他们的自由。但其实，他们所怕的决非乱婚，（因为他们自己现今正实行着最下劣的乱婚）他们所怕的倒是那新状态一旦到来，他们自身存在的基础就非消灭不可的事实。

现在普洛阶级所生存着的，已不是纯粹的资本主义的社会了。为甚么呢？因为他们已随苏俄的出现，在现实的生活上开始与社会接近，入了过渡期了。

故苏俄的男女关系，恋爱关系，性关系，两性道德，结婚与离婚的实施，不但为全世界的普洛同志所关心，同时且为普洛敌人的恶意的藉口者好色家所关心。

在俄国革命当时，性的现象非常混乱，这是事实。——极度的乱伦与和这反对的极端禁欲主义。

介绍到日本来的许多苏俄的性文学（在苏俄本土也视这些是有害的书物）很夸张地把这过渡状态表出着。

革命以后，鲍尔乔的性道德，恋爱，及结婚的习惯，就随了一切鲍尔乔文化，被新兴的普洛阶级否定破坏了。但继鲍尔乔性道德而起的普洛的性道德，却未曾建立。普洛青年男女所实践的并不是新时代的恋爱与性关系，仍是旧鲍尔乔式的肉欲解放，游荡的自由恋爱及所谓"直接法的恋爱"而已。

那个"饮水恋爱论"——在共产主义社会，把性的冲动与恋爱欲求的满足，认为很是简单，等于渴时饮水。这颓废的理论的带了马克斯主义的假面具而横行，也就在这时代。

列宁称这状态为"混沌的发酵期,"他曾给与过许多引邪返正的教示。

旧制度既经破坏,性与结婚的革命,也非随了政治的经济的革命遂行不可。在普洛阶级中,性的关系要起许多混乱,是当然的事。

我们——列宁说——并不想对了普洛青年们作僧侣的禁欲的说教,把污旧的鲍尔乔道德来提倡,但那个"饮水理论"所代表着的现在的性的混乱,决不是新的性生活,不过只是旧式鲍尔乔娼寮的扩张而已。我们原主张恋爱的自由,但"饮水状态"不是恋爱的自由,乃是放肆的肉的解放。

恩格尔斯虽痛诋鲍尔乔一夫一妇制的缺陷,然却认原始时代的无制限的性欲经过了一夫一妇制渐次发展为个人的恋爱,是人类非常的进步。我们非把恋爱与肉欲严加区别不可。肉欲是生理学的个人的,但恋爱或两性关系,是两个以上的人们中的现象,是社会的,是不能单从生理学上解决的东西。鲍尔乔的生理学的偏见,曾把这误解,而"食水理论"也仍这是误解的发现。

口渴了原非喝水不可。但普通人在普通状态之下,能在泥途起卧,喝泥浊的水吗?能坦然地用了许多人喝过的龌龊的水杯来喝水吗?

不但此也,饮水是个人的事,而参加恋爱须有两个人的,因之对于第三者及社会关系,就不能不有社会的义务。普洛的恋爱关系,性关系,决不能单从生理学的经济学的见地来理解,非由这社会全体的见地来理解不可的。

说虽如此,列宁决不在作禁欲主义的说教的。共产主义原能造出完全的恋爱力与喜悦,可是过渡时代的俄国所呈露的性的、肥大症,在减损恋爱的力与喜悦上,较之旧鲍尔乔的性生活与性关系,实不过百步与五十步之差而已。他所指摘的只是这点。我们所要的是健康的肉体,健康的精神,决不要僧侣,荡儿,及中庸幸福的德意志式的俗物。

革命所要求的是大众个个人的力的集中与向上,像那达能觉的小说中的男女主人公的颓废放埒态度,决不能宽恕。性的生活的放恣,是鲍尔乔的,是崩坏堕落的现象。

那末，普洛的性关系及恋爱关系如何？——现在虽尚在混沌萌芽时期，将来成长完全了以后，其情形怎样？

对于这疑问，我们也只好和恩格尔斯一样，以下列的答复为满足吧。这显是一种未来的豫想，只是一种的假说，但自苏俄出现以后，已具有了确实性，使人相信会急速地接近现实了。

恩格尔斯在其《家族私有财产及国家的起源》中这样说着：

"目前的资本主义的生产废止以后，在两性关系上究将加入甚么新色彩呢？这要到新时代——即一生一次都不用金钱及别的社会的势力去强买女性肉体的男性，和除了真的恋爱以外，一次都不曾委身于男性，且一次都不曾因了经济上的恐惧委身于心爱的男性的女性——成长了以后才能决定吧。如果社会上有了这样的男女，他们就会把现在的偏见与不正的义弃如敝屣，掷给恶魔吧。他们会建筑自己的生活，同时造出适应的有权威的舆论吧。"

（原载《新女性》第 4 卷第 12 号，1929 年 12 月）

1930

妇女解放论的原理

[日]荻原朔太郎著　默之译

何谓"新妇女"（解放的女性？）据尼采说，她们和无政府主义者一样，是因了对于幸运者——美丽的可爱的温柔的女性，有可使一切男子爱好的资格的同性的人们——的嫉妒，燃着永远的仇恨而绝叫着"平等的幸福"的一族。

"我们新女子"，她们说。"决不可作男性的玩物，我们已把那由男性的压迫而成的一切女德加以废弃，由这拘执解放出来了。我们和男子一样，有人格的独立。我们的同性，应该把那用美和爱娇交换来的男子的玩弄的爱，加以拒绝。"但男子如果离开了柔美的曲线，美的貌，婉淑的性情，快活，绰约等等一切"女性的魅力"，对于女子怎能发生性的爱呢？人是一种本能的动物，性的关系是必然的电气学的法则。只要男子是真正的男子——不是中性的男子—就必然地要求在一切的点上都与其自身正反对的阴极的"像女子的女子"。女子亦然。如果是真正的女子，就会爱在一切的点上都相反的典型的男子吧。有这自然的妙合，男女之道因以对立，从反对中得着融和。

可是，新妇女们却反对这性的自然法则。她们拒绝男女关系中的一切根基于性的倾向的爱的自然要求。直言之，她们的意思不啻这样："爱应该是精神的，男性与女性只该作为纯粹的友人，用精神的爱来结合。男性的爱苟混入着性的要素，我们就该连他们一切的爱都有加以拒绝。因为性的自然本能，在男子必要求那和其自身正反极的东西——即『女德』的。而我们新妇女却非从那像女子的『女德』力谋解放不可。"实际，我们常听到蓬头丑面的不幸的妇女们在苍白了脸作这样歇斯忒利的狂叫。她们想背逆天地的方则,从人间社会抹煞性的存在。她们如果要对于她们所咒诅的社会行久远的复仇,恐怕这就是唯一手段了吧。

但她们的思想,在下面的一点上,全有着正当的主张。就是说:"为甚么我们只能被认为女子? 我们在被认为女子以前,先该要求被认为人"这思想的正与不正,当从"人"字的解释来判断。凡是人,非男即女,不男不女,于性无所属的人,只是言语上的概念而已,究竟无从悬想。故她们的主张,如果说得大胆一些,意思是这样:"我们不甘被先入为主地认为女子,我们要求和男子同样的待遇。"不错,这要求很有正当理由,值得同情。因为在现今一般的常识上,对于男女的性的区别,很有着错误与不合理的。

据卫宁格尔所说,男女的科学的性的区别,决不仅在外貌和生殖器的外部形态。实际的男女区别,很是复杂,潜伏于性格内部的倾向气质等微妙的内奥的实质中。(试看,世间实际有多少的"像女子的男子"和"像男子的女子"啊。)可是世俗的常识,关于男女的真正的区别,毫没有严密合理的批评,只依据了肉体的外观,作皮相的习俗的区别。例如,我们只因了有着某种表象的缘故,一生下来,就被认定为"男",被称作男子,被当作男子加以教育,而且还被强施着当兵的义务哩。

我们如果真是本质的男子,性格上都完全男性,这样的境遇,不消说是适切的吧。倘我们是女性的性格者,是不能忍耐军事训练的柔和者,那我们就不适于一切的环境,生在世上无端要被斥为"不是丈夫",受那毫无理由的排斥与轻蔑了。其实,我们的境遇并不是自己选求的,我们自己原并不要想编入男性的队伍里。和这同样的不幸,如果从女子方面加以考察,其残酷当更厉害吧。

假定这里有一个人,其性格全是男性的,几毫没有女性的成分,只因了肉体的某部分有着女性的外观的特色,生下来就被认为女子,强施以一切女子的教养,责备她具有女子的行为与情操,社会方面亦强制地硬责其为女子:这不消说是一种不自然的,残酷的,荒谬绝伦的事吧。可是,我们的社会却毫不客气地把这种野蛮残酷的事实行着! 就实际说,今日多数的女子已有一种必然的气质倾向，具男性同样的性格，思作男性同等的行为了，而习惯却一味地加以压制，把她们强束缚在女子的服装里！

何谓自由？人所愿欲的就是自由，所不愿欲的就是不自由。如果女子是典型的女子，真是电气的阴极，那末那种紧束的女子服装——从顺，隶属，婉柔以及其他一切被规定的女性的美德——自她们自然性格上看来，也许是一种愿欲的事，是一种自由吧。可是，在处于反极的富于男性的女子，最没有比这更残酷更不自由的束缚了。现在，她们已向这压制叛逆，大声地叫着："给我们自由！解放妇女！"其呼号的本旨，就在把她们从女性的概念解放出来，使得和男子同样地自由阔步。

女性解放论的真正的根据，实就在这一点。从近代思潮中的女性的显著的男性化看来，她们当然要发生这样的叫喊的。凡是"新妇女"，都是学者所谓变性女子，但像"变性女子"的不快矛盾而且怪异猥亵的名词，我们避而不用吧。老实说，今日的问题，就起于构成这矛盾言辞的错误认识上。真如卫宁格尔所说，男女的性别，不应仅依据外观局部器官的表象，真正的本质的性别，全潜存在气质与性格的奥底里。不统盘地加以鉴定，不能为精确合理的性的区别。故妇女解放论的第一原理，毕竟在关于这点的抗议与解释上。"新妇女"的一切呼号，都只是为欲思把她们从这错误的女性概念解放出来而已。"女性为甚么非像女性不可？"她们所动辄提出的这样奇怪矛盾的非伦理的抗议，也要因了这，才可辩证，才能了解其真正的意味。

说虽如此，世间的"新妇女"与妇女解放论者，却一味为女性的浮嚣与歇斯忒利的兴奋所驱，漫然沉溺在那对于自己的论据矛盾的无益的感情论里，失却着理性的健康。用了盐与冰来使他们头脑冷静的时期，不久就会到来了。在那时期，较冷静的理性会以断然的态度反击一切诡辩的妇女主义（Feminism）使他们思想的大前提回复到真正的认识吧。世间的所谓新妇女说，"我们女性"。但在将来的新时代，真正觉醒的论者会这样说吧："不，我们不是女性。我们的主张，在对于那由把我们当作女性而形成的概念所产生的谬误与无智，要求改正。快把我们从因袭的女性概念解放出来。"

"女子须像个女子",这话就是说:女子须是典型的女子,具女子的规范。这要求由男子提出,不消说豫想着为男子者也是规范的男性的。我们在过去的社会,确知道曾有过这样典型的男子。他们常身临战场,以勇武与侠气为生命,在一切的点上都足为真正的男性的典型,故在当时的武士道的社会中,一方对于男子要求着所谓"丈夫气"的刚勇之德,一方面对于女子要求着"像女子"的柔和之德。在全世界的历史中,最提创女子的淑德,最推崇女子的从顺,贞操,温柔,优美,谨慎的,是由战国到封建的中世纪。这时的男性皆豪放勇猛,有着野兽似的狞猛性。这样规范的男性,在性的自然上要求的是典型的女性,于是遂努力于"像女子"的女子教育。至于今日,男性自身的性格已经变了。近代商业资本主义的发达,使过去的武士道社会消失,封建之制度风习破除,同时也使男子的社会的地位更变,把我们弄成柔和的女性的性格者了。在近代平和的工商业社会,像从来的豪放勇猛的男性的性格,唯有日趋消失的一途。我们这时代的男性,随文明而日软化,渐次消减其男性的典型,倾向于中性化。在今日,古来的典型的女性——像女子的女子,已不被男子社会所欢迎了。女性化了的我们男子,与其爱那由旧式教育所养成的典型女子,宁爱那反对的具有男性要素的新社会的活动的女子了。

因了近代文化的这显著的妇女主义的潮流,女子教育的根本遂变。今日新时代的人们,已不认女子教育的课目中,该再列入武士道时代的贞淑,女大学式的谨饬的了。都认该教育女子使之更活泼更富于理知。如果在今日还对于女子要求其"像女子",就未免违背时代教育的本旨,流于落伍。我们时代的女性,与其使之成纯粹的女性的典型,倒不如使之成为中性,多少具有男性的性格。因为今日男子所爱的,是能牵动性感的近代的女子。(近代女性的这变化,即在她们男性化的服装上,也明白地可以看出。)

现在试站在这新事实的背后来考察妇女解放论者。老实说,那些所谓"新妇女"与妇女解放论者的一群,在今日已属于过去的人物了。他们只是在十九世纪之初,把新兴的资本主义文化的时代之声,来暗示地代辩的人而已。并且,这样的思想的动机,不出于他们的自得,只是把当时中性化的男子(即新男子)所暗示的思想,加以代辩而已。和他们为敌的,是当时尚有残余势力的典型的男性的男子(即旧男子)和大众所持的封建的女子教育思想。至于今日,一般的女子已从这种教育解放出来了。她们已得了自由了。但须注意,自由并非有女子夺回,是作此要求的男性社会必然地给与她们,诱导她们的。试看,今日有多少男子——不是女子自己——为欲解放女子而努力于教育啊!

荻原朔太郎是日本现存的诗人,于诗集以外,其著作有《诗的原理》,随笔《虚伪的正义》等。本文是由《虚伪的正义》译出的。

（原载《妇女杂志》第 16 卷第 10 号,1930 年 10 月）

1932

满洲事变与各国对华政策

［日］田中九一著　默之译

国联的把戏已告了一段落，接着要来的把戏，听说就是调查团。各国将在中国干些甚么？是大家应该留意的。本文为日人田中九一所作，见十二月《中央公论》，述各国在华势力颇详，藉此颇可窥见各国对华形势的一斑。特为抄译发表于此。

译者附志

一、与满洲事变有关系的五国

满洲事变的火焰将伸张到何处为止？要作这预测，第一须明瞭事变的原因，第二须明瞭那表面上任着消防职务的国联与美国的意向。名为代任消防，也许反来趁火打劫，火上加油，也未可知。关于第一问题，就是所谓满蒙的权利问题，今不具论。这里只想就了第二问题的基本材料，加以考察而已。

对于满洲事变任着消防职务的，表面上似乎是国联，其次是美国，但国联只是一个集体，并无单独的利害问题可说，结果只是英法二国的利害关系。此外还有苏俄，也是与此事变有重大利害关系的国家。要知道这诸国的对于满洲事变的态度，不但应知悉它们在满洲的利害关系，还须明白它们在中国全体的利害关系。让我们先把上述四国与日本的在中国的利害关系加以一瞥。

一九三〇年五国对华贸易

	对华输入		由华输出		计	
	实数 （百海关两）	对于全华 贸易百分比	实数	对于全华 贸易百分比	实数	对于全华贸 易百分比
日本	341200	26.1	260730	29.1	601930	27.3
美国	232406	17.7	131880	14.7	364286	16.5
英国	108258	8.3	62679	7.0	170927	7.8
苏俄	19021	1.5	55413	6.2	74434	3.4
法国	16987	1.3	42700	4.8	59687	2.7

五国对华投资

	据勃莱克斯里氏	据利玛氏	据东亚经济调查局
日本	十二亿五千万元	十亿元	二十一亿七千万元
英国	十二亿五千万元	十亿元	十一亿元
苏俄联邦	二亿乃至四亿元		十亿弗二亿三千万元
美国	二亿五千万元	二亿元	二亿一千万元
法国	—	—	一亿五千万元

如斯日本在贸易上，输出输入均占第一位，在投资上则与英国并驾齐驱着。外国向中国的投资，据米西根大学的利玛教授推定总额为三十亿元，则日本在贸易与投资上都平均占全体的三分之一，英与美则贸易与投资互相消长，英在投资上占三分之一，在贸易上则只占百分之七或八，美在贸易上占百分之一六点五，而投资则只占百分之七。（这互相消长的理由，待后说明）。苏俄投资的比例为百分之十，贸易为百分之三点四，法国在贸易上占百分之二点七（其中对华输出只百分之一点三而已），而投资仅百分之五。

二、长江霸权动摇的英国

英国在华的贸易，殊令人起不胜今昔之感。其消长如下表（单位一千海关两，括弧中为对华全体之百分比）：

	对华输入	由华输出	计
自 1866 至 1870 的五年平均	20353(31.48)	31927(57.08)	52280(43.36)
自 1886 至 1890 的五年平均	24774(22.42)	16336(18.58)	41110(20.72)
自 1896 至 1900 的五年平均	41036(18.81)	11652(7.21)	52688(13.87)
1928	113757(9.40)	61064(6.16)	174820(7.94)
1929	119149(9.30)	74334(7.32)	193483(8.42)
1930	108258(8.30)	62669(7.00)	170927(7.8)

　　英国对华贸易的如斯激减，原因在英国重工业的发达。第一，英国把纺织机械输出给日本，使日本纺织业发达，至于反被日本攫取了中国纱布销行的霸权，第二，英国以投资的形式，逐渐把资金用在上海等处的纺织业（初期的中国纺织厂大部分是用英国资本经营的），结果也使本国绵制品输出减少。英国在别的后进国未脱手工业时代，曾因了资本主义的轻工业的发达，在中国市场占过大势力，及自己国内的重工业使别的后进国发达，其在中国的轻工业市场，就被后进的日本所夺了。结果只好在机械铁路材料等重工业品方面占其优势而已。英国的重工业品的输出，多取着投资的形式，十九世纪以来英国之所以在投资方面吐着气焰者，理由就在这上面。

　　在中国取得势力范围的第一是法国（一八八五年云南铁路优先权），但当时的法国资本大部分输借于俄国，虽在云南两广四川诸省取得了势力范围，却无力利用了去投资。英国的在中国攫获势力范围较法国为后，却能用了本国重工业的威力，着着利用。英国的重要的势力范围是长江流域（一八九八，二，一一获得），次之是云南四川（一八九六，一获得），关于长江流域最初原只声明"不准再割让给别国"，到了后来竟主张"非用英国资本不可"了。（特别是关于造铁路）长江流域的重要是很显然的，各国对华的输入，差不多有二分之一要经过上海，再加以沿江还有汉口九江芜湖南京镇江重庆宜昌沙市长沙等商港。英国虽无法在势力范围内把贸易独占,但在一切货物的铁路运输上(东西的运输虽为长江所夺,但南北的运输是有赖与铁路的,其数实不在小),在由铁路的支配特权而生的贸易的便利上,实占着莫大的优势。英国竭力保持这势力范围,直至大战终了为止(有时也承认与其他国共同)。一九一六年,对于美国攫取的铁路权利,亦仍提出抗议,终于为大战后全世界无敌的美国资本力所屈服,在对华一切投资上承诺日英美法共营四国借款团(关于满蒙,也曾向日本作同样的要求过,但未经全部承认)。自此以后,长江流域似乎已非英国的势力范围了,这次满洲事变发生,颇闻英国关于长江的某种协定与中国结有密的,可知英国究不忘怀于其资本所集中的长江流域的。至于云南四川方面,则英国为与法国避免冲突即,相约"两省权利共同享受",中国对于英法,让与权利原是各各分别的。不料它们却已把各各分别获得的权利打成一片了。英国的对华投资有借款投资与直接投资二种。借款投资的数量如下:(据一九三〇年《东亚》十月号)

甲	政治借款	23982932 镑
乙	铁路借款	15939114 镑
丙	航空借款	1803200 镑
总计		41331546 镑

(三数合计与总计数不符,原文数字似有误。——译者注)

所谓直接投资者,乃直接在华经营的资本,有矿业,船舶,电气,银行,保险,建筑,商肆等等,范围甚广,此项投资的总数,无从确知,据刘大钧氏一九二九年的调查,则其总数为一、四五八、八四六、五一六银元。

借款投资之中,约百分之四十为铁路借款,这借款是排他的斗争的,他国资本如有接近于铁路者,必被排斥,对于铁路材料的供给,也务思独占。因为铁路材料品式上须具统一性,设备别种品式的材料夹杂,结果就会无法挽救的。

直接投资,大部分为事业资本,这种固定的投资,为数既多,就是与前项铁路投资联络了对中国本国资本斗争作成反抗"收回租借""取消不平等条约""治外法权撤废"之基础。故英国对于中国的强大与统一的倾向(尤其是因依赖美国而起的这倾向)不得不加以妨碍。其曾处心积虑地妨碍南京中央政府与奉天政府一致，亦是此故。

不消说，英国是希望其在华商品市场的发展的，欲使华人的购买力发展英国资本的吸引力发展，就非使中国资本主义化不可。最要紧的是机械铁道与船舶的供给，但这说不定会在最近的将来把中国养成为自己市场的可怕竞争者。英国在加拿大澳洲曾尝过这经验，即在印度的殖民地亦正在尝着这滋味。为英国计，最妥当的方法是：固守着在华投资与商品市场的原地盘，使中国呈"相当的分裂"，而保护发育其市场，使无巨大危险。

英国的地盘在中国南部，其在满洲的投资不过占对华全额的百分之二，贸易不过占对华全额的十分之一，故英国宁坐视远在北部的支配权，在这中国尚未统一的时机确保其在南部的行将动摇的利益，尤其不放心的是美国的侵蚀。为这缘故，它或将与南京政府亲善，求得其欢心，但这并不是要使南京统合了满洲而强大化，只无非处心积虑，想使南京仍隶属于其下而已。这要求愈强，愈不肯让人染指。如果在北部占有势力的他国要伸手到南部来，英国将大大地反抗吧。

三、在中国谋立足地的美国

美国与日本同为资本主义的后进国，在对华的政策上，亦有许多类似之处。两国在资本主义的诸先进国之后，急急追随，在贸易上是能追及的，但在投资方面情形就不容易。因为投资在经济的性质上是固定的，反覆的，因之是排他的。凡是先进国已投资了的地域都已成就势力范围，不再许别国加入投资了。当日美两国想在中国投资的时候，欧洲先进资本主义国的英法德及藉法国资本活动着的俄，差不多已把中国全地域划好了势力范围了。两国非把其中之一取而代之，就无法找得投资的处所，结果大家都注目到满洲。关于这点，过去十数年间曾构成日美战争的危机，日美关系的险恶直至今日，最大的原因就在此。听说：此次国联开会时，白里安在坛上怒号，美国的出席者只默然以观，又据别的报告，美国被国联牵引，颇有对满洲事变挑头之势。美国果能如此冷静吗？试把美国在华的利害加以分析。

先来看看美国对华贸易的情形（下表单位为千海关两，括弧中是中国全贸易的百分比）

	对华输入	由华输出	计
自 1866 至 1870 五年平均	678(1.05)	6812(12.18)	7490(6.21)
自 1876 至 1880 五年平均	1575(2.10)	7972(10.90)	9347(6.44)
自 1886 至 1890 五年平均	3735(3.38)	8563(9.74)	12297(6.20)
1900	16724(7.92)	14751(9.28)	31.476(8.50)
1910	24.799(5.46)	31289(8.48)	57088(6.76)
1920	143199(18.06)	67111(12.38)	210310(16.12)
1928	205541(16.99)	127205(12.83)	332746(15.12)
1929	230844(18.02)	137836(13.57)	368680(16.05)
1930	232406(17.7)	131880(14.7)	364286(16.5)

由这数字可见美国对华贸易的飞跃情形。我们对于上表，有可注意的两点：（一）美国的对华贸易是输出超过输入的。（这和英日对华的关系一样。中国自一八九○年以后，输入总是超过输出，加以还有赔款及不生产的借款利息，负担颇苦，仅藉侨民的收获及借债还债或拖延旧债来过日的。）（二）美国对华输出的激争，在大战期内一九一○——一九二○的十年间。

那末，美国的对华贸易在中国何处最发达呢？是满洲抑是南部？试看下表：（单位千海关两）

	美华全体		美满（括弧中是对于美华全体的百分比）	
	美对华输入	输出	输入	输出
1913	35427	2503	2503(7.06)	131(0.35)
1919	110237	101119	19501(17.69)	10398(10.28)
1928	205541	127205	19627(9.55)	6922(5.44)
1929	230844	137836	25778(11.17)	10036(7.28)
1930	232406	131880	20729(8.90)	6990(5.30)

在大战期内的六年间，对华输出约增三倍，对满输出约增八倍，但以后的对满输出，却绝未见发展，其对华的输出，都增加在中国南部。故除了大战期间以外，美国在满洲的贸易资本，可谓并无何等可以注意之处。

美国的对华投资，据统计是二亿乃至二亿五千万元。其种类如下：

借款投资约四千九百万元

直接投资约一亿乃至一亿五千万元

文化事业费约五千二百万元

查美国向国外投资其总额为百七十五亿三千万元，在华者不过百分之一而已。美国的对华投资，不可不谓失败的了。美国与日本最初原注目于满洲，把满洲认作唯一的投资之地，但当时俄国已先藉了法国资本把满洲占为势力范围了。日美两国之中以国家命脉为孤注去直接排除俄国的势力的，实是日本，因为日本是非以此为发展的条件不可的。美国则只供给日本以二亿六千万元的战费而已。俄国被排除以后，美国曾想与日本平等地把资本投入进去，同享铁路及铁路所附属的一切权利（一九〇五年哈利曼的铁路买收计划），日本却主张独占，严重拒绝美国资本加入，转去欢迎那只须利息的英国资本到满洲来（自一九〇七年一一九一一年止满铁曾在伦敦市场募集一亿四千万元的社债）。

自此以后日美就在满洲开始了露骨的斗争，美国曾想投于竞争线，（一九〇七，八年的满洲银行案）但因清朝皇帝的猝死与政变，功亏一篑，归诸水泡了。既而美国又提倡满洲诸铁路中立案，（一九〇九年一一九一〇年）主张表面上把满铁及中东铁路归还中国，实际上成日俄英美的共有物（因了情形德法亦得加入），如果此计不能实行，则主张把满铁与中东铁路的竞争线重行实现。（同年的锦瑷铁路利权）但这中立案因了那护助日本的英国与护助俄国的法国的反抗，又失败了。这是美国对于日本在满洲的铁路政策狡焉思逞的最末一回。对于俄国铁路，日俄战争后不久就起了中东铁路买收问题，也不克成就。一九二九年中国曾为了中东铁路与俄挑战，据俄国的报道，则站在中国的背后的就是美国资本。

与满洲铁路的中立案同年（一九〇九）美大总统塔甫脱与清摄政王直接交涉，得加入于英法德的六百万磅的铁路借款，（粤汉铁路）相距不久,美国在发展满洲的农矿工业及改革中国币治资本供给名义之下,几乎又将单独取得借款一千万磅之权利,卒因英法德之要求改为四国共同借款。不料一九一二年民国革命,事就无形停顿,美国对于粤汉铁路派分支借的五百万元,本利都未收过。至今日已累计成八百万元光景了。

欧战期内资本主义的飞跃,使美国在中国大渔得了利权。其中最大的是延长千里的铁路权利。这权利很广大,包括六省与一特别区域。但这大权力到处与竞争国的势力范围相抵触,英法及帝制俄国都竭力抗议。美国深感到欲投资中国的困难与打破势力范围的必要。因了大战中终了后美国自己所领导组成的日英美法四国借款团与华盛顿条约的门户开放决议,这目的在形式上已算被美国达到了。四国借款团成立的最大意义,就在打破旧借款团——这是主张已投资地为政治势力范围而主张独占的——把一切借款归诸借款团共同,至少在新投资上不复承认向来的势力范围。(日本曾主张在满洲的特权,半被否认。)可是这便利于美国的对华投资的借款团,因了中政府的避忌联合支配与政治的不安定,终于一文都未曾借贷就自己消灭了。

这样,美国的借款投资,大部分的差不多迄今未见成功过。不过,最近在直接投资上美国资本曾以上海为中心向各方面侵入。例如一九二九年买收上海发电所(约五千万元),一九三○年与南京政府交通部合办中国航空公司(资本金一千万元,美国资本占百分之四十五),一九三○年以七百六十万元向英国买收上海电话公司。

美国欲在中国投资,非排除竞争国之势力范围不可,排除之策有二,一是将特定国的势力范围取而代之,二则根本地不承认势力范围。战前的满洲计划是第一策失败之例,战后的新四国借款团是第二策一半成功之例。关于第一策的运用,现今的情势与清朝时代大不相同,清朝有在北京的统一政府,对于某一地域只要与政府作约束就行了,现今则不然,现今的中央政府,非取"收回利权"的手段,就不易维持自己的政权,已无法再如昔日地由中央政府取得势力范围的承认。故欲维持旧有势力范围,或设定新的势力范围,惟有妨害统一政府的出现,维持一定地方的军阀,使归诸自己卵翼之下。第二策性质与第一策相反,换言之,就是须谋统一政府的出现。帮助中国统一吗？抑使中国分裂吗？这是美国眼前所摆着的两条路。

统一的倾向，必然随中国的资本主义化而益强，统一是资本主义化的一条件。故助长中国统一无异使中国资本主义加增速度。无论何国最初用幼稚的产业资本而第一步发达者是轻工业，同时交通机关也非先使之发达不可。由中国的资本主义化而起之市场变化，当为轻工业机械类铁路材料及汽车等重工业制品之输入增加，随后即为轻工业制品之输入减少。（关税自主后的中国税率，就是助长这倾向的。）那时像美国样的发达的重工业，可以开拓其商品市场。并且此种商品的大部分可以当作投资使之固定，在某一定期间内，参与榨取中国工人的利益。由这点说，美国确利于助成中国统一的。可是，中国的资本主义如果得安全地发达，积久下去，必至重工业也发达起来，与美国本土之重工业相抗。

反之，使中国分裂，设定新势力范围，虽不能全然阻止资本主义化的倾向，可以使之缓慢，在此经过期内，势力范围国家可以任所欲为。但这与别的势力范围国家常会发生直接的冲突，足使中国的政局屡呈不安。故较之统一宁希望中国分裂者，乃想以轻工业资本在中国发展的国家，想独占特定地域资源的资本国，想固守既得势力范围的资本国，美国全不是这样的国家。

在世界恐慌不知如何解决的今日，资本家所需要的不是数十年后的利益，乃是目前积货的处置与损害的回避。代表美国政府的大财阀不是不愿将来在中国养成竞争者的危险，切望着眼前的市场扩张吗？这种办法，也就是对于苏俄势力的一种障壁。如果我这观察无误，那末，美国对于他国的妨害中国的资本主义化与统一化，应作相当的强力的反对的。关于满洲事变，在国联理事会背后发纵指使者是谁？日美两国政府共同秘密着的所谓美国对日本的备忘录，其内容是甚么？匆忙归任的化勃斯大使的任务是甚么？

四、又痛又痒的俄与法

俄法在俄国革命以前，一直以金钱与武力的通融在中国共同发展，及俄国革命以后,借款无着,两个遂在一切方面成尖锐的对立。但在中国则于极南与极北各以铁路的中心占着特殊的权益。

法国对华贸易与投资俱不多,在中国南部最早就有许多的特权,可是却无利用之力。法国所最关心的,似在为法领印度支那的防备上,求不失广州湾租借权,云南铁路。(这与南满中东广九三铁路,同为外入四权利铁路之一。)这对于中国的强大化统一化,确是反对的基础,不足为对于他国妨害中国强大统一的抗议的理由。故法国在国联的对日抗议,目的似乎在中国以外的利益,换言之,就是法国在欧洲的利益。盖法国要想保守那使其在欧洲的霸权美化便利的国联的权威,如果这观察不错,那末,法国的主张只须形式的贯澈就可满意,至于实质上,仍是想设法助长中国的分裂的。

苏俄的对华投资,全部就只在中东铁路。这铁路在政治上商业上都是苏俄对中国的根据地,其想牢守这根据地,当也与法国相同。(一九二九年的中东铁路收回计划,是和南京政府与奉天的结合同时发生的)。又,如前所述,中国的资本主义的统一,是对于苏俄势力的障壁,只就了这一点看,苏俄也不愿中国统一的。此次满洲事变,因了发展情形的如何,苏俄在其与日本的关系复杂上,与法国的对于云南,立场大不相同。那末苏俄将怎样对付满洲事变呢?趁此机会来扩张中东铁路与蒙古的地位吗?如果情形可能,当然会这样做吧。但在五年计划尚未完成,需要着资本主义帝国的工业力的供给与国际间平和的目下,苏俄当竭力避免与日本的冲突吧。不卷入此次事变的旋涡,固守其旧有的地位,这是苏俄最好的方法。

五、结论

由以上所说,我们可得到下面的推测。与满洲事变有关系的五国,在大体上可整理为两种对立。(甲)现在是日美对立。(乙)因了事件的发展,是日俄对立。在(甲)的对立中,英法虽表面上与日本对抗,但只要日本不伸手到中国南部,就不能不默认日本。这就是将来世界大战阵营的一个分野。(不消说,这是可因了利害关系——特别地是欧洲方面的——变更情形的)但这(甲)的对立中的四国,待(乙)的对立一经发展,就会必然地联结起来的。

(原载《中学生》第 21 号,1932 年 1 月)

1933

萧的卖老^❶

[爱尔兰]萧伯纳著

　　萧游日本,曾寄稿《改造》杂志,题曰《恩格尔斯,萧,列宁》。卖老之态可掬,原文移译如下,亦社会主义文献之一也。

　　逢勿里特利契·恩格尔斯曾与马克斯合作《共产党宣言》,他曾用了马克斯所遗的材料补编资本论的后二卷。他在马克斯被放逐到伦敦的长年月间,把马克斯从饥饿中救出,且对于马克斯的孩子们尽了"地上之主"的任务。他自己也曾著过几本书,那些书给予十九世纪的马克斯主义者以不少的影响。他的笔致比马克斯的轻妙,有些地方好像是一个幽默家。在社会主义思想史上,他的名氏会和马克斯不能分离了想吧。

　　我到了日本,和社会主义者的朋友们谈起我曾见过恩格尔斯且曾与他谈话的事,这些朋友听了,为了对于恩格尔斯的好奇心,眼中都闪烁着光。这在我原非出于意外的事,可是,我差不多没有可以告诉他们的材料。当我于一八八〇年代的初期,以费边协会创立者之一分子,踏入那行动的社会主义者的生活去的时候,马克斯已不在这世上了,恩格尔斯还生存,可是他对于这新起的英国的运动,未曾知道。他与马克斯在距这二十年前,已创立着"第一国际"。一八七一年劳动者阶级在巴黎大遭了败北以后,那"国际"就破灭了。勉强幸存的只有那在德国国会中新抬头的社会民主党。马克斯与恩格尔斯曾勉强以此为政治上的立场。过

---

❶　题目为译者所拟。

了十年,马克斯令一个属于维多利亚时代的世界主义的自由主义者型的英国人,改宗为马克斯主义的社会主义者,那自称亨利·美耶斯·汉特曼(Henry Mayers Hyndaman)的,创立了一个叫做"民主联盟"的政治团体,这政治团体不久就被称作"社会民主联盟"。

不幸,"赤色国际"的创立者"巴黎公社"的拥护者的马克斯的名字,在当时的英国是非常恐怕的。汉特曼觉得自己的所谓同盟与马克斯的名字联结在一处,于事不利,结果二人之间致于争闹,原来二人都是非常容易动怒的。嗣此以后,马克斯与恩格尔斯都不认汉特曼的运动是代表社会主义的东西。

一八八四年,那和马克斯毫无因缘,因了极少数的鲍尔乔知识分子之手成就的"费边协会"创立时,马克斯已不在世,在恩格尔斯的眼中看来,这新的协会,宁是可笑的东西。几个少数的呆子气的趣味伙伴,会被真正的社会主义真诚相待,这是恩格尔斯做梦也不会想到的。这样,恩格尔斯在其自信为在英国的社会主义的中心的当儿,完全已与英国的运动隔绝了。

他的这孤立,因了另一悲剧的原因,更加深化。马克斯的幼女爱里娜·马克斯不幸被名叫爱德华·亚培林的无赖汉诱惑了。这男子是彻底的社会主义者,无神论者,进化论者,又是一个善于捕捉人心的雄辩家,俨然是个不惜以生命去殉自己的信仰的男儿,可是一碰到了金钱或妇女,他的良心与自制,就完全没有了。他的债务与妇女诱惑事件,差不多数也数不尽。这些牺牲者中,有许多常是为他的雄辩所惑的贫困的劳动者。"国家反宗教协会"把他逐出,别的任何社会主义的团体也不肯容纳他。即在爱里娜,除了恩格尔斯那里以外,也别无可以庇护他的地方了。于是,这二人努力使恩格尔斯盲目于英国社会主义运动的新发展。他们的这欺瞒行为,当然含有一种用意,就是:把德国的社会民主党也同时遮蔽起来,叫恩格尔斯相信自己依然是英国社会主义的最高首领而亚培林是唯一可靠的指导者。

后来,这错觉因了爱里娜的自杀与亚培林的性格暴露破坏了。但当我与恩格尔斯会见的时候,这错觉还很强固地作用着。有一次,海特公园举行五一的劳动者大示威游行，我从费边协会的讲演坛上，完毕了自己的演说下来，一壁观察群众的倾向，随便到处走着，忽然被一个着鸢色衣服的上了年纪的绅士叫住了。那绅士有着须髯，脸上很似高兴，他把我的脸孔，当作滑稽的种子似地，凝视了一会，说："我是谁？你也许不知道吧。"平日遇到人，常有见了面善却无论如何一时记不起名字的，这时我就装出了这神情郑重地分辩。他哈哈地笑了说，"我就是勿里特利契·恩格尔斯啊。"自命为社会主义者而不认识勿里特利契·恩格尔斯，这称鲍尔乔的青年，在他看来，似乎是世间最可笑的东西了。

不知运动已经把自己丢在寂寞与不知不觉之中，阵阵地往前进行去了，自己还自认为运动的首领；我心中一壁想着这"老先驱者"的喜剧，一壁就走开了。

快把谈话结束吧，恰好这时，在伦敦郊外无名的一隅，生存着一个我所梦想不到的人。我对于那人所知道的，比恩格尔斯关于我的知识更贫弱。恩格尔斯至少知道萧是费边社会主义运动的指导者之一，实是一个可笑的家伙。可是我对于那在哈化特的逋逃者，却甚么都不曾知道。

那逋逃者名叫维拉琪弥·奥莱诺夫（Vladimi. Oulianoff），可是在今日，列宁的称呼更通行。

我这段谈话的教训是这样；——任何指导者都不知谁是自己的后继者。

（原载《申报·自由谈》，1933 年 3 月 27 日）

1936

日本二二六事件死刑者家属的血泪语

扰及宸襟恐惧之至

香田大尉的父亲这样说,香田大尉夫人富子(二六)于事件后即离开了东京吉祥寺的住宅,携了幼儿清美君、茂君寄居到她丈夫的父亲香田卯七氏那里,深居少出,以到监中探视为唯一的快乐。卯七氏说:"惊动圣心,叫大家不安,真是对不起。每次看到媳妇的含愁不语的样子,就难过起来。入监的当时,看守说'身体无恙',日夕忆起这消息作为自己的慰藉。处刑以前,如果许可会面,想把儿子素来爱好的《法华经典》带给他呢。"

虔心代祈冥福

安藤大尉的父亲荣次郎这样说:安藤大尉的老家在东京世田谷上马町。父亲荣次郎是庆应大学的教授。大尉夫人房子(二六)现在带了长儿辉雄君次儿日出夫君寄居在老家里。荣次郎说:"自己的儿子总是可爱的,结果非这样地死不可,这很可悲。幸而所犯的不是甚么破廉耻的罪名,总算还可以自慰。现在赶快预备墓地,衷心替他祈求冥福吧。"

望他成为日本的真土

栗原中尉的父亲这样说:栗原中尉家在东京市目黑驹场町,与辎重兵大队相近,新结了婚的中尉夫人玉枝(二三)受着栗原中尉的父亲勇氏与母亲克子的安慰,吞着泪度日。中尉的弟春季君、启君、妹志满子君、香树美君等,对于不流一泪的两亲,心情如何,颇能了解,所以他们倒反而含着眼泪。勇氏说:"玉枝是不肯流泪给人看的,她的这种志气,倒使人难堪。在事件发生的前夜十点钟左右,他出去时,说了一声'父亲,我去了。'语气比平常郑重得多,这便是最后。我写信给他,叫他到最后一瞬间为止,保持清净的精神。他也回到土中去了,我只希望他成为日本的真正泥土。"

爸爸到那里去了

村中大尉的夫人静子这样说:在东京野鹭宫的村中大尉家里,静子夫人(三〇)抱了独养女儿法子君,过着寂寞的生活。夫人说:"一两天中即预备回到仙台的老家去,他是比人加倍地疼爱小孩子的,所以每当法子问我'爸爸到那里去了?'就觉得心痛。我希望在刑罚执行之前给我会面一次。"

儿子也满足的吧

谨慎的坂井少将这样说:坂井中尉的父亲坂井兵吉少将,在乡里三重县三重郡的樱村,辞退了一切职务,过着谨慎的生活。五日上京,栖身在大森的亲友家里,六日晨冒了寒雨,往卫戍刑务所,为爱儿进行了默祷。他说:"死刑乃是当然的,我很高兴,想儿子也一定是满足的。妻以为儿子已经在二十九日自杀,把二十九日作为忌日。如果在处刑之前能会一面,我倒要问一问他,为什么不死在二十九日?"

我已绝念

中桥中尉的母亲宏子这样说：中桥中尉的母亲宏子说："儿子于前年四月赴满，从事于佳木斯附近匪徒的扫除，去年一月凯旋返里。从此就住在兵营中，会面也只有四次，不曾好好地谈过话。中桥这姓，因为我母家没有孩子，把他做了养子，所以改姓中桥。我已经绝念了。"

弟还是个天真的人

安田少尉的姊姊星野这样说：安田炮兵少尉寄宿在杉并区上荻窪富田氏家里，他们的姊姊星野（三〇）就是富田夫人，她每天纪念着弟弟。安田少尉的父亲，在贫困的生活中，设法了旅费，也从熊本县上京，心想或许有一缕希望，等待着儿子判决的日子。星野说："弟还是个天真的人，教他怎样做，他就会做的。上京来的父亲因此将缩短寿命。父亲在血腥挣扎的生活中，养育了我们弟妹十人。弟便是其中最有希望的一个。如果我是男子，我就想代了阿弟，挣钱养我的父亲。"

死得好

野中少将含着泪这样说：自杀了的野中大尉，他的严父便是预备海军少将野中胜秋氏（七三）。他接到了"野中自杀"的消息，便说"死得好"，颇嘉许了儿子的死法。二十八日的早晨，他要想与四郎大尉会面，赴戒严司令部，但终于未达目的。在儿子的牌位前面，这位年老的少将，默默地含着泪说："那时我祈祷着，如果不发一弹死去，能悲壮地死去便好……总算达到了我的愿望。"

涩川善助的家庭

涩川善助的妻绢子（二三）住在小石川区水道端的直心道场。六日晨胞兄佐藤文助氏与涩川弟善次君,由乡里会津上京。绢子说:"事件发生以后,一次都不能会面。监中方面,也没有什么特别要我们做的事情。"

绢子的胞兄佐藤氏说:"今日与善次上京,午前十一时左右往访监中,不得会面。我想胞妹绢子也没有什么想说的话吧。"

还是个小孩子

林少尉的母亲日出子这样说:林少尉的住宅在丰岛区目白町,母亲日出子(四四)与子女五人同住着。少尉的父亲便是上海事件的勇士故林大八少将。少尉的母亲说:"现也没有什么特别要说的话,今天我和长男俊一同去探访,可是不得会面。对于小孩子们还不曾讲过什么话。但弟妹们好像已晓得阿哥的情形如何,不过口里是不大讲起的。在我看来八郎还是个小孩子。"

好好地死吧

中岛少尉的父亲荒次郎这样说:中岛工兵少尉的父亲,便是退伍中尉荒次郎氏。六月十一日,着郁子夫人与五男恭彦君看家,他由佐贺县小城町上京,在池端头山家过着寂寞的日子,等待爱儿的处刑,他说:"儿子是沉默的人。事件发生的前日,他到东京车站去送了兄(航空大尉卓造氏)赴新京,那时所拍的一张照片,便成了纪念品。关于他的行动我不想说什么话,我也曾心中祈祷着,希望得一个壮烈的死。"

完　了

看到"叛徒"这两个字时,河野大尉这样说:河野航空兵大尉,在汤原袭击牧野伯之后,腹部即受重伤,被收容于卫戍病院热海分院。三月五日,他用了小刀切腹,又将颈部割破,六日毕命。在病院时,他的亲友末吉中尉拿写着"叛徒"两字的报纸给他看，他只说出"完了"一语，就痛哭起来。河野大尉好像早已有了自杀的决心。

什么都不知道的

对马中尉的夫人千代子：对马中尉的夫人千代子带了生后方才满月的儿子和义君，正在静冈的父亲家里静养。她的父亲便是退伍步兵大佐松永正义氏。前年十二月结婚。事件发生前四日对马中尉对夫人说："到母家去静养吧。"他就劝产后失了康健的夫人到静冈去，事件发生之后，夫人进了红十字病院，家族把她变姓铃木，不与任何人见面。下女说："什么事情都不给夫人知道，所以她对于这一事件，还是莫名其妙吧。"

以上是日本二二六事件死刑者的家族谈话，登载在七月十三日的《上海每日新闻》。从这些谈话之中，我们可以看出死者家族的各种态度，颇有可以使人寻味的地方。

（原载《申报每周增刊》第 1 卷第 30 期，1936 年 8 月）